DANS LA BRUME ÉCARLATE

Nicolas Lebel est né à Paris où il vit encore aujourd'hui. Après quelques allers-retours aux quatre coins du globe, il revient en France où, devenu enseignant, il exerce dans un lycée de l'Est parisien. Passionné de littérature, il publie chez Marabout puis au Livre de Poche *L'Heure des fous*, *Le Jour des morts*, *Sans pitié ni remords*, *De cauchemar et de feu* et *Dans la brume écarlate*, des romans policiers caustiques où histoire, littérature et actualités se mêlent, et dont le ton est souvent engagé, le propos toujours humaniste. Il est lauréat du Prix des lecteurs du Livre de Poche dans la catégorie Polar en 2019 pour *L'Heure des fous*.

Paru au Livre de Poche :

De cauchemar et de feu

L'Heure des fous

Le Jour des morts

Sans pitié ni remords

NICOLAS LEBEL

Dans la brume écarlate

MARABOUT

ISBN : 978-2-253-18137-8 – 1re publication LGF

« Tout en lisant d'ailleurs, je faisais de fréquents parallélismes avec mes propres sentiments et ma propre condition. Je me trouvais semblable et en même temps étranger aux personnages de mes lectures et à ceux dont j'écoutais les conversations. Je sympathisais avec eux et je les comprenais en partie mais je n'avais pas l'esprit clair. »

Frankenstein ou le Prométhée moderne (1818) –
Mary SHELLEY

« Ma douce Mina, pourquoi les hommes sont-ils si nobles et pourquoi nous, les femmes, sommes-nous si peu dignes d'eux ? »

Dracula (1897) –
Bram STOKER

« Ceux qui cherchent sous la surface le font à leurs risques et périls. »

Le Portrait de Dorian Gray (1890) –
Oscar WILDE

« Ces drames nous rappellent que nous vivons dans un monde où les femmes se font injurier, harceler, frapper, violer, tuer. Un monde où les femmes ne sont pas complètement des êtres de droit. Un monde où les victimes répondent à la hargne et aux coups par un silence résigné. Un huis clos à l'issue duquel ce sont toujours les mêmes qui meurent. »

Laëtitia ou la Fin des hommes (2016) –
Ivan JABLONKA

DIMANCHE 15 AVRIL

23h41

Comme deux fantômes transis, elles se faisaient face dans la nuit.

— Non, je rentre, je suis crevée. Il est déjà minuit…

— C'est Jérémy qui va être déçu… ironisa Cathy.

Plantées sous un réverbère, les deux jeunes femmes se regardèrent et éclatèrent de rire en même temps.

— Il a mon numéro, conclut Lucie en se penchant pour faire la bise à son amie.

— Ça te changerait un peu les idées, non ? En ce moment…

Lucie baissa les yeux et ne répondit pas. Cathy se reprit :

— Excuse-moi… Laisse tomber. Tu appelles un taxi, hein ? Avec ce brouillard, tu ne rentres pas à pied, toute seule.

— Il y a une station à Voltaire. C'est à deux pas.

Cathy hésita puis se lança :

— Tu rentres directement, là ?

— Vous venez ? brailla Jérémy qui, avec les autres, s'impatientait déjà, un peu plus loin sur le trottoir du boulevard de Ménilmontant.

Les deux étudiantes se tournèrent vers lui. On distinguait à peine le groupe de copains qui les attendaient à une quinzaine de mètres. Le brouillard était si épais qu'il estompait les détails, les traits des visages, ne concédant à l'œil que des masses brutes et floues, des formes spectrales. Au-dessus des têtes, les lumières des réverbères se changeaient en boules de feu orangées et lointaines, soleils de minuit urbains qui déformaient les ombres arrachées à la nuit.

— J'arrive ! lança Cathy.

— Oui, oui, je rentre *directement*. Je suis crevée.

Cathy la dévisagea un temps et lui sourit.

— Bon, tu m'appelles dès que tu passes la porte… Ou tu m'envoies un texto ? OK ?

— *Oui, maman !* Allez, file !

Cathy s'en alla rejoindre ses copains de fac. Lucie se mit en route dans l'autre sens. Elle les aimait bien, mais le traquenard pour lui faire rencontrer Jérémy lui avait paru un peu lourdaud. Pénible, même. Aujourd'hui on percevait encore le célibat d'une femme comme la dernière des tares, et chacun de ses proches s'ingéniait à proposer untel, l'ami d'amis, souvent Prince des Tocards ou Archiduc des Blaireaux, parce que à leurs yeux il valait mieux qu'une femme fût mal accompagnée que seule. Il en allait ainsi depuis la nuit des temps : la femme seule ne savait pas se tenir.

Au cours de la soirée, le pauvre Jérémy avait également deviné le complot qui se tramait. Il s'était débattu comme il avait pu pour briller un peu, pour justifier qu'on l'eût choisi lui pour elle, et pas un autre. Et chacun à la table avait certainement pris plaisir à les voir se chercher sans en avoir l'air, se sourire en baissant les yeux. Lucie n'avait pas la tête à cela. S'ils savaient…

Elle frissonna. Il ne faisait pourtant pas si froid en ce mois d'avril, mais l'hiver refusait de capituler ; une fraîcheur s'agrippait encore à Paris, lançant ses dernières forces dans un combat vain contre le printemps. Depuis deux jours s'était déposé sur la ville un brouillard laiteux qui buvait les lumières et ouatait les bruits. On n'y voyait goutte, mais Lucie continuait d'avancer d'un pas vif que rythmait le claquement de ses talons, perçant le frimas comme un petit bolide. Elle sursauta quand une voiture descendit soudain la rue de la Roquette, trace de vie dans la nuit cotonneuse qui l'entourait. Aussitôt, les feux arrière, rouges comme deux yeux démoniaques, s'évanouirent au loin. Lucie se dit qu'elle devait presser l'allure. Elle marchait déjà très vite. Une femme dans la nuit. C'est alors qu'elle sentit une présence dans le brouillard. Ses yeux s'écarquillèrent malgré elle, mais elle ne voyait rien ni personne. Y avait-il quelqu'un avec elle dans cette brume opaque ? Quelqu'un qui la suivait ? Quelqu'un qui l'observait ? Elle s'arrêta tout à coup pour écouter. Les yeux grands ouverts, les oreilles à l'affût, la bouche bée, elle tenta de sonder la nuit. Le silence était compact, poisseux. L'air froid lui piquait la langue et lui brûlait la gorge quand le brouillard s'immisçait en elle. Elle tourna sur elle-même lentement, et d'une voix tremblante, appela :

— Il y a quelqu'un ?

Il n'y eut pas un bruit dans la rue désolée, dans la ville morte, et pourtant elle sut que quelqu'un, quelque chose était là, qui l'épiait, vorace ou concupiscent, avide, alors son cœur détona et elle se mit à courir, son haleine se mêlant à la brume épaisse qui accrochait son corps, ses vêtements, ses cheveux, qui collait à sa vie, la freinait, l'empêchait de fuir ce cauchemar éveillé. Elle hurla dans sa course impossible, car quelqu'un, quelque chose était là qui la talonnait, s'enivrait de sa terreur, en voulait à sa vie. Lucie percuta un arbre surgi du brouillard, perdit une chaussure et tomba au sol, hébétée, s'empêtra un instant dans les ombres osseuses des ramures noires, se releva, reprit sa fuite aveugle, des larmes dans les yeux, traversa une ruelle en piaulant à l'aide, boitant sur son pied nu, trouva un hall d'immeuble, une porte fermée, des rangées de boutons d'Interphone, lueurs dans la nuit, pressés du plat de sa main écorchée, des anonymes qui décrochèrent mais n'entendirent que le cri aigu et lointain d'une femme avalée par le brouillard.

23 h 41

Un cercle de lumière les entoura soudain et le reste de la salle fut plongé dans le noir. Quelques applaudissements tardèrent à s'éteindre.

— Bonsoir ! Comment vous appelez-vous ? demanda le présentateur en queue-de-pie noir et haut-de-forme.

Il colla son micro sous le nez de ce petit bonhomme au crâne dégarni, un spectateur qu'il venait d'inviter sur scène.

— Mehrlicht. Enfin… Daniel, répondit celui-ci.

Sa voix, crevassée par le tabac, surprit un temps l'animateur et l'auditoire.

— Enchanté, Daniel. Je suis le Docteur X.

Une rumeur amusée parcourut le public comme chacun détaillait le grand homme aux cheveux corbeau, son visage inquiétant fardé de blanc, ses yeux cernés de noir.

— Enchanté… Docteur X.

Ils se serrèrent la main et le présentateur reprit :

— Détendez-vous. Tout va bien se passer. Je veux dire… Tout va bien se passer.

Quelques rires crépitèrent dans la salle obscure.

Daniel Mehrlicht, mal à l'aise, révéla une dentition jaunâtre quand un rictus plissa sa peau blême. Il tira sur sa veste de costume, replaça sa mèche de cheveux, puis pressa ses doigts dans son dos.

— Vous avez un vrai physique de cinéma, vous savez ? Une « gueule », comme on dit !

— Ah !

Mehrlicht fit mine d'apprécier ce qui devait être un compliment. À moins qu'une fois de plus, on ne fît allusion à cette vague ressemblance au défunt comédien Paul Préboist, qu'on lui prêtait parfois. Ou à Kermit la grenouille. Le public examinait le petit homme qui venait de monter sur la scène. Avec une tête pareille, on soupçonnait qu'il pût être un complice du Docteur X. D'autres croyaient deviner un maquillage qui seul pouvait lui donner ce teint morbide, ces yeux globulaires et sombres, ce faciès improbable.

— Et qu'est-ce que vous faites dans la vie, Daniel ?

— Je suis officier de police. À Paris.

De nouveau quelques rires, quelques applaudissements, un sifflement montèrent des ténèbres.

— Un officier de police ! Vous êtes inspecteur ?

— Je suis capitaine.

— Capitaine Mehrlicht… Ça sonne bien !

— Ah… Merci.

— Vous n'avez pas peur, j'imagine ?

— J'espère juste que vous savez ce que vous faites…

— Moi aussi ! Je veux dire… Ne vous inquiétez pas. J'ai pratiqué la médecine sur tous les continents. J'ai même sauvé des vies. Il n'y a pas de raison que…

La lumière se fit lentement dans la salle. Mado, assise

au troisième rang, les mains jointes sur ses lèvres, sa tresse de cheveux noirs sur l'épaule, était secouée par un fou rire irrépressible. Elle fixait son pauvre Daniel tout penaud, tout transpirant dans son vieux costume marron, souffrant les regards d'un public narquois. Et lui qui l'apercevait maintenant dans la pénombre lui renvoyait une moue amère, à cette traîtresse qui l'avait désigné quand le Docteur X avait cherché une victime, cette ensorceleuse à qui il n'avait pu dire non.

— Bon, Daniel ! Je vais vous examiner et m'assurer que vous êtes en bonne santé. C'est pour les assurances.

— Ah…

— Mais je vous sens très tendu, Daniel. Vous voulez un verre d'eau ? Où est Carmilla ? Carmilla ? Ah ! Mesdames et messieurs, Carmilla, mon assistante, que je vous demande d'applaudir !

Une jeune femme dessinée par Manara et habillée par Marvel entra sur scène, un verre à la main. Son visage était tout aussi fardé de blanc, ses yeux cernés de noir, ses lèvres rouge sang. Elle tendit le verre au petit homme qui la remercia et le vida d'un trait. Elle le récupéra, salua d'une révérence, faisant danser ses deux couettes blondes, et repartit en coulisse sous les applaudissements et les sifflements.

— Ça va mieux ? s'enquit le Docteur X.

— Pas du tout…

— Rassurez-vous. Bientôt vous ne sentirez plus rien… Je veux dire que vous serez guéri !

On entendit alors le couinement régulier d'une roue métallique. Carmilla reparut sur scène poussant un chariot sur lequel reposait une longue boîte de la taille d'un homme. Elle s'arrêta, déplia un petit marchepied et salua d'une révérence vacillante.

— Daniel, je vais vous demander de prendre place dans ce coffre curatif de mon invention… afin que je puisse vous scier.

Un rire massif parcourut la salle comme une vague.

— Pardon. Vous examiner.

— Je sais pas si…

— Mais si, vous verrez ! Ne faites pas l'enfant !

Mehrlicht capitula d'un signe de tête. Il aurait volontiers quitté la scène parce que la pression qu'on posait soudain sur ses épaules lui était désagréable. Mais il ne voulait pas rompre le charme ni interrompre le rire de Mado. Il se dirigea donc vers le sarcophage et s'y allongea avec l'aide de Carmilla qui referma sur lui les différents couvercles et clapets. On ne vit bientôt plus que la petite tête verdâtre du flic, d'un côté, et ses vieilles godasses noires de l'autre. On aurait dit une grenouille apprêtée pour la dissection.

— Comment vous sentez-vous, Daniel ?

— Bah… J'aimerais rentrer chez moi.

— Bien sûr ! Mais je vais vous guérir d'abord, capitaine ! Carmilla ?

L'assistante réapparut avec un large râtelier de sabres, d'épées, de pointes et de scies qui fit hurler de rire les spectateurs. On entendait dans l'assistance des commentaires enjoués puis d'autres plus inquiets. Le petit policier, prisonnier anxieux dans sa boîte, se tordait le cou pour observer ce qui se tramait. Puis il vit passer l'arsenal du Docteur X.

— Non, mais vous rigolez, là ! coassa-t-il.

— Ce ne sera pas long… lui assura le grand homme.

Carmilla lui apporta alors un tablier plastifié qu'il enfila tout en s'expliquant :

— Je vous l'ai dit, Daniel ! Je vais vous examiner… de l'intérieur. Carmilla, je vous prie…

Avec grâce, la jeune femme tira du râtelier une épée qu'elle tendit au Docteur X.

— Merci Carmilla. Daniel, vous êtes prêt ?

— Pas vraiment… grogna le petit capitaine.

— Alors, je vais vous rassurer. Le verre que vous a apporté Carmilla il y a quelques minutes, contenait un puissant remède oriental à base d'opium et de curare, savamment dosé par un grand mage indien aux immenses pouvoirs, l'illustre Bardhaman Pashir Mamatata qui vit au sommet enneigé du mont Sandakfu au Bengale occidental, et que j'ai rencontré en personne au cours de l'un de mes nombreux périples à travers le monde ! Une puissante potion, disais-je, qui a rendu votre corps insensible à toute douleur ! Êtes-vous rassuré, Daniel ?

— J'ai toujours eu un bol dingue, commenta Mehrlicht.

— Vous êtes philosophe. Tant mieux !

Le Docteur X se plaça de l'autre côté du sarcophage, face au public, et leva l'épée.

— Nous allons procéder à quelques saignées !

Les spectateurs s'esclaffèrent de nouveau. Le supposé médecin posa la pointe de l'épée sur la grande boîte à hauteur de la poitrine du capitaine, tâtonna un temps tandis que la foule retenait son souffle, puis enfonça la lame dans un claquement sec. Aussitôt, il se précipita vers la tête de Mehrlicht, l'air inquiet.

— Ça va ?

— Oui, oui, répondit le petit policier, amusé.

— Bon, tant mieux ! avoua le Docteur X, soulagé. Hier, on a eu un gros problème, alors… Mais voyons voir ce que nous avons là ! Carmilla ?

L'assistante accourut avec la seconde épée que le magicien plongea dans le cœur de Mehrlicht avec la même appréhension et le même succès. On vit alors clairement le Docteur X se détendre. Il retira son haut-de-forme pour s'éponger le front.

— Finalement, ce n'est pas si difficile, la médecine moderne !

Il remit son chapeau puis demanda le premier sabre. Le public, conquis et moins anxieux, le regardait faire. Il leva le sabre, posa la pointe de la lame sur la boîte à hauteur de l'abdomen et l'enfonça jusqu'à la garde. Une flaque de sang s'abattit sur la scène sous le sarcophage et une clameur de terreur, de rire et de dégoût s'éleva dans la salle. Le Docteur X se figea. Mehrlicht tournait la tête en tous sens.

— Qu'est-ce qui se passe ?

— Rien ! mentit le médecin fou. Comment vous sentez-vous ?

— Ça va. Et vous ?

— Très bien ! On va continuer l'opération, alors. Carmilla !

La jeune femme à couettes avait perdu son sourire. Elle vint murmurer quelques mots à l'oreille du chirurgien qui la repoussa en souriant poliment. Elle rapporta le second sabre qu'il planta brusquement dans le cercueil. Ils se penchèrent aussitôt dans un même mouvement pour voir si le sang coulait plus fort sous le sarcophage, mais manifestement, il n'avait cette fois touché aucun organe.

— Trêve de pointes et de piques, s'exclama-t-il tout à coup. Je crois que ça vient des poumons ! Et du foie ! Et du cœur ! Carmilla, apportez-nous la scie à deux mains !

La jeune femme s'exécuta à contrecœur, arrachant au râtelier une lame dentelée de près de deux mètres dont elle tendit une extrémité à son acolyte. Puis ils se mirent à scier la boîte, tirant à tour de rôle comme deux Charles Ingalls sous amphétamines jusqu'au moment où une giclée de sang jaillit du cercueil et moucheta l'assistante d'un rouge sombre, la laissant horrifiée et hurlante. Une clameur écœurée monta dans l'assistance.

— Ce n'est rien ! assura le Docteur X en levant une main autoritaire. Nous ne pouvons plus reculer maintenant !

Les deux fous reprirent alors leur débitage, sciant avec plus d'ardeur, pataugeant dans le sang gras. La lame traversa soudain le sarcophage. Ils l'abandonnèrent pour se placer chacun à une extrémité de la boîte et tirer ensemble ; le cercueil se scinda en deux, le Docteur X récupérant le buste et la tête de Mehrlicht, Carmilla son bassin et ses jambes, laissant au sol une nouvelle flaque d'hémoglobine garnie de bouts de viande et d'abats.

— Et voilà ! se félicita le médecin. Vous voilà comme neuf !

Sous les applaudissements du public, il invita son assistante dégoulinante à saluer, ce qu'elle fit entre deux sanglots, écrasant ses larmes contre sa joue en y traçant des traits de sang.

— Vous voyez, Carmilla ! Tout s'est bien passé. Vous vous faites une montagne de pas grand-chose !

Elle acquiesça en pleurant, puis ils quittèrent la scène bras dessus, bras dessous, sous les ovations et les acclamations qui laissèrent de nouveau place aux rires : prisonnier impuissant et oublié, le pauvre Mehrlicht, toujours allongé, regardait le public. Il patienta un long moment avant que le Docteur X ne revienne sur la scène pour emporter les bouts de Mehrlicht en coulisse, où on le libéra enfin.

Minuit

— Tu aurais vu ta tête !

Accrochée au bras de Mehrlicht, Mado peinait à se remettre de la représentation. Une hilarité continue la secouait depuis qu'ils étaient sortis du théâtre. Ils marchaient maintenant sur le trottoir, dans le brouillard et la fraîcheur de la nuit.

— Ah tu m'as bien monté la pendule avec ton spectacle de magie, grogna Mehrlicht en tirant sur son mégot. C'était qui, ces deux barjos ?

— C'est du Grand-Guignol ! Du film d'horreur avant l'heure ! Le spectacle de ce soir est une adaptation de plusieurs pièces qui étaient jouées en 1898 dans le véritable théâtre du Grand-Guignol, rue Chaptal. Les gens se pressaient pour voir des monstres abominables créés par des savants fous machiavéliques, dévorer des jeunes vierges innocentes dans des gerbes de sang ! Le tour de magie est une version grand-guignolesque de la traditionnelle boîte à sabres… Et pour le coup, c'était *gore* !

— Super… T'aurais pu prévenir au lieu de te marrer comme une baleine. J'avais l'air fin.

Il souffla sa fumée. D'une pichenette, il envoya

tournoyer son mégot rougeoyant dans le brouillard. Mado pouffa.

— Ça faisait un moment que je voulais voir ce spectacle ! Alors, j'ai réservé deux places dès que j'ai su qu'on se retrouvait à Paris. Et c'était bien plus drôle de te faire la surprise que de te préparer !

— Bah voyons... Remarque, on peut difficilement se préparer à terminer en cubes sur une scène devant un public qui se gondole parce qu'on te débite à la scie...

Ils rirent ensemble, et il sentit les bras de Mado se resserrer sur le sien. Elle leva vers lui ses yeux bleus et lui sourit, révélant sa petite incisive cassée en biseau. Mehrlicht ne voyait pas ses cernes bruns, ses sourcils en accent circonflexe, les mèches blanches qui couraient dans sa tresse noire. Ou peut-être, au contraire, aimait-il chacun de ces détails, et sa taille menue, et son esprit, et sa détermination à abattre tous les obstacles de la vie, à être heureuse quoi qu'il advînt... même lorsqu'on le coupait en morceaux. Depuis leur rencontre dans le Limousin quelques mois plus tôt, à l'époque où il enquêtait sur l'Empoisonneuse, ils avaient tout mis en œuvre pour se retrouver. C'était lui d'abord qui était revenu plusieurs fois à Mèlas, par commodité puisqu'elle y tenait une auberge et faisait de grosses journées. Puis il lui avait proposé de venir à Paris et de faire la connaissance de son fils Jean-Luc, comme pour officialiser quelque chose qui n'avait pas besoin de l'être. Mado avait immédiatement accepté d'être un peu plus que la « copine du Limousin » pour ce flic qui, au premier coup de fil de son commissaire, pouvait déguerpir et la planter là. Les impératifs du service se conjuguaient à la distance pour les maintenir éloignés l'un de l'autre, et pourtant ils avaient tenu bon et se retrouvaient ce soir sur ce trottoir parisien, l'un contre l'autre, blottis dans la brume, à l'abri sous la nuit. Ils s'embrassèrent un moment sans un mot, puis toujours silencieux, souriant à l'invisible, ils prirent le chemin du retour.

— Ça ne t'ennuie pas pour l'hôtel, tu es sûr ?

Mado tenait manifestement à s'expliquer de nouveau.

— Aucun problème.

— Je suis contente d'avoir rencontré ton fils au déjeuner. C'est un gamin chouette. Vraiment…

— Ouais… S'il bossait un peu plus et jouait un peu moins avec son ordinateur, il serait encore plus chouette… Il t'a bien aimée aussi !

— « *Femme, femme, femme, fais-nous voir le ciel, Femme, femme, femme, fais-nous du soleil…* »

— Put… Ahhh ! C'est mon portable…

Mehrlicht extirpa le petit téléphone de la poche de son imper et regarda l'écran.

— Tiens… Quand on parle du loup… L'animal m'a laissé trois messages. Allô ?

— Papa, c'est Jean-Luc ! Ça va ?

— Oui. Il y a un problème ou tu m'appelles à minuit pour me demander si ça va ?

— Non, je…

Il reprit en chuchotant.

— Je suis chez Kevin. Je me suis dit que c'était mieux de… si vous aviez l'appart pour vous… que vous soyez tranquilles. Je voulais t'avoir au téléphone avant que vous n'arriviez, pour te prévenir, histoire que… que tu ne croies pas que j'étais là, tu vois ?

— Je vois. Mais on sera à l'hôtel de Mado. On préfère faire comme ça.

— Ah OK ! L'hôtel. OK !

— Merci, en tout cas.

— Bah non… Je trouve que… non, non…

— C'est quoi la nouvelle sonnerie que tu as mise sur mon portable ? C'est Serge Lama ?

— Non. De la variété française des années 1970-1980. Ton époque, quoi ! Ça te changera de Brel. Je n'ai pas dit que c'était mieux, mais ça devrait être plus gai. Bon, la bise à Mado. Je te laisse.

— C'est ça. Va au lit. Tu as cours, demain.

— Ouais, ouais. Salut !

Il raccrocha et rangea son portable.

— Lui aussi s'inquiète de l'endroit où on va dormir, alors il est chez un copain et nous laisse l'appart ! J'ai tout à coup l'impression que c'est moi, l'ado !

Elle sourit avant de rectifier.

— Je ne suis pas inquiète, capitaine. Mais je ne suis pas du tout prête à passer la nuit chez toi, ni même à y aller… Les lieux sont encore…

Elle ne cherchait pas ses mots, elle avait peur de les prononcer. Mehrlicht acheva la phrase :

— … encore un peu trop habités par Suzanne. Hantés par son fantôme ! Tu peux le dire. J'avais rien touché depuis… Il m'a fallu quatre ans pour mettre ses affaires dans des cartons.

— C'est ton fils qui l'a fait…

— Ouais… Et il me tanne pour qu'on disperse les cendres de Suzanne quelque part… et pour que j'arrête de les conserver comme des reliques à la maison.

Mado ne commenta pas, alors il poursuivit :

— Je comprends, je t'assure. On fera les choses quand on sera tous les deux prêts à les faire. Voilà !

Elle lui sourit.

— En parlant d'être prêt, comment tu te sens pour les sélections ?

— J'ai encore deux jours. C'est mercredi matin ! Mais je suis paré. J'ai fini l'*Universalis*. Et avec Mickael et Sophie qui me tapent 5 balles dès que je jure ou que je dis un mot grossier, j'ai perdu… j'ai presque perdu cette manie… C'est ce qui m'a coûté ma place au pupitre, la dernière fois ! Alors là, je vais te les plier, ces sélections, tu vas voir ! Je les attends leurs « Questions pour un champion » ! Lepers ou pas, ils me porteront tous en triomphe !

— Oui, bon, c'est juste les sélections. S'ils te gardent, tu enregistreras l'émission plus tard.

— Comment ça « s'ils me gardent » ? Tu doutes, félonne ?

— Pas du tout ! Tu es déjà mon champion à moi !

— Ah ! Voilà ce que je voulais entendre. Je vais leur faire cracher un max !

— Heu… Un max de dicos !

Ils rirent ensemble.

— Un max de dicos, répéta Mehrlicht. Je vais les mettre sur la paille, Larousse et FR3 !

— Maintenant c'est France 3 !

— OK. À genoux, France 3 ! Ils crieront grâce !

— Je sais, mon champion. Ils n'ont aucune chance !

Ils s'embrassèrent et entrèrent dans l'hôtel.

Minuit
VIKTOR et Ileana

La pièce était plongée dans la pénombre. Un souffle rauque rythmait le silence, suivi d'un sifflement saccadé qui s'éteignait par instants avant de reprendre inlassablement.

Viktor s'approcha du lit où Ileana reposait. Il la contempla un long moment, craignant de l'éveiller, avant d'oser chuchoter :

— Est-ce que tu dors, mon aimée ?

— Non, mon amour. J'ai bien trop froid. Si tu savais comme j'ai froid… Mon corps est habité par un hiver tenace, qui fige mon esprit, change mon sang en glace…

Il tira sur la couverture de laine et la remonta jusque sur ses épaules dénudées.

— Tu vas te réchauffer. Attends un peu. J'ai apporté tout ce dont tu as besoin, ma chérie, pour raviver un feu assoupi dans ce corps affaibli.

Il contourna le lit et alla vérifier les réglages de la console. Il fit cliqueter un cadran, pressa deux boutons, manipula une molette. Les voiles du baldaquin ondoyèrent doucement lorsqu'il revint, légers comme des toiles d'araignée. De ses doigts maigres, il les écarta en se penchant de nouveau au-dessus d'elle. Dans la lumière tamisée, il détailla, un instant immobile, l'infinie beauté de son visage, son nez fin, ses lèvres charnues, sa peau si pâle, ses cheveux si noirs.

— Et maintenant, mon amour ? Comment te sens-tu ?

— Oui ! Je sens la chaleur ! Je sens la vie ! Viktor, je la sens !

— Je sais, Ileana.

— Je sens les crocs du froid s'arracher à ma chair, car un feu enivrant met à mal cet hiver !

Il lui sembla que la jeune femme s'était tordue subrepticement comme submergée par un plaisir intime ; ses lèvres s'entrouvrirent, et ses paupières se fermèrent quand elle expira dans un frisson.

— Oui ! Encore ! Viktor ! Cette chaleur me grise et inonde mon corps d'une douceur exquise.

Il posa la main sur son ventre et sentit le corps de la jeune femme se contracter.

— Viktor, je t'en supplie ! Donne-m'en plus…

Il retira lentement sa main.

— Sois patiente, mon aimée. Ton corps est épuisé. Il faut procéder par étapes.

— Viktor, je ne peux plus attendre.

— Je sais, Ileana. Ce n'est plus aujourd'hui qu'une question de jours. D'heures, peut-être. Repose-toi maintenant, *dragostea mea eternă*.

Il vit le corps de la femme de nouveau s'alanguir, soudain saisi d'une torpeur immense.

— Reviens vite, mon amour, l'entendit-il lui souffler.

— Je ne vis que pour ces instants où nous sommes réunis, mon aimée. Je repasserai demain dans la matinée.

Il se pencha et leurs lèvres s'effleurèrent.

— À notre longue nuit ! murmura-t-il enfin.

Elle se rendormit, visiblement apaisée. Il continua de la contempler, un rictus fervent aux lèvres. Une machine ronfla au fond de la salle. Il laissa retomber les voiles blancs et revint près de l'engin. Il contrôla de nouveau les réglages, activa un compteur, pressa quelques boutons. Des loupiotes s'illuminèrent sur la console. Il s'assura que les fils et les tubes qui nourrissaient la jeune femme n'étaient pas entravés. Tout était en place. Alors il traversa la salle, tout en retirant sa blouse blanche qu'il suspendit au mur à une patère. Il sortit de la pièce sombre et verrouilla la porte à clé derrière lui. Puis il remonta l'escalier et quitta la cave.

LUNDI 16 AVRIL

9 h 12

Dans la salle d'audition, le lieutenant Sophie Latour était assise en face d'un homme d'une trentaine d'années, plutôt trapu, aux cheveux châtains coupés court. Sa carte d'identité annonçait qu'il était français, né à Puteaux et s'appelait Vincent Demagny, le procès-verbal, qu'il était comptable et habitait rue de Prague dans le XIIe arrondissement parisien. Silencieux, il gardait les mains sur ses cuisses, le regard lointain.

— Vous avez entendu ma question ? répéta Latour.

Le type leva les yeux pour dévisager la jeune flic à l'ample chevelure rousse et lui montrer qu'elle ne l'impressionnait pas du tout. Un rictus arrogant souleva sa lèvre mais aucun son ne la franchit. Latour soutint son regard un instant, impassible, puis baissa les yeux vers le PV de l'intervention.

— Cette nuit, à 3 h 20, vous avez été arrêté chez vous et placé en garde à vue. Vous savez pourquoi ?

Demagny conserva la pose. Latour le fixa de nouveau, feignant d'avoir tout son temps pour entendre la version du type. L'expérience lui avait surtout enseigné que le silence était souvent bien plus pénible pour les gardés à vue qu'un feu roulant de questions, alors elle ménageait des pauses dans son interrogatoire, excitant l'ébullition secrète des pensées dans la tête d'un type qui n'avait eu que peu de temps pour construire une histoire plausible. En silence, elle constatait le papillotement de ses paupières à mesure que montait son stress, ses regards rapides sur les côtés, les délais de réponse qui allaient grandissant – embarqué dans un mensonge, il fallait en assurer la cohérence jusqu'au bout –, les lapsus, les expressions feintes par ces menteurs qui ne sortaient pas de l'Actors Studio, loin de là… Son silence à elle était le plus impitoyable bourreau et son meilleur assistant.

Le poing du lieutenant Dossantos s'abattit sur le bureau et les fit sursauter tous les deux.

— Bon ! Tu réponds à la question ou il faut que je te frictionne ? tonna-t-il.

Demagny leva les yeux vers le grand flic bodybuildé à la peau mate, qui, engoncé dans son polo blanc, avait posé sa grosse cuisse sur le bord du bureau et le toisait de haut.

— Parce que tu vas arrêter de regarder ma collègue comme ça et de la prendre pour une conne ! Alors on t'écoute !

Latour tenta tant bien que mal de contenir son émotion. Mickael Dossantos dans toute sa splendeur. Un tank fait flic par la grâce de la fée psychotique qui s'était penchée sur son berceau blindé. Un golem de muscles animé par la seule magie du code pénal. Et par un amour singulier pour elle, Latour l'avait récemment découvert, qui avait conduit son futur époux, Jebril, à l'hôpital[1]. Mickael était de ces amis qui, pour faire votre bien, peuvent malencontreusement réduire votre vie en miettes. Latour tentait donc de prendre ses distances avec cet *ami*, mais aussi avec ce collègue. Pour elle comme pour lui, elle envisageait sérieusement de demander une mutation dans un autre commissariat parisien. La présente démonstration de force du colosse énamouré ne faisait que la conforter dans ce choix.

— MAINTENANT ! brailla-t-il de nouveau.

— Je n'ai rien fait ! beugla le type en écho.

— Ah tu n'as rien fait ?

La voix de Dossantos se fit mielleuse comme celle de Kaa, avant la dévoration. Il ouvrit le dossier posé devant sa collègue près du procès-verbal et fit glisser une photo sous les yeux de Demagny, le portrait d'une jeune femme brune aux cheveux mi-longs, qui devait être plutôt jolie. L'un de ses yeux était bleu, l'autre était clos et boursouflé, cerné par un gonflement violacé. Son nez, fin à la base, déviait de sa trajectoire pour obliquer vers la droite, vers une bosse qui déformait la lèvre supérieure et révélait deux dents cassées. La lèvre inférieure avait craqué à plusieurs endroits et avait dû beaucoup saigner. Les deux pommettes étaient tuméfiées, l'une ouverte où la chair affleurait. On distinguait d'autres marques sur le haut du cou, mais le portrait s'arrêtait là. Dossantos déposa une deuxième photo, puis une troisième, du cou, des bras, des mains, du ventre, de la poitrine, des côtes, du dos, des jambes, des pieds. S'il n'y avait pas eu une histoire écœurante

---

1. Voir *De cauchemar et de feu* et précédents.

pour accompagner ces images, on aurait pu penser que la jeune femme était miraculée d'un accident de la route, que son véhicule lancé à pleine vitesse avait percuté un mur de béton et s'y était chiffonné avec elle à l'intérieur. On pouvait imaginer le temps que les pompiers avaient mis à désincarcérer de la tôle son corps concassé et inerte, puis à la ranimer, croyant à chaque instant que le combat contre la mort était perdu. L'imagination a cette force. Elle a aussi ses limites : on ne pouvait concevoir que Mme Marie Demagny avait simplement passé une soirée de trop avec son mari.

Il repoussa les photos.

— On s'est engueulés, voilà ! Ça arrive dans les couples. Vous ne vous engueulez jamais, vous, avec votre femme ? demanda-t-il à Mickael, misant sur une complicité masculine.

Il était mal tombé. La magie qui animait le golem opéra :

— Article 222 tirets 11 et 12 du code pénal : « les violences ayant entraîné une incapacité totale de travail pendant plus de huit jours sont punies de trois ans d'emprisonnement et de 45 000 euros d'amende ». On passe à cinq ans de taule pour des violences sur le conjoint.

— La prison ? Parce qu'on s'est engueulés ?

Demagny fit mine de s'esclaffer.

Dossantos voulut ajouter quelque chose mais les mots se bloquèrent dans sa gorge, refluèrent vers son cœur avant de descendre dans ses poings. Latour, elle, les laissa sortir.

— Vous avez tabassé votre femme, monsieur Demagny. Pendant près d'une heure, vous l'avez poursuivie dans votre appartement, vous lui avez mis des coups de poing et des coups de pied, vous lui avez lancé une chaise à la figure, vous l'avez étranglée, vous lui avez frappé la tête contre le carrelage de la salle de bains… Vous n'êtes pas ici parce que vous vous êtes « engueulés » avec votre femme, mais parce que vous avez failli la tuer.

— Article 222 tirets 7 et 8 : « les violences ayant entraîné la mort sans intention de la donner sont punies de quinze ans de réclusion criminelle », vingt ans lorsqu'il s'agit du conjoint, ponctua Dossantos, froid.

— La tuer ! Mais n'importe quoi vraiment ! C'était juste des gifles !

Dossantos se redressa lentement sans le quitter des yeux. Latour vit se contracter les mâchoires de son collègue, présage d'un proche déraillement. Elle prit les devants.

— Des gifles qui l'ont conduite à l'hôpital, monsieur Demagny, où elle restera au moins une semaine selon les médecins ! Des gifles qui lui ont fêlé deux côtes ! Des gifles qui lui ont cassé deux dents !

Demagny se tortilla sur sa chaise.

— OK, je me suis énervé… Je suis désolé.

Dossantos regardait le type qui était désolé, et ne pipait mot.

— Oui, vous vous êtes énervé… C'est la troisième fois en huit mois que vous envoyez votre femme aux urgences.

— Oui, mais on se réconcilie. Après, ça va mieux. Elle n'écoute rien, aussi, vous savez ? Je lui répète les trucs dix fois, vingt fois. Elle le fait exprès, je vous jure.

Alors, à un moment, oui, ça m'énerve. Je pète un câble. Mais après, ça va mieux. Elle a porté plainte ?

— Non. Du moins, pas encore…

— Alors qu'est-ce que je fais là ?

Latour soupira. Le type ne posait aucune question concernant l'état de santé de sa femme, ni même sur son état émotionnel quelques heures après l'avoir rouée de coups. Au lieu de cela, il s'indignait qu'on lui demandât des comptes et qu'on le retînt contre son gré.

— Vous êtes là parce que les violences conjugales font deux cent vingt mille victimes par an en France, et cent vingt-trois morts par an. Ces chiffres font les gros titres, en ce moment. Vous êtes là parce que, à cause de vos coups, votre femme a manqué de peu de venir grossir le nombre des cadavres. Est-ce que vous comprenez ?

— OK. Je me suis emporté. Mais tout est pardonné, on va se réconcilier, vous verrez. Allez…

Le type voulut se lever et sentit la main de Dossantos peser si lourd sur son épaule qu'il abandonna le projet.

— Il n'y a pas de plainte, ça ne regarde pas la police, s'insurgea-t-il. C'est entre moi et ma femme ! Personne d'autre ! D'ailleurs, c'est qui le voisin qui vous a appelés ? C'est Duval ? Les Martelli ? De quoi ils se mêlent, ceux-là ?

Latour dévisageait le type rougeaud devant elle. Elle eut un bref instant l'envie d'être Dossantos et d'envoyer cet abruti dans le mur. Plusieurs fois. Elle chassa l'idée. Des coups pour sanctionner des coups… Et Dossantos qui regardait la scène et ne disait plus rien, ayant épuisé sa seule réplique, celle du code pénal, comme chaque fois.

— Nous allons bientôt nous revoir, monsieur Demagny… reprit-elle.

— Je ne vois pas pourquoi. Ne vous approchez pas de ma femme. C'est du harcèlement ! Je veux voir mon avocat !

— Vous m'avez mal comprise. Nous allons nous revoir parce que vous allez recommencer, encore et encore, jusqu'à ce qu'elle porte plainte, vous quitte, ou jusqu'à ce qu'elle meure… Vous pouvez partir.

Vincent Demagny se leva, les salua de la tête et sortit. Un silence pesant s'installa dans la petite salle d'audition.

— Elle a refusé de porter plainte. On ne peut rien faire, expliqua Dossantos, comme s'il essayait de la consoler.

Latour rassembla les photos devant elle et les rangea dans le dossier avec le procès-verbal.

— Tu as raison, Mickael. On va attendre qu'il la tue. Ça fera d'autres photos.

Elle se leva pour partir, se ravisa et reprit :

— Tu sais quoi ? Je me dis parfois que si ces affaires de femmes battues n'étaient pas confiées à des hommes qui « ne peuvent rien faire », on aurait peut-être réduit cette violence depuis longtemps. On devrait y réfléchir.

Elle se dirigea vers la porte, plantant là son collègue. Elle se disait que, pour les femmes, rien n'avait finalement changé. À se demander même si les choses changeraient un jour : il y avait eu les Weinstein, les « MeToo », les « Balance ton porc ». Le monde occidental avait découvert avec effroi, dans un bêlement planétaire, que les femmes du XXIe siècle continuaient de subir harcèlements, insultes, agressions sexuelles et violences à tous les niveaux de la société, parce qu'elles étaient femelles, parce que, depuis le jardin d'Éden, Ève la pécheresse et ses descendantes avaient servi de sac de frappe et d'exutoire fanatique à la moitié couillue de l'humanité, aux Adams revanchards et aux dieux masculins de toutes les civilisations. On avait dès lors posé sur elles tous les anathèmes et tous les tabous, de l'interdiction de paraître en public à celle de jouir de leur corps, de celle d'aller à l'école à celle de parler en leur nom. Ainsi en allait-il depuis toujours de la domination de l'homme sur la femme, sur sa femme comme sur les femmes, au foyer comme au travail ou dans la rue, dans l'espace privé comme dans l'espace public. Il avait fallu qu'une voix célèbre, puis une autre s'élèvent à Hollywood pour que le monde s'offusque benoîtement de sa volontaire cécité. Se frotter aux femmes dans le métro, les insulter dans la rue, les harceler, les frapper, les violer, les opprimer ici ou ailleurs, c'était mal ; il ne fallait pas le faire. Puis le temps avait passé. Quelques championnes du féminisme, à l'acmé de leur ferveur, avaient clamé qu'on pouvait « jouir d'un viol » et qu'« un homme sur deux ou trois était un agresseur ». L'outrance du propos et le scandale médiatisé avaient porté un coup fatal au débat attendu, éteint le vent libérateur, étouffé ce « printemps des femmes ». Et Vincent Demagny avait pu de nouveau tabasser sa femme.

Latour parvint à la porte du bureau, s'arrêta et fit volte-face.

— Excuse-moi. Ça me bouffe, cette… impuissance. Le pire, je crois, dans ce boulot, ce n'est pas les vrais truands, les cambrioleurs, les dealers, les escrocs, tous ceux qui passent la ligne pour faire du fric, tous ceux qui magouillent… Le pire, c'est la bêtise. Celle du type qui envoie sa femme à l'hosto mais « c'est pas grave », celle du type qui va en tuer un autre parce que le gars l'a « mal regardé », l'a doublé sur le périph, a mis la musique trop fort, tard le soir, et qui n'en démord pas, même une fois condamné à vingt ans de taule. Je ne parle pas du fou qu'on envoie à l'HP dans la foulée, ni de celui qui s'effondre après avoir pété les plombs et tué quelqu'un ; je parle de celui qui vraiment ne comprend pas et ne comprendra jamais la gravité de son acte et qui le justifiera bec et ongles face aux flics, face aux juges, face à sa famille… « Il m'a mal regardé »… Qu'est-ce qu'on peut faire ?

— Nous, on les chope et on les défère. Quand on peut. Chacun son travail, Sophie.

Latour dévisagea son collègue. Évidemment. Qu'espérait-elle de plus de ce monolithe ? Elle devait faire seule et à sa manière.

9 h 12
TALEB et Noura

Taleb Adil était assis en tailleur à l'entrée de sa tente Quechua. Dans ce froid XVIIIe arrondissement parisien, son duvet rabattu sur ses épaules par-dessus sa parka kaki à capuche, il jetait des regards à droite, à gauche, le long du boulevard Ney, tout en se fabriquant une cigarette avec quatre mégots qu'il avait ramassés. Ses cheveux châtain clair, longs et bouclés, zébrés de mèches blondes, tombaient en avant sur son visage pâle, lui bloquant la vue. D'un revers de main, il les écarta et examina le trottoir de nouveau. Il espérait percevoir un mouvement dans le brouillard, par-delà le grillage qui enserrait le camp. Mais il y avait peu de passage. Les Français évitaient le quartier. Au début, certains étaient venus apporter de la nourriture, des vêtements, quelques jouets pour les enfants. Puis d'autres s'étaient rassemblés pour les injurier et leur ordonner de partir parce qu'ils n'étaient pas chez eux. Taleb avait obtenu une licence d'informatique dans une université libano-française dans le nord du Liban, et parlait un français et un anglais courants. Il avait donc tenté de communiquer, d'expliquer, d'apaiser, mais rien n'y avait fait. Les insultes avaient plu sur eux, crachées avec la haine viscérale réservée aux envahisseurs et aux parias. Alors il y avait eu des bagarres entre les deux groupes, puis d'autres encore entre les réfugiés, pour une tente, pour un vol, pour l'honneur, pour un rien qui souvent constituait tout ce qu'ils avaient. Et la police française, pas celle en bleu, celle qui était en armure noire, avait viré les Français avant de déferler sur le camp, réglant les différends à coups de bâton, emmenant les plus agités, qu'ils fussent les plus violents ou les plus désespérés. Un jour, ils avaient même rasé le camp. Ils avaient débarqué un matin par cars entiers. Ils avaient posé des affiches tout autour qui sommaient les réfugiés de quitter le territoire français sur-le-champ, puis ils avaient chargé et tout détruit, même les tentes que leur avaient fournies les associations, arrachant, piétinant les duvets, les vêtements, les objets personnels, les derniers liens, souvent, avec le pays. Taleb avait compris ce qui allait se passer dès qu'il avait vu les sombres cars se garer un peu plus haut sur le boulevard. Ce sens de l'observation lui avait plus d'une fois sauvé la vie. Il avait appelé Noura et, ensemble, ils s'étaient mis à l'abri à quelques rues de là. En quelques heures, la petite place sous le métro aérien avait été nettoyée, puis d'énormes camions avaient surgi pour déverser des blocs de pierre empêchant toute réinstallation au même endroit. Tout était terminé lorsque Taleb et Noura étaient revenus. Les réfugiés s'étaient déplacés et avaient monté les tentes un peu plus haut sur le boulevard. Les bénévoles, malgré les difficultés que leur faisait la police, étaient revenus leur livrer des couvertures et des plateaux-repas, les aider à remplir leur demande d'asile, et recevaient alors leur énième amende de 135 euros pour stationnement gênant. Les nationalistes français aussi étaient réapparus pour hurler aux réfugiés qu'ils n'étaient pas chez eux et qu'ils devaient partir.

Taleb n'avait rien compris à cette colère, à cette violence. Il savait qu'il n'était pas *chez lui* ; chez lui, à Alep, il pleuvait des obus depuis cinq ans. Chez lui, l'armée d'al-Assad massacrait le peuple qui se rebellait contre sa tyrannie. Taleb voyait assez nettement la différence. Ces dernières années, il les avait passées à survivre, à éviter les balles et les bombes qui épandaient la mort dans une brume de gaz létal et truffaient de plomb et de ferraille cette vaste boucherie qu'était devenue la Syrie. Quand les Russes, qui soutenaient le régime en place, s'étaient à leur tour mis à bombarder la ville, apportant leur touche de feu aux attaques chimiques du pouvoir, les parents de Taleb, commerçants prospères avant le conflit, avaient compris qu'Alep était perdue. Ils avaient alors pris la décision d'envoyer leurs deux enfants, Taleb et Noura, de vingt et un et dix-neuf ans, en Grande-Bretagne où ils avaient de la famille. Après trois ans de guerre civile, les passeurs étaient rodés. Les voies de sortie vers la Turquie avaient un temps été de vraies autoroutes avant que les combats s'intensifient, et que l'Europe paye Erdogan pour qu'il verrouille cette frontière. Il fallait désormais éviter les forces en présence, l'armée syrienne et l'armée syrienne libre, bien sûr, mais aussi Daech, qui depuis trois ans profitait de l'effroyable chaos pour phagocyter le pays et étendre son démentiel et sanglant « califat ». En outre, ce voyage avait un coût. Auprès de fonctionnaires corrompus, le père de Taleb, Karam Adil, avait pu obtenir deux vrais passeports à 5 000 euros pièce, puis les visas turcs pour 1 000 euros chacun. Il avait encore donné 2 500 euros par tête au passeur qui devait mener ses enfants jusqu'en Turquie, à Kahramanmaras, le premier aéroport dans le sud du pays. Cette première étape était cruciale puisqu'elle mettrait sa fille et son fils hors de danger. Ils n'auraient plus ensuite, selon lui, qu'à acheter un billet pour rejoindre Manchester en Angleterre où un cousin les hébergerait, où Noura et Taleb reprendraient des études, en attendant la paix. Leur père leur avait également donné 2 000 euros chacun, qu'il avait cachés dans des ceintures spéciales fabriquées à cet effet, assurant qu'avec pareille somme, ils seraient totalement à l'abri. Il avait tout fait pour présenter cette fuite comme une formalité, presque un voyage d'agrément. Taleb se demandait encore aujourd'hui si son père y croyait vraiment, s'il s'était forcé à y croire, ou s'il avait sciemment caché à ses enfants les horreurs qui les attendaient. Certainement, il savait. À la veille de leur départ, il avait pris Taleb à part et lui avait solennellement fait jurer de protéger sa petite sœur, de ne jamais se séparer d'elle, de veiller sur elle à chaque instant.

Un métro rugit au-dessus de sa tête et Taleb coula un nouveau regard le long du boulevard Ney. Il s'était fait au crissement des wagons. Toutes les quatre minutes. Dès 5 heures du matin jusque vers 1 h 30, le soir. Ça laissait une accalmie de trois, quatre heures pour dormir. Mais Taleb n'avait quasiment pas fermé l'œil depuis deux jours. Assis à l'entrée de sa tente, il guettait le retour de Noura. Parce que Noura avait disparu.

9h33

Mehrlicht avait accompagné Mado à la gare et les deux tourtereaux s'étaient quittés à regret, riant encore de leur soirée, se réjouissant de ce premier week-end passé ensemble sur les terres du flic, se résignant à retourner à leurs vies personnelles après avoir goûté à une vie commune. Sur le quai bondé, ils s'étaient tout promis pêle-mêle, de se retrouver vite, de s'appeler le lendemain, de penser l'un à l'autre, parce que le temps les séparait déjà. Puis le train s'était éloigné et Mehrlicht avait aussitôt senti la solitude s'insinuer en lui et l'étourdir, comme un poison. Il avait soupiré, sorti une Gitane et avait quitté la gare pour rejoindre le commissariat.

Quand Dossantos et Latour sortirent de la salle d'interrogatoire et regagnèrent leur bureau, une pièce de vingt mètres carrés, ils trouvèrent leur chef de groupe installé face à l'éternel capharnaüm qui constituait son espace de travail, une pile de dossiers, de journaux, de magazines de sudoku, de mots fléchés, de photos de toutes tailles, d'emballages de gâteaux, de sandwichs, et même le trognon sombre et velu d'une pomme sans doute dérobée un jour dans le jardin des Hespérides et abandonnée là depuis lors. Du bout de ses deux index nicotinés, il tapotait les touches d'un clavier d'ordinateur qui avait subi tous les outrages, et achevait la rédaction d'un rapport que personne n'attendait plus.

— Salut ! leur lança-t-il. Vous étiez cachés ?

— Non, on avait une audition, capitaine. Le gars est libre, annonça Latour.

— C'est qu'il était innocent, alors ! dit Mehrlicht en souriant de toutes ses dents jaunes.

Il vit le visage de Latour et comprit que sa blague passait mal. Elle expliqua :

— Violences conjugales. La femme est à l'hôpital pour une semaine mais elle ne porte pas plainte.

— Ah… Et tu veux aller la choper entre quat'z'yeux pour la faire changer d'avis, je me goure ?

Latour encaissa le coup.

— C'est ça…

Mehrlicht opina.

— Je t'ai pas déjà dit que si tu voulais t'occuper des victimes, fallait passer le concours d'infirmière, pas celui de flic ? Parce que là, j'ai comme une impression de déjà-vu…

Latour sourit.

— Si. Vous me l'avez répété pratiquement à chaque affaire…

— Je t'ai pas déjà dit de me tutoyer, aussi ? Bon… Tu vas la voir, tu fais une tentative. Si elle refuse toujours, tu laisses tomber et tu préviens une association pour qu'ils prennent le relais. On est d'accord ?

— Oui, capitaine.

— Et en échange, tu finis de taper mon rapport…

Elle éclata de rire.

— Non, toujours pas.

— Mais je souffre de phobie administrative ©[1]! J'ai besoin d'aide !

— Je sais, mais je n'ai pas passé le concours d'infirmière ! Allez à l'hôpital… acheva Latour.

Mehrlicht fit la moue. Il avait essayé une fois de plus et avait échoué. Nouvelle recrue deux ans auparavant, Sophie Latour avait obéi aux ordres et accepté à contrecœur les corvées de secrétariat que lui avaient réservées ses deux collègues mâles. C'est notoire : la femme a un talent naturel, un don génétique, pour la dactylo. Nombre de savants mâles l'ont confirmé. Mais un jour, la femme s'était révoltée. Depuis, chacun tapait ses rapports. Les deux hommes en souffraient beaucoup.

— Bon… vous avez vu le nouveau tôlier ?

Les deux lieutenants se regardèrent, surpris.

— Faites pas ces bobines ! Matiblout doit nous le présenter aujourd'hui. Passation de pouvoir et tout le toutim des chefs qui se reniflent et se lapent le museau. Notre nouveau commissaire va certainement passer les troupes en revue. Vous auriez pu vous fringuer un peu ! Vous allez me faire honte !

Dossantos et Latour se regardèrent. Jeans, baskets, tee-shirt et polo. Puis ils examinèrent la tenue de leur chef de groupe, son costume beige au col pointu, aux manches élimées, aux jambes à pattes d'éléphant, sans doute volé dans la penderie de Joe Dassin, l'auréole de

---

1. L'ancien secrétaire d'État Thomas Thévenoud, condamné pour fraude fiscale, a depuis déposé cette marque.

graisse qui dessinait comme une médaille à droite sur sa poitrine, sa cravate marron à grosses mailles rachetée aux enchères de la succession de Roger Gicquel, ses vieilles godasses qui menaçaient à chaque pas de révéler des pieds dans le même état.

Il sourit, ce qui ajouta encore à l'horreur de la scène.

— Non, j'étais avec Mado tout le week-end et ce matin ! Elle vous embrasse, au fait ! Alors, évidemment, je me suis sapé en joli ! Vous en dites quoi ?

Il écarta les pans de sa veste probablement pour qu'on vît mieux sa chemise et sa cravate.

Un silence figea la scène. Heureusement, on frappa à la porte.

— Le nouveau patron ! Quand on parle du loup ! Garde-à-vous ! plaisanta Mehrlicht.

La porte s'ouvrit et un gars en bleu passa la tête, le brigadier Mirzaoui.

— Capitaine, il y a une dame qui voudrait vous voir.

— Je la comprends ! Avec ce physique de cinéma !

Dossantos pouffa. Le capitaine ne se démonta pas.

— Rigole ! On me l'a encore dit hier !

— C'est ça ! Je te vois bien dans *The Walking Dead*… ou *Game of Thrones* ! Ouais ! C'est toi, le Marcheur Blanc ! Je te reconnais !

Latour sourit.

— J'imagine que c'est un monstre, insolent ! lança Mehrlicht en grimaçant. Tu es jaloux, c'est tout… Bon, cette dame, brigadier ?

— Elle s'est présentée à l'accueil en bas et a demandé à vous voir. Personnellement. Elle insiste là-dessus mais elle n'a rien dit de plus. Elle est un peu… bizarre…

— Ah… Brigadier, il fallait commencer par là ! « Bizarre », c'est forcément pour moi ! Fais-la entrer !

La femme passa la porte du bureau. Elle devait avoir la cinquantaine mais en paraissait plus. Des cheveux grisâtres tombaient en ondulant sur ses épaules et encadraient un visage pâle aux traits anguleux. Elle portait une veste de sport imperméable sombre, certainement achetée à bas prix sur un marché, qui jurait avec sa jupe en laine à carreaux et ses petites chaussures fatiguées. Elle serrait devant elle un cabas Carrefour dans lequel elle semblait bringuebaler tout le fourbi de sa vie, une vie de peu de choses. Son regard allait d'un flic à l'autre, mais elle ne clignait presque jamais des yeux, de grands yeux d'un bleu passé. Le brigadier ne s'y était pas trompé. Elle dégageait une étrangeté innocente comme on en ressent parfois au contact d'inconnus dont on peine à comprendre comment ils sont faits.

D'un revers de la main, Mehrlicht l'invita à prendre place en face de lui.

— Bonjour madame ! Je suis le capitaine Mehrlicht. Lieutenant Latour, lieutenant Dossantos. Vous avez demandé à me voir…

— C'est vous qui étiez dans les journaux ? lança-t-elle de but en blanc.

Mehrlicht sourit.

— Ouais…

— Rapport à l'Empoisonneuse ? C'est ça ?

— Ouais… Depuis cette affaire, j'ai l'impression d'être aussi célèbre que *La Joconde* ! Bref… Ça remonte un peu, cette histoire mais… Mais dites-moi ce qui vous amène !

— Je ne vous imaginais pas comme ça. Mais plus jeune.

— Ah… Désolé, souffla Mehrlicht.

— Ce n'est pas grave. Vous n'y êtes pour rien…

Elle hésita un instant, levant son regard vers Latour puis Dossantos, debout de chaque côté du bureau.

— Vous pouvez parler, para Mehrlicht. Mes collègues sont pas toujours finauds, mais ils ont un bon fond ! Je vous écoute.

— C'est ma fille, Lucie. Elle n'est pas rentrée.

— Pas rentrée ? Chez vous ?

— Exactement. Depuis hier. Hier soir.

— Quel âge a votre fille ? interrompit Dossantos, ce qui la déstabilisa un peu.

— Vingt et un ans. Elle les a eus en janvier. Le 14. Maman a fait un cake.

Mehrlicht la regarda un instant, silencieux. Latour prit la relève :

— Votre fille est majeure, madame. Elle est libre d'aller et venir comme bon lui semble…

— Vous ne l'avez pas vue depuis une douzaine d'heures ; il est trop tôt pour s'alarmer, ajouta Dossantos.

— Et elle a dû dormir chez un… chez une amie, se reprit Mehrlicht.

— Non… Lucie est morte.

Les trois flics se regardèrent.

— Morte ? Comment pouvez-vous le savoir ? demanda Latour.

— C'est Maman qui me l'a dit.

9h41
TALEB et Noura

Ce n'était pas la première fois que Taleb et Noura se retrouvaient séparés depuis leur départ d'Alep, un matin de septembre. À l'époque, les lourdes bombes russes émiettaient la ville depuis près d'une semaine, causant en moyenne quatre-vingts morts par jour. Le 27, pourtant, la fréquence des frappes aériennes avait soudain diminué. La vie avait alors percé sous les gravats et avait lentement repris dans les rues d'Alep parce qu'il fallait bien sortir, acheter de quoi survivre, glaner des nouvelles de ses proches.

Le 28, à l'aube, Adil avait embrassé ses enfants et les avait installés à l'arrière d'un pick-up Toyota. Il devait profiter de cette trêve pour les mettre à l'abri. Le passeur lui avait assuré qu'il n'y aurait pas d'ennuis. C'est ainsi qu'ils s'étaient quittés dans la lumière bleutée d'un jour naissant, à la hâte, taisant qu'ils ne se reverraient sûrement jamais.

Quelques minutes plus tard, Noura et Taleb accompagnés de trois autres Aleppins, un homme et deux femmes qu'ils ne connaissaient pas, faisaient route plein nord vers la ville d'Azaz, aux mains de la rébellion, puis vers la frontière turque, à soixante kilomètres de là. On savait cette route dangereuse puisqu'elle longeait une zone de guerre qui du jour au lendemain, passait sous le contrôle d'un autre groupe armé, mais c'était de loin la plus rapide, car elle permettait d'éviter notamment les pistes rocailleuses qui sinuaient sans fin à travers les montagnes de l'ouest. De plus, c'était celle qui menait à un petit village frontière où le passeur avait ses habitudes, où l'officier en poste se montrait conciliant sur la base de 1 000 euros par tête.

Le Toyota filait sur la piste, soulevant la poussière, lorsque étaient apparus deux 4×4 de l'armée syrienne officielle, qui les avaient pris en chasse. La panique avait enflammé les occupants du pick-up, mais le passeur avait tenté de calmer les esprits. Il avait stoppé son véhicule. Le soldat qui était venu lui parler avait jeté un coup d'œil à l'intérieur de la voiture, avait posé un regard appuyé sur les trois femmes voilées installées à l'arrière, en particulier sur Noura, ses yeux noirs et son nez fin. Sans écouter son histoire, il lui avait ordonné de les suivre. Le passeur avait obtempéré. Ils avaient roulé jusqu'à un petit village à quelques kilomètres à l'ouest où ils s'étaient arrêtés. Le chauffeur avait immédiatement proposé de l'argent. Son empressement à se départir de son salaire avait terrifié les passagers. Personne ne l'avait écouté. Les accusant d'être des sbires de Daech, prétextant de les interroger un par un, les soldats avaient séparé les hommes et les femmes. Taleb s'était interposé. Un violent coup de crosse avait brisé sa rébellion. Au sol, inconscient, il avait échappé à l'ignominie qui avait suivi.

Le roulis du pick-up et un perçant mal de tête l'avaient réveillé, il n'aurait pu dire combien de temps plus tard. Il avait aussitôt porté la main à son crâne bandé et en avait retiré une paume ensanglantée. Dans la voiture qui filait de nouveau vers la Turquie, personne ne disait mot. L'homme et les deux femmes sanglotaient. Le passeur conduisait, silencieux. Noura regardait défiler le paysage à travers la vitre sale, un désert pierreux et aride. Elle ne pleurait pas. Elle avait souri à son frère quand il avait repris connaissance. Il avait voulu lui demander mais avait tout de suite remarqué la déchirure qui faisait bâiller son *hijab*, puis les ecchymoses sur son cou. Sa bouche s'était ouverte. Elle avait posé sa main dessus et lui avait souri de nouveau. Alors Taleb l'avait prise dans ses bras et avait pleuré à sa place.

Ce n'était pas la première fois que Taleb et Noura se retrouvaient séparés, mais chaque fois le pire s'était produit pour elle. En dépit du serment fait à son père, Taleb se disait qu'il n'avait jamais réussi à protéger sa sœur.

Il regarda de chaque côté du boulevard. La brume restait épaisse même si le soleil semblait déjà haut. Noura était partie deux jours plus tôt au matin avec Asar l'Égyptien, mais n'avait toujours pas reparu. Asar venait au campement tous les deux jours pour chercher de la main-d'œuvre bon marché. Il devait revenir aujourd'hui. Taleb comptait lui poser quelques questions. Le jeune Syrien entra dans sa tente et referma la fermeture Éclair derrière lui. Il écouta un temps, s'assura que personne ne venait, et plongea la main dans son sac à dos. Il en tira un Walther P99 à la carcasse kaki. Il vérifia le chargeur et passa le pistolet semi-automatique à sa ceinture. Taleb comptait poser des questions à l'Égyptien, et avoir des réponses.

9 h 52

Les trois flics se jetaient des regards furtifs, essayant de ne pas apeurer cette femme qui venait déclarer la disparition de sa fille – majeure –, et s'interrogeant quant à la manière de traiter une affaire qui pour l'instant n'en était pas une.

— Bon… On va reprendre un peu, coassa Mehrlicht avant de se racler la gorge.

D'un revers du bras, avec une délicatesse de pelleteuse, il aménagea un espace sur son bureau. Puis il attrapa une feuille et un stylo.

— Comment vous appelez-vous, madame ?

— Brigitte, mais Maman m'appelle Gigi.

— OK. Et votre nom de famille ?

— Maturin. Gigi Maturin.

Il écrivit.

— Et vous habitez ?

— 10-12, rue des Bois. La Résidence des Bois. Dans le XIXe. Avec Maman. Et Lucie.

— Quand avez-vous vu Lucie pour la dernière fois ?

— Hier, à l'heure de « Questions pour un champion ». Mais ça ne passe pas le dimanche… Tous les jours, sauf le dimanche, regretta-t-elle. Je ne sais pas pourquoi…

— Vous regardez « Questions pour un champion » ? s'enquit Mehrlicht, intrigué.

— Exactement. Avec Maman. Mais on n'aime pas tellement le nouveau.

— Ah ? Moi, j'aime pas tellement l'ancien ! Et donc, Lucie… Lucie Maturin, je présume ?

— Oui, c'est ça. Exactement.

— Et vous vivez toutes les trois, Lucie, vous-même et votre mère ?

— Oui, c'est ça. Exactement.

— Très bien. Vous disiez que Lucie est sortie vers 19 heures. Vous savez où elle allait ?

— Elle devait rejoindre une copine. Cathy.

— Cathy comment ?

— Je ne sais pas. Cathy. C'est important ?

— Il faudrait qu'on l'interroge…

— On l'appelle juste Cathy… On l'a vue deux, trois fois à la maison. Pas plus. Habillée pareil que Lucie, des vêtements noirs tout le temps. Et le maquillage… Et les oreilles percées partout, et les bagues…

— OK. Donc Lucie est partie seule rejoindre Cathy à 19 heures hier soir, et elle est pas rentrée. Elles avaient rendez-vous à quel endroit ?

— Je ne sais pas. Lucie faisait un peu ce qu'elle voulait. Vous savez, à cet âge…

— Elle devait quitter Paris ?

— Ah non ! C'était à Paris. Elle allait dans un café, je crois…

— Est-ce qu'elle a emporté des vêtements, un sac ?

— Son passeport ? compléta Latour.

— Non. Enfin… Elle a sa carte d'identité. Mais elle avait juste son sac à main. Comme d'habitude.

— Elle a un portable, j'imagine. Vous avez essayé de l'appeler, bien sûr ?

— Oui, exactement. On s'est inquiétées avec Maman, ce matin, en voyant qu'elle n'était pas rentrée. Alors, on l'a appelée, mais elle n'a pas répondu. Alors, on a rappelé une dizaine de fois. Mais rien.

Sa voix s'évanouit dans un trémolo humide. Elle faisait manifestement un effort colossal pour endiguer ses sanglots.

— Et elle passe parfois la nuit chez Cathy ? interrompit Latour.

— Jamais ! Lucie est toujours rentrée. Elle savait qu'on s'inquiéterait bien trop, Maman et moi.

— *Maman*, c'est donc votre mère, et la grand-mère de Lucie ?

— Oui, c'est ça. Exactement. Renée Maturin. Née Tencin.

— T-a-n-s-s-i-n… écrivit Mehrlicht.

— Non, avec un e et un c.

— Tencin. Pardon…

— Ce n'est pas grave. Vous ne pouviez pas savoir.

Mehrlicht parcourut rapidement ses notes et soupira.

— Bon… Lucie est pas rentrée dans la nuit. Peut-être est-elle revenue à la maison depuis votre départ de chez vous.

— Non. Maman m'aurait appelée tout de suite. C'est convenu.

Elle sortit son portable, un vieux modèle pliable qu'elle inspecta.

— Et là… Il n'y a rien. Vous voyez ?

Elle tendit l'écran.

— Je vois… Et Lucie vous a semblé triste, ces temps-ci ? Différente ? Est-ce que quelque chose s'est passé récemment qui… Une rencontre ? Une rupture ? Un événement dans sa vie ?

— Non, Lucie a toujours été un peu rêveuse. Un peu réservée aussi… Elle ne nous parlait pas beaucoup. Elle parlait à Cathy. Elles étaient tout le temps ensemble. Deux inséparables, vous voyez ?

— Ouais… Et elle est pas malade ? Je veux dire, elle a rien de grave ?

— Non. Elle mangeait peu, c'est sûr, mais depuis toute petite…

— Elle a des amis, vous disiez… Vous avez essayé de les appeler, enchaîna Latour.

— Elle n'en a pas d'autres. Enfin, je ne sais pas. Lucie est très discrète…

— Vous avez quelques noms à nous donner, mis à part cette Cathy ?

La femme réfléchit un temps puis fit non de la tête.

— Elle était à l'université. Je ne connaissais pas ses amies. Je les ai vues en photo…

— Et ses ennemis ? Vous croyez qu'elle en a ? Vous a-t-elle parlé de quelqu'un qui l'aurait inquiétée, menacée ?

— Non… Personne. C'est une bonne petite. Elle ne ferait pas de mal à une mouche.

— Je vois…

Latour et Dossantos écoutaient les réponses de cette femme étrange qui évoquait la vie de Lucie tantôt au présent, tantôt au passé, oscillant entre résignation et refus à l'idée que sa fille était morte. Les deux lieutenants regardaient leur capitaine se débattre et transpirer à la recherche du meilleur biais pour poser la seule question qui importait désormais.

— Je vois. Madame Maturin. Pourquoi… ou plutôt comment… Qu'est-ce qui vous fait penser que votre fille… a un problème ?

— Ce matin, Maman a dit qu'elle était morte et qu'il fallait tout de suite prévenir la police. Je suis venue aussi vite que j'ai pu.

La phrase s'acheva dans un souffle. Le menton de Gigi Maturin se gondola en tous sens, remué par des séismes intérieurs et contraires.

— Je vois, madame… Et comment votre mère l'a-t-elle su ?

— Que Lucie était morte ?

— Ouais… Oui.

— On s'est inquiétées, alors Maman a tiré les cartes.

Mehrlicht se racla la gorge et jeta un œil à ses deux lieutenants.

— Elle a tiré les cartes ?

— Oui, c'est ça. Exactement. Le tarot. Deux fois. Et les deux fois, elle a eu le Diable en majeur et le Pendu en sixième. Le Mat puis la Maison Dieu !

La femme avait élevé la voix sans s'en rendre compte et elle ouvrait maintenant de grands yeux hallucinés.

— Évidemment… souffla Mehrlicht en se rasseyant au fond de son fauteuil.

Dossantos se décala légèrement pour sortir du champ de vision de Gigi Maturin. Face à son chef, il fronçait les sourcils et faisait non de la tête, le visage rechigné, comme chaque fois que la réalité quittait les rails de son entendement. Mehrlicht lut sans peine le mot que grimaçaient les lèvres de son lieutenant : « barjo ».

Gigi Maturin reprit d'elle-même :

— Maman dit que le Mat est un voyageur qui vient d'un pays lointain et qui amène la mort avec lui, partout où il va. Pour une femme…

— Je vois, mentit Mehrlicht.

— Pouvez-vous nous donner le numéro de téléphone de Lucie ? demanda posément Latour. Nous allons nous aussi essayer de la contacter.

— Oui. Attendez. Je l'ai noté dans mon carnet.

Gigi Maturin plongea les mains dans son cabas et farfouilla un temps, faisant froufrouter son coupe-vent bleu nuit, avant d'en sortir un étui à lunettes dont elle tira une monture épaisse, puis un petit calepin dont elle parcourut les pages.

— Voilà, je vais vous le noter.

— Parfait. Et inscrivez aussi le vôtre pour qu'on vous tienne au courant.

Elle enfouit de nouveau les deux bras dans son cabas, touilla un temps et fit émerger un crayon. Elle griffonna le numéro sur une autre page qu'elle arracha et tendit à la jeune femme rousse.

— Merci, dit Latour en souriant.

— On va voir ça de suite ! annonça Mehrlicht en se levant. Vous auriez une photo récente de Lucie sur vous ?

— Oui.

Elle fourragea de nouveau dans son sac, en sortit un gros porte-monnaie dont elle tira quelques photos. Elle les tria rapidement et en tendit une au capitaine. Une petite fille d'une dizaine d'années aux cheveux bruns et aux yeux tristes souriait à l'appareil. Une photo de classe, sans doute.

— Vous auriez pas un portrait plus récent ?

— Non. C'est la dernière que j'aie. Il faut que je rachète une pellicule pour en faire d'autres. Mais Lucie n'aime pas être prise en photo.

Mehrlicht se leva.

— OK. Sophie, tu enregistres la déposition de Mme Maturin.

Latour lui lança un regard noir, mais se tut.

— Qu'est-ce que ça veut dire exactement ? s'enquit la femme en se levant à son tour.

Latour lui ouvrit la porte. Mehrlicht répondit :

— Ça veut dire qu'on… ma collègue, qui tape à la perfection, va écrire les détails de votre témoignage dans un rapport pour être sûrs que nous avons bien tous les éléments et pour commencer à chercher Lucie.

Il contourna son bureau et lui serra la main.

— Ensuite, vous rentrez chez vous. On vous appelle dès qu'on a du neuf.

La femme acquiesça sans un mot et sortit de la pièce. Le petit capitaine allait fermer la porte lorsqu'elle ajouta :

— Méfiez-vous de l'homme qui est derrière tout ça. C'est un monstre…

Mehrlicht grimaça.

— Quel homme, madame Maturin ?

— Le Diable dans la Maison Dieu.

10 h 04

Toujours adossé au mur, Dossantos regarda son chef se rasseoir sans un mot et reprendre la conclusion de son rapport.

— Arrête de me zyeuter comme ça ! On fait notre boulot, grogna Mehrlicht.

— Notre boulot ? Mais elle est ravagée, Mme Maturin !

— Peut-être. Mais on va s'assurer que sa gamine va bien, si elle existe… Alors tu vas me trouver le pedigree de la miss, et dans une heure, tu me fais un topo. Et primo parce qu'on n'a pas le choix, et deusio – ça va te faire plaisir – parce que c'est la procédure, tu me l'inscris au Fichier des personnes recherchées.

— Mais on n'a aucune histoire, aucun indice, aucun élément qui puisse nous aiguiller vers une disparition inquiétante, Daniel ! Elle serait mineure, la procédure serait automatique. Mais là ! Il n'y a pas de plan Alerte enlèvement pour les adultes. Elle n'est pas malade ni dépressive ni amoureuse, d'après sa mère. C'est un peu juste et un peu tôt pour appeler la cavalerie, non ? C'est une étudiante qui a picolé la veille, qui s'est retrouvée dans une soirée, qui a passé la nuit avec son copain et qui cuvera certainement jusqu'à 14 heures.

— Ouais, grinça le petit capitaine, laconique comme jamais.

Dossantos se figea. Mehrlicht et lui qui tombaient d'accord, ça arrivait aussi rarement qu'une pensée sensée dans la tête de Luc Ferry. Certains anciens assuraient avoir déjà assisté à pareil phénomène, mais personne ne les croyait.

— Comment ça, « ouais » ?

— T'as raison. Peut-être qu'elle a eu un accident de comptoir, qu'elle s'est pris une mufflée homérique, et qu'elle se réveillera à midi avec un paillasson dans la bouche et les yeux en gelée ! Peut-être même que la Lucie, elle en biche pour sa copine, et qu'elle est partie au soleil bras dessus, bras dessous avec sa Cathy, loin de maman et mamounette ou mamie Jacotte qui passaient leurs journées à lire son avenir dans le tarot et à lui péter les rouleaux…

— On attend, alors ?

— Bah non… Parce que si dans trois jours la gamine a pas refait surface, au nord d'ici, au-dessus du tribunal de Paris et des bureaux de la DRPJ, se lèvera une gigantesque tempête d'emmerdes qui se dirigera aussitôt vers nous. Et, crois-moi sur parole, y'a pas de parapluie pour ça ! Alors, je sais, il y a des vrais méchants dehors dont on s'occupe pas, des endroits où on va pas et il faudrait parce qu'il y a « pas de zone de non-droit », gnagnagna, je connais ton lamento…

— Et j'ai tort, peut-être ?

— … mais, pour l'instant, on n'a pas d'autre choix

que de lancer la machine, en espérant que la gamine va bien. Et si on trouve un truc qui nous fait croire que la môme patauge dans la rillette, alors on préviendra le commissaire et le substitut du proc'. Ça te va ?

— C'est juste que si on reçoit chaque matin tous les parents dont les gamins étudiants ont découché…

— Ça va vite devenir le bureau des pleurs, ici, tu as raison… Tu vois, c'est la deuxième fois qu'on est d'accord, ce matin ! Tu sais ce que ça veut dire ?

— Vas-y…

— Ça veut dire que tu te bonifies à mon contact, veinard !

— C'est malin…

— En tout cas, guichetier au bureau des pleurs, c'est aussi ça, le boulot. Recevoir la peine, le malheur, écouter ce qu'ils ont subi, comprendre ce qui les a blessés. Répondre si possible… Sophie te le dira mieux que moi… Tiens, au fait, tant qu'on est tous les deux, ça s'arrange un peu entre vous ?

— Oui, oui…

Mickael se dirigea vers son bureau. Fin de la conversation. Mehrlicht n'insista pas. Il avait cru pendant plusieurs mois que ses deux lieutenants fricotaient ensemble, avant de découvrir que si l'un en pinçait sévèrement pour l'autre, l'autre avait un copain qu'elle voulait épouser, un clandestin tchétchène. Par amour, ce grand couillon de Dossantos s'était rabiboché avec ses anciens potes de fac, membres d'une mouvance identitaire ou clairement frontistes, qui, en échange de papiers en règle pour le Tchétchène, lui avaient demandé quelques services qu'il avait ensuite refusé de rendre… Il s'était retrouvé devant l'IGPN[1] et avait failli être inculpé pour une tentative d'homicide quand les fachos s'en étaient pris au Tchétchène en lui faisant porter le chapeau. Dossantos avait finalement tout déballé à ses deux collègues. Mehrlicht et Latour avaient alors pris conscience de sa solitude. Son capitaine l'aidait à sa manière à remonter la pente. Latour, en revanche, gardait ses distances avec cet homme qui l'aimait, en souffrait, et qui avait manqué de faire tuer son fiancé. Alors, bien sûr, Dossantos vivait depuis un martyre quotidien. Ces événements avaient brisé l'homme amoureux, aujourd'hui repoussé, ainsi que le flic dont l'intégrité immaculée avait volé en éclats aux yeux de tous ses collègues du commissariat, le jour où deux cerbères de l'IGPN étaient venus l'arrêter pour l'interroger. Mehrlicht avait remarqué le changement. Ce gros type balaise, parfois arrogant, qui d'ordinaire toisait de son mètre quatre-vingt-quinze le reste de l'humanité, traînait maintenant sa carcasse voûtée d'un bout à l'autre du commissariat avec un air de cocker maltraité. Il faisait peine à voir, et Mehrlicht tentait de le secouer, de le forcer à s'impliquer dans son travail pour s'oublier un peu. Mais s'échappe-t-on jamais de soi-même ?

— Tu demanderas aussi à Dubois de l'Informatique ce qu'il peut faire avec le numéro de portable…

— S'il n'y a pas d'enquête officielle, *a priori*, rien

---

1. IGPN : Inspection générale de la Police nationale, la « police des polices ».

de légal, grogna Dossantos, légaliste comme au premier jour.

— OK… grinça Mehrlicht. Je m'en occupe.

On frappa à la porte. Le commissaire Matiblout entra soudain, cubique dans son costume gris, sévère sous sa moustache droite et ses grosses lunettes. Il fut aussitôt suivi par un type d'une quarantaine d'années au visage sec, l'œil vif, la montre épaisse de l'homme qui a réussi sa vie, élégant dans son deux-pièces bleu cintré, suspect sous sa coupe au bol façon Enguerrand de Beaufort.

— Bonjour. Je fais le tour des bureaux pour vous présenter le commissaire Saint-Croix de Marcillac qui me remplacera complètement demain matin, mais qui a tenu à venir vous saluer dès aujourd'hui. Cher ami, voici le capitaine Mehrlicht…

— Le fameux ! ponctua Saint-Croix-Etcætera en lui tendant une main raide.

— En os plus qu'en chair ! crissa Mehrlicht en donnant sa menotte jaunâtre.

Le nouveau commissaire marqua un temps de surprise en découvrant la voix éraillée et goudronneuse du petit capitaine.

— Et le lieutenant Dossantos, ajouta Matiblout en désignant le grand flic.

— J'en ai aussi entendu parler…

Saint-Croix le détailla de pied en cap puis se détourna sans lui tendre la main.

— Où est le lieutenant Latour ? demanda Matiblout.

— Elle est avec une cliente, patron, mais je peux…

Saint-Croix intervint :

— Ne la dérangez pas, capitaine ! Je rencontrerai

chacun d'entre vous dans la journée de demain. En tête à tête. J'ai lu les dossiers, j'ai déjà mon idée. Je ferai un point avec chacun. J'aime connaître mes troupes !

Il inspira, presque militaire dans son allure.

— À la bonne heure ! C'est essentiel, confirma Matiblout. « Je commence à vous connaître, car voici plus d'un an que j'observe votre visage ! » disait de Gaulle.

— Certainement…

Saint-Croix continuait de détailler la trogne verdâtre du petit capitaine et déglutit en pensant que chaque matin de l'année à venir, il allait devoir se farcir cette face reptilienne du petit déjeuner au dîner. Ce n'était pas vraiment le destin radieux qu'il s'était souhaité en quittant Cannes-Écluse, l'école de police, mais il n'avait pas eu le choix. Le poste de Matiblout se libérait et l'affectation au sein de ce commissariat du XIIe ferait l'affaire pour les douze prochains mois.

— Bien. Capitaine, je vous laisse travailler. Je commencerai les entretiens du groupe du commandant Truffaud dès demain matin. Puis je vous recevrai dans l'après-midi, ensemble, puis individuellement.

— OK, patron…

— Je préfère « monsieur le commissaire », capitaine. À demain, donc. Que vos hommes se tiennent prêts dès 14 heures. Vos hommes… et vos femmes ! plaisanta-t-il.

Dossantos et Mehrlicht acquiescèrent, l'œil vide.

— J'aime quand les choses se mettent en place, approuva Matiblout. Pour ma part, je serai soit dans mon bureau pour finir mes cartons, soit à la préfecture pour rencontrer mes futurs collègues.

Il baissa la voix.

— Et je compte sur vous pour le pot de ce soir ! À partir de 18 heures ! Je ferai un petit discours d'au revoir, et parlerai de la transition. « Le changement est d'abord un état d'esprit », disait le président Chirac. Il ne faut pas en avoir peur !

— Nous serons là, patron.

— À la bonne heure ! Allez ! Au travail ! conclut Matiblout.

Et les deux commissaires quittèrent le bureau.

— Eh ben, on va pas rigoler tous les jours, avec notre nobliau… Saint-Croix de Marcillac… Il doit être baron. Ou comte, même. Je me demande où il a laissé son cheval… Sûrement au château !

— Il ne m'a même pas serré la main.

Dossantos semblait franchement amer.

— Ouais… Pauv' lapin. Appelle les syndicats ! Appelle Mélenchon ! « C'est la rue qui a abattu les rois, les nazis. » Alors un baron… Il va te lui botter le train !

— C'est malin… Et c'est quoi cette histoire d'entretien individuel, au juste ?

Le téléphone de bureau du capitaine carillonna. Il le déterra et décrocha :

— On est sur une affaire, là… Tu peux pas envoyer Truffaud et ses Truffettes ? Ou un autre groupe ? OK, OK…

Il approuva de la tête et raccrocha.

— On a besoin de nous sur le terrain, annonça-t-il soudain en se levant. Tu vas voir Dubois pour qu'il lance le bornage du portable de Lucie Maturin. Tu lui dis aussi de l'inscrire au Fichier des personnes recherchées. On fera la paperasse au retour. Ensuite tu passes chercher Sophie, on se retrouve devant dans quinze minutes.

— On va où ?

— Au cimetière du Père-Lachaise. Les gardiens viennent d'appeler. Dans une des allées, ils ont trouvé du sang. Trop.

10 h 25
VIKTOR et Ileana

— Me voici, mon aimée. Pardonne mon retard ! Il se passe tant de choses, là, dehors.

Sa voix se nappa d'un écho sous la voûte sombre. Viktor attrapa sa blouse et traversa la salle, sans empressement. Il se figea au bord du lit à baldaquin et s'en voulut d'avoir parlé si fort. Ileana dormait encore. Il la contempla et se sourit à lui-même. Comment cette femme aussi belle et aussi intelligente, l'incarnation de la grâce et de la bonté, comment pouvait-elle s'intéresser à lui ? L'aimer même, elle le lui prouvait chaque jour depuis tant d'années. Viktor Valak se sentait le plus heureux des hommes. Il se pencha pour l'embrasser, mais interrompit son geste. Il examina la belle assoupie et son visage s'éclaira de joie.

— C'est incroyable ! laissa-t-il échapper.

Sa voix réveilla Ileana. Il la vit ouvrir les yeux et lui sourire aussitôt. C'était cela, la force de leur amour.

— Je te réveille encore, mon amour, mais… Si tu voyais !

Il détailla les traits de la jeune femme, encore ensommeillée. Ce nouveau traitement était miraculeux.

— C'est bien la réduction du taux d'adrénomédulline amidée la clé du problème ! Tu en es la preuve vivante ! Je le soupçonnais toutes ces années. Mais aujourd'hui, les résultats sont patents !

— Tu es un génie, mon prince. Je le sais depuis le premier jour !

Elle se tut un instant, puis ajouta :

— Je veux voir, mon amour. Montre-moi.

Viktor fit une grimace.

— J'ai parlé trop vite. Pardonne-moi. Il est trop tôt pour se réjouir totalement, pour confirmer un succès définitif. Laissons-nous encore quelques jours, le temps d'ajuster les dosages, tu comprends ?

Il lui sembla lire une réelle déception dans le regard d'Ileana, mais il ne céda pas. L'enjeu était d'importance.

— S'il te plaît, *dragostea mea eternă*. Je sais ton impatience. Mais ne nous précipitons pas. Tu sais que ces choses prennent du temps. Je ne veux pas que tu sois déçue. Je ne me le pardonnerais pas !

Son éclat de voix rebondit un court instant d'un mur à l'autre.

— Pardonne-moi, Viktor. C'est toi qui sais le mieux, bien sûr. Alors j'attendrai.

— Tu ne m'en veux pas, mon amour ?

— Jamais, mon prince.

Il se pencha et embrassa ses lèvres tendrement.

— Repose-toi maintenant. Je reviendrai ce soir.

10 h 42

La Mégane blanche remontait la rue de la Roquette, presque au pas, dans le brouillard. Dossantos, le cou tendu au-dessus du volant, suivait les phares du véhicule qui les précédait. Mehrlicht grogna :

— On barbote dans la ouate, là !

— Ça fait trois jours. Et d'après la radio, ça ne va pas s'arranger…

— Oui bah, si ça s'épaissit encore, faudra qu'on distribue des cannes blanches et des chiens à tous les gars du Central.

Assise à l'arrière, Latour pouffa.

— Et des balises GPS pour qu'ils puissent rentrer au commissariat, le soir !

— T'inquiète pas pour ça ! Vu les apéros que certains s'envoient après le service, il y a peu de chances qu'ils arrivent en retard…

— C'est malin, ponctua Dossantos, comme souvent, pour rien.

La Mégane bifurqua au ralenti sur le boulevard de Ménilmontant puis s'immobilisa sur un stationnement-livraison, près de l'accès principal du cimetière. Les trois flics sortirent du véhicule et se dirigèrent vers les portes vertes monumentales, évanescentes dans la brume.

— Le gardien vient nous chercher à l'entrée.

Ils patientèrent au pied des battants. Personne ne les attendait. Mehrlicht alluma une Gitane. Sa fumée se mêla aussitôt au brouillard. Et au silence.

— On se croirait dans un film d'horreur, commenta Dossantos. Ou une série : *Penny Dreadful*...

— « *Qui credit in me etiam si mortuus fuerit vivet* »... déclama soudain le capitaine.

— Hein ?

Dossantos et Latour levèrent les yeux et lurent la même phrase sur le mur d'enceinte.

— « Celui qui croit en moi vivra, même s'il est mort », traduisit le petit capitaine de sa voix crissante. Bande de cancres, vous avez pas fait de latin avant votre CAP de flic ? Bon... Il y a quoi sur l'autre ?

Mehrlicht se déplaça pour lire l'inscription gravée sur le mur de gauche.

— « *Spes illorum immortalitate plena est* ». « Leur espérance est pleine d'immortalité »...

— Ils parlent de qui ? s'enquit Dossantos.

— Des morts, j'imagine... répondit Mehrlicht.

— Des morts qui espèrent être immortels ? C'est bon. J'ai mal à la tête...

— Hérétique ! Tu verras quand t'auras mon âge...

Le petit capitaine toussa.

— J'espère y arriver en meilleur état, en tout cas. Vu ce que tu clopes...

Mehrlicht allait s'emporter contre l'impudent lorsque Latour intervint :

— Quelqu'un vient.

Une lueur jaune flottait dans la brume et progressait vers eux. On aurait dit un feu follet qui voletait à un mètre du sol. Puis ils entendirent des pas. Bientôt deux silhouettes percèrent le brouillard et parurent devant eux.

— Nous voilà ! lança un grand type, emmitouflé dans un long imperméable noir. Il tenait à la main une lampe-tempête électrique qu'il balançait au bout de son anse. Il était flanqué d'un petit homme d'une cinquantaine d'années, courtaud et costaud. Et rustaud à voir sa manière de porter deux doigts à sa gâpette écossaise pour saluer ces inconnus, et à en juger par ses bottes en caoutchouc boueuses. Il lançait aux policiers des coups d'œil furtifs tout en se roulant une cigarette.

Le grand en imper noir reprit :

— Bonjour. Je suis Raoul Pinson, gardien du cimetière et chef de service. Mon assistant Benoît Laborie.

Mehrlicht tendit sa carte tricolore.

— Bonjour. Capitaine Mehrlicht. Mes deux lieutenants Dossantos et Latour.

— Venez, c'est par ici.

Le grand bonhomme se détourna sans un mot de plus, et repartit dans l'autre sens, suivi de son sbire boueux. Les flics leur emboîtèrent le pas, s'engageant dans le cimetière sur la large voie goudronnée de l'avenue principale. Par instants, quelques stèles, une croix, un cénotaphe échappaient à la brume en y imprimant leurs masses grises, un arbre écrasait ses branches sombres contre le ciel argenté. Mais dès qu'une forme s'arrachait au brouillard, elle y était aussitôt ravalée. Le petit groupe continuait de progresser, compact.

— Ça vous sert beaucoup, votre lampe-tempête ? demanda soudain Mehrlicht. Il fait bien jour, quand même…

— Ce n'est pas tant pour nous éclairer que pour prévenir de notre approche. Avec ce brouillard, les gens ne nous voient pas arriver durant nos rondes. Certains poussent des cris, sursautent… Les cimetières sont des lieux de paix, mais ils suscitent aussi la peur…

— Ce serait dommage de tuer vos visiteurs, confirma Mehrlicht. Remarquez, quitte à mourir, autant le faire ici ! Ça limite les frais de livraison…

Pinson, pincé, baissa les yeux vers Mehrlicht. Celui-ci lui souriait de toutes ses dents jaunes.

— C'est peut-être même le seul moyen de venir par soi-même à ses propres funérailles ! persista le capitaine.

— Assurément, conclut le gardien-chef. Par ici.

— « On est toujours seul face à son âme », psalmodia soudain le petit trapu en allumant son mégot.

— Jean-Claude Lemoine ? tenta Pinson.

Son assistant acquiesça sans un mot en soufflant sa fumée. Pinson lut la confusion sur les visages des trois policiers. Gêné, il s'expliqua :

— Benoît est chargé du nettoyage des tombes depuis plus de vingt ans. À force, il connaît toutes les épitaphes du cimetière, alors on fait ce petit jeu pour passer le temps.

— Je vois, mentit Mehrlicht. D'autant que côté animation…

Le gardien fit de nouveau sa mine pincée.

— Détrompez-vous ! Il s'en passe de belles ! Nous

sommes sur la brèche tous les jours. Il y a les intrusions ordinaires, les ivrognes qui font le mur la nuit pour jouer à cache-cache entre les stèles, les couples qui entrent pour faire l'amour sur les dalles, les pilleurs de tombes…

— Non ! Vous rigolez…

— Pas du tout. On a la visite de profanateurs qui viennent dans le meilleur des cas ramasser des objets, des cadres, des petits crucifix laissés sur les pierres tombales par des proches, mais dans le pire, qui ouvrent les sépultures pour dépouiller les défunts de leurs bijoux, voire emporter des ossements, surtout des crânes.

— Article 225 tiret 17, confirma Dossantos, mécanique : « Toute dégradation de tombe par quelque moyen que ce soit est passible d'une année de prison et de 15 000 euros d'amende. »

— Et tiret 18 ! ajouta Pinson. « Lorsque les infractions définies à l'article précédent ont été commises à raison de l'appartenance ou de la non-appartenance, vraie ou supposée, des personnes décédées à une ethnie, une nation, une race ou une religion déterminée, les peines sont portées à trois ans d'emprisonnement et à 45 000 euros d'amende pour les infractions définies aux deux premiers alinéas de l'article 225-17 et à cinq ans d'emprisonnement et à 75 000 euros d'amende pour celle définie au dernier alinéa de cet article. »

Les deux hommes se sourirent, s'étant découvert une passion commune, s'étant trouvés l'un l'autre.

— « L'ange de la mort veille sur cette enceinte. Mortel, respecte le dernier asile de ton semblable », déclara Laborie en crachotant un morceau de tabac.

— Mme Leboucher ? tenta Pinson.

Le costaud courtaud acquiesça de nouveau. Le gardien-chef reprit :

— C'est ce qu'on redoute le plus, bien sûr, depuis Carpentras... Et s'occuper d'une nécropole de quarante-six hectares, visitée chaque année par plus de trois millions de personnes, n'est pas une mince affaire. Nous veillons ici sur près de soixante-dix mille dépouilles dont Héloïse et Abélard, Molière, La Fontaine, Signoret, Wilde, Apollinaire, Colette, Balzac, Desproges... Nous venons d'accueillir Bashung, Moustaki, Delon, Chabrol... Nous espérons recevoir bientôt Jacques Chirac, Jacques Attali, Alain Finkielkraut, entre autres...

— Jean-Pierre Pernaut, compléta Laborie avec fébrilité.

— Assurément ! J'espère qu'il viendra chez nous !

Sa voix s'était renflée d'une réelle fierté. Il s'en rendit compte et se tut. Il bifurqua alors sur la droite, dans une allée pavée plus étroite où leur apparurent stèles et mausolées, des sépultures soignées, propres et rutilantes, en rang presque parfait. Ils progressèrent encore sous le couvert des arbres et la voie se rétrécit. La nature par ici était plus sauvage, les tombeaux alentour un peu plus inquiétants. De tailles et de formes diverses, ils alignaient de chaque côté de l'allée des blocs pierreux et gris aux ferrures rouillées, stèles pâles plantées dans une terre noire, des tombeaux en ciment aux ventaux fendillés, marbres sombres ou ocre luisant comme miroirs, des flèches érodées et des croix éternelles hérissées tout autour et pointées vers le ciel, des dalles de guingois sur des sols affouillés, fissurées ou brisées, en partie effondrées qui laissaient entrevoir par-dessous la surface un abîme profond fait de feu et de glace, dernier repos d'un mort et abri des limaces. Et derrière cette ligne, d'autres lignes encore qu'on devinait à peine, perdues dans la brouillasse. On en voyait percer aux flancs de la colline, puis d'autres en contrebas, dans un labyrinthe de pierre digne d'Escher.

— D'autant qu'on a eu un meurtre il y a quelques années, en 2014, reprit tout à coup le gardien-chef. Un passionné du site assassiné par un déséquilibré. Ça a fait beaucoup de bruit à l'époque… Un meurtre au Père-Lachaise…

— J'imagine que le lieu attire tous les loufoques, approuva Mehrlicht.

— Non, vous n'imaginez pas, s'emporta Pinson. On a les satanistes qui dansent leur sabbat dans la partie est du cimetière, les néo-druides qui fêtent les solstices sur la colline, les adeptes d'Allan Kardec qui visitent le dolmen du maître du spiritisme, de jour comme de nuit, pour communiquer avec son « esprit désincarné », les femmes désespérant d'avoir un enfant qui viennent se frotter… de manière indécente sur le gisant de Victor Noir, les traqueurs de fantômes…

— Vous êtes sérieux ? interrompit Latour.

En fait de sérieux, le type semblait furieux qu'on puisse ainsi troubler le repos des défunts.

— Très sérieux, madame. Des illuminés qui cherchent la Dame Blanche pour la prendre en photo !

Pinson suffoquait. Bientôt, il faudrait appeler des secours. Ou l'abattre.

— La Dame Blanche ? s'enquit Dossantos.

L'ignorance du lieutenant le calma un temps. Il soupira.

— C'est une légende. On dit qu'il s'agit du fantôme d'une jeune femme brune à la peau pâle, portant une robe longue et blanche ou apparaissant nue. Elle ne parle jamais, mais le simple fait de la voir est annonciateur de mort. Ou de folie, puisque certaines versions racontent que les hommes qui l'aperçoivent perdent la raison… D'ailleurs…

Il tourna soudain à droite, empruntant le chemin du Dragon.

— … au bout de cette allée se dresse le mausolée d'Élisabeth Alexandrovna Stroganoff-Demidoff, une richissime comtesse russe morte à Paris en 1818.

— « Ici reposent les cendres d'Élisabeth Demidoff née baronne de Stroganoff. Décédée le 8 avril 1818 », commenta le boueux.

— Exactement… Dans son testament, la comtesse aurait stipulé vouloir léguer sa fortune à toute personne qui consentirait à veiller ses cendres durant trois cent soixante-cinq jours et trois cent soixante-six nuits, sans la quitter ne fût-ce qu'un instant. À l'époque, le notaire en charge de la succession aurait reçu des milliers de lettres. Certains candidats, dit-on, ont essayé ; la légende raconte qu'ils ont perdu la raison et ont fui le cimetière à toutes jambes, horrifiés… Tout ça pour vous dire que ces chasseurs de fantômes pensent que c'est le spectre de la comtesse qui hante ces lieux la nuit parce que personne n'a exaucé ses dernières volontés, parce qu'elle est seule. Ce serait elle, la Dame Blanche… D'autres affirment que la comtesse serait un vampire qui a trouvé le moyen le plus sûr d'avoir du sang frais dans son tombeau, chaque nuit… Alors, que ce soit pour le fantôme ou le vampire, ils viennent avec tout un tas de machines pour capturer la comtesse, la prendre en photo, enregistrer des variations du champ électromagnétique de la parcelle… Des médiums, aussi, qui veulent entrer en contact avec son esprit tourmenté…

— Tous les tarés du coin, quoi… ponctua Mehrlicht.

— Faut pas rigoler avec ça, grommela Laborie, qui parlait donc d'autres langues que l'épitaphe.

— L'offre de la comtesse tient toujours ? s'enquit Dossantos.

— Pourquoi ? Tu vas te proposer ? plaisanta Latour.

— On dit que le notaire reçoit encore des lettres de candidatures. Mais je pense que c'est une légende urbaine, répondit Pinson. Je crois savoir que la mairie de Paris a mis un terme à cette clause testamentaire afin de préserver la quiétude du lieu. Tenez, c'est là…

Au milieu de l'étroite chaussée pavée émergea de la brume un cercle de barrières métalliques à barreaux.

— Nous avons préféré protéger la zone.

— Vous avez bien fait, coassa le capitaine.

Les trois flics se penchèrent. Une large tache bordeaux d'un mètre carré achevait de sécher sur les pavés de l'allée. Le liquide poisseux s'était insinué entre les carreaux de pierre et avait coulé jusque dans le caniveau où il s'était figé. Avant de coaguler. Mehrlicht fit la grimace. Il tira de son imper un gant en latex bleu. Un autre tomba de sa poche, qu'il ramassa et rangea. Il s'agenouilla, tendit un bras à travers les barreaux et

11 h 02

Jean-Paul Masset et William Ortiz n'en étaient pas à leur coup d'essai en termes d'engueulade. Ils avaient même acquis une certaine virtuosité dans l'art de la beuglante. Depuis trois ans qu'ils se côtoyaient sur le quai de la Tournelle, qu'ils lançaient ensemble leurs hameçons dans la Seine et patientaient des heures la canne à la main, ils n'avaient eu de cesse de s'envoyer des vannes d'abord bon enfant puis plus acides quant à leur conception de la pêche. Ces derniers mois, leurs accrochages avaient pris de l'envergure et du volume quand le verbe fusait haut et que la réplique se faisait assassine, alors même qu'ils ne parlaient que de pêche.

Masset, un retraité débonnaire, trouvait dans cette activité une sérénité, une véritable paix de l'âme. Certes, ce n'était pas la grande communion avec Mère Nature dont parlaient les pêcheurs de campagne, ceux qui s'abandonnaient à leur passion des journées durant, dans un cadre splendide et sauvage où l'homme n'avait jamais mis le trépied, s'enivrant aux trémolos du roitelet et au goulot du beaujolais, la gaule tendue et l'espoir éperdu, dans une brise mutine qui s'amusait à plisser l'onde… Non. Il s'agissait ici de pêche urbaine, celle qui se pratique entre acier et béton dans les eaux troubles et douteuses des villes, celle à laquelle on s'adonne pour le plaisir du geste, d'aucuns diraient du sport, sans visée dînatoire. Et c'était précisément là tout l'enjeu des querelles entre Masset et Ortiz.

Le jeune Ortiz, étudiant sérieux en master 2 d'ethnologie, à la barbe juvénile noire, à la chevelure pétrie en dreadlocks répugnantes qui peinaient à masquer sa vilaine figure bubelée d'adolescent, pratiquait le *no-kill*, une pêche respectueuse du poisson, disait-il, puisqu'il remettait toutes ses prises à l'eau et essayait de ne blesser aucun animal. Il s'irritait rapidement contre les *viandards*, ces barbares pisciphages dont faisait partie Masset, qui pillaient le fond de la rivière où peinaient à survivre des poissons empoisonnés au pyralène et au mercure, dont certains, de surcroît, étaient protégés. Il s'indignait du fait que les clodos du coin attrapaient et vendaient à d'autres, moins habiles, les bestioles toxiques, voire mutantes, qu'on s'empressait de passer au brasero avant de les bouffer avec des glapissements de gourmets. La pêche sportive, oui. La dévoration des dernières espèces survivantes de la Seine, non. Il était trop tôt. Chirac avait promis en 1988, puis en 1990 de nettoyer les eaux du fleuve et de s'y baigner dès 1995. Il n'y avait eu bien sûr aucune tentative d'assainissement par la suite et Chirac s'y était encore moins trempé, même si ses dernières apparitions télé pouvaient laisser accroire qu'il l'avait effectivement fait. Le maire de Paris devenu président avait continué de regarder EDF et d'autres pourrir ces eaux sinueuses où l'on s'ébrouait encore dans les années 1950. Anne Hidalgo élue mairesse avait lancé un grand plan « Nager à Paris » et avait donc ouvert des piscines, consciente que le nettoyage des eaux de la Seine constituait une entreprise titanesque et fort coûteuse. Avec la candidature aux Jeux olympiques de 2024, on se retrouvait acculé à la grande épuration. Enfin ! Quoique… Ortiz n'était pas dupe. Rio aussi avait promis de nettoyer sa baie à l'arrivée des Jeux. Les premiers kayaks avaient glissé sur un bouillon de culture sirupeux, une décharge aquatique à ciel ouvert où flottaient téléviseurs, canapés, sacs en plastique, cadavres de chevaux, de chiens gonflés, détritus variés, aliments avariés, rats malchanceux, déchets hospitaliers de sang et de pus, où affleuraient les ventres blancs des poissons morts, dans des auréoles irisées d'hydrocarbures qui brasillaient sous le soleil carioque. On n'en était pas là à Paris, certes, mais pas loin. La dérogation de s'entraîner sur la Seine accordée aux triathlètes à la fin des années 2000 avait été annulée en 2013 en raison des taux importants de « contamination fécale », et de la présence massive de bactéries de tout poil, responsables de gastro-entérites, d'infections urinaires, de méningites, de septicémies. Fort probablement, on avait retiré la peste, la lèpre, la diphtérie et le choléra de la liste des fléaux qui marinaient dans le fleuve, mais les triathlètes avaient tout de même obtempéré.

Alors, évidemment, William Ortiz, grand défenseur de la faune seinoise, ne manquait pas d'arguments pour que Jean-Paul Masset cessât de manger les poissons qu'il attrapait au quai de la Tournelle. Il avait d'ailleurs évoqué toutes les anomalies que l'on avait sorties de ces eaux par le passé : un silure de cent kilos, une tortue-alligator, un python de trois mètres, un crocodile du Nil, toute une bande de bêtes un jour aimées de leur propriétaire, le lendemain honnies et abandonnées aux eaux du fleuve… Mais ces informations n'avaient fait qu'étoffer le menu des bébêtes que Masset se préparait certains soirs à l'huile d'olive, d'un revers de poêle, après avoir vidé l'animal, l'avoir rincé à l'eau claire, salé et poivré sur chaque face, laissé cuire à feu doux, servi chaud sur un lit de riz et de haricots verts. N'était-ce pas là la finalité de la pêche ? L'homme n'avait-il pas traversé les âges grâce à ses qualités de traqueur, de chasseur, de pêcheur ? À l'heure où le tout-surgelé fabriquait des poissons et des viandes carrés, calibrés et emballés, et des consommateurs béats, l'Homme avec un grand H devait résister à ce carcan culinaire et laisser resurgir son instinct primal pour trouver sa propre nourriture au champ comme à la ville. Il en allait de sa survie.

C'était pour ainsi dire deux philosophies de la pêche qui s'affrontaient chaque lundi sur le quai de la Tournelle, deux doctrines, deux idéologies : survie contre hobby, tradition contre protection. Dans le coin gauche, Jean-Paul Masset, un mètre soixante-quatorze, quatre-vingt-trois kilos, emmitouflé dans son Barbour fraîchement graissé, équipé d'une Daiwa Infinity Danny Fairbrass en carbone tressé qui lui avait coûté un rein. Dans le coin droit, William Ortiz, un mètre quatre-vingt-deux, soixante-quatre kilos tout mouillé, pouilleux dans son poncho péruvien, doté d'une canne Caperlan achetée pour 6 euros chez Decathlon. Ils se tenaient à une dizaine de mètres l'un de l'autre sur le quai pavé, s'épiant dans le brouillard avant le premier assaut. Les lumières d'une péniche passèrent au large, lueurs lointaines dans la brume, qui s'estompèrent puis disparurent, laissant les deux hommes à leur isolement.

— T'es sûr que tu vas attraper un truc avec ton bâton ? attaqua Masset.

— On verra. Ce que je sais, c'est que quoi que ce soit, je le remettrai à l'eau avant que tu le bouffes ! riposta Ortiz.

— Peuh… Vu ce que tu sors, on ferait pas vraiment bombance ! La chance, c'est que t'as pas de gosses ! Ils crèveraient de faim…

— La malchance, c'est que t'en aies eu ! Les pauvres, j'ose pas imaginer ce qu'ils ont dû avaler !

Les deux hommes s'en envoyaient plein la figure pendant une bonne partie de la matinée, tellement et si fort qu'évidemment le moindre poisson en vadrouille fuyait les lieux dès qu'il les entendait. Ils n'attrapaient donc rien les deux premières heures. Puis ils se séparaient, pêchaient dans leur coin, se retrouvaient pour comparer leurs prises, seul moment de concorde halieutique. Et la querelle reprenait à l'instant où Masset détaillait son repas à venir et où Ortiz remettait ses poissons à l'eau.

— Oh ce qu'ont bouffé mes gosses, tu peux imaginer que ça venait de la nature, et pas d'un supermarché ! Mais ça veut rien dire tout ça, pour un étudiant becquetteur de McDo qui donne des leçons de malbouffe et qui…

Masset s'arrêta net lorsque sa ligne se tendit. Ortiz perçut dans le brutal mutisme du retraité que celui-ci venait d'avoir une touche, peut-être même de ferrer. Il se rapprocha à pas légers et entendit soudain le lent cliquetis du moulinet électrique de Masset, un Tournament Basiair qui avait dû lui coûter son second rein. L'un à côté de l'autre, le nez tendu, les deux hommes silencieux fixaient le fil de Nylon qui disparaissait dans le brouillard.

— Tu vois ton bouchon ? murmura Ortiz en dégageant une dreadlock de son visage.

— Non, souffla Masset.

Le moulinet crépita de nouveau puis se tut.

— Il taquine, tu crois ?

— J'en sais rien…

— Mouline pour voir…

Masset passa en manuel et fit lentement tourner la manivelle. Le moulinet cliqueta un peu et s'arrêta. Masset tira d'un coup.

— Je l'ai !

Il relâcha la tension, espérant que le poisson ainsi ferré allait s'enfuir et tirer du fil. Il n'y eut qu'un long silence.

— Ahahah, triompha l'étudiant boutonneux. T'es accroché !

Masset resta de marbre. Son moulinet crépita encore.

— Non. Ça bouge. Doucement.

Il moulina de nouveau, enroulant le fil graduellement, qui se tendit.

— C'est gros !

— Ramène ! Continue !

— J'ai peur de casser…

— Tu rigoles ? Tu pourrais sortir un kraken avec ton engin…

— T'as raison…

Avec précaution, Masset se remit à tourner la manivelle.

— Il ne lutte pas, le con…

— Méfie-toi ! Il essaye peut-être de t'endormir.

Les deux hommes continuaient de fouiller le brouillard des yeux, laissant glisser leurs regards le long du fil, vers les eaux noires, un mètre plus bas, où rien ne bougeait. Seul le ténu cliquetis du moulinet rythmait le passage du temps dans cette brume opaque, leur assurant qu'ils n'étaient ni figés ni perdus à tout jamais entre deux mondes. Ortiz sentit un frisson le parcourir puis un lent vertige qui l'attirait vers les eaux profondes. Il inspira bruyamment.

— Ça vient… commenta Masset.

— Je te dis que t'es accroché, répéta Ortiz.

— Là !

S'arrachant aux brumes grises, une forme parut, évanescente et blanche à travers les eaux sombres, une silhouette pâle ondulant sous la houle, presque fantomatique, remontant lentement des profondeurs, approchant inexorablement de la berge.

— Qu'est-ce que… ? tenta Masset comme si la question pouvait changer la réponse, mais les deux hommes, épouvantés, distinguaient maintenant le cadavre blême qu'ils ramenaient à eux, le corps nu d'une jeune femme brune, son visage livide et ses seins et ses cuisses affleurant l'onde noire, ses cheveux en étoile autour de sa tête, ses paumes et ses yeux vitreux tournés vers un ciel invisible, une ondine macabre à tout jamais muette.

Masset recula d'un pas et manqua de lâcher sa canne.

Ortiz le retint, passant son bras dans son dos, et rattrapa la gaule. Ils demeurèrent un long moment ainsi, presque enlacés, à contempler ce corps, incapables de comprendre ce qui leur arrivait, ignorant que cette partie de pêche était la dernière du reste de leur vie, et que cette jeune et belle morte viendrait désormais, et jusqu'à leur dernier souffle, déchirer chacune de leurs nuits.

YVAN et Mina

Samedi 14 avril. 21 h 08. PARIS

Mina,

Pardonne-moi de ne pas t'avoir écrit plus tôt, ma chérie. Je n'ai jamais cessé de penser à toi, tu le sais. Tu es là, à mes côtés, à chacun de mes pas, à chaque battement de mon cœur. Je ne pourrais pas dire combien de fois nous nous sommes parlé, ces derniers mois, combien de conversations nous avons eues, combien de rires et de chagrins nous avons partagés, qui me maintenaient éveillé jusqu'au fond de la nuit, jusqu'au petit matin… Parce que c'est ensemble que nous avançons, Mina, parce que sans ta présence, je ne serais plus rien.

À lire les dates de mon journal, je m'aperçois que je ne t'ai pas écrit depuis août juillet dernier. Depuis Bonn. C'était il y a neuf mois, Mina. Je venais de retrouver la trace du Monstru ! Je l'avais même vu de mes yeux ! Il m'avait échappé en Albanie six ans plus tôt, tu te souviens ? Et enfin, j'avais remonté sa piste jusqu'à son antre, à Bonn en Allemagne ! Après toutes ces années et tant de kilomètres… et de larmes.

Je t'avais dit que ce soir-là, j'allais voir la police allemande pour tout leur révéler, pour le dénoncer et les prévenir du danger qui menaçait. C'est ce que j'ai fait. Je suis entré dans la Zentrale Polizeistation et j'ai raconté mon histoire. Notre histoire, Mina. Le policier de l'accueil m'a interrompu. Il est allé chercher un officier et j'ai recommencé mon récit. Mon allemand est bancal, tu le sais, mais l'Inspektor m'a écouté pendant près d'une heure. Il avait un visage intelligent et honnête. J'ai cru que Puis il s'est levé et m'a demandé d'attendre dans le couloir. Je sais qu'il a passé des coups de téléphone mais je pensais qu'il appelait des renforts, prévenait sa hiérarchie ; ils étaient sur le point de donner l'assaut contre la demeure du Monstru ! J'ignorais comment fonctionnait leur police, mais j'étais sûr que ça n'avait rien à voir avec la Securitate, et que la police en Allemagne protégeait les gens et arrêtait les coupables. Mais tout s'est passé exactement comme à Erevan, six ans plus tôt. Deux types en uniforme sont arrivés et m'ont mis en cellule. J'ai répété mes accusations et ils ont menacé de me frapper si je ne me taisais pas. Le lendemain, j'ai été expulsé vers la Roumanie. J'ai eu beau protester, signifier mes droits de citoyen européen. En Allemagne, ça avait forcément un sens. Ils m'ont menotté, chargé dans un avion comme une bête, et renvoyé à Timisoara. Retour à la case départ. Pour la quatrième fois. Le Monstru conserve de puissants alliés, Mina, des suppôts de l'ombre qui l'aident à étendre son emprise de ténèbres sur le monde. Alors que je suis seul…

Je n'ai plus rien, Mina. À peine quelques centaines d'euros. L'argent de la maison a fondu depuis longtemps. Nos économies aussi. J'ai une chambre dans un hôtel miteux, sans eau ni électricité. Les toilettes sont dans la cour à côté des deux douches. Le mois est réglé d'avance, mais je ne suis pas sûr de pouvoir payer un loyer de plus. J'ai acheté un vieux scooter pour me déplacer, ce que je ne fais plus souvent. Voilà. C'est tout ce qu'il me reste. De temps en temps, ta mère me verse de petites sommes qui me permettent de continuer, mais je pense qu'elle-même n'y croit plus. Je pense même qu'elle fait cela par pitié envers celui que je suis devenu... Un vagabond. Un fou. Elle a peut-être raison. Mais tu le sais, rien ne m'arrêtera. J'irai jusqu'au bout, seul. Parce que je t'aime, Mina, et que c'est aujourd'hui la seule force qui me tient en vie, ma seule raison d'être encore, jour après jour.

Et la haine.

De Roumanie, j'ai mis deux mois et demi pour rejoindre Bonn. Et j'ai repris ma surveillance devant sa grande maison. Un autre mois a passé, puis deux. Il m'a bientôt fallu me rendre à l'évidence : le Monstru m'avait encore échappé, Mina. Il s'était de nouveau évanoui dans la brume et les ténèbres. J'étais effondré, tu l'imagines. J'avais été si proche ! Si seulement on m'avait écouté... Vers quel pays était-il parti, cette fois ? Après le Pérou, l'Estonie, l'Albanie, l'Allemagne... Vingt-huit années, Mina ! Vingt-huit années s'étaient écoulées depuis son départ de Roumanie, vingt-huit années qu'il avait passées en poste à l'étranger aux quatre coins du monde, vingt-huit années que j'ai passées à remuer ciel et terre, sang et os, presse et archives pour le retrouver. Il avait été à quelques mètres de moi et je l'avais laissé m'échapper par naïveté, par excès de confiance dans la police d'un autre pays, dans d'autres hommes.

Ça ne se reproduira pas, Mina.

Ce soir, j'ai vu Lukas Karlov ! Ce soir !

C'est sûr : le Monstru est bien à Paris, en France !

Je reprends aujourd'hui mon journal où je l'avais abandonné, dépité et abattu, en juillet dernier. Je reprends aujourd'hui la traque. Et cette fois, Mina, personne ne se mettra entre lui et moi. Personne. Parce que je sais maintenant que la seule justice que je peux attendre des hommes, c'est la mienne.

Je t'embrasse tendrement. Tu me manques à chaque instant, à chaque pas, à chaque souffle.

11 h 15
TALEB et Noura

Il devait être 11 heures. Emmitouflé dans sa parka kaki, Taleb regardait l'écran de son portable. D'ordinaire, il le maintenait éteint pour économiser la batterie. Au campement, on pouvait recharger tous les appareils grâce à un groupe électrogène : ça coûtait 2 euros de l'heure et les prises étaient toujours toutes occupées. Mais depuis quarante-huit heures, Taleb avait laissé son portable allumé, espérant un appel de Noura, un message qui n'était jamais venu. Assis devant sa tente, il fixait sur son écran une photo de Noura qu'il avait prise presque un an plus tôt. Il n'en avait pas de plus récente, et le regrettait aujourd'hui. Il l'avait prise un soir dans le salon alors que toute la famille, assise sur la longue banquette à fleurs qui faisait le tour de la pièce, discutait de leur départ. Ils avaient parlé du vol jusqu'à Londres ou Manchester. Taleb détaillait le visage de sa petite sœur, ses grands yeux noirs, son nez fin, ses longs cheveux. Sa sœur était très belle, il le savait. Elle souriait et tenait un verre de vin. Noura était pleine de vie, insouciante parfois, alors que lui était le fils studieux, sérieux. *Mister Businessman*, comme le raillait Noura.

Taleb éteignit l'écran. Il se leva, abandonna le duvet qui lui couvrait les épaules, et examina le camp autour de lui. Dans ce patchwork de tentes multicolores, la vie battait son plein, rythmée par le claquement des rames de métro, le flux des voitures et des bus dès que le feu passait au vert. On entendait les enfants glapir, se courir après, se chamailler, insouciants, comme imperméables à la misère, au malheur qui les avait chassés de là-bas et les retenait ici. Une poignée d'hommes jouaient aux cartes plus loin. Leurs rires graves perçaient par-delà le tumulte des gamelles et les conversations des quelques femmes réunies près des réchauds. L'heure du repas se rapprochait. L'air s'emplissait d'une odeur de riz et d'épices. La routine du jour avait été un peu bousculée quelques heures plus tôt par l'arrivée d'une trentaine de nouveaux. Originaires d'Érythrée, ils avaient aussitôt été accueillis par leurs compatriotes du camp, avaient raconté leur périple, évoqué le pays quitté six mois auparavant, et leurs camarades, amis, frères, sœurs, prisonniers quelque part, ou morts en mer… Ils rêvaient à voix haute de l'Angleterre, éternel Eldorado de tous ceux, d'Afrique ou d'Asie, qui venaient d'anciennes colonies britanniques et qui parlaient anglais. À l'évocation du Royaume-Uni, leurs yeux s'emplissaient d'étoiles. Ils se voyaient déjà accueillis à bras ouverts. Ils avaient une maison, un emploi, de l'argent. Ni passeport ni papiers n'étaient nécessaires, seuls comptaient le mérite de chacun, son envie de travailler. Et la police n'arrêtait que les criminels, pas les honnêtes travailleurs, et ne tabassait pas les étrangers, comme en France. Le Royaume-Uni était vraiment un pays merveilleux ! Surtout comparé à la France ! D'ailleurs, c'étaient bien des Français à Calais, Ouistreham, Cherbourg, qui en barraient l'accès…

Puis on avait attribué aux nouveaux des places dans des tentes, et le calme était revenu jusqu'à 11 h 30, jusqu'à l'arrivée de l'Égyptien et de son garde du corps. L'Égyptien était un grand type à la peau mate, au nez très épaté sur lequel reposait toujours une paire de Ray-Ban aux verres très foncés. Il portait un costume, ce qui impressionnait beaucoup, et arborait une petite barbe, coupée très court. D'aucuns disaient qu'il la gardait pour négocier plus facilement avec les plus musulmans d'entre eux, comme un signe d'intégrité, d'honorabilité. L'Égyptien Asar était tout sauf intègre. Il faisait le tour des camps de migrants en quête d'une main-d'œuvre bon marché qu'il répartissait le lendemain sur différents chantiers de la capitale, de gros projets de construction où les sans-papiers se noyaient dans la masse des ouvriers *légaux*. Chaque type engagé lui reversait 15 euros sur les 40 qu'il recevait au terme de la journée de travail. Les jours fastes, Asar plaçait jusqu'à cinquante gars et récoltait plus de 700 euros. La somme ne lui revenait pas entièrement, bien sûr. La moitié repartait dans la poche du contremaître qui les avait embauchés le matin même. Une autre partie alimentait un réseau de trafic humain de plus grande envergure, dont Asar n'était qu'un petit rouage à petit rendement. Si bien qu'à la fin du jour, l'Égyptien se faisait 200 euros, 300 lorsqu'une descente de l'inspection du travail ou de la police imposait de renouveler intégralement le personnel clandestin, moins quand l'un de ses gars, artisan confirmé, plombier, soudeur, se faisait engager par l'entreprise et lui échappait. Il revenait ainsi tous les deux jours rechercher de nouveaux bras et de nouvelles sources de revenus. Asar l'Égyptien était celui qui apportait du travail au cœur de la misère, celui qui leur donnait accès à l'argent, celui qui pouvait vous choisir ou vous refuser à tout jamais, qui pouvait vous sauver de la faim ou vous condamner à une vie en tente sous un métro aérien : Asar l'Égyptien était un dieu et était accueilli comme tel.

Dès qu'il parut, le camp s'anima. Des types accoururent de partout, se pressèrent devant lui, tendant des doigts au ciel comme à l'école, lançant des regards et des appels suppliants. Pourtant, dans cette cohue, chacun gardait une distance respectable. On ne pouvait toucher Asar. L'effleurer, c'était se damner. Surtout, son garde du corps, Moktar, un type sec au visage mauvais, aurait aussitôt sanctionné l'imprudent. On l'avait déjà vu faire, empoigner un gars par le col pour l'entraîner hors du groupe, devant tout le monde, et lui pétrir la figure à coups de poing, puis à coups de pied. Une fois, il avait sorti une lame, mais l'Égyptien avait réfréné son sbire dans son élan meurtrier.

Alors, Asar désigna ses élus du jour, préférant ostensiblement les Arabes aux Noirs. Même dans la misère, il y a un ordre des choses, les hiérarchies sont immuables. Il pointa du doigt vingt jeunes hommes puis écarta les mains, indiquant que c'était fini. Élus et déçus se dispersèrent sans contestation. Le rendez-vous était pris à

6 heures le lendemain matin ; des camionnettes s'arrêteraient le long du trottoir et les emmèneraient aux quatre coins de la capitale. Asar allait repartir lorsqu'il attrapa le regard sombre de Taleb. Il ne comprit pas, mais peu lui importait. Son travail était fini. Il fit volte-face et s'éloigna. Alors Taleb le suivit jusqu'à sa voiture et l'apostropha en arabe :

— Asar ! Où est Noura ?

Le garde du corps, qui venait d'ouvrir la porte arrière de la BMW à son chef, se tourna vers ce chien qui interpellait son patron de la sorte. Mais Asar le retint d'un geste.

— Où est Noura ? répéta Taleb.

— Comment le saurais-je ? Elle m'a bien planté, ta sœur ! Elle n'est pas revenue ?

Taleb fit non de la tête. Les mots se carambolaient dans sa gorge.

— C'est ton problème.

Asar indiqua d'un signe de tête à son nervi qu'il était temps de partir. Alors Taleb écarta sa parka, tira son flingue et mit un dieu en joue.

— Hé ! Doucement ! Range ça ! commanda l'Égyptien.

Moktar s'avança, mais le 9 millimètres lui lança un regard noir qui le calma. Asar enchaîna :

— Je ne lui ai rien fait à ta sœur. On était en route pour le resto où elle devait bosser. On n'avait pas fait un kilomètre qu'elle a voulu que je la dépose ! Elle m'a filé 200 euros pour que je l'emmène voir un toubib. Elle m'a pris pour son taxi, cette conne !

Il partit d'un petit rire, prenant son gorille à témoin.

Mais Taleb continuait de pointer son flingue sur lui, et s'avança. Le sourire d'Asar s'effaça aussitôt. Il inspecta les alentours et vit les quelques témoins de la scène.

— Tu fais une sacrée connerie, mon gars…

— Où est Noura ?

L'Égyptien comprit qu'aucune menace, aucune peur ne détournerait le Syrien. Il poursuivit :

— Écoute… Elle a gerbé partout dans ma BM. On l'a emmenée à Saint-Lazare, on a arrêté la bagnole et elle est descendue. Dis-lui, Moktar !

Le gorille approuva.

— Descendue où ? gronda Taleb.

— Un dispensaire, rue Saint-Lazare, en face de la gare. Je peux te rendre son fric, si tu veux.

L'Égyptien remarqua la confusion sur le visage du Syrien, et enchaîna :

— Elle est enceinte, ta sœur ! Tu ne savais pas ?

11h26

Le groupe de flics et de gardiens s'était scindé pour chercher un corps dans le Père-Lachaise, en attendant l'IJ. Mehrlicht et Laborie étaient partis fouiller les divisions 18 et 30. Latour et Dossantos s'occupaient de la 27 et de la 29. Pinson était retourné à l'entrée principale pour accueillir les gars de l'IJ. Ils étaient tous convenus de se retrouver à 12 heures à la « mare de sang », désormais lieu-dit, après s'être assurés qu'un cadavre n'était pas étendu en travers d'une allée, dans un rayon d'une centaine de mètres.

Entre Latour et Dossantos, le silence était de nouveau pesant, même si chacun d'eux faisait un effort pour briser la glace.

— On ne trouvera rien, dit soudain Dossantos.

— J'espère… Mais on a déjà croisé assez de visiteurs pour penser que s'il y avait quelque chose, quelqu'un l'aurait signalé.

— Avec ce brouillard, ils ont une bonne excuse pour faire semblant de ne rien voir, et s'éloigner du cadavre… et des ennuis.

Latour leva les yeux vers son collègue. Lui qui avait

cru pendant si longtemps qu'il pouvait redonner forme au monde à coups de code pénal, comme un carrossier à la force du marteau... Mickael Dossantos habitait aujourd'hui un univers sombre peuplé de lâches et de pervers indécrottables, avides et veules.

— Il y a des gens bien, aussi... tenta-t-elle.

Dossantos la regarda, puis baissa les yeux en guise de réponse. Non, clairement, il n'allait pas fort. Mais ses collègues n'avaient pas la moindre idée de l'ouragan ravageur qui tourbillonnait dans la tête du lieutenant, un cyclone fou qui abolissait toute raison et réclamait une vengeance aussi sauvage qu'expéditive. Définitive. Depuis son passage à l'IGPN, Dossantos recherchait Bruno, le skinhead qui avait tenté d'assassiner le fiancé de Latour, et son commanditaire, le député Henry Sourans qui avait jeté sa vie au feu. Depuis quelques semaines déjà, il menait son enquête secrète pour retrouver l'un et l'autre, ressassant chaque jour ce qu'il leur ferait à l'un comme à l'autre, se demandant s'il en serait capable, se répondant qu'il devrait l'être, puis doutait encore...

Dossantos et Latour avancèrent un moment dans le silence, entre les tombes moussues, les caveaux de guingois et les souches énormes, éloignés l'un de l'autre d'une dizainc de mètres, mais rien d'anormal ne parut. Aucun cadavre. Dossantos trébucha sur une racine que le brouillard avait masquée, et il lâcha un juron tonitruant. Son téléphone sonna à cet instant. Il le sortit de sa veste et examina l'écran. C'était le capitaine Dubois du Service informatique à qui il avait confié les recherches en ligne concernant Lucie Maturin, et la consultation des fichiers de police.

— Oui, Dubois ! Tu as quelque chose ?

— Oui, je l'ai trouvée.

Dossantos sursauta.

— La fille ? Lucie Maturin ?

— Oui !

— Elle est rentrée chez elle ?

— Ah… non ! Je l'ai trouvée en ligne ! Excuse-moi… Je me suis mal exprimé.

Dossantos soupira. Dubois parlait d'une petite voix douce et posée. Son débit était lent et calme, ce qui horripilait tous les collègues qui attendaient une information. Pire encore, il fallait tirer goutte à goutte le compte rendu de l'informaticien.

— Je t'écoute !

— Lucie Maturin, vingt et un ans, étudiante en lettres. On n'a rien sur elle au TAJ[1].

— C'est tout ?

— Non.

Il y eut un silence.

— Vas-y, dis-moi tout, Dubois. Je suis sur le terrain, là…

— Ah… oui. Elle a un compte Facebook actif où elle publie régulièrement. Le visage correspond à la photo qu'a donnée la mère, avec quelques années de plus, mais… Il faudrait que tu viennes voir…

— Pourquoi ? Il y a un truc qui cloche ?

— Non, mais elle a changé. Je veux dire, d'après les photos qu'elle partage, elle a une vraie passion pour…

1. TAJ : fichier informatique de Traitement d'antécédents judiciaires.

Comment dire ça ? Pour la mort, le macabre. Maquillage noir, cheveux noirs, musique… noire. Elle poste des photos de vampires et de démons. Elle va dans des bars… spéciaux… Elle traîne avec des gens bizarres.

Dossantos imagina la tête de Dubois, si réservé, si prude, avec ses longues moustaches piquées aux Brigades du Tigre, et ses petites lunettes rondes. Le pauvre informaticien devait en être tout décoiffé.

— Elle est gothique, c'est ça ?

— Oui, je crois. Tout en noir…

— Tu nous envoies un portrait récent, sur nos trois portables. Est-ce que tu vois certains de ses amis, aussi, sur sa page ? On cherche une Cathy… Il faudrait que tu regardes dans sa liste d'amis et dans ses albums photo… Cathy avec un « c » ou un « k ».

— Heu… Je vais étudier ça.

— D'accord, tu me rappelles.

— Attends ! J'ai deux autres infos à te donner. J'ai rappelé la mère : sa fille n'est pas rentrée.

— Bon…

— Alors je l'ai inscrite au FPR, comme on avait dit. Catégorie X : adulte disparu.

— Parfait. À tout à l'heure !

— Attends ! La deuxième chose…

— Vas-y, soupira Dossantos.

— J'ai fait une recherche à partir de son numéro. Elle est chez SFR.

Un silence. Pour une fois, Dubois perçut l'agacement de son collègue et il reprit de lui-même :

— Est-ce que je lance la demande de géolocalisation ?

Dossantos sentit le sang affluer à ses tempes.

— Mais évidemment ! Je te l'ai dit en partant.

— Oui, je sais… Je veux dire… Qu'est-ce que je raconte au substitut du procureur ?

— Tu lui expliques qu'il s'agit d'une disparition inquiétante, que Lucie Maturin est étudiante, qu'elle rentre tous les soirs, qu'elle est inconnue au TAJ, et qu'on a besoin d'un bornage ! Ce n'est pas compliqué ! Et si tu ne le sens pas, tu demandes à Matiblout de transmettre.

— Je lui ai demandé de s'en charger, mais il a refusé.

— Quoi ?

— Il m'a dit de voir avec… le nouveau commissaire. Il ne veut pas prendre de décision dans une affaire qu'il ne suivra pas personnellement jusqu'à son terme. C'est ce qu'il a répondu.

Dossantos secoua la tête, écœuré. Matiblout avait toujours su protéger sa carrière, ce qui, aujourd'hui, lui valait une promotion vers la préfecture, et cette prudence, aux yeux de Dossantos, confinait à de la lâcheté, à de la trahison même, dans sa mission. Ces comportements de petit fonctionnaire lui renvoyaient de la police une image insupportable, à lui qui n'espérait qu'une application pure et dure – surtout dure, en fait – de la loi. Sans parler de Dubois qui, en dehors de sa salle informatique, était incapable de mettre un pied devant l'autre.

— Mais tu lui as bien dit que la fille avait certainement disparu ? On a besoin de l'autorisation du proc', il le sait.

— Oui. Il a bien compris.

Dossantos attendit une suite qui ne vint pas.

— Et le nouveau patron ?

— Il n'est pas dans l'immeuble. Peut-être à la préfecture. Il revient en début d'après-midi, à ce qu'on m'a dit, pour entendre tout le monde en entretiens. Je passe à 16 h 30. Je ne sais pas ce qu'il…

— Tu fais la demande, Dubois ! Toi ! Comme un grand ! gronda Dossantos au milieu des tombes, oubliant tant la bienséance que le grade supérieur de l'informaticien. Il nous faut l'autorisation de bornage ! Maintenant !

— Je vais essayer…

— Voilà ! Et tu vas réussir ! Tu me rappelles !

Dossantos coupa la communication. Décidément, ce long type tout maigre et tout mou l'insupportait. La sentence était irrévocable.

— C'était Dubois qui te faisait brailler comme ça ? s'enquit Latour par-delà les tombes.

— Oui. La fille disparue, Lucie Maturin, n'est pas rentrée. Et il n'a toujours pas transmis la demande de bornage du portable… Mais quel con !

Dossantos était hors de lui. Lui d'ordinaire si mesuré, blindé dans son bon droit…

— On va régler ça au commissariat, dit-elle posément, comme pour l'apaiser.

Il acquiesça, mais la colère s'était installée.

— Et il était tout retourné parce que, d'après son Facebook, la fille s'habille en noir et traîne dans des bars gothiques. Quel con !

— Ça a dû lui faire un choc au pauvre Dubois ! Une « gothique » !

Dossantos ne répondit pas. Alors elle se tut aussi, et ils reprirent, à quelques pas l'un de l'autre, leur progression entre les tombes humides et les caveaux, dans le silence et le brouillard, à la recherche d'un cadavre.

11 h 38

Après avoir sillonné la division 30 pendant près d'une demi-heure, Mehrlicht et Laborie arpentaient maintenant la 18.

Laborie parlait peu. Mehrlicht le regardait tirer nerveusement sur son mégot éteint. Il sortit son paquet de Gitanes et lui en offrit une. Un nuage gris s'installa autour d'eux.

— Champollion ! s'exclama Mehrlicht en découvrant l'obélisque érigé sur la tombe de l'égyptologue.

— « Ici repose Jean-François Champollion », répliqua le gardien à casquette dans un réflexe pavlovien.

— Ouais… Sobre. Il aurait pu se fendre d'un truc en hiéroglyphes. C'est dommage.

— Il n'a peut-être pas eu le temps…

— Ouais. Vous avez raison. Il faut que je prépare la mienne.

Laborie ne releva pas. Ce flic était bizarre.

— Visiter la tombe d'un type qui visitait des tombes, c'est une drôle de mise en abyme, quand même… ajouta Mehrlicht.

Laborie hocha la tête et se remit en marche. Le

capitaine haussa les épaules et lui emboîta le pas. Un grognement s'échappa de sa poche. Il sortit son téléphone et alluma l'écran. Dubois venait de lui envoyer une photo récente de Lucie Maturin. La jeune fille aux cheveux noirs et longs avait la peau très pâle et les yeux cernés de noir. Elle était plutôt jolie et fine, mais son maquillage lui donnait un look de panda psychotique, comme en arboraient les chanteurs inquiétants que son fils Jean-Luc affichait aux murs de sa chambre, et qu'il faisait bramer à toute heure du jour et de la nuit, sept jours sur sept, dimanche et jours fériés. Mehrlicht se sentait un peu en terrain connu. Le bizarre, c'était pour lui. Puis il remarqua l'anneau qui traversait le sourcil de la jeune fille. Il peinait à comprendre qu'on pût prendre plaisir à s'enfoncer des bouts de fer dans la figure. Ce devait être atrocement douloureux. Mais surtout il fallait ensuite vivre avec, comme un éclat de shrapnel. Dans son esprit de flic, un morceau de métal vous entrait dans le corps parce que l'instant d'avant il sortait d'un flingue. Et il valait mieux éviter de penser à l'instant d'après. Cette Lucie Maturin était surprenante. Il n'y avait plus qu'à espérer qu'elle soit vivante aussi.

Mehrlicht rattrapa le gardien qui avait pris de l'avance. Le type restait à distance, fermé. Inquiet. Alors le capitaine attendit encore quelques instants puis décida de le secouer un peu.

— Bon, Laborie. Il va falloir cracher ta Valda. Qu'est-ce qui te turlupine ?

L'homme à casquette se retourna, visiblement cueilli.

— Moi ? Mais qu'est-ce qui…

— Arrête de me prendre pour un perdreau de l'année !

Ton patron est pas là, alors c'est l'heure de lâcher le paquet ! Et il vaut mieux me parler à moi que de se retrouver entre les paluches de mon gros collègue qui a une fâcheuse tendance à claquer le beignet des muets et à leur laisser, en guise de cadeaux, des trèfles à cinq feuilles en travers de la figure. Et tu verras à ce moment que le trèfle à cinq feuilles, ça porte pas bonheur ! Je dirais même que ça picote ! En plus, il s'applique, le bougre. C'est un orfèvre de la taloche, le bonhomme ! Alors, tu baves ou je t'arrange un rencard avec mon torgnoleur en chef ?

Laborie tira sur sa clope, réfléchit un temps et se mit à table. Un homme raisonnable, en somme.

— Il s'est passé un truc, hier, hier soir… Mais je n'étais pas censé être là, et… On m'aurait pris pour un fou si j'en avais parlé !

— Quel truc ? À quelle heure ?

— Il devait être 1 heure du matin…

Mehrlicht s'approcha.

— Mais qu'est-ce que tu foutais dans ce parc à macabs à 1 heure du matin, toi ?

— Il y a un type qui organise des visites du cimetière, la nuit… avec des touristes. Un petit groupe de temps en temps. Ça dure une heure. Ils entrent, ils sortent. Je les suis pour être sûr qu'ils n'abîment rien.

— Et tu endors un billet au passage…

— Oui. Mais si ça se sait, je suis viré !

— Bon… Et alors ?

— J'étais avec le groupe et François… le guide… et tout s'était bien passé. Il avait fini par Bonne Maman…

— Bonne Maman ?

— « Apôtre du spiritisme et de la paix. 1821-1908 ».

— Laborie…

— Pardon… C'est la tombe d'une femme médium très célèbre, au nord du cimetière, près du jardin du souvenir. C'était un tour sur les esprits, les voyants, tous ces trucs. On avait fait Kardec aussi… J'étais en train de raccompagner tout le monde à la porte du Repos, plus discrète que l'entrée principale, quand j'ai entendu du bruit. On descendait chemin du Bassin, juste derrière, là.

Il tendit un bras dans la brume, vers l'ouest.

— J'ai laissé François ramener le groupe et je suis venu jeter un œil…

Il marqua une pause pour tirer sur sa cigarette.

— Et alors ?

Il écrasa son mégot sous sa chaussure, le ramassa et le rangea dans sa poche.

— Je n'y voyais pas grand-chose. J'avais ma lampe, mais avec le brouillard… Je suis arrivé au bout du chemin du Dragon et j'ai encore entendu le bruit… Cette fois, très distinctement.

— C'était quoi ?

— Des chaînes.

— Hein ?

— Des chaînes… en métal. Qu'on traînait sur le sol.

Mehrlicht dévisagea le gardien, incrédule. Pourtant sa peur était manifeste.

— Des chaînes ? Comme les fantômes ?

— Ce ne sont pas des histoires, commissaire ! Je les ai entendues. Je vous jure ! Alors j'ai appelé : « Il y a quelqu'un ? Il y a quelqu'un ? » j'ai dit. Deux fois.

Mehrlicht secoua la tête, attendant la suite.

— Il y a eu un gros bruit de chaînes, comme un claquement, puis un autre et encore, qui se rapprochaient. Et un râle. Et je n'y voyais rien avec le brouillard et la nuit…

— Et tu t'es enfui…

— Il ne faut pas plaisanter avec la Dame Blanche ! Vous la voyez et c'est fini ! La mort frappe !

— Tu t'es enfui.

— Oui. En courant. Jusqu'à la sortie. Jusqu'à chez moi…

Mehrlicht distinguait la terreur qui tiraillait les traits du gardien.

— Est-ce que tu as vu la mare de sang ?

— Non, je… Je ne suis pas allé si loin.

Mehrlicht se racla la gorge.

— Bon… Faudra que tu nous donnes le nom de ton guide, ce François, pour qu'il corrobore ton histoire de visite nocturne.

— François Bussard.

— On vérifiera. S'il y avait un blessé, et quelqu'un avec lui, on perd notre temps à chercher un corps ici, Laborie. Allez, en route. On rejoint les autres.

— Vous ne direz rien ?

Laborie était très inquiet.

— Je peux rien te promettre pour l'instant. Ce sang vient forcément de quelque part…

11 h 56

Les gars de l'Identité judiciaire avaient mis en place un cordon de sécurité bien plus joli que celui des gardiens du cimetière. Entre les tombes grises flottaient les rubans en plastique jaune qui délimitaient la zone, des traits de couleur dans le brouillard monotone. Ils avaient aussi considérablement agrandi le périmètre qui couvrait maintenant le chemin du Dragon sur une vingtaine de mètres. C'est dans cet espace qu'évoluaient deux silhouettes blanches à capuches. L'une s'affairait à déposer des petits panneaux jaunes et numérotés au sol. L'autre prenait des photos de la scène sous tous les angles comme s'il s'était agi d'un défilé de Christian Lacroix.

— Didier ? tenta Mehrlicht en approchant, laissant Laborie rejoindre son chef un peu à l'écart.

Le jeune homme se retourna, passa le cordon en plastique et s'avança vers le petit capitaine. Il retira sa capuche, libérant sa tignasse blonde.

— Bonjour, capitaine.

— Le site te plaît ?

— Le Père-Lachaise ! On ne peut pas espérer mieux !

Je shoote en RAW pour mes créas perso. Je les retoucherai sous Lightroom pour les contrastes. Ça peut faire une chouette série gothique en noir et blanc !

Mehrlicht opina, sans comprendre.

— Le souci, reprit l'artiste, c'est qu'il manque un corps…

— Ouais… On a le même problème.

— … et les photos seraient parfaites !

Le photographe de l'IJ manifestait un engouement singulier pour la chose morte, et son enthousiasme face aux cadavres faisait souvent douter de sa santé mentale. Pourtant, Didier semblait vraiment avoir trouvé sa voie et réalisait une véritable passion dans son travail au quotidien. Un homme heureux, en somme.

— Bon… Et le sang ?

D'un revers de pouce, il désigna l'autre combinaison blanche qui évoluait dans la zone délimitée.

— Ma chef, Jacqueline, se colle aux prélèvements, aujourd'hui. Voyez avec elle. Une chose est sûre : c'est bien du sang et c'est bien du sang humain.

— Pu… naise !

— Mais on doit d'abord consigner, photographier, répertorier tout ce qu'on repère et trouve sur la zone. Ensuite on s'attaquera aux détails.

Mehrlicht héla l'autre agent de l'IJ qui allait et venait, le nez rivé au sol.

— Excusez-moi…

La femme s'approcha, dépassa le cordon jaune, puis retira sa capuche, son masque d'hygiène et ses lunettes en plastique. Elle avait une cinquantaine d'années, des cheveux grisonnants et bouclés, de grands yeux bleus qui lui donnaient un air de mouton, et de bonnes joues rouges qui assuraient qu'elle savait aussi rigoler entre deux macchabées.

— Je suis le capitaine Mehrlicht.

— Capitaine Souillac, comme la vieille prune ! répondit la scientifique en lui serrant la main.

— Ah la vieille prune !

— Si vous pouvez éviter « vieille », je préfère…

Mehrlicht sourit jaune. Elle enchaîna :

— Je vous taquine ! J'aime me marrer, vous savez !

— Moi aussi… Vous pensez qu'il y en a pour combien de temps ?

— Je dirais qu'on va travailler encore une heure sur site. Les conditions ne sont pas top : il y a une forte humidité qui a déjà dégradé les traces. La zone est exposée à la lumière du jour. C'est un lieu de passage…

— Ouais. J'imagine que dans un cimetière, c'est pas l'ADN qui manque…

Elle sourit.

— J'adhère, comme Jean-Pierre !

Mehrlicht plissa les yeux, perplexe. Souillac était une bonne nature qui aimait les calembours incompréhensibles. Il acquiesça donc sans comprendre. Elle poursuivit :

— Didier finit les photos et on va passer la zone au Crime-lite. Ça devrait mettre en évidence les traces qu'on a manquées… Attendez…

Elle héla son collègue :

— Didier ! Je pense que c'est bon, les photos…

— D'accord, boss ! répondit le photographe.

— Passe le Crime-lite ! J'arrive !

Le jeune homme se dirigea vers la camionnette garée en contrebas.

— Je dois le tenir à l'œil. Il a un peu tendance à… se faire plaisir.

— J'ai remarqué, confirma Mehrlicht.

— Vous avez besoin de quoi en priorité ?

— Didier m'a dit que c'était du sang humain…

— On a commencé par là. Cent pour cent positif au révélateur. Du cent pour cent pur sang humain ! triompha-t-elle.

— Qu'est-ce que ça fait là ? Je veux dire : il y en a au moins deux litres !

— Oui, peut-être même un peu plus. Celui – ou celle – qui a perdu cette quantité de sang est mort depuis un moment. Je dirais depuis plus de sept heures d'après la coloration claire de la couronne… les croûtes qui entourent la flaque. L'ensemble est très peu aqueux. Il faudra que je voie la quantité restante d'eau et de colloïdes lourds… Mais là, il me faut retourner au labo pour obtenir des données plus fiables.

— Ça a pu se passer vers minuit, 1 heure du matin ?

— Oui, c'est tout à fait possible… Mais j'imagine qu'on en arrive à la même question : où est le corps ?

— Ouais.

— Je n'en sais rien ! répondit Souillac.

— Moi non plus !

— Pourtant, la forme des traces m'intrigue.

Mehrlicht fit la grimace. La scientifique poursuivit :

— On a l'impression que le sang qui forme la flaque s'est déversé à cet endroit, massivement.

— Le gars serait tombé et serait resté là à se vider,

avant de se relever et de partir, en répandant ces gouttes…

— Après avoir perdu deux litres de sang sur les six que contient son corps ? Sans parler du sang qui a imbibé ses vêtements ? ironisa la scientifique. Je ne veux pas parler à la place du légiste, mais…

— Pas de corps, pas de légiste. Je vous écoute.

Souillac acquiesça et poursuivit, soudain très sérieuse :

— D'accord : imaginons un homme qui, disons, a pris un coup de couteau à l'abdomen et saigne abondamment…

— OK.

— Il tombe là et reste étendu le temps de perdre tout ce sang.

— OK.

— Imaginons qu'il se relève, malgré l'hémorragie. À ce stade, c'est déjà bien improbable : votre type a tourné de l'œil, est peut-être même dans le coma…

— Il est aidé !

— Admettons qu'il soit aidé ! Il se relève…

Un bourdonnement retentit derrière eux à l'instant où Didier démarra le moteur du Crime-lite et commença à éclairer la zone à la recherche de traces luminescentes.

— On en était à « il se relève, aidé ou non », reprit Mehrlicht.

— Et il ne laisse aucune trace de semelle, de main, aucune traînée ?

Mehrlicht grogna, puis se racla la gorge.

— Il ne laisse derrière lui que quelques gouttelettes, sur deux mètres, puis plus rien. Il s'envole ? proposa Souillac.

— Vous pensez à une bagnol… ? Il monte dans une voiture ?

— Vous pouvez dire bagnole ; il en faut plus pour me choquer, vous savez. C'est possible… Mais même dans ce cas, il y aurait une traînée jusqu'au véhicule. Même s'il est porté ! Ses vêtements ont absorbé une partie du sang qu'il a perdu. Dès qu'on le déplace, on laisse des filets de sang épais. Mais là, rien… À croire que le corps s'est évaporé…

— Ou qu'il est encore là, ronchonna Mehrlicht en observant les tombeaux et caveaux qui les entouraient à perte de vue. Un cadavre caché dans un cimetière… La perquisition va être cocasse. Je me demande si la contrainte horaire de perquisitionner entre 6 heures et 21 heures tient toujours dès lors qu'on fouille une tombe…

— Et les permis d'exhumer… compléta la scientifique en lui souriant.

— M'en parlez pas…

— Si on prend un rayon de trente mètres autour de la flaque, il vous faudra… à vue de nez… Une centaine de permis !

Mehrlicht se racla la gorge et toussa.

— J'attrape la mort, en plus…

Il sortit une cigarette et l'alluma.

— Ça ne va pas aider, commenta Souillac en toisant le fumeur.

— Détrompez-vous ! Je vais déjà mieux, rétorqua le capitaine enfumé.

— Je vous taquine… Bon ! Je vous laisse. On termine avec Didier et on rentre au labo. Dès qu'on a du nouveau, je vous envoie les résultats au Central du XII. Attendez ça pour la soirée ou la matinée. On est charrette et on a des cas plus urgents, avec des vrais corps. Et puis, à moins que la personne qui a perdu tout ce sang soit fichée au FNAEG[1], je crois qu'on s'est tout dit, alors on s'étourdit !

Mehrlicht hésita un instant, puis se lança :

— Ça a peut-être rien à voir avec la choucroute, mais j'ai peut-être une gamine disparue…

— Ça fait beaucoup de *peut-être*.

— On a vu la famille, ce matin. Elle a vingt et un ans et elle a découché.

— Et vous voudriez qu'on recoupe le sang et l'ADN de la fille, pour être fixés.

— Bah, voilà. Mais pour l'instant, il y a rien de très officiel puisque…

— Vous l'avez inscrite au Fichier des personnes recherchées ?

— Ouais, dès qu'on a enregistré la déposition de la mère.

— Bon, je partirai de là pour justifier les tests. Il faudra me faire parvenir une brosse à dents, une brosse à cheveux personnelle… Je peux envoyer un technicien à son adresse…

— Super ! Je me charge de prendre rendez-vous avec la famille pour passer chercher tout ça avec un de vos gars en début d'après-midi. Vers 14 heures ? Je peux vous appeler dès que j'ai l'heure du rencard ?

---

1. FNAEG : Fichier national automatisé des empreintes génétiques.

— On fait comme ça.

Elle réfléchit une seconde et reprit :

— Je vous enverrai Didier.

— Chouette, crissa Mehrlicht. Merci, capitaine.

— Appelez-moi Jacqueline.

— Daniel.

Ils se serrèrent la main, satisfaits. Les heurts étaient courants entre les officiers de la PJ et l'Identité judiciaire, les premiers accusant les seconds de tarder à traiter leurs affaires, lesquels arguaient qu'ils manquaient d'agents, qu'ils étaient débordés, submergés par des analyses en retard, ou prioritaires en vertu de l'état d'urgence. Alors, quand les choses se passaient bien, on ne pouvait que s'en féliciter. Souillac remit sa capuche, son masque, ses lunettes et partit rejoindre son jeune collègue.

Mehrlicht sortit son petit carnet pour prendre des notes de sa conversation avec Souillac. Il peina à trouver un espace vierge. Les pages étaient maculées de dates, de noms, de lieux, autant de traces de sa préparation de haut niveau en vue des sélections, dans deux jours.

Dossantos et Latour parurent soudain au bout du chemin. Ils attendirent d'être plus près pour donner leurs conclusions.

— On n'a rien trouvé ! lança Dossantos.

— Ni corps ni sang, capitaine, confirma Latour.

— Pareil pour nous. Rien. Rien de rien… Ça serait plus simple si on avait le cadavre. Mais là, on enquête sur quoi, au juste ? grinça Mehrlicht pour lui-même.

Il soupira, exhalant un nuage gris que Dossantos chassa de la main. Mehrlicht leur présenta l'impasse dans laquelle se trouvaient leurs investigations du jour : deux litres de sang humain qui lentement s'évaporait, un corps potentiel, soit assez d'éléments pour soupçonner la mort d'un homme, pas suffisamment pour orienter une enquête. Le cauchemar d'un flic tatillon : le classement sans suite.

— Et si c'était un vol ? tenta Latour. Si on avait volé le corps ? Si le sang n'était qu'une trace de l'infraction ?

— Article 225-17 du Code pénal : « Toute atteinte à l'intégrité du cadavre, par quelque moyen que ce soit, est punie d'un an d'emprisonnement et de 15 000 euros d'amende », compléta Dossantos, inutilement.

— Il faudrait pourtant voir si personne… ne manque à l'appel, reprit Latour.

— T'as raison.

Mehrlicht se détourna et héla Pinson et son acolyte à casquette, qui vinrent les rejoindre.

— Il y a eu des enterrements récemment, par ici ?

Les deux gardiens se regardèrent, peinant à comprendre la question.

— Si je veux piquer un cadavre frais, par exemple…

Pinson secoua la tête.

— Il y a peu de chances. Je ne suis pas expert, il faudrait voir avec Maurice, le thanatopracteur… Mais je pense que vous n'auriez pas un sang aussi liquide. Il s'épaissit et noircit dans les heures qui suivent la mort. En outre, les corps sont conservés en chambre mortuaire dans une case réfrigérante, ce qui tend à le figer et à le déshydrater. Enfin, quand l'inhumation doit être retardée, on procède à une thanatopraxie, c'est-à-dire une substitution des fluides corporels par des produits chimiques, le formol, entre autres. Dans ce cas, plus de sang… Donc, pour toutes ces raisons, il faudrait que la mise en terre soit très proche du décès, et encore…

— Et justement ! Est-ce que vous avez des cas récents ?

Pinson réfléchit.

— Nous avons procédé à l'enterrement de Mme Lentier, en 19, il y a deux jours de cela. Mais je ne sais pas si…

— « Adieu Mamounette », confirma Laborie.

— Allons-y, proposa Mehrlicht.

— Mais à part Mme Lentier, je ne vois pas…

— « Tu es parti trop tôt pour voler dans les étoiles » ? suggéra Laborie.

— Oui, l'astronome… Je l'ai sur le bout de la langue… M. Hertz ! mais c'est un peu plus loin. En 32, à côté de la tombe de Michel Sardou.

— « La mort, c'est plus marrant, c'est moins désespérant en chantant », cita le gardien à casquette.

— Bon… Passons voir les deux, trancha Mehrlicht.

— Vous pensez à une bande de résurrectionnistes, commissaire ?

Pinson était visiblement apeuré à cette simple évocation.

— Capitaine, corrigea Mehrlicht. Je sais pas. Qu'est-ce que vous entendez par « résurrectionniste », au juste ?

— Des trafiquants de cadavres, reformula le gardien-chef. Un cas d'école. Au XIXe siècle, les facultés de médecine ont commencé à acheter secrètement des corps pour les débiter en amphithéâtre, puis après les scandales, plus discrètement… En Écosse notamment, on se souvient de Hare et Burke qui exhumaient des cadavres enterrés le jour même pour les revendre à des « anatomistes » peu scrupuleux, à une époque où seules les dépouilles des condamnés à mort pouvaient légalement être disséquées. Devant le succès financier de leur entreprise, et peinant à trouver des corps récents à déterrer, les deux hommes se sont mis, si vous me passez l'expression, à « produire » leurs propres cadavres, assassinant des mendiants et des prostituées pour les vendre à l'université. Par étouffement, pour ne pas… gâter la marchandise. On leur a attribué seize meurtres !

— Ah, quand même ! lâcha Mehrlicht.

— Une entreprise, je vous dis, répéta Pinson.

Il sourit comme à lui-même avant de reprendre :

— Burke a été pendu pour ses crimes puis disséqué le lendemain en public à l'université de médecine. Son squelette y est encore exposé.

— Un juste retour karmique ! commenta le petit capitaine en pouffant sa fumée.

— Et son complice ? demanda Latour.

— Il avait conclu un accord avec le juge : il chargeait Burke et il était libre. Alors il a disparu. Mais une rumeur affirme qu'il a été retrouvé par une foule furieuse et qu'il aurait été jeté vivant dans la chaux vive.

— Parce qu'on faisait bien les choses à l'époque ! se réjouit Dossantos.

— C'est toi, le champion de la loi, qui dit ça ? Mais je rêve ! crissa Mehrlicht.

— Le juge qui le laisse partir, tu trouves ça normal, évidemment…

— Pas du tout. Mais le lynchage, la chaux vive… Arrête de dire n'importe quoi.

Piqué au vif, Dossantos se referma. Mehrlicht s'en voulut de l'avoir taclé ainsi. Pinson fit mine d'ignorer l'incident.

— Alors durant notre formation, on nous met en garde contre ces prédateurs des cimetières, bien sûr…

— Mais ça existe plus, rassurez-moi ! s'enquit le petit capitaine.

— Aux États-Unis, la vente de cadavres entiers ou en pièces détachées se fait en toute légalité. Vous pouvez acheter un corps entier pour 5 000 dollars, une tête pour 500. Des organes, des membres… Tant que vous n'envisagez pas de les transplanter, vous pouvez en faire commerce. Le plus souvent, les vendeurs sont des pauvres hères qui ne peuvent payer les funérailles d'un proche et qui s'en débarrassent contre argent auprès d'universités ou de médecins.

— Des résurrectionnistes au XXIe siècle !

— Exactement !

— Mais en France ?

— Non. En France, le trafic de cadavres est plus rare aujourd'hui, parce qu'il est illégal, comme dans la plupart des pays occidentaux. La dépouille du défunt est sacrée et protégée. Mais prenez l'exemple de Gunther von Hagens !

Les flics se regardèrent, perplexes. Le gardien-chef en connaissait un rayon sur les multiples périls que l'humanité faisait courir aux macchabées dont il avait la charge.

— *Body Worlds*, vous ne vous souvenez pas ? Une

exposition mettant en scène des cadavres qui jouent au tennis ou regardent la télé ! Un scandale international ! Les gens se sont d'abord indignés de voir l'artiste utiliser d'authentiques morts. Mais le vrai tollé a éclaté lorsqu'on s'est interrogé sur la provenance des corps !

— J'espère qu'il y a eu une enquête, intervint Dossantos.

— Oui, en quelque sorte. Le producteur de l'exposition a pu montrer les papiers officiels de ses cadavres. La rumeur les a déclarés faux, évidemment. Et parce que les corps étaient ceux d'Asiatiques, on a, entre autres choses, soupçonné qu'il s'agissait de prisonniers chinois…

— Quelle horreur ! souffla Latour.

— Rien n'a pu être prouvé, mais l'exposition a été interdite en France. Elle continue de tourner dans d'autres pays… Le reste de la polémique a surtout porté sur l'aspect… éthique d'une telle œuvre d'art. Peut-on exposer des cadavres au nom de l'art ?

— Bien sûr que non ! trancha Dossantos, qui avait un avis assez net sur tout.

Un silence se fit.

— Et le trafic d'organes, ce serait une cause de profanation ? s'enquit Mehrlicht en rallumant une Gitane.

Pinson sourit au policier naïf.

— Non, bien sûr que non. Un organe peut être prélevé au plus tard entre quatre et trente-six heures après le décès, suivant l'organe. Lorsque nous recevons les corps pour la mise en bière, ce délai est bel et bien écoulé. Les organes ne sont plus du tout… fonctionnels, à ce stade. Non. Notre problème est ailleurs. Outre le pillage de tombe, le vol de biens personnels inhumés avec la dépouille mortelle, ce que nous redoutons le plus, c'est le vol du corps lui-même en vue de rançonner la famille.

— Vous êtes sérieux ?

— On ne peut plus sérieux, madame ! tonna Pinson qui décidément n'aimait pas le tic de langue de la jeune flic. Un cas d'école encore, tous les gardiens de cimetière de France et peut-être du monde connaissent cette histoire : le vol du corps de Charlie Chaplin.

— Quelqu'un a volé le corps de Charlot ? suffoqua Mehrlicht.

— En 1978, dans un village de Suisse, deux jours après les funérailles, le cercueil de Chaplin est déterré et emporté. Une demande de rançon est envoyée à la famille. Les voleurs exigent qu'on leur remette l'équivalent actuel de 2 millions d'euros en échange de la dépouille. La famille refuse dans un premier temps, puis finit par accepter sur les conseils de la police qui en profite pour tendre une embuscade aux ravisseurs, deux hommes sans le sou qui ont vu les funérailles nationales à la télé et ont pensé pouvoir gagner de l'argent grâce à un cadavre illustre. Vous comprendrez qu'avec le nombre de célébrités qu'on a ici, on soit frileux sur le sujet…

— Surtout depuis qu'on a Michel Sardou, approuva Laborie.

— Évidemment, conclut Mehrlicht.

— On y est.

Ils firent le tour des trois tombes fraîches, mais ni Mme Lentier ni M. Hertz, ni M. Sardou n'avaient été importunés dans leur dernière demeure.

— Bon… On tourne en rond, grinça Mehrlicht. On remballe. L'IJ nous tiendra au courant.

Les trois flics saluèrent Pinson et Laborie, promirent de les informer de la suite des événements, leur demandèrent leur chemin jusqu'à la sortie, et les abandonnèrent dans le brouillard.

— D'autant, reprit Dossantos, que j'ai eu Dubois au téléphone. Lucie Maturin n'est toujours pas rentrée chez elle. Et il vient à peine d'envoyer la requête de géolocalisation du portable !

Mehrlicht se figea. D'un geste brusque, il releva sa manche et regarda sa montre.

— Mais… Ça fait déjà deux heures qu'on l'a demandé, le bornage ! Il fait quoi, Dubois, avec ses machines ? Il joue à Internet ?

— Hé ! Ne m'engueule pas ! Tu sais comment il est. Il a eu peur d'appeler lui-même, alors il s'est tourné vers le patron ; Matiblout n'a pas signé parce qu'il s'en va. Et le nouveau était introuvable…

Mehrlicht se racla la gorge. Il sembla un court instant que son visage jaune vira à l'orangé.

— Ah ouais ? En route. J'ai deux mots à leur dire sur leur manière de travailler, à ces tocards !

Il partit comme une furie et alluma une cigarette. Les deux lieutenants lui emboîtèrent le pas, le poursuivant à grandes enjambées, inhalant malgré eux les fumées sulfureuses d'un volcan qui venait de s'éveiller.

12 h 32
TALEB et Noura

Dans le brouillard épais, se perdant par trois fois dans Paris et dans ses pensées, Taleb parcourut à grandes enjambées les quelques kilomètres qui le séparaient de la gare Saint-Lazare, certain que chacun de ses pas le rapprochait de Noura, et l'éloignait de l'Égyptien. Sans un mot de plus, il avait planté Asar sur son trottoir à côté de sa BMW et de son molosse. Il avait rangé le 9 millimètres dans sa ceinture, s'était détourné, et mis en marche. Il savait que certains gars du camp l'avaient vu braquer leur bienfaiteur. Évidemment, l'Égyptien ne pouvait laisser passer pareil crime de lèse-majesté, pareil blasphème, et lui tomberait dessus à la première occasion. Il en allait de son pouvoir sur ces miséreux. Il en allait de ses revenus et de son réseau. Certainement de sa vie. En cela, ils étaient égaux.

Pour l'heure, Taleb tentait de contenir la terreur qu'attisaient les représailles à venir. Parce que à aucun moment il n'avait vacillé face à ces deux truands. Derrière son flingue, il n'avait pas tremblé parce que derrière son flingue il y avait aussi Noura. Alors il s'efforçait de se raisonner ; ils avaient déjà traversé des situations bien pires. En Turquie, notamment.

Parce que, en Turquie, il avait tiré.

Ils étaient enfin parvenus à Kahramanmaras, le premier aéroport dans le sud de la Turquie, la fin de leur périple, en somme, puisqu'ils n'avaient plus dès lors qu'à embarquer dans un avion pour Manchester et rejoindre leur cousin. Le cauchemar syrien s'achevait et laissait place au rêve britannique, un rêve américain bon marché aux portes de l'Afrique. Le lendemain, ils étaient entrés dans l'aérogare et avaient acheté leurs billets. Puis ils s'étaient présentés à la sécurité. La flic en uniforme avait pris leurs empreintes et vérifié leurs passeports. Elle avait tout à coup semblé tiquer en examinant leurs papiers, avait décroché son téléphone, assuré que ce ne serait pas long. Elle avait dit quelques phrases dans son turc le plus opaque, sans se départir de son sourire. Taleb avait rapidement senti le vent tourner et avait demandé dans son meilleur anglais qu'elle leur rendît leurs documents. Elle avait souri, assurant que ce ne serait pas long. Alors il lui avait arraché les deux passeports des mains, avait empoigné le bras de sa sœur et s'était mis à courir en sens inverse, vers la sortie. Les quatre flics en uniforme qui se dirigeaient vers eux les avaient vus et pris en chasse dans le terminal. Après une cavalcade dans la foule, Taleb et Noura étaient sortis de l'aéroport et s'étaient cachés dans le parking qu'ils n'avaient quitté qu'une heure plus tard. C'est ainsi qu'ils avaient découvert que leurs passeports étaient faux et qu'aucun avion, jamais, ne les emmènerait en Angleterre. Qu'ils allaient devoir marcher, faire du stop, prendre des cars, des bateaux, qui sait, nager, pour voir un jour Manchester. Qu'il leur faudrait négocier chaque kilomètre et que ce voyage leur coûterait bien plus que l'argent qu'il leur restait. Le rêve britannique s'était tout à coup volatilisé.

Ils avaient fui la zone de l'aéroport, avaient trouvé un car à la gare routière, et payé *cash* un voyage jusqu'à Istanbul, dépense qui avait fini d'assécher le pécule parental. Débarqués dans la plus grande ville de Turquie, Taleb et Noura n'avaient eu aucune difficulté à les repérer, ces Syriens qui comme eux remontaient vers le nord, comme ils le pouvaient, par étapes, jusqu'en Angleterre. Tous portaient ce sac-poubelle noir caractéristique qui contenait tout ce qu'ils avaient pu sauver dans leur fuite. Tous convergeaient vers le même quartier de la ville, Aksaray, vers sa place principale surnommée la « place des Passeurs », puisque c'était là que s'achetait un ticket pour un canot qui traverserait la mer de Marmara vers la Grèce et l'Italie, ou un passage à travers les forêts bulgares pour contourner le « mur de la honte » construit par la Bulgarie sur sa frontière turque. C'était aussi le lieu de tous les trafics humains parce qu'un migrant ne coûtait presque rien, parce que la misère est une manne infinie pour celui qui a beaucoup d'imagination et peu de scrupules. On venait chercher à Aksaray une main-d'œuvre bon marché qui, dans certains cas, se retrouvait réduite en esclavage par les mafias locales. On venait aussi y trouver une épouse, voire une deuxième ou une troisième, puisque l'État fermait les yeux sur cette exploitation sexuelle ainsi que sur la polygamie galopante, lorsqu'un homme débarquait ici de sa campagne pour s'acheter une femme qui crevait de faim. La pègre istanbuliote y ramassait également des centaines de filles jeunes, leur promettant passage vers l'ouest, travail rémunéré chez l'habitant, mariage heureux, la vie en rose, avant de les ventiler dans les plus gros bordels d'Europe.

Quand ils étaient arrivés à la « place des Passeurs », Taleb avait vite compris qu'ici tout s'achetait, passeports, voyages et gens, et qu'aucune police n'entravait ces trafics. Mais lui cherchait un passage vers l'Europe, comme beaucoup d'autres. Il s'était renseigné sur les voies proposées, sur les prix, comparant les temps de trajet, et les chances de succès. Tout était possible, surtout lorsqu'on avait de l'argent, lui avait assuré l'un des passeurs. Même si l'on n'en avait pas, mais qu'on voyageait avec une jeune femme. Le type que Taleb avait approché avait proposé 800 euros pour la cerise. Le Syrien avait d'abord cru mal comprendre l'arabe chaotique de ce Turc qui s'était rapidement expliqué. Il parlait de Noura. Les femmes que l'on amenait sur cette place étaient classées en fonction de leur âge. De douze à seize ans, elles étaient des « pistaches », de dix-sept à vingt ans, des « cerises », de vingt à vingt-deux ans, des « pommes ». Les femmes plus âgées étaient des « pastèques », mais on aurait peiné à en tirer quelque chose après trente ans, même vingt-cinq. Lorsque Taleb avait annoncé que la cerise était sa sœur, le passeur avait bien ri, s'était excusé, avant de proposer de l'emmener en Hollande : une fille de sa classe pourrait aisément trouver du travail à Amsterdam… Il avait accompagné son offre d'un regard coulant, libidineux, sur la poitrine de Noura.

Taleb l'avait remercié et s'était éloigné, croyant ainsi clore leur échange. Plus tard, il était tombé sur un type qui proposait en anglais de passer de nuit la frontière bulgare. Un van emmenait les clandestins jusque dans la forêt qu'ils traversaient dans les pas de leur guide. Ils partaient le soir même. Le tarif était de 1 000 dollars par tête. Après accord, le type avait noté leurs deux prénoms et donné l'adresse d'un groupe Facebook privé, une page sur laquelle, à partir de 22 heures, seraient annoncés les détails du véhicule, le lieu et l'heure du rendez-vous, un numéro de téléphone et les éventuels changements. Il avait une tête de truand, évidemment, et avait dû envoyer père et mère en Hollande. Mais il n'avait pas pour l'instant demandé d'argent. Taleb avait vérifié qu'il avait du réseau et assez de batterie sur son portable, puis avait salué le passeur.

Taleb et Noura s'étaient retrouvés dans une petite rue et cherchaient un endroit où déjeuner lorsque deux types déboulant de nulle part avaient brutalement poussé Taleb au sol et avaient commencé à le tabasser. Un troisième avait saisi Noura par les cheveux pour l'entraîner dans une ruelle. La fulgurance de l'attaque et sa violence ne leur avaient laissé aucune chance ni à l'un ni à l'autre. Lorsque Taleb avait entendu les cris de Noura, il avait repris ses esprits malgré la pluie de coups. Il avait ramassé un bout de parpaing qui traînait là, et l'avait lancé de toutes ses forces à la tête de l'un des agresseurs. Le type s'était mis à beugler et à pisser le sang, se tenant le front à deux mains. L'autre s'était figé en voyant son copain blessé. Taleb s'était relevé et jeté sur lui à l'instant où il sortait un flingue. Ils avaient roulé au sol. Le coup était parti ; l'autre s'était assagi, définitivement. Taleb avait repoussé son corps et ramassé le 9 millimètres. Il s'était approché du blessé qui n'avait plus assez mal pour accepter d'être abattu dans cette ruelle, et s'était enfui en laissant une traînée de sang. Taleb était alors entré dans l'allée. Dans la pénombre de la venelle, il avait vu cet homme qui avait entraîné sa sœur jusqu'à une voiture et essayait de la faire monter dans le coffre. Face à la résistance de Noura, il lui avait enfoncé son poing dans le ventre et elle s'était pliée dans un gargouillis écœurant. À l'instant où il allait refermer le hayon sur elle, il avait vu Taleb, et le flingue braqué sur lui. Il avait levé les mains en signe de reddition, s'était écarté du véhicule, priant le Syrien de récupérer sa sœur. Taleb s'était approché. Noura s'était redressée, tant bien que mal.

« Viens », avait simplement dit son frère.

Elle s'était extirpée du coffre, le nez ensanglanté, la manche déchirée, se tenant le ventre. Elle avait rejoint son frère. Derrière son flingue. Le type avait gémi un truc dans son meilleur turc. Taleb n'avait pas tremblé. Ses doigts s'étaient crispés sur la crosse. Il avait regardé ce type qui soudain avait incarné tous ceux qui avaient agressé Noura, et tous ceux qui tenteraient à l'avenir de s'en prendre à elle. Soldats, djihadistes, miliciens, policiers, passeurs, tous s'étaient rassemblés, agglutinés dans ce corps unique. C'était plus simple ainsi. Alors, Taleb avait tiré. Le soir même, à minuit, le frère et la sœur descendaient d'un fourgon au milieu de la forêt et franchissaient la frontière bulgare.

Taleb fut expulsé de son souvenir au moment où il

déboucha sur le parvis de la gare Saint-Lazare, fastueuse place sertie des claires façades haussmanniennes, lumineuse malgré la brume persistante. Il remonta la rue Saint-Lazare et passa une première fois devant l'adresse que lui avait donnée l'Égyptien. Il s'agissait bien d'un dispensaire. Le bâtiment de deux étages faisait l'angle entre deux rues. À travers les portes vitrées, on voyait à l'accueil de jeunes femmes en blouses blanches, une salle d'attente, des familles, des affiches pour l'hygiène, pour la nutrition, pour le don du sang, et le planning familial… Taleb s'arrêta un peu plus loin. Il jeta les yeux à droite et à gauche, puis rajusta le 9 millimètres qui lui griffait les reins, sous sa parka. Il se regarda une dernière fois dans une vitre, puis revint au dispensaire et entra. Si Noura était là, il ne tarderait pas à la trouver.

13h01

Le commissaire Matiblout était assis à son bureau, comme toujours, droit dans son costume gris. Ses mains planaient au-dessus d'une quantité de dossiers qu'il semblait peiner à trier, les touchant du bout des doigts comme s'ils étaient incandescents. Pourtant, il allait bientôt devoir les mettre dans un des cartons qui jonchaient l'épaisse moquette ; il quittait le Central du XIIe pour toujours, après six ans de loyaux services. Il contemplait sur son bureau ses dossiers personnels des affaires majeures qu'il avait été amené à encadrer durant ces années : le meurtre d'un journaliste par des sans-abri de la gare de Lyon avait pris des dimensions délirantes quand le Renseignement intérieur s'était soudain mêlé de l'enquête ; l'affaire de l'Empoisonneuse avait saturé de panique les colonnes des tabloïds et les écrans de télévision à mesure que s'additionnaient les cadavres bleutés qu'elle laissait derrière elle ; l'affaire du *Gardien des esprits*, le vol d'une statue africaine, avait déclenché un bain de sang lorsque deux anciens légionnaires étaient venus faire la guerre à Paris ; l'affaire du Croquefeu et ses corps carbonisés… Matiblout n'avait aucunement besoin d'ouvrir les dossiers. Tous les détails de ces enquêtes tournaient dans son esprit à l'heure du bilan, et les noms lui revenaient comme s'il avait toujours connu les protagonistes, qu'ils fussent victimes ou assassins : Malasingne, Beaufert, Ronek, Bonnet-Duprés, Luciani, Malauron, Miller, Esquebeux, Murphy, Grandier, Ferrand, Ghislaini… Le commissaire avait une image très précise de chacun. Et des flics aussi : d'abord de ceux qui avaient perdu la vie en service pour arrêter ces furies homicides. Puis de ceux qui avaient remonté toutes les pistes jusqu'à la vérité. Mehrlicht et son groupe avaient conduit toutes ces enquêtes, avec patience et détermination. Bien sûr, le petit capitaine qui approchait aujourd'hui les soixante ans avait le tempérament d'un rhinocéros bipolaire, une arrogance horripilante, le verbe gouailleur des titis parisiens, la mauvaise foi d'un pilier de bar qui promet d'arrêter… La liste de ses défauts était infinie et lui valait au sein du commissariat d'être détesté de tous. On riait dans son dos, on lui trouvait des petits noms moqueurs, Kermit, Google…, mais personne ne se serait aventuré à lui parler. Plus d'une fois, Matiblout avait dû calmer les esprits, surtout quand Dossantos venait défendre son chef de groupe. Le capitaine Mehrlicht était le pire élément qu'on pouvait avoir dans un commissariat. La cohésion des équipes n'avait pu s'organiser que lorsque tous s'étaient entendus sur le fait que Mehrlicht était le pire collègue et certainement le pire humain qu'ils eussent rencontré de toute leur vie. En un mot, un *vrai con*, selon l'expression communément admise au Central du XIIe. Pourtant, Matiblout se disait qu'il n'avait jamais eu sous ses ordres un officier aussi remarquable, et ses états de service l'attestaient. Il savait aussi que la vie n'avait guère épargné l'homme derrière le flic, et que celui-ci se remettait avec peine encore aujourd'hui de la mort de sa femme puis de celle de son meilleur ami et collègue. Ce type était une plaie à vif qui suppurait sa douleur à chaque pas, une âme errante qui s'oubliait dans le travail. Sa dégradation psychologique avait accéléré sa déchéance physique, et c'était un petit bonhomme voûté, puant le tabac et portant les mêmes vêtements à longueur de semaine qui était devenu le sujet de toutes les railleries. Il y avait eu un mieux récemment. Le lieutenant Latour lui avait laissé entendre que le capitaine avait rencontré quelqu'un, et Matiblout s'en était sincèrement réjoui parce que l'état de ce flic lui faisait mal. Ils avaient bien sûr eu des mots, tous les deux, tant de fois, mais finalement, le travail était fait et bien fait. Le commissaire se demanda même si le capitaine Daniel Mehrlicht n'allait pas lui manquer. Après tous ces succès, ces affaires rondement menées qui avaient fait la gloire du Central du XIIe, et étoffé son dossier personnel de fonctionnaire, Matiblout se prit à penser qu'il devrait dire un mot à propos de Daniel Mehrlicht dans son discours de départ. Ce ne serait qu'un juste retour des choses et ces mots permettraient peut-être d'atténuer la hargne de ses collègues contre lui. En outre, un court passage pour rendre hommage à son enquêteur le plus opiniâtre ne manquerait pas, à l'heure des au revoir, de laisser de lui l'image d'un supérieur humain et proche de ses troupes. Matiblout s'enfonça dans son fauteuil et sourit, satisfait de cette bonne idée, quand la porte s'ouvrit soudain, et que parut un Mehrlicht jaune orangé qui bondit dans la pièce en hurlant comme un possédé :

— Tout ça parce que vous prenez la tangente ? Vous laissez les potos clapoter dans la mistoufle ?

— La « mistoufle » ? répéta Matiblout, cueilli.

— La mistoufle ! Parce qu'on va se dorer la lune dans les sphères !

— Mais enfin, capitaine…

— Y'a pas de « capitaine », patron ! La demande de bornage ! Ça fait deux plombes qu'on l'attend ! Et l'autre jean-foutre de Dubois qui a de la pisse de chat dans les veines et qui tricote des pincettes dès qu'il a une responsabilité !

— Les « pincettes » ? Mais…

— … et c'est pas avec les quiches qu'on a ici, les Truffeau et consorts, qu'on va relever le niveau ! À croire qu'on a regroupé tous les décérébrés de la police nationale dans le même zoo !

Dossantos parut soudain, passa le pas de la porte ouverte, et se rapprocha de Mehrlicht.

— Daniel…

Mais le capitaine à tête de grenouille était lancé dans sa diatribe frénétique, déterminé à atomiser l'univers et le reste.

— La Grande Famille Police ! La blague ! C'est le plus grand orchestre de joueurs de pipeaux !

— Mais capitaine, je l'ai signée, cette demande. Elle est partie ! Votre procès d'intention envers vos…

Mehrlicht fut fauché dans sa furie et se figea.

— Vous avez signé ? Quand ?

— Il y a un quart d'heure. Le capitaine Dubois est revenu me voir. Alors, j'ai pris sur moi de lancer la procédure.

— Ah…

Le petit homme peinait à recouvrer son souffle.

— Daniel !

— Quoi, coassa-t-il.

— On vient de repêcher un corps dans la Seine. Une jeune femme…

Mehrlicht fit volte-face, horrifié.

— Pu… C'est pas vrai… On y va.

Il traversa le bureau, se retourna sur le pas de la porte et ajouta :

— Finalement, patron, on n'en aura peut-être plus besoin de ce bornage…

Puis il sortit, laissant Matiblout à sa stupéfaction. Le commissaire se rassit, soudain très las, et conclut qu'il valait peut-être mieux omettre de mentionner ce fou furieux dans son discours de départ.

13 h 23

Rien ne tournait rond dans cette histoire. Si Lucie Maturin avait effectivement disparu, avait été enlevée, victime de quelque maniaque, si elle était retenue quelque part contre son gré, elle pouvait de surcroît se lamenter d'avoir pour seul espoir les tocards du Central du XIIe. La double peine. Mehrlicht ruminait au volant de la vieille Mégane banalisée, faisant ballotter une Gitane allumée au coin de sa lèvre jaunie. Combien de temps avait-il perdu dans cette affaire où chaque minute avait son importance, où chaque heure qui s'écoulait condamnait plus certainement la jeune femme ? La passation de pouvoir entre les chefs avait déstabilisé le commissariat. Mehrlicht avait décidé de ne plus dépendre de ces forces extérieures pour conduire son enquête. Personne ne devait plus entraver son travail, ni Matiblout ni Saint-Croix ni Dubois, à qui il réservait une mufflade dantesque, la « mère de toutes les beuglantes », selon les termes du flic furibard. Il fallait tout reprendre. Dossantos avait été désigné pour rester au commissariat et composer le profil de la jeune fille disparue. Ce choix n'était pas un hasard. Mehrlicht connaissait les tensions qui existaient entre son lieutenant bodybuildé et le légiste qui l'attendait sur le quai de la Seine. Il avait donc préféré laisser Mickael s'occuper de l'enquête administrative, et se charger lui-même du terrain avec Latour. Ainsi, assise côté passager, Sophie accompagnait son chef de groupe. Alors que la Renault blanche traversait le pont d'Austerlitz à vive allure, toutes sirènes rugissantes, badigeonnant de bleu la toile de brume, et épeurant les véhicules alentour, les deux flics pensaient à la femme que l'on venait de repêcher.

— Si c'est Lucie Maturin, on aura vraiment tout foiré, grogna Mehrlicht.

— On pouvait difficilement faire plus vite, capitaine. Un autre OPJ aurait probablement attendu plus longtemps que vous avant d'enregistrer la disparition. Et la mare de sang du Père-Lachaise nous a entraînés sur une autre piste. On ne pouvait pas savoir.

— Mouais… Tu diras ça à sa mère… Je suis sûr qu'elle comprendra.

Latour se tut parce qu'elle savait que la colère du capitaine, une fois débondée, ravageait tout et tous sur son passage, sans discernement et sans compassion, mais quoi qu'il en fût, sans jamais aucune volonté de la blesser.

Mehrlicht bifurqua, s'engagea sur le quai Saint-Bernard et reprit de la vitesse le long des quais de Seine. Il tira de nouveau sur sa cigarette et toussa. Alors, il jeta son mégot par la vitre ouverte, tout en s'époumonant.

— Put… Je tiens une de ces crèves ! grinça-t-il, soudain violacé.

— Vous devriez…

— Je ne l'ai pas dit ! Je te dois pas 5 balles…

— Non, pour la toux… Il faudrait…

Mehrlicht la regarda. Latour s'arrêta. Non. « Fumer moins » n'était pas la formule à prononcer en ce moment précis. Pourtant elle reprit :

— Le temps que votre rhume disparaisse, je veux dire.

— Ouais… T'as raison, infirmière Latour ! railla-t-il.

— Ils ont signalé une épidémie de grippe à la télé. Vous devriez surveiller ça…

Il l'ignora.

— Tiens, on y est.

La Mégane décéléra à hauteur des coffres verts des bouquinistes, derniers bastions du papier d'autrefois, et s'engagea dans la pente vers le quai. À quelques mètres du fleuve, ils progressèrent au pas dans la brouillasse persistante et aperçurent bientôt les véhicules de police sérigraphiés, leurs gyrophares colorés, coruscants comme des phares dans la nuit. Et le fourgon du légiste. Mehrlicht et Latour abandonnèrent leur voiture entre les arbres. Ils sortirent leurs cartes tricolores, descendirent les dernières marches et s'avancèrent sur les pavés vers l'attroupement. Une dizaine de badauds s'étaient assemblés et profitaient de la soudaine animation mortuaire. Les deux flics se faufilèrent à travers le petit groupe et passèrent le cordon de sécurité. Un gardien de la paix arriva aussitôt.

— Mes respects, capitaine. Brigadier Lorenzi.

— Salut, brigadier Lorenzi. Je vous écoute.

— On a reçu un appel au Central du Ve à 11 h 32. Un pêcheur, Jean-Paul Masset, un riverain habitué du quai. Sa ligne a accroché quelque chose et il a ramené un corps. Il était avec un ami. On a enregistré leurs dépositions, mais ils sont tous les deux bien sonnés.

— Et la victime ?

— Une jeune femme brune. La vingtaine. On l'a sortie de l'eau totalement nue. Ni vêtements ni bijoux. Alors pour l'identification… L'IJ et le légiste ont pris la suite.

— OK. C'est vous qui nous avez appelés ?

— C'est le Central. En vérifiant dans le FPR, on a vu que vous aviez fait une inscription, ce matin, une jeune femme. Comme ça correspondait, on a préféré vous prévenir.

— Vous avez bien fait. Merci, brigadier.

Le gardien de la paix les salua et s'éloigna. Carrel parut soudain à l'arrière de son fourgon, compressé dans sa légendaire combinaison jetable. Le gros homme ressemblait à un poisson-bulle fraîchement sorti des eaux noires du fleuve. Mehrlicht et Latour le rejoignirent.

— Ah Daniel ! Sophie ! Mais qu'est-ce que vous faites là ? Vous venez piquer les cadavres des autres ? C'est moche… Et qu'est-ce que vous avez fait de Conan le Barbare ? Il est à la salle ? Il soulève de la fonte ?

— Arrête ! On recherche une gamine qui a disparu.

— Et ce pourrait être mon Ophélie ?

— Ton Ophélie ? répéta Latour.

— Oui, voyons…

« Sur l'onde calme et noire où dorment les étoiles,
La blanche Ophélia flotte comme un grand lys,
Flotte très lentement, couchée en ses longs voiles…
On entend dans les bois lointains des hallalis »…

Arthur Rimbaud au sommet de son art !

Mehrlicht sortit une Gitane et l'alluma.

— J'ai pas trop le cœur à rire, Régis. J'ai une petite nana dans le brouillard et ça me dit rien de bon. Alors si on pouvait sauter la partie avec les violons et les poésies, ça me va…

Le légiste dévisagea son copain et acquiesça.

— Je comprends. Les meurtres de femmes et d'enfants, ça secoue toujours un peu plus, c'est normal… C'est injuste pour les autres victimes, les hommes, les vieux, mais c'est normal ! Et les noyés, ce n'est pas très folichon à regarder. Encore moins quand ce sont des jeunes femmes… Venez, je vais vous montrer.

Il se détourna et monta à l'arrière du fourgon. Les deux flics lui emboîtèrent le pas et se glissèrent entre la paroi couverte d'étagères en tout genre, d'où débordaient des élastiques, des tubes, des fioles colorées, des rouleaux d'adhésifs, le capharnaüm de la médecine légale dans ce cabinet itinérant du découpage de corps, et, devant eux, un haut brancard à barreaux où était sanglé un sac mortuaire gris.

— Pour résumer ce que je suppose, et ce qu'a relevé l'IJ avant de me refiler la demoiselle – et l'autopsie me donnera raison ! –, la victime est une femme d'une vingtaine d'années qui était morte bien avant d'être envoyée par le fond. Je vais vous expliquer pourquoi…

Il défit la sangle, avança une main vers la fermeture Éclair et suspendit son geste.

— Vous voulez la voir ? Je demande parce que ce n'est pas très beau.

— Vas-y, soupira Mehrlicht.

Le légiste s'exécuta et tira la fermeture jusqu'en bas, révélant un corps grisâtre et marbré auquel s'accrochaient encore algues et grains de vase. L'odeur qui envahit le fourgon les prit à la gorge comme une main griffue. Les deux flics se couvrirent immédiatement le nez et la bouche, mais la pestilence continuait de leur piquer les yeux. Mehrlicht tira son portable et regarda le portrait de la gothique envoyé par Dubois. Il le montra à Latour. La comparaison était peu concluante, surtout en l'absence du maquillage original. Les traces de boue et les marbrures de la peau rendaient l'identification visuelle impossible. Mehrlicht tenta de discerner le trou de l'anneau à hauteur du sourcil droit, en vain. Était-ce seulement un vrai *piercing* ?

Carrel enchaîna, insensible à leur dégoût :

— Deux éléments me permettent de l'affirmer. D'abord, les marques de liens que l'on retrouve sur ses poignets et sur ses chevilles ont clairement été laissées avant la mort.

Le légiste passa sa main gantée sous le bras du cadavre et le souleva afin d'exhiber les stries de la peau.

— Le deuxième élément est là.

Il remonta vers le visage de la victime et tourna sa tête vers la droite. Il écarta une mèche poisseuse de cheveux bruns qui collaient à la peau du cou, révélant deux plaies.

— Deux trous dans la carotide, éloignés de quatre centimètres l'un de l'autre.

Les deux flics se regardèrent, perplexes. Carrel développa :

— Cette jeune femme a été vidée de son sang. Intégralement.

— Quoi ? Tu rigoles, là ?

— Non. C'est même, je crois, la cause de la mort. Tout le sang de cette demoiselle a été drainé de son corps… jusqu'à ce qu'elle meure.

— Putain… Non ! lâcha Mehrlicht, refusant cette horreur.

Personne ne pensa à l'amende pour juron.

— J'imagine que vous avez en tête la même chose que moi… s'enquit Carrel.

— Je préfère pas, souffla Mehrlicht. Dis toujours…

Le légiste inspira et se lança :

— « Quand elle eut de mes os sucé toute la moelle,
Et que languissamment je me tournai vers elle
Pour lui rendre un baiser d'amour, je ne vis plus
Qu'une outre aux flancs gluants, toute pleine de pus ! ».

— On avait dit « pas de poésie » !

— « Les Métamorphoses du vampire » ! Baudelaire !

— Ah non ! Pas Baudelaire ! J'ai déjà donné !

— Si Régis a raison et qu'on a un taré qui joue au vampire buveur de sang, on a peut-être un sérieux problème au Père-Lachaise, commenta Latour.

Voyant l'air intrigué du légiste, elle s'expliqua :

— On a trouvé une mare de sang dans une allée, ce matin. Au moins deux litres.

— Ce matin ? Alors je doute que ce soit votre disparue. Mon Ophélie a séjourné plus de quarante-huit heures dans l'eau.

— C'est pas Lucie Maturin, c'est sûr ? Mais c'est qui, alors ?

— Ah ça… « L’Inconnue de la Seine », le retour ! Cent quarante ans plus tard ! plaisanta Carrel.

Mehrlicht sourit jaune. Latour montra son incompréhension.

— Un fait divers de la fin du XIXe, commenta Mehrlicht. Le corps d’une jeune femme frappée par la tuberculose, repêchée dans la Seine, puis exhibée à la morgue comme cela se faisait à l’époque.

— Sa beauté lui a valu un triomphe ! On se bousculait pour la voir, ajouta Carrel.

— La police a jamais pu identifier la pauvre fille. La légende de l’inconnue magnifique est née et s’est teintée d’un romantisme morbide lorsque la rumeur a évoqué son suicide… après un chagrin d’amour. Bon…

— Tout le monde voulait voir l’amoureuse malheureuse, renchérit le légiste. Alors un employé de la morgue a eu l’idée de faire des masques en plâtre de la belle inconnue, puis s’est mis à les vendre. Le Paris mondain s’arrachait le masque mortuaire de la noyée pour le suspendre au mur du salon. Un *must* ! Le summum du chic, même ! « L’Inconnue de la Seine » est rapidement devenue un canon de beauté. Les jeunes femmes de France, d’Allemagne et d’Angleterre faisaient tout ce qui était possible pour lui ressembler : elle était belle, jeune, était amoureuse à en mourir ! On a même dit qu’elle était un « idéal érotique » de l’époque ! On s’est depuis inspiré de ce masque pour créer le visage de Resusci Anne, le mannequin de réanimation !

— Il faut qu’on y aille, Régis… tenta Mehrlicht.

Le légiste leva une main et se figea soudain.

— « “Je croyais qu’on restait au fond du fleuve,

mais voilà que je remonte", pensait confusément cette noyée de dix-neuf ans qui avançait entre deux eaux. Enfin elle avait dépassé Paris et filait maintenant entre des rives ornées d'arbres et de pâturages, tâchant de s'immobiliser, le jour, dans quelque repli du fleuve, pour ne voyager que la nuit, quand la lune et les étoiles viennent seules se frotter aux écailles des poissons. » Ah, Supervielle…

Les deux flics descendirent du fourgon, laissant le légiste terminer ses déclamations.

— Bon, Régis, tu contactes l'IJ pour qu'ils fassent une comparaison d'ADN avec notre mare de sang. Nous, on passe voir la famille de Lucie Maturin avec Didier pour récupérer des effets personnels de la gamine : brosse à dents, à cheveux… Tu peux nous donner tes conclusions quand ?

— Après-demain ?

— Régis, je te jure, j'ai pas envie de rigoler. J'ai bien l'intention de la retrouver rapidement, cette gamine.

Carrel fit la moue et opina.

— Je pars maintenant et je m'y mets. Je t'appelle dans l'après-midi.

— Merci, souffla Mehrlicht en allumant une cigarette.

— Dans l'après-midi ? Eh ben quand c'est pour nous, tu travailles moins vite, Carrel ! Monsieur le légiste a ses chouchous !

Mehrlicht et Latour se retournèrent et tombèrent nez à nez avec un homme carré d'une cinquantaine d'années, au visage blême et luisant, aux cheveux noirs mi-longs visiblement aussi crasseux que son cuir de motard râpé. Il portait un jean historiquement bleu, à présent zébré de taches noires, qui devait lui servir de tenue pour jardiner, faire des vidanges et combattre en Afghanistan où, à voir son teint mortifère, il avait perdu la vie. Le zombie ! Mehrlicht avait déjà rencontré le commandant Bertrand de la Crim' ; le contact avait été rugueux[1], à l'époque où Bertrand avait appris qu'il était dessaisi d'une affaire soudainement confiée à Mehrlicht et son groupe…

À son côté, Mehrlicht trouva son ancien stagiaire, le lieutenant François Ménard, sa tignasse éternelle et sa face joviale. Il souriait, comme toujours.

— Bonjour, capitaine.

Les quatre flics se serrèrent la main. Si les retrouvailles étaient chaleureuses entre Ménard, Latour et Mehrlicht, Bertrand avait hâte de passer à la suite. Il l'expliqua sans détour.

— On s'occupe de tout à partir de maintenant.

Le silence qui s'ensuivit leur signifia clairement leur congé. Latour tenta de maintenir le contact.

— Bien sûr, commandant. Nous recherchons une jeune femme qui a disparu cette nuit. Nous sommes venus vérifier, et elle ne correspond pas au signalement…

— Tout baigne, alors, lança le zombie, inconscient de son macabre jeu de mots.

— Pourtant, reprit Latour…

Bertrand la dévisagea d'un œil morne.

---

1. Voir *Le Jour des morts*.

— … nous pensons qu'il y a un lien. L'analyse ADN…

— Si vous trouvez quelque chose, tenez-moi au courant, lieutenant. Pour l'instant, j'ai un cadavre sur les bras. Salut !

Il les dépassa, les oublia et monta dans le camion.

— Vas-y, Carrel, je t'écoute…

Mehrlicht allait intervenir, mais Latour le tança d'un regard. Ménard suivit son chef et se pencha à leur hauteur.

— Passez par moi, ça vaut mieux, glissa-t-il aux membres de son ancien groupe avant d'entrer dans le fourgon du légiste.

Mehrlicht et Latour s'éloignèrent. À quelques mètres de là, par-delà le cordon de sécurité, la foule des passants avait grossi. Cent cinquante ans plus tard, le charme macabre de l'Inconnue de la Seine était intact. Elle continuait de fasciner, d'envoûter les vivants, celle qui avait emporté son secret au fond des eaux et qui, aujourd'hui arrachée à sa tombe aquatique, se nimbait encore d'un mystère obscur et romantique.

Mehrlicht se détourna et remarqua le véhicule de l'Identité judiciaire. Ils étaient en train de remballer leur matériel. Le rapport d'analyse des échantillons retrouvés sur place arriverait au Central certainement le lendemain. Au mieux. Ils étaient venus à trois. Un corps repêché dans la Seine ne nécessitait pas une équipe complète puisqu'il n'y avait pas de scène de crime, mais ils étaient cependant plus nombreux que pour la mare de sang, une scène sans crime et sans corps. Deux d'entre eux s'affairaient à emboîter leurs caisses et valises diverses dans le coffre de leur break. Le troisième, le photographe, un peu en retrait, continuait de mitrailler à la volée mais discrètement la petite foule réunie là. Parce que s'il y avait eu crime, le coupable revenait sur les lieux, c'était bien connu, et tellement vrai ! Par narcissisme et provocation, par peur d'avoir négligé quelque trace, par curiosité ou simplement parce qu'il voulait suivre l'affaire pas à pas, le tueur amateur s'approchait au plus près de l'enquêteur pour l'écouter, l'observer et évaluer tant les progrès de l'investigation que l'imminence de son arrestation.

Les photos leur parviendraient avec le rapport de l'IJ. Les deux flics n'avaient plus rien à faire sur les lieux. Ils s'éloignèrent, traversèrent le groupe des badauds et regagnèrent leur véhicule. Mehrlicht grognait en lâchant des nuages de fumée dans la brume.

— On a un nom, Lucie Maturin, une mare de sang et un corps. Pour l'instant, entre ces trois éléments, il y a rien qui correspond. Alors ça me file des abeilles…

— Vous pensez à quoi ?

— Soit on a un cadavre en kit…

À la simple formulation, Mehrlicht se revit la veille, découpé en morceaux par un magicien fou.

— … et c'est l'hypothèse la moins terrible et la moins plausible.

— Et l'autre, la plus probable ? s'enquit Latour.

Mehrlicht souffla sa fumée.

— J'ai peur qu'on ait affaire à trois macchabées.

13 h 30

Les lueurs de l'écran lançaient des éclairs colorés sur le visage de Mickael Dossantos. Installé devant son ordinateur, mâchonnant un sandwich au jambon, sirotant un Coca zéro, entorses professionnelles à son régime de sportif, il continuait de rechercher des informations susceptibles de constituer un profil clair de Lucie Maturin, puisque Dubois s'était lamentablement grillé aux yeux de toute l'équipe. Quel con ! Dossantos ne décolérait pas. Dans ces affaires de disparitions, il fallait faire vite. En France, chaque année, selon les sources, entre quarante mille et soixante-cinq mille personnes disparaissaient. Des fugues, des accidents, des fuites vers l'étranger, des enlèvements parentaux. On en retrouvait bien sûr beaucoup, de ces personnes absentes. Mais pas toutes. En 2016, il y avait eu en France 5 139 disparitions inquiétantes non élucidées ! 5 139 personnes, dont 687 mineurs, s'étaient volatilisées. En 2017, le nombre de ces mineurs était passé à plus de 1 328. Le chiffre était terrifiant. Alors on l'évoquait peu. Quelques affaires nouvelles faisaient remonter à la surface des disparitions plus anciennes :

Maëlys nous rappelait Estelle Mouzin, Marion Wagon, Maddie McCann… Et près de deux mille corps sans identité étaient enterrés en fosse commune chaque année sans qu'aucun test ADN ne soit ordonné pour faire correspondre un être disparu à un corps retrouvé. Et les familles attendaient, détruites. Et le chiffre des disparus ne baissait jamais.

Après avoir consulté les fichiers officiels et n'avoir trouvé aucune trace de la jeune femme, Dossantos s'était naturellement tourné vers le plus gros fichier de données individuelles et personnelles dont disposait la police : Facebook. Le lieutenant sourit. Parce que si le quidam était prêt à hurler à la violation de sa vie privée à la première occasion, il livrait lui-même cette vie privée en pâture au public, affichant à longueur de pages les photos de ses enfants, de ses animaux, de son intérieur, détaillant ses activités, ses achats, ses déplacements, ses voyages, dessinant son réseau d'amis, ses connaissances professionnelles, jusqu'à ses émotions et sentiments concernant son emploi, ses collègues, sa famille. Une source inestimable pour l'enquêteur qui, en quelques clics, pouvait construire un portrait-robot assez détaillé et plutôt fiable de l'individu ciblé. Une mine inépuisable également pour le criminel qui visitait les foyers sans sortir de chez lui, s'imprégnait des histoires personnelles et des douleurs intimes afin de mieux fomenter son forfait, qu'il s'agît de cambriolage, d'escroquerie ou d'enlèvement. On avait beau mettre les gens en garde, se répétait Dossantos, l'ego était le plus fort. Alors ils disaient tout. Facebook et Twitter étaient devenus des confessionnaux planétaires où le virtuel s'accommodait d'une vérité embellie pour le prix d'un *like*, un pouce pour seul salut et l'indifférence comme pénitence.

Mickael Dossantos n'avait pas de compte Facebook, mais il s'y connectait plusieurs heures à chaque nouvelle affaire. C'était parfois Sophie Latour qui se chargeait de cette facette de l'enquête. Daniel Mehrlicht aurait sans hésitation préféré se jeter du toit du commissariat, et même deux fois, plutôt que de passer une seconde de trop en tête à tête avec un « écran-qui-rend-con ». Ses deux lieutenants avaient un jour tenté de l'initier au réseau social, arguant de la richesse de l'outil, de sa pertinence pour l'enquêteur. Alors Mehrlicht avait accepté de s'asseoir face à l'ordinateur et les avait écoutés en grognant. Trois minutes. La première vidéo de chaton mignon l'avait propulsé dans une furie incontrôlable, et ses deux lieutenants, hilares, avaient mis fin au stage de leur capitaine, redoutant que celui-ci ne sorte son arme de service pour pulvériser d'une rafale de plomb l'écran et l'animal. Évidemment, depuis, abandonner cette partie du travail à Mehrlicht était devenu impensable.

Il n'avait pas fallu longtemps à Dossantos pour passer en revue la courte galerie de toutes les Lucie Maturin du monde, et pour retrouver la jeune femme frêle et filiforme habillée de noir dont on supposait aujourd'hui la disparition. Sa photo de profil était celle que Dubois leur avait envoyée : la peau blême, les cheveux noirs, les vêtements noirs, les yeux cernés de noir, les lèvres peintes en rouge sang. Un anneau au sourcil droit, puis trois ou quatre à chaque oreille. Dossantos lui écrivit un message :

« *Mademoiselle, votre famille vient de signaler votre disparition. Veuillez au plus vite contacter votre mère et le lieutenant Dossantos au commissariat du XII*^e^ *arrondissement.* »

Il ajouta le numéro du standard et celui de son portable. Puis il continua son inspection de la page de la jeune femme. La plupart des documents qu'elle avait *postés* étaient en noir et blanc. Des affiches de vieux films, des images de campagnes désolées et de forêts inquiétantes, des groupes de rock glauques. Il y avait de rares photos d'elle, toujours dans la même tenue noire. Sur trois photos publiées ces six derniers mois, deux autres personnes apparaissaient à ses côtés. Sur l'une, un jeune homme vêtu de noir qui n'était pas identifié. Sur toutes, on retrouvait la même jeune femme. Elle avait certainement le même âge, une blonde aux cheveux mi-longs rasés sur les côtés, au maquillage coulant, qui avait des anneaux dans le nez et des crucifix en argent aux oreilles. Une tête de mort était tatouée sur sa main gauche. Dossantos passa le curseur sur les visages. Sur la plus récente, un nom parut soudain : Cathy Gula. Le pseudonyme était original. En un clic, il bascula sur la page. L'atmosphère y était tout aussi funèbre. On y trouvait des vidéos de groupes, Joy Division, Dead Can Dance, The Moon and The Melody, Nick Cave and The Bad Seeds, The Sisters of Mercy… Dossantos n'avait jamais entendu aucun de ces artistes sur Nostalgie. Par curiosité, il lança une chanson. Une voix sépulcrale emplit le bureau, traînante et comminatoire. Les paroles étaient en anglais. Le lieutenant ne comprit pas ce que le chanteur disait, mais manifestement l'homme était en fin de vie et n'aurait plus à souffrir très longtemps. Dossantos non plus. Il coupa la musique et soupira. La jeune femme indiquait dans sa présentation qu'elle habitait à Paris. Un indice bien mince pour la retrouver. Il n'y avait ni date de naissance ni adresse mail de contact. Il décida tout de même de lui envoyer un message similaire par le réseau.

Il examina ensuite les photos postées par cette Cathy Gula. Elle avait visiblement plus d'amis que Lucie. Il repéra un Jérémy Strauss, une Djénéba Dieme, une Sophia Pinto qui réagissaient souvent aux publications de leur amie. Il inspecta chacun de leurs profils. Eux semblaient des étudiants plus classiques. À chacun, il envoya le même message, assurant qu'il ne s'agissait pas d'un canular, puis passa chacun d'eux au Fichier, en vain. Sur la page de Sophia Pinto, le lieutenant découvrit la photo d'un groupe d'amis prise dans un bar la veille et mise en ligne à 23 h 08. Jérémy, Djénéba, Lucie et Cathy souriaient en levant leurs verres à la photographe. Il y avait deux autres personnes non identifiées, certainement des camarades de cours. Une légende apparaissait au-dessus de l'image : « La team *Ad Nauseam* en force ! Paris 8 ! » ainsi qu'une géolocalisation « au Rond-Point ». Facebook bornait les gens plus vite que la police.

Dossantos trouva le numéro du café sur Internet et décrocha son téléphone. Il se présenta, expliqua rechercher un groupe d'étudiants clients la veille au soir. La femme se souvenait. Ils étaient arrivés vers 20 heures et étaient repartis vers minuit. Dossantos lui demanda alors si certains avaient payé par carte. C'était bien le cas pour deux d'entre eux, si elle se souvenait bien, mais elle devrait retrouver les reçus. Le lieutenant avait senti sa réticence. Il proposa de passer en fin d'après-midi, vers 17 heures, afin de lui prouver son identité et de faire une photo de ces documents. Dans ces conditions, la femme accepta. Ils se saluèrent et raccrochèrent. Il soupira. Il pianota de nouveau sur son clavier et appela l'université Paris 8. On l'aiguilla rapidement vers le service de scolarité. Il se présenta et s'expliqua encore. La disparition de l'une de leurs étudiantes, une latiniste en troisième année de lettres classiques, Lucie Maturin, amenait la police à s'intéresser à ses proches dont Jérémy Strauss, Djénéba Dieme, Sophia Pinto et une certaine Cathy qu'il leur restait à identifier. La femme interrogea son ordinateur et confirma les propos de l'officier. Elle expliqua en revanche ne pouvoir lui fournir de nouvelles informations, notamment concernant cette Cathy, sans l'aval de sa hiérarchie et sans une requête officielle. Il griffonna son adresse mail et lui envoya dans la foulée un courrier très officiel sous couvert de la préfecture lui redemandant ces mêmes informations.

Dossantos s'enfonça dans son siège. Il avait remonté les rares pistes dont il disposait. Il n'y avait plus qu'à attendre une réponse à ses appels comme autant de bouteilles à la mer. Attendre quand on n'a pas le temps, c'était une des pires phases du travail de flic, attendre lorsqu'on est le seul à avoir toutes les données pour comprendre l'urgence, attendre qu'un téléphone sonne, qu'un message arrive, qu'une porte s'ouvre ou que Dubois apprenne son boulot… Il sentit de nouveau la colère sourdre en lui, échauffer ses tempes, mais il l'endigua. Il devait garder la tête froide. Il s'avança face à son ordinateur et en fit cliqueter les touches. Il se retrouva sur la page d'Henry Sourans. L'élu frontiste souriait, serrait des mains. Depuis que le parti avait perdu la tête, le soir où Marine Le Pen avait entamé des ondulations lascives en plein débat présidentiel, les lieutenants de l'extrême droite étaient en campagne pour évincer la danseuse et reprendre les rênes. Sourans, tous crocs dehors, allait saluer ses partisans aux quatre coins de France, ressassant la noblesse d'être français, et le mépris dû à ceux qui ne l'étaient pas. Il avait assisté au départ d'un « navire anti-migrants » chargé de refouler tout canot qui tentait de traverser la Méditerranée. Il avait défilé avec une milice d'extrême droite dans les rues de Rouen. Il était venu boire un verre dans un « bar identitaire » à Lille. Il avait accueilli fraternellement des nationalistes qui avaient repoussé des familles de migrants dans la neige des Alpes, condamnant les plus épuisés à la mort… Dossantos suivait son périple comme un sniper suit sa cible. Patiemment, attendant le bon endroit, le bon moment. L'élu devait venir à Paris pour soutenir les militants qui attaquaient les camps de migrants. Son bras droit Bruno serait certainement là aussi. À moins que Dossantos ne trouve le lieu et l'instant bien avant, quelque part en province, loin d'ici…

Il revint soudain à lui, les mâchoires contractées et les yeux plissés. Un bruit de clochette venait de retentir et un petit *1* d'apparaître en haut de l'écran. Il avait reçu un message.

13 h 47
TALEB et Noura

Dans le hall d'accueil du dispensaire, tout n'était que tumulte. Des femmes en boubou, une dizaine, parlaient haut et fort, s'apostrophaient d'un banc à l'autre dans une langue inconnue, tandis qu'une marmaille hilare courait entre les sièges en poussant des cris aigus. Quelques hommes les regardaient, silencieux, perdus dans leurs pensées, d'autres s'étaient assoupis. Taleb avait tenté de se présenter à l'accueil, d'exposer sa demande, de montrer une photo de sa sœur sur son portable, mais la femme en blouse lui avait indiqué un distributeur de tickets numérotés. Il avait essayé d'expliquer qu'il n'était pas malade. Le regard de l'hôtesse s'était fait plus noir. Elle avait soupiré et pointé le bout de son stylo vers la machine. Taleb avait obtempéré puis s'était assis. 238. Un panneau lumineux au-dessus de l'accueil affichait 164.

Plus d'une heure avait passé. Visiblement, certains patients étaient repartis, lassés d'attendre, ou avaient opté pour les urgences. Lorsque son numéro parut dans un tintement de clochette, Taleb se leva et se présenta à l'accueil.

— Bonjour. Vous parlez français ?

— Oui. Je…

— Votre nom de famille ?

— Adil.

Il épela. Elle tapa les lettres sur son clavier.

— Votre prénom ?

Il tendit l'écran de son téléphone. Noura sourit à l'hôtesse.

— Je cherche ma sœur Noura qui est venue ici il y a deux jours. Elle n'est pas revenue…

Les yeux de la femme allaient et venaient de l'appareil aux yeux de Taleb. Elle se décida soudain.

— Monsieur, est-ce que vous êtes malade ?

Taleb refusait d'échouer si près.

— Oui. Bien sûr. Je dois voir un médecin. J'ai très mal au ventre.

La femme se réjouit de pouvoir retrouver sa routine :

— Votre prénom ?

Le médecin de garde allait le recevoir. Il fallait juste patienter un peu. Taleb avait passé le premier barrage et attendait maintenant assis sur une chaise verte dans un couloir, sa fiche à la main, que la porte en face de lui s'ouvrît. D'après ce qu'il observait depuis son siège, deux médecins recevaient en même temps. Avec un peu de chance, l'un d'entre eux avait examiné Noura deux jours plus tôt. Avec beaucoup de chance, c'était celui qui allait bientôt ouvrir la porte devant laquelle il attendait. De la chance… En avaient-ils eu à un seul moment dans ce périple qui devait se résumer à un vol Kahramanmaras-Manchester et qui s'était transformé en cauchemar ?

La porte s'ouvrit et parut un grand Noir dont l'oreille était couverte d'un épais pansement, suivi d'un type d'une trentaine d'années en blouse blanche et aux cheveux bruns coupés ras. Le médecin serra la main du jeune homme, lui rappela de désinfecter la plaie matin et soir, et se tourna vers Taleb, le priant d'entrer. Ils s'installèrent de part et d'autre d'une table pliable qui faisait piètre office de bureau au jeune praticien. Le médecin se tut le temps de lire la fiche de ce nouveau patient.

— Vous êtes syrien ? s'enquit-il tout à coup.

— Oui.

— J'avais de la famille en Syrie. Dès le début de la guerre civile, mon père les a fait venir au Liban.

— J'ai fait toutes mes études au Liban, à l'université libano-française ! commenta Taleb.

— Mon frère y était aussi ! En électronique !

— J'étais en informatique. Mais j'ai rencontré les gars d'électronique. Ils doivent s'en souvenir : on leur a mis 4-0 au championnat universitaire !

— Dont deux sur penalty ! compléta le médecin libanais.

— Exact !

Le Syrien était sidéré.

— Il m'a raconté l'histoire cent fois. Elle se termine par un chapelet d'insultes contre l'arbitre !

— Ah oui ? Je l'ai trouvé plutôt juste, moi, cet arbitre !

Les deux hommes rirent ensemble.

— Bon. Qu'est-ce que je peux faire pour toi, Taleb ? Parle-moi de ces maux de ventre…

Taleb hésita, puis dut se rendre à l'évidence : la chance montrait enfin son visage.

— Ce n'est pas pour moi, en fait, mais pour ma sœur Noura…

Il sortit son portable et présenta la photo de Noura avant de reprendre :

— Elle est venue il y a deux jours pour une consultation. Elle est enceinte, je crois…

Le jeune médecin s'assit au fond de son siège, perplexe.

— … Elle n'est pas revenue au camp. Elle… Elle a disparu.

Le médecin prit le téléphone et examina de nouveau la photo.

— Elle a dû passer avec ma collègue. On envoie automatiquement les femmes vers un médecin femme. Parce qu'elles refusent, et c'est leur droit, d'être auscultées par un homme. Le plus souvent parce que c'est leur mari qui refuse.

Il se leva.

— Je vais demander à ma collègue si elle s'en souvient. Mais tu comprendras que je ne peux rien te dire sur son état de santé. Le secret médical…

— Je comprends… Merci.

Le jeune médecin sortit.

Taleb sentait son cœur s'emballer dans sa poitrine. Parce qu'il allait peut-être faire un pas de plus vers Noura. Peut-être même était-elle ici, dans une chambre. Y avait-il des chambres ?

La porte s'ouvrit après quelques minutes et le médecin revint s'asseoir, lui rendit son téléphone.

— Noura Adil est venue samedi matin. Ma collègue l'a effectivement examinée. Elle allait bien… Elle lui a fait faire une échographie, à l'étage, puis une prise de sang. Le fœtus va bien…

Il s'interrompit un instant.

— L'analyse de sang a révélé de nombreuses carences. Ma collègue lui a prescrit des vitamines, et du repos, et lui a donné un rendez-vous mercredi prochain. Ta sœur a aussi vu ma collègue du planning familial…

— Elle ne veut pas du bébé ? s'inquiéta Taleb.

Le médecin soupira.

— Ça, tu en discuteras avec elle. Je peux juste te dire qu'elle a pratiquement passé la journée ici entre le planning familial, l'examen médical, l'échographie et l'analyse sanguine. On a beaucoup de demandes et beaucoup d'attente… Elle a dû ressortir à la fermeture à 18 heures. Voilà tout ce que l'on sait.

Taleb sentit son cœur se tordre à mesure que la piste s'évanouissait.

— Vous avez des chambres ici ? tenta-t-il.

— Des chambres ? Non ! On a à peine les budgets pour faire tourner les consultations et les examens…

Le médecin comprit.

— Ta sœur n'est pas ici, Taleb. Ce que je te propose, c'est de me donner ton numéro de téléphone. Je t'appelle dès qu'elle revient ici, et seulement, bien sûr, si elle est d'accord. Mais je ne peux rien faire d'autre. Je suis désolé.

Taleb se leva et tendit la main au médecin.

— Ah mais ce n'est pas fini. Tu es là, alors je t'examine. Déshabille-toi.

Le Syrien baissa les yeux, décontenancé face à ce

jeune type affable qui en d'autres temps, d'autres lieux, une autre vie, aurait pu être un copain.

— Je ne suis pas vraiment en état de…

Le médecin lui sourit.

— Ne t'inquiète pas. J'ai l'habitude. Au passage, il y a des bains-douches municipaux gratuits dans presque tous les arrondissements de Paris. Je te donnerai des adresses, si tu veux.

Taleb acquiesça et obtempéra. Le médecin passa une paire de gants bleus et commença son examen. Plus que l'état de saleté du patient, plus que sa maigreur ou la blancheur maladive de sa peau, les stries sur son corps glaçaient le regard, des traits écrus qui creusaient des sillons dans le dos, sur les bras et les jambes, des barres et des points gravés dans la peau qui racontaient une histoire de violence et de sévices.

— Et ces points-là dans la cuisse ?

Taleb examina le côté de sa jambe comme s'il découvrait ces blessures.

— C'était dans la forêt en Bulgarie, juste après avoir franchi la frontière turque. On réussit à passer, on se prend quelques coups. Mais la police bulgare lâche ses chiens sur les migrants. Personne ne court plus vite qu'un malinois. Alors beaucoup se font saisir aux jambes, s'effondrent en hurlant. Les flics arrivent ensuite et tabassent le clandestin. Quand ils ont fini, et seulement à ce moment-là, ils disent au chien de lâcher. Parfois, ils arrêtent le chien, dépouillent le type au sol, coupent les lanières de son sac puis le laissent partir. Mais c'est plus rare.

— C'est ce qui t'est arrivé ?

— On s'est fait repérer pendant qu'on traversait la frontière de nuit. J'ai couvert la fuite de Noura en bousculant deux douaniers. Ils m'ont tabassé mais j'ai pu me relever et m'enfuir. J'ai couru cinquante mètres et un berger allemand m'a chopé le mollet. J'ai eu beau taper dessus… Ta jambe est prise dans un étau, la douleur est insoutenable…

— Et qu'est-ce que tu as fait ?

Le médecin s'était figé, captif du terrifiant récit. Taleb lui-même s'était abandonné à ce souvenir, et s'en rendit compte au moment où il retint au bord de ses lèvres sa réponse au jeune Libanais : « J'ai sorti mon arme et je lui ai collé deux balles dans la tête à bout portant. »

— Il m'a lâché. Son maître a dû le rappeler… Bref, je me suis échappé.

Le médecin restait abasourdi.

— Tu as de la chance qu'il n'y ait pas eu d'infection dans les heures qui ont suivi… mais tu ne vas pas couper à la prise de sang.

— J'ai toujours eu de la chance, ironisa Taleb, laissant le médecin penaud.

— Je te passe la liste des maladies transmises par une morsure de chien mais le tétanos et la rage, par exemple, peuvent se développer plusieurs semaines après la blessure.

— Je comprends. D'accord pour l'analyse de sang. C'est long ?

— C'est long ? répéta Taleb à l'infirmier. Le jeune type en tenue bleue, la trentaine au plus, allait et venait, préparant son plateau métallique, déchirant l'emballage d'une seringue qu'il y déposa.

— Non, c'est l'affaire de quelques minutes. Mais je ne sais pas si vous aurez…

Il regarda la montre à son poignet.

— Vous n'aurez pas vos résultats ce soir. Il faudra revenir demain.

Taleb examina la petite salle, les deux fauteuils reliés à des machines, pendant que l'infirmier préparait sa seringue.

— Vous êtes tout seul pour faire les prises de sang ? demanda-t-il.

— Oui. Il y a mon collègue qui gère les échantillons et le labo, mais ici, il n'y a que moi…

Taleb passa la main dans la poche de son jean et tira son portable.

— Je vais piquer maintenant. Ne bougez pas, prévint l'infirmier.

L'aiguille trouva la veine, puis le sang, et but. Le petit récipient transparent se teinta d'un fluide bordeaux et gras. En un instant, un premier tube fut plein. L'infirmier prépara le second. Taleb en profita pour lui mettre son portable sous le nez.

— Vous avez vu cette fille ?

L'infirmier vit le sourire de Noura et son visage blêmit.

— Non.

Le type était clairement pris au piège et peinait à construire un mensonge.

— Elle s'appelle Noura. Noura Adil. Elle est venue samedi.

L'infirmier repiqua le bras, soudain agacé.

— Je vous dis que je ne la connais pas. Je ne l'ai jamais vue. Arrêtez de bouger !

Il tira sur le piston de la seringue, termina la ponction, ressortit la pointe métallique et apposa un morceau de coton sur la plaie.

— Tenez ça.

Son ton était sec. Il voulait en finir au plus vite. Taleb posa un doigt sur le coton sans lâcher l'homme des yeux. Le type attrapa un pansement et le colla sur le petit trou rougi.

— Vos résultats seront prêts demain. Vous pouvez partir.

Il saisit les deux tubes et quitta la pièce. Taleb regarda l'infirmier s'éloigner. La piste de Noura venait de réapparaître sous ses yeux. Il se dit que, finalement, il avait peut-être de la chance.

14h00

Un coup de fil à Souillac, la capitaine de l'IJ, avait suffi. Lorsque Mehrlicht et Latour arrivèrent devant l'immeuble de Mmes Maturin Grand-Mère, Mère et Fille, Didier les attendait adossé au mur, dans sa combinaison en propylène blanc, avec ses deux valises à ses côtés et son appareil photo autour du cou. Ils se saluèrent et, sans plus de salamalecs, montèrent à l'étage où les deux femmes les attendaient. Quand la porte s'ouvrit, une odeur d'encaustique saisit le trio aux naseaux. Dans l'entrebâillement apparurent le visage blafard et les cheveux grisonnants de Mme Maturin Mère. Ses yeux clairs restaient écarquillés. Peut-être n'avait-elle pas cligné des paupières depuis leur entrevue du matin, son regard figé dans une sidération infinie. Elle grimaça un faible sourire, comme un espoir. Mehrlicht fit non de la tête. Elle acquiesça, baissa les yeux et leur ouvrit complètement la porte pour les laisser entrer. Elle était vêtue d'une blouse à fleurs, de celles que portait la *vraie* femme d'intérieur, la ménagère des années 1950, pour entretenir sa maison en attendant le retour de Monsieur qui travaillait très dur tout le jour. Mehrlicht remarqua qu'elle marchait sur des patins. Il n'en avait pas vu depuis des lustres. Latour et Didier en voyaient pour la première fois. Ils s'avancèrent dans une petite entrée faiblement éclairée. Maturin Mère referma la porte et passa devant eux, faisant glisser un pied puis l'autre sur le parquet resplendissant. Elle posa un doigt sur ses lèvres et murmura :

— Vous arrivez à point. Ils viennent de commencer. Maman essaye de parler avec Lucie.

Les flics se regardèrent, perplexes. Elle ouvrit un petit coffre en bois et enchaîna :

— Je vous donne des patins. J'ai tout ciré hier, alors il s'agirait de ne pas salir.

Elle laissa tomber sur le sol une rangée de rectangles de feutre et attendit. Mehrlicht montra l'exemple et y posa ses deux pieds.

— Didier vient faire quelques prélèvements dans la chambre de Lucie et dans la salle de bains…

— Oui, vous m'avez dit. Suivez-moi. Je vais vous conduire.

La petite femme glissa devant eux vers une autre pièce. Ils lui emboîtèrent le patin jusqu'à un salon plongé dans la même pénombre. Autour d'une table ronde, trois personnes semblaient en pleine méditation. Une femme imposante sous son chignon gris, les soixante-dix ans bien tassés, qui portait une blouse bleu terne et des petites lunettes rondes, trônait sur un fauteuil Voltaire défraîchi, et semblait conduire la séance. Elle ressemblait beaucoup à sa fille si l'on omettait son copieux embonpoint. En face d'elle, deux autres convives, un couple de vieux, octogénaires particulièrement décatis, sans doute revenus d'entre les morts pour assister à la cérémonie, se recueillaient en silence.

— Ce sont nos voisins du deuxième, Louise et Jacques, chuchota Maturin Mère. Ils sont montés aider Maman. Maman les a beaucoup soutenus quand leur petit Fripon est mort, alors…

— Fripon ?

— Leur chat. Seize ans et demi. Il est tombé par la fenêtre. Ils étaient bouleversés.

— Ah…

— Venez vous asseoir !

Mehrlicht lui fit face.

— Merci, mais… on va juste examiner la chambre de Lucie, pendant que Didier fait les prélèvements… On…

— Je m'occupe de la chambre, coupa Latour, un sourire en coin. C'est par où ?

— Au fond du couloir… Attendez…

La femme en blouse s'avança dans le salon, tira un siège pour Mehrlicht et patienta. Le petit flic fit la grimace à Latour avant de s'installer. Maturin Mère l'abandonna aussitôt, accompagnant Didier et Latour vers le fond de l'appartement.

Assis sur une chaise de bois qui grinçait un peu dans le pesant silence, Mehrlicht observa ses trois compagnons de table. Jacques, un vieillard chauve dont les larges moustaches cotonneuses battaient l'air sous les tressautements continus de son corps, le salua de la tête et l'enjoignit d'un regard de poser ses mains à plat sur la toile cirée à fleurs, devant le jeu de tarot, comme ils le faisaient eux-mêmes. Mehrlicht soupira et obtempéra sous l'œil bienveillant de Louise qui lui sourit, révélant une dent unique. Il grimaça. Le cliquetis d'une pendule sous cloche semblait étirer le temps. Une petite voix aiguë s'éleva soudain, jaillie du gros cou de Grand-Mère Maturin :

— Lucie, nous accueillons à cette table le policier qui te cherche. Si tu nous entends, aide-nous, conduis-nous jusqu'à toi !

Mehrlicht dévisagea tour à tour l'opulente femme et les deux voisins zombies, parcourut la pièce du regard, mais rien ne se passa. Il se demandait d'ailleurs à quoi il devait s'attendre. Un vent coulis dans les rideaux ? Une voix sépulcrale remontant des abysses ? La chute d'un objet familier ? À moins que le jeu de tarot posé devant la spirite ne commence à cracher des cartes en l'air et que le 7 de carreau ne retombe tout à coup sur la toile cirée, indiquant à tous que Lucie Maturin se remettait lentement de sa gueule de bois dans un appartement sis au 7, rue des Petits-Carreaux dans le Sentier, ou rue Lepic, rue Jacques-Cœur, ou rue du Roi-de-Sicile… Quelle ineptie ! Mehrlicht allait se lever lorsque Grand-Mère Maturin répéta sa question :

— Lucie, nous te cherchons. Réponds à notre appel !

Puis elle tendit la main au-dessus du jeu, le coupa et tira une carte qu'elle posa devant elle en fronçant les sourcils. Ils se penchèrent tous pour la voir. La lame représentait un bonhomme vêtu d'une tenue bariolée qui marchait, un balluchon sur l'épaule : le Mat.

— C'est un homme… Un voyageur, portant un lourd fardeau, peut-être un terrible secret… Il est de passage, repartira bientôt, parce que sa quête n'est pas terminée. Il est instable, insatisfait, et apporte le chaos avec lui…

Maturin Mère avait déjà évoqué ce voyageur lors de sa visite au commissariat. Il se demanda si Grand-Mère Maturin répétait toujours la même histoire au moment où elle tira une autre carte et la retourna sur la table en silence. Un homme aux vêtements tout aussi bigarrés était debout devant un établi où reposaient des outils, des couteaux, un bol : le Bateleur.

— Il s'est installé et a commencé sa nouvelle vie. Personne ne le voit parce qu'il sait se cacher. Mais sous son masque, il est une bête, il l'a toujours été. Rien n'a changé et rien ne changera…

Elle tira une autre lame : le Pendu. Elle retira sa main.

— Il est attaché, des chaînes aux pieds, prisonnier de sa quête, jusqu'à la folie ! Il a tué et tuera encore jusqu'à ce qu'il parvienne à ses fins. Là est son seul but !

La vieille Maturin hésita à tirer une nouvelle lame, visiblement apeurée, puis s'y résolut : l'Étoile.

— C'est une femme… Elle est la consolation de l'homme, sa seule espérance et son seul désir… Il l'aime d'un amour fou. Mais elle reste inaccessible puisqu'il poursuit sa quête. Peut-être la manque-t-il parce qu'ils ne se voient pas, parce qu'elle est unique et multiple à la fois…

Mehrlicht regarda les deux autres convives. Ils acquiesçaient en continu au rythme de leur Parkinson. Comprenaient-ils quelque chose à cette logorrhée mystique ? Le capitaine quant à lui attendait le retour de Latour, hésitant de nouveau à chahuter l'assemblée en partant sans un mot. Il vit alors le lourd regard que Grand-Mère Maturin plantait sur lui, froid et grave. Et la larme qui roula sur sa joue. Elle venait de poser deux nouvelles cartes sur la table : le Diable et la Maison Dieu.

— Elle l'aimait… Ma pauvre Lucie. Elle l'aimait. Mais elle n'était qu'un objet, un outil aux mains d'un monstre… totalement en son pouvoir…

Mehrlicht baissa les yeux sur la première lame : un diable sur un piédestal était adoré par deux suppôts enchaînés.

— Sa nature est double. Il présente un visage mais cache une face bien plus mauvaise. Parce que, comme elle, il est unique et multiple à la fois…

Mehrlicht acquiesça malgré lui et détailla la seconde carte : une tour de pierre frappée par un feu céleste s'effondrait. Des corps en chutaient, impuissants. Des corps… mais combien ?

— Les morts seront nombreuses. Parce que personne ne voit le Diable dans la Maison Dieu.

Elle tira une dernière lame et la déposa devant elle, sur la toile cirée, éclipsant l'une des larges fleurs blanches, des œillets, qui la constellaient.

— Et ça, c'est vous, dit-elle à Mehrlicht, son index planté sur la carte. La vérité en action. La balance pour la droiture et l'équilibre. Et le glaive pour le châtiment des mauvais.

La carte représentait une matrone à couronne, assise sur un trône, qui n'avait pas l'air commode.

— La Justice ? Vous êtes sûre ?

Mehrlicht se cherchait en vain un point commun avec la grosse dame en robe.

Grand-Mère Maturin le tira de ses pensées.

— Il faut que vous l'arrêtiez… ou il continuera de tuer. Longtemps.

Une autre larme dévala sa pommette. Mehrlicht regardait la carte, sans voix. Les deux vieillards le dévisageaient maintenant, bouche bée, alors il grimaça un sourire gêné.

— Psss…

Le petit capitaine se retourna. Maturin Mère lui désigna la chambre du doigt : Latour devait avoir trouvé quelque chose. Il se leva silencieusement et quitta la table au moment où la femme en blouse traversa le salon pour prendre Maman dans ses bras.

YVAN et Mina

Dimanche 15 avril. 10 h 05

Mina, mon amour,

Les événements s'accélèrent. Je dois garder la tête froide, nous sommes si près du but. Pourtant je tremble presque continuellement depuis que j'ai retrouvé Lukas Karlov, ici, à Paris. Je ne t'ai même pas raconté comment je m'y suis pris. Comme à Erevan, comme à Bonn, j'ai suivi la piste du sang. Le Monstru est de plus en plus avide et exige toujours de plus grandes quantités de sang. Sa consommation est devenue telle qu'il ne peut plus s'installer aussi longtemps qu'avant dans un même endroit. Il doit se déplacer après quelques années sur le même sol, tous les trois ou quatre ans, à ce qu'il semble. Pour rester invisible, se fondre dans la masse, sous couvert de respectabilité. D'après ce que je sais, il a séjourné plus de dix ans au Pérou, six ans en Estonie puis en Albanie, mais seulement trois ans à Bonn. En fait, dès qu'il se sent menacé, il disparaît et transporte ailleurs son ignoble nature, sa soif de sang.

J'ai donc commencé par les hôpitaux et les dispensaires. Internet aide beaucoup pour suivre quelqu'un à la trace, et Paris n'est pas si grand. J'ai pu circonscrire géographiquement un nombre d'établissements médicaux où Karlov pouvait s'approvisionner. Je les ai quasiment tous faits, un par un, avec mon vieux scooter, posant les mêmes questions en français. C'est avec Internet encore que je les ai traduites, jour après jour, pendant deux mois. Jusqu'à samedi après-midi. Il était 16 heures environ. Je me rendais au dispensaire médical Saint-Lazare, bien décidé à lire à l'accueil mes sempiternelles questions. Je suis rodé, aujourd'hui, tu sais. J'arrive plus facilement à obtenir ce que je veux. J'ai garé mon scooter et j'ai contourné le bâtiment par une rue adjacente quand une porte s'est ouverte. Un infirmier en est sorti qui a aussitôt allumé une cigarette, tout en retenant le battant avec son pied. J'ai tout de suite compris qu'il s'agissait d'une issue de secours du dispensaire. J'ai quitté le trottoir et traversé la rue. Si je devais retomber sur ce type à l'intérieur, je préférais qu'il ne m'ait pas aperçu en train de fureter autour de l'issue de secours quelques minutes avant. C'est là que je l'ai vu : Lukas Karlov en chair et en os ! Il descendait la rue dans l'autre sens sur le trottoir d'en face. Même à distance et malgré le brouillard, je ne pouvais me tromper, confronté à cette géante silhouette dans son costume noir, ses longs bras pendants, sa chevelure noire abondante et brillante. Et son visage livide et apathique. Le visage de la mort. Je l'observais de loin, fasciné, abasourdi par cette rencontre. Par réflexe, ma main s'est aussitôt enfoncée dans ma poche et refermée sur mon canif. Au ralenti, je me suis avancé et collé contre le tronc d'un arbre. Je devais être sûr, tu comprends, même si tout mon être, toute mon âme me criait déjà que c'était lui. J'ai reconnu sa peau jaune et sèche, ses dents d'une blancheur de nacre. Et ses yeux gris, transparents, qui semblaient presque de la même couleur que les orbites d'un blanc terne qui les encadraient, que son teint parcheminé et ses lèvres droites et noires. Son visage horrible. Un cadavre animé. Il n'a guère changé depuis Bonn, bien sûr. Mais tu ne reconnaîtrais pas aujourd'hui l'enfant sauvé à Gherla. Sauvé… Je me demande si la créature qu'il est aujourd'hui a un jour été sauvée. Peut-être aurait-il dû mourir en prison, il y a trente ans…

Mais pardonne-moi, je reprends mon récit. Je l'ai observé tandis qu'il s'approchait du fumeur qui a alors jeté son mégot et s'est mis à parler très vite, désignant le dispensaire du pouce. Karlov le fixait d'un œil sans vie. Après ce bref échange, l'infirmier a regardé l'heure à sa montre puis a proposé quelque chose. Il semblait convenir d'un rendez-vous avec le géant indolent qui a approuvé d'un signe de tête et s'est éloigné, de son pas lent et mécanique. Je l'ai suivi un moment dans le brouillard, espérant qu'il finirait par me mener à son antre. Mais il est monté dans une voiture aux vitres fumées. Les feux arrière se sont allumés, rouges comme deux yeux démoniaques, et le véhicule a reculé avant de s'éloigner. Et sur ce trottoir, impuissant, loin de mon scooter, j'ai bien cru que j'avais de nouveau perdu sa trace, que je venais de repartir de zéro dans ma traque du Monstru. À cet instant où tout espoir était mort, un taxi est passé devant moi. À cet instant, Mina, j'ai retrouvé un peu de ma foi, comme si les forces de la lumière, les Armées du Bien, me portaient assistance contre l'Empire du Mal. J'ai sauté dans la voiture, pressant le chauffeur de prendre Karlov en filature. Malgré la brume, nous l'avons suivi jusqu'aux Buttes-Chaumont, dans une rue escarpée où il a finalement ralenti devant un *haut mur d'enceinte et une grille en fer forgé de près de quatre mètres. Le portail s'est ouvert comme par sorcellerie, la voiture s'est engouffrée, la grille aveugle s'est refermée. J'ai hurlé au chauffeur d'avancer jusqu'à l'entrée. Avant que le vantail ne s'immobilise, j'ai vu à travers le brouillard, entre les arbres sombres, l'imposante masure médiévale, sa tour de pierre, ses toits noirs et pointus. Un manoir, presque un château massif et noir, tapi dans la brume.*

Il m'a fallu neuf mois, Mina. Neuf mois depuis Bonn. Vingt-huit ans depuis la prison de Gherla. Cette fois, je ne faillirai pas.

J'ai trouvé l'antre du Monstru.

Je t'embrasse tendrement.

14h08

Dossantos saisit la souris et cliqua sur le message.

« Si c'est une blague, c'est lamentable », venait d'écrire Cathy Gula. Dossantos tenta de ne pas l'effaroucher. Si Cathy coupait la communication maintenant, l'enquête piétinerait encore longtemps, un temps qu'il n'avait pas. Il répéta donc qu'il ne s'agissait pas d'une plaisanterie et proposa que la jeune femme le contactât sur la ligne officielle du commissariat plutôt que sur son portable pour s'en assurer. Une petite minute s'écoula et le téléphone de son bureau s'illumina dans un tintinnabulement bref. Il décrocha.

— Lieutenant Dossantos.

— Brigadier Mirzaoui, lieutenant. J'ai une Catherine Gleich au standard qui voudrait vous parler.

— OK. Passez-la-moi, brigadier ! Allô ?

La voix était fine et inquiète.

— Lieutenant Dossantos ?

— Oui. Bonjour, mademoiselle. Mademoiselle Gleich ? Vous êtes bien Cathy Gula ? De Facebook ? L'amie de Lucie Maturin ?

— Oui. Oui, c'est bien moi.

— Est-ce que Lucie est avec vous ?

— Non, pas du tout. Je ne comprends pas. J'étais avec elle hier soir. Mais ensuite elle est rentrée chez elle. Qu'est-ce qui se passe ?

— Lucie Maturin n'est pas rentrée chez elle. Sa mère est venue signaler sa disparition, ce matin.

Un silence lui répondit.

— Mademoiselle. Pourrions-nous nous rencontrer ? Au commissariat ?

— Oui… Vous dites qu'elle n'est pas rentrée de la nuit ? Mais elle est partie à minuit ! On était avec des copains de la fac. Elle était fatiguée… Et elle m'a dit qu'elle rentrait… directement…

Dossantos sentit un trouble dans la voix de Catherine Gleich.

— Vous avez une idée de l'endroit où elle aurait pu aller ? Un petit ami ?

Un silence de nouveau. Il insista.

— Mademoiselle Gleich, votre amie va peut-être très bien. Mais peut-être pas. Chaque minute qui passe est… inquiète sa famille ! Vous comprenez ?

Catherine Gleich respirait fort.

— Elle avait une relation mais c'était fini, lâcha-t-elle enfin.

— Avec qui ? Vous avez un nom à nous donner ?

Elle sembla manipuler son téléphone. Dossantos entendit des froissements, des frottements.

— Non, je ne le connais pas. C'était sur Internet. Mais elle avait rompu. Ça allait trop loin, leur histoire…

— Mademoiselle, pouvez-vous passer au commissariat faire une déposition ? Je vous envoie une voiture.

— Non ! Oui ! Si, bien sûr… Mais pourquoi ? Je ne sais rien de plus ! Je vous assure !

— Nous verrons ça. Pour l'instant, d'après ce que nous savons, vous êtes la dernière personne à avoir vu Lucie, ces quinze dernières heures…

14h08

Glissant sur leurs patins, Latour et Didier avaient suivi Maturin Mère au fond d'un couloir, jusqu'à la chambre de Lucie. La pièce était plutôt sombre. D'épais rideaux mauves chassaient la lumière du jour.

— Je vais ouvrir, vous y verrez plus clair, annonça Mme Maturin.

Et la lumière fut, révélant deux murs de livres qui se faisaient face de chaque côté de la fenêtre et montaient jusqu'au plafond blanc, un parquet luisant où rien ne traînait, un lit une place fait au carré, une armoire aux portes fermées, un vieux bureau en bois des années 1950 jonché de feuilles percées à grands carreaux, où patientaient des livres ouverts et annotés, des classeurs en pile propre, des dictionnaires de français et de latin, un ordinateur portable dont l'écran était éteint, des stylos et feutres réunis dans deux pots. Les deux autres murs étaient couverts d'affiches sombres, photos de groupes ou dessins à l'aérographe. Sur l'une d'elles, des types négligés arpentaient tranquillement un cimetière au clair de lune, dans leurs vêtements de cuir, longs manteaux de laine, cuissardes à boucles, et laissaient pendre leurs cheveux noirs devant leurs visages pour cacher des maquillages outranciers. Sur une autre, une femme habillée de dentelles noires déambulait dans une forêt obscure accompagnée d'une meute de loups. Sur la troisième, une jeune femme se pâmait, extatique, dans les bras d'un homme plus âgé, aux cheveux grisonnants, aux yeux rouges et aux canines acérées. Sa bouche ruisselante de sang venait de mordre le cou de la jeune femme et y avait laissé deux trous écarlates. Latour soupira. Ça faisait beaucoup de « trous dans le cou » en quelques heures. Non. Elle refusait l'image qui affleurait de nouveau, l'idée qu'un tueur persuadé d'être un vampire était à l'œuvre dans Paris, et assassinait des jeunes femmes. Pourtant, les éléments s'assemblaient et dessinaient une piste macabre. Latour détailla le poster un certain temps. Mère et Grand-Mère Maturin devaient apprécier…

— Tu pourras faire une photo de cette affiche ? demanda-t-elle à Didier.

Le photographe, qui avait déjà fini ses quelques productions personnelles, s'exécuta sans plus d'excitation. Le cadre ne lui convenait pas. Latour se rapprocha du bureau. Au mur, au-dessus des pots à crayons, était épinglée une rangée de photos. Sur l'une, elle reconnut Lucie Maturin habillée d'une longue robe foncée à falbalas. Elle était allongée, inerte mais souriante, les yeux clos, sur une tombe au milieu d'un cimetière. Sur la suivante, Cathy et Lucie, dans une rue parisienne, souriaient à l'objectif en faisant des signes cabalistiques avec leurs doigts. Un selfie de deux amies visiblement très complices. La troisième représentait une bande de copains, certainement étudiants, attablés en bibliothèque. Lucie et Cathy y souriaient encore. La dernière était sombre et floue. Peut-être le modèle ou l'artiste avait-il bougé. Était-ce une photo volée ? On y distinguait en partie un homme plutôt grand, impossible à identifier, dans une vaste pièce dallée qui semblait éclairée par un grand lustre…

— Les photos qui sont là aussi, s'il te plaît !

— Ce sont les amis de Lucie, expliqua Maturin Mère en entrant dans la chambre. Je lui ai posé des questions, mais vous savez, elle nous parle peu. Elle a ses secrets. Et là, c'est Cathy.

— Et les deux autres photos ?

Maturin Mère observa la première, fronçant le sourcil. Son visage devint dur.

— Je ne sais pas ce qui lui a pris. On ne s'amuse pas avec les morts… On ne s'allonge pas sur les tombes, ça ne se fait pas. Qu'est-ce que vont penser les gens, après ? Mais elle refuse de la décrocher du mur. Maman n'était pas contente. Lucie n'en fait qu'à sa tête depuis qu'elle est à l'université… Et le résultat…

Elle se tut.

— Et la deuxième ? reprit Latour.

— Lucie dit que c'est une image d'un film qu'elle a vu au cinéma.

Elle s'inclina pour coller son nez dessus.

— Je l'ai regardée plus d'une fois. Elle est floue. On n'y voit pas grand-chose. Je ne reconnaîtrais même pas l'acteur si je le connaissais…

Elles se turent au moment où Didier déclencha une rafale de photos. Latour continua son inspection, sous l'œil inquiet de Maturin Mère. Elle passa un gant de latex et ouvrit les tiroirs du bureau, les fouilla, déplaçant des pochettes de cours, des feuilles en tas, des cahiers. Elle examina l'arrière des tiroirs, le dessous du meuble, en vain.

— Bon, je vais dans la salle de bains. J'ai des prélèvements à faire, moi… annonça Didier qui s'ennuyait ferme.

— Oui, bien sûr. C'est par ici. Suivez-moi…

Ils disparurent au coin du couloir.

Latour étudia le bureau, les écrits entassés, attrapa un livre ouvert et lut le passage surligné :

« Vous vous réveillerez dans un caveau où nul n'est descendu depuis vingt ans, et dans lequel, d'ici à vingt ans peut-être, nul ne descendra encore. N'ayez donc aucun espoir de secours, car il serait inutile. Vous trouverez du poison près de cette lettre : tout ce que je puis faire pour vous est de vous offrir une mort prompte et douce au lieu d'une agonie lente et douloureuse. Dans l'un et l'autre cas, et quelque parti que vous preniez, à compter de cette heure, vous êtes morte[1]. »

Latour se mordit les lèvres. Jusque dans ses études, Lucie Maturin évoluait dans cet univers romantico-fantastique et morbide peuplé de pervers et entaché de crime.

Elle replaça le livre sur la pile et saisit une feuille à carreaux :

« Le gothique, c'est la vierge innocente qui fuit dans un labyrinthe obscur pour échapper à un monstre

1. *Pauline* (1838), Alexandre Dumas.

invisible et lubrique, alors qu'au loin, l'orage gronde et étouffe ses cris d'épouvante… »

Latour se tourna vers la grosse armoire et en ouvrit les deux battants. Les vêtements de Lucie Maturin y étaient parfaitement pliés et rangés. La jeune femme devait être un peu maniaque. Latour passa sa main gantée sous les piles, puis derrière. Dans la partie penderie, elle reconnut la robe que portait Lucie sur la photo au cimetière. Elle tapota les poches des vestes, examina en dessous les boîtes à chaussures. Rien. Elle soupira et referma les deux portes. Peut-être n'y avait-il rien à découvrir dans la chambre de cette jeune étudiante. Latour avait quelques idées quant à ce qu'elle aurait pu y trouver. Un peu d'herbe, un téléphone. Un carnet d'adresses. Un journal intime. Une lettre de suicide. Elle attrapa la chaise du bureau et monta dessus. Le sommet de l'armoire était très propre. Pas une trace de poussière. Du haut de sa chaise, Latour regarda de nouveau la chambre. Tout y était classé, plié, astiqué, lustré. Maturin Mère, la patineuse, devait insister pour que son intérieur fût reluisant à chaque instant et qu'on n'y laissât rien traîner. Même le bureau où Lucie avait abandonné son travail en cours semblait rangé, les livres empilés, les stylos en pots. Même l'intérieur des tiroirs subissait la tyrannie maniaque du matriarcat Maturin. Les livres des deux bibliothèques étaient proprement alignés. Comment pouvait-on vivre dans cette pièce-musée où rien ne devait bouger, où tout était figé ? Lucie Maturin n'avait certainement qu'une très faible liberté entre ces murs. Quant à son intimité… Toutes ses affaires étaient manipulées chaque jour par sa mère, organisées, triées, lues aussi.

Épluchées, analysées, en quête d'informations sur ce qui constituait le jardin secret de la jeune femme. Alors il n'y avait dans cette chambre que peu de traces de la vraie vie de Lucie Maturin parce qu'il n'y avait ici aucun espace de liberté, à part cette série de photos épinglées au mur et ces trois posters, affichés sous le nez des deux Maturin Mère et Grand-Mère, comme des étendards révolutionnaires. Le regard de Latour s'arrêta soudain. Elle descendit de la chaise et la ramena contre le bureau. Elle pressa le bouton de l'ordinateur qui s'éveilla, révélant une lande grise et immense où marchait une fille seule. Un mot de passe barrait l'accès. Latour sourit. S'il y avait un endroit où les deux femmes ne pouvaient poursuivre Lucie, c'était dans les méandres de cet engin dont elles ne savaient rien.

— Madame Maturin, nous allons devoir emporter l'ordinateur de Lucie.

— Oh ça ne vous servira pas à grand-chose. Il y a un mot de passe que je n'ai jamais…

Elle s'interrompit et grimaça.

— Nous vous le rapporterons dans quelques jours. Pouvez-vous s'il vous plaît demander au capitaine de venir me rejoindre ?

— Bien sûr !

La femme en blouse se détourna et disparut. Latour décrocha les photos du mur et chercha quelque annotation. La bande de copains était visiblement la « Team *Ad Nauseam* ». Il n'y avait rien d'écrit derrière celle de Cathy. Derrière celle du cimetière, on pouvait lire une date, le 1er novembre 2015. Une sortie de Toussaint. Enfin, au dos de l'homme flou, un nom : Viktor.

Latour les remit en place. Elle se tourna vers l'ordinateur et tapa *Viktor* dans la fenêtre du mot de passe.

L'accès lui fut refusé.

Mehrlicht arriva.

— Tu as quelque chose ? demanda-t-il avant de se racler la gorge – l'appel de la cigarette.

— Non, la chambre est surveillée de près…

Mehrlicht examina la pièce.

— C'est riant, ici ! Des cimetières et des cadavres au mur, fallait y penser ; sympa comme déco ! C'est Carrel, son décorateur ?

— … et bien rangée par Mme Maturin, acheva Latour.

— Je vois. La gamine ne laisse rien traîner…

— C'est ça. Mais on a une chance qu'elle confie ses secrets à son ordinateur.

— Son coffre-fort… Bonne idée. On l'emporte. Autre chose ?

— Les photos, là. On a sa bande de copains, sa copine… et un type flou. Il y a Viktor avec un « k » écrit derrière.

Mehrlicht se pencha.

— On voit rien… Il a pris tout ça, Didier ?

— Oui.

— Bon. Ça nous dit pas où est Lucie Maturin…

— « *Ne la laisse pas tomber ! Elle est si fragile ! Être une femme libérée, tu sais, c'est pas si facile !* » le supplia Cookie Dingler.

— Ahhhh, pu… rée ! C'est mon portable ! grinça Mehrlicht en fouillant dans la poche de son imper, sous l'œil amusé de Latour. Allô !

— C'est Mickael ! J'ai retrouvé Cathy. Elle est en route pour le commissariat.

— Super ! On a fini, ici. On arrive. Tu nous la gardes au chaud !

14h40
TALEB et Noura

Taleb était ressorti du dispensaire et avait fait le tour du pâté de maisons. Il n'était pas question de quitter les lieux. Cet infirmier était la prochaine étape dans sa quête de Noura, et il allait parler. Le jeune Syrien remarqua dans une rue adjacente, une porte latérale fermée de l'intérieur, certainement par une barre de sécurité. C'était la seule issue avec l'entrée principale. Il trouva donc un endroit de l'autre côté de la chaussée, derrière le cordon des voitures stationnées, un point d'observation d'où il pouvait surveiller les deux accès. Il s'adossa contre un mur, ferma sa parka et attendit. Une heure passa, sans doute plus. Il ne quitta son poste qu'une seule fois pour éviter une patrouille de police en voiture sérigraphiée. En général, ceux-là ne cherchaient pas les migrants, mais à ce qu'il se disait au camp, il suffisait d'un contrôle pour se retrouver en centre de rétention.

Alors qu'il reprenait sa place en face du dispensaire, il remarqua à une quinzaine de mètres, un homme grand, brun, à la peau pâle, barbu, à lunettes, qui portait un long loden sombre. Le brouillard l'empêchait de discerner les traits de son visage. Peut-être avait-il la cinquantaine. Non, la soixantaine… Il était appuyé contre un arbre face à l'entrée latérale, et semblait prendre des notes dans un épais carnet. Si Taleb le trouva d'emblée curieux, il s'en désintéressa assez vite pour ne rien manquer des allées et venues au dispensaire. Pourtant, une demi-heure plus tard, il vit l'homme s'arracher de son arbre et se cacher sous un porche lorsqu'une patrouille de police à vélos remonta la rue. À son tour, Taleb s'éloigna, se mêla au flux des passants, puis revint. L'homme aussi avait regagné sa position et s'était remis à griffonner fébrilement sur son carnet. Le Syrien le trouvait suspect, mais qui ne l'était pas dans cette ville inconnue ? Le médecin libanais, peut-être. Mais à part lui ? Taleb hésita. Il pouvait simplement aller à la rencontre de cet homme et… Et quoi ? Lui demander où était Noura ? Et pourquoi pas interroger chaque passant ? Mieux, chaque patient ? Quelqu'un au dispensaire avait certainement vu quelque chose. L'évidence et la raison le ramenèrent à l'infirmier. C'était bien lui son objectif. Alors, Taleb soupira, décida d'ignorer cet homme et d'attendre encore, lorsque la porte latérale s'ouvrit. L'infirmier parut. Il s'adossa contre le battant verrouillé, retenant l'autre avec le pied. Il alluma une cigarette, ferma les yeux, le visage levé vers le ciel, et relâcha la fumée dans un souffle qui semblait être le dernier. La cigarette du condamné. Taleb s'arracha à son mur et traversa la rue. À pas rapides, il remonta le trottoir jusqu'au fumeur, s'assurant que personne ne venait en face. Il tira le battant d'un coup. L'infirmier ouvrit les yeux au moment où la crosse du 9 millimètres lui écrasa la lèvre et lui cassa deux dents. Puis le nez. Taleb le jeta au sol à l'intérieur du bâtiment et s'engouffra derrière lui. La porte se referma. Ils se retrouvèrent tous les deux dans un couloir vide. Le type, sonné, sanguinolent sur le lino gris, leva les mains devant son visage à l'instant où Taleb s'agenouilla près de lui et lui enfonça le canon du flingue dans le ventre.

— Où est Noura ?

— Je ne…

La crosse lui écrasa l'arcade sourcilière droite, ouvrant une nouvelle plaie. Taleb colla la main sur la bouche de l'infirmier.

— Je vais te reposer la question. Tu ne vas pas mentir. Tu ne vas pas crier. Parce que si tu le fais, je te tirerai une balle dans l'estomac avant de te reposer la même question. Jusqu'à ce que tu répondes ou que tu te sois complètement vidé sur le sol. Est-ce que tu comprends ?

Le type acquiesça, peinant à ouvrir les yeux où s'épandaient de petites flaques de sang.

— Où est Noura ?

— Un gars… Un Roumain. Il me paye pour repérer des filles. Jeunes. Sans papiers. Je lui donne les noms, les adresses. Il me paye. C'est tout !

— Et il les enlève, c'est ça ?

— Je n'en sais rien. Je ne veux pas savoir.

Le coup de crosse lui percuta la pommette. La porte de secours trembla soudain derrière lui. Taleb s'arrêta, se demanda si on essayait d'entrer. Un courant d'air, certainement, mais il devait faire vite. Quelqu'un pouvait arriver.

— Et pour Noura ?

— J'ai prévenu le type et il l'a attendue, à la sortie à 18 heures. Samedi.

Le cœur de Taleb se serra. Ce type auprès de qui Noura était venue chercher de l'aide l'avait vendue.

— Comment tu le contactes ?

— Par WhatsApp. Sur mon téléphone.

Il fit mine d'attraper quelque chose dans la poche arrière de son jean. Taleb le retourna sur le ventre sans ménagement, posa son genou sur son dos, et extirpa l'appareil.

— Comment il s'appelle ?

— Karlov. Je ne sais pas son prénom, balbutia l'infirmier. C'est un Roumain. Mais je l'ai mis à Addams pour éviter… parce qu'il ressemble au majordome de la famille Addams…

— Quelle famille ?

— Dans la série ! À la télé ! Un grand brun tout pâle habillé en noir… expliqua-t-il avec empressement.

Taleb écoutait à moitié, cherchait le contact sur l'écran et le trouva.

— Addams…

Il fit défiler les messages et compta. Il remonta le temps et s'arrêta au troisième rendez-vous parce que la liste de leurs textos était encore longue. Combien de filles ce type avait-il vendues à Addams ? Il rangea le téléphone dans sa poche.

— Ne bouge pas, ordonna-t-il en se relevant.

— Je peux t'aider à coincer Adda… Karlov ! Je le fais venir ce soir, si tu veux ! bêla le repenti.

Taleb ouvrit un placard et l'inspecta. Ne s'y trouvaient que quelques blouses et tenues médicales, des gants aussi. Il attrapa une pile de pantalons qu'il replia autour de son Walther P99.

— Je vais m'en occuper.

Il posa la boule de linge contre la tête de l'infirmier et tira. Bien qu'assourdie, la détonation devait avoir été entendue dans les pièces voisines. Taleb récupéra son arme, l'essuya, la rangea dans sa ceinture, se frotta les mains en gagnant la sortie. Il poussa la barre, sa main dans le tissu, et jeta un œil dehors. Déjà une voix lui parvenait de l'intérieur, une porte s'ouvrit derrière lui. Alors il quitta le dispensaire, remonta la rue d'un pas vif, mais sans courir, lançant nonchalamment des regards alentour. Il traversa la rue puis détala. Il ne pouvait pas prendre le risque d'être arrêté maintenant. Il devait d'abord retrouver ce Karlov, cet Addams, ce « grand brun tout pâle habillé en noir ». Les mots de l'infirmier percutèrent sa mémoire. Taleb fit volte-face pour chercher cet homme brun en loden sombre qui quelques minutes plus tôt surveillait lui aussi cette porte et prenait des notes. Il était trop loin, le brouillard ne lui permettait pas de voir jusque-là. Alors, il revint sur ses pas, s'assura qu'il pourrait tirer son flingue rapidement, et accéléra l'allure. Mais l'homme n'était plus là. Il avait disparu. Était-il Addams, ce type qui redoutait la police et guettait l'infirmier ? L'avait-il raté ? Taleb emporta ses interrogations dans sa fuite ; il devait quitter ces lieux parce qu'il était déjà fort probable que quelqu'un venait d'y trouver un cadavre.

YVAN et Mina

Lundi 16 avril. 15 h 10

Ô Mina, ma Mina,

Laisse-moi te dire ce que j'ai vu samedi de mes yeux.

Tu te souviens, je me suis retrouvé devant le repaire du Monstru, cet imposant château derrière une grille de fer. J'ai libéré le taxi, je ne pouvais pas me permettre financièrement de le retenir. J'ai essayé d'inspecter l'intérieur de la propriété par un interstice dans le portail, mais je n'ai rien vu. La demeure semblait déserte. En même temps, c'était une chance. Je me demande comment je me serais senti si je m'étais retrouvé nez à nez avec lui. Je crois que mon cœur n'aurait pas tenu. Et puis ç'aurait été sottement me jeter dans la gueule du loup. Je n'avais sur moi que mon canif en acier pour repousser cette créature de la nuit. Je n'aurais rien pu faire et il ne m'aurait pas épargné. Nous savons tous les deux de quoi cette bête est capable. Ô ma Mina…

J'ai donc quitté les lieux. J'ai fui dans le brouillard. Je savais que Karlov allait revenir au dispensaire. Si j'avais bien compris leurs gestes, il avait ce rendez-vous avec l'infirmier. Si je ne me trompais pas, c'était l'affaire de quelques heures. Tellement de « si »... Alors je suis retourné à Saint-Lazare. J'ai récupéré mon scooter. Je me suis posté juste en face de l'issue de secours et j'ai attendu.

Je réfléchis et je ne trouve pas les mots pour te dire l'horreur.

À 18 heures, j'ai vu les employés partir. Mais je suis resté. J'ai appris la patience, Mina, avec les années... À 18 h 30, la berline noire aux vitres teintées de Karlov s'est arrêtée devant la porte. Il est descendu et, nonchalant, a contourné la voiture pour ouvrir la portière arrière droite. La porte de secours s'est ouverte à son tour, et j'ai vu l'infirmier passer la tête. Karlov a approuvé d'un signe après s'être assuré que personne ne venait. Et l'infirmier est sorti, soutenant une jeune femme qui tenait à peine sur ses jambes. Elle était droguée, j'en suis sûr, Mina. Karlov s'est rapidement approché pour lui prêter main-forte, et ils l'ont allongée sur la banquette arrière avant de refermer la portière sur elle. Karlov a tiré une liasse de billets de la poche intérieure de sa veste, l'a tendue à l'infirmier, puis il est revenu s'installer au volant de sa berline. À aucun moment, il n'a dit un mot. Cela m'a terrifié.

L'infirmier est rentré dans l'immeuble ; la voiture a démarré. La seconde d'après, la rue était vide. La fille avait disparu.

Je suis monté sur mon scooter, j'ai enfilé mon casque à toute vitesse et j'ai mis le contact. Malgré le brouillard, j'ai pu vite repérer les deux feux rouges très brillants de la berline de Karlov. Je l'ai suivi prudemment, à distance. Contre toute attente, au lieu de filer plein est vers les

Buttes-Chaumont, de rentrer au château, il est parti vers le sud-est. Je n'y comprenais plus rien. Ma surprise s'est changée en effroi quelques minutes plus tard lorsque je l'ai vu entrer dans un

14 h 48

En salle d'audition, Mehrlicht et Dossantos s'étaient installés en face de Catherine Gleich. Latour avait proposé d'apporter elle-même l'ordinateur de Lucie Maturin à Dubois, afin d'arrondir les angles avec l'informaticien. Mehrlicht avait insisté pour lui parler d'abord, pour régler le problème, assurant qu'il saurait se contrôler… Dossantos et Latour n'étaient pas tombés dans le panneau. Ils avaient imaginé la magnitude de la beuglante que le petit capitaine réservait au chef du Service informatique. Alors ils avaient réorganisé les tâches : Mehrlicht et Dossantos auditionnaient Cathy. Latour s'occupait de Dubois. Mehrlicht avait un peu grogné puis s'était résigné à le voir plus tard, un rictus dément sur la trogne.

Dossantos avait placé ses deux index sur son clavier d'ordinateur et se tenait prêt. La jeune femme de vingt et un ans assise devant lui semblait en apparence l'antithèse de Lucie Maturin. Elle était grande, plus forte, blonde quand l'autre était brune et fluette. Ses cheveux mi-longs étaient attachés en une courte queue-de-cheval, ce qui révélait une bande rase au-dessus des oreilles, et mettait en valeur les croix celtiques qui pendaient à celles-ci. Ses yeux clairs étaient cernés d'un trait de khôl qui finissait en pointe près des tempes et lui donnait un air de chat sauvage. Ou de pharaon. Enfin pour ce qu'il en restait. Catherine Gleich avait visiblement beaucoup pleuré, et la rougeur de ses paupières ajoutait à l'étrangeté. Elle était habillée en noir de la tête aux pieds. Une large croix de vie pendait à son cou, que Mehrlicht avait d'abord prise pour un tire-bouchon. Plus rien ne le surprenait. Au point où en étaient la mode et la décadence généralisée de la société, pourquoi ne serait-il pas *tendance* de porter un tire-bouchon en pendentif? Ce n'était finalement pas plus saugrenu que de s'habiller en suppôt du diable ou de se mettre des clous dans le nez. Indéniablement, Mehrlicht en connaissait un rayon sur la mode.

— Mademoiselle Gleich, vous étiez avec votre amie Lucie Maturin hier soir. Vous pouvez nous dire vers quelle heure? attaqua Dossantos.

— On s'est retrouvées à 19 heures. On avait rendez-vous avec la *team* à 20 heures au Rond-Point... Un café en face du Père-Lachaise...

— La tim? répéta le capitaine anglo-proof.

— La *team Ad Nauseam*. On est dans le même groupe de latin, à la fac. On a sympathisé et on travaille ensemble. Hier, on sortait juste pour boire un verre et surtout ne pas parler de latin...

Elle pressa un Kleenex sous son œil gauche pour éteindre une larme. Sur le dos de sa main était tatouée une tête de mort. Elle reprit :

— On y est restés jusqu'à minuit. Puis Jérémy nous a

invités à venir chez lui. Il habite à deux rues. On est sortis du café et c'est là que Lucie nous a annoncé qu'elle rentrait.

— Seule ?

Catherine Gleich inspira profondément avant de lâcher sa réponse dans un souffle.

— Oui…

Son menton tremblota. Elle lutta pour poursuivre.

— Je ne savais pas… ne pensais pas que…

Mehrlicht intervint.

— Nous allons tout mettre en œuvre pour la retrouver, mademoiselle. Mais nous devons faire vite.

— Et les autres membres de votre groupe… de latin, reprit Dossantos, vous êtes tous restés ensemble ?

— Oui. On est allés chez Jérémy. Je suis partie de chez lui à 4 heures. J'avais demandé à Lucie qu'elle m'envoie un texto en arrivant chez elle, mais je me suis dit qu'elle avait oublié. Alors je lui ai envoyé un message. Sans réponse. Je l'ai recontactée ce matin. Je l'ai appelée sur son portable. J'ai encore laissé un message. Mais rien. J'ai cru que son téléphone était déchargé. Je me suis inquiétée en fin de matinée. Ce n'était pas son genre de ne pas répondre. J'ai pensé appeler sur son fixe, mais… Elle ne s'entend pas trop avec sa mère ni sa grand-mère. J'ai préféré ne pas en rajouter… Et puis j'ai trouvé votre mot sur Facebook…

— Vous disiez que vous vous étiez retrouvées toutes les deux avant le rendez-vous de 20 heures ? reprit Mehrlicht.

— Lucie voulait m'annoncer qu'elle avait rompu avec… un homme.

— Quel homme ?

— Je ne le connais pas. Il s'appelait Viktor.

— C'est le gars qui est en photo dans sa chambre ?

Cathy baissa les yeux.

— Oui. Elle a épinglé ces photos au mur pour emmerder les deux harpies ! Mais on ne voit rien. Elle l'a prise en cachette. Il ne voulait pas qu'elle le prenne en photo. Jamais.

— C'est tout ce qu'elle vous a dit à propos de ce type ? Viktor ?

— Elle l'a rencontré il y a deux mois environ. Sur Internet. À leurs débuts, elle me ressassait qu'il était grand et beau, à sa manière… Une cinquantaine d'années, les cheveux poivre et sel coiffés sur l'arrière. De grands yeux noirs. Il venait d'Europe de l'Est, d'après son accent, mais il ne voulait pas lui dire de quel pays. Ça lui donnait un côté très mystérieux qui plaisait beaucoup à Lucie. Au début. En plus, il était passionné de littérature, un homme raffiné et intelligent. Assez *dark*…

— *Dark ?*

— Sombre. Et amateur de vieux groupes des années 1970, les premiers Pink Floyd, Led Zeppelin, Nick Drake… De classique, aussi. Lucie était totalement sous son charme.

— Ils ont couché ensemble ? interrompit Dossantos.

Contre toute attente, la jeune fille se cabra à cette idée.

— Non, pas du tout !

Elle s'apaisa et poursuivit :

— Je veux dire… Il n'y avait rien de physique…

Rien de sexuel entre eux. Tout était platonique. À force, elle a trouvé ça bizarre. Et un soir, elle s'est rapprochée de lui, espérant…

— Accélérer un peu les choses, acheva Mehrlicht.

— Voilà. Alors, il lui a dit que c'était trop tôt, qu'il fallait qu'ils prennent leur temps, que leur histoire ne faisait que commencer. Mais il avait une faveur à lui demander…

— Ohla… laissa échapper Mehrlicht.

— C'était quoi ? pressa Dossantos.

— Il lui a demandé de lui donner son sang…

— Quoi ? crissa Mehrlicht.

— Il y a deux semaines. Il voulait qu'elle lui donne son sang. Elle m'en a parlé le lendemain, elle était bouleversée. Elle avait peur. Je lui ai dit de le quitter et de ne plus jamais retourner sur le site où ils s'étaient rencontrés. Mais il l'a recontactée. Il a essayé de la rassurer, il s'est même excusé et leur histoire a repris un temps. Mais rapidement, il est revenu à la charge.

— Il lui a reproposé de donner volontairement son sang… reformula Mehrlicht.

— Et là, elle l'a quitté. Pour de bon. Mais le type a insisté. C'est ce dont nous avons parlé hier soir avant de rejoindre les autres. Elle était encore sous le choc, bien sûr. Elle avait surtout peur…

— … qu'il l'agresse, conclut Dossantos.

— Non. De céder. D'y retourner et de faire tout ce qu'il désirait ! Elle était très amoureuse de lui. Mais lui, clairement pas… Alors, je lui ai fait jurer de ne jamais le revoir.

Elle marqua une pause et reprit :

— Ce type était un *psycho,* un pervers, c'était évident !

Mehrlicht et Dossantos se regardèrent. Lucie n'avait manifestement pas écouté les bons conseils de sa copine.

— Vous croyez que… que c'est lui ?

— Nous allons rechercher cet homme, mademoiselle, assura Dossantos, très professionnel.

— Et en deux mois, elle n'a pas essayé de vous le présenter ? s'enquit Mehrlicht.

— Non. Si, mais il… Viktor ne voulait pas. Ils se voyaient toujours seuls tous les deux.

— Et vous parliez d'un site où elle l'a rencontré ?

— Oui. Un site de goths, sur un forum… mais je ne sais pas trop.

— De gote ? répéta de nouveau Mehrlicht. Excusez-moi, mais je parle pas la langue. C'est quoi, de la gote ?

— Des gothiques. C'est un mouvement artistique, vestimentaire, musical qui s'inspire du genre gothique littéraire, une sorte de fantastique romantique et macabre. Vous connaissez Dracula, Frankenstein… Mais aussi peut-être des auteurs comme Poe, Artaud, lord Byron…

Dossantos fit la moue, préférant éviter de répondre.

— Donc elle a fait la connaissance de ce type en ligne… Et ils se sont rencontrés, ensuite ?

— Oui. Trois ou quatre fois, à ce qu'elle m'a dit. La première fois dans un bar goth à Paris. La Marque de Caïn, dans le XIXe.

— La Marque de Caïn… Charmant…

— Puis chez lui… Il habite une grande maison sur les hauteurs, près des Buttes-Chaumont. Je n'en sais pas plus.

— Ça devrait nous permettre de réduire les recherches.

— Lucie me disait que c'était un vrai château, en plein Paris.

— On va vérifier tout ça, mademoiselle. Bien sûr, vous nous prévenez si vous avez des nouvelles de votre amie. Le brigadier va vous raccompagner. Est-ce que vous auriez des photos récentes de Lucie à nous fournir ?

— Oui. Dans mon téléphone. Pourquoi ?

— Si sa disparition devait durer, il nous faudra d'autres photos à transmettre aux différents services…

La jeune femme acquiesça avant de fondre en larmes.

— Nous allons faire le maximum, mademoiselle. Soyez-en sûre… répéta Dossantos.

Mehrlicht se leva pour ouvrir la porte et faire entrer le gars en bleu.

— Brigadier, Mlle Gleich va vous donner des photos. Ensuite, vous la raccompagnerez chez elle.

Il lui serra la main, grave. Elle les salua et sortit, laissant le capitaine et son lieutenant pantois.

— « Donne-moi ton sang ! » somma Mehrlicht en mimant Dracula.

— Un physique de cinéma… railla Dossantos. Tu crois que c'est le même gars que pour la fille de la Seine ?

— Il manquerait plus qu'il y en ait plusieurs !

Le téléphone vibra dans la poche de Mehrlicht. Il le sortit et lut l'écran.

— C'est un message de Souillac, de l'IJ.

— Qu'est-ce qu'elle dit ?

Mehrlicht se figea.

— « Le sang découvert au Père-Lachaise est bien celui de Lucie Maturin. »

Les deux hommes firent silence.

— Tu appelles la famille ? reprit Dossantos.

— Non… On n'est pas encore sûrs… Je vais attendre qu'on ait un corps.

Dossantos le dévisagea.

— On a retrouvé deux litres de son sang, Daniel…

— On va attendre, répéta Mehrlicht.

— Attendre quoi ? D'en trouver d'autres ?

Mehrlicht grimaça. Tout à coup, ses yeux s'écarquillèrent d'effroi. Il se remit soudain en marche, en accéléré.

— « Il manquerait plus qu'il y en ait plusieurs » ! Tu as accès au Fichier des personnes recherchées, là ? demanda-t-il en pointant l'ordinateur du doigt.

— Oui, tu penses à quoi, au juste ? questionna Dossantos en tordant son épaisse barre de sourcils.

En guise de réponse, Mehrlicht fut secoué d'une forte quinte de toux qui empourpra son visage. Il s'appuya sur le bureau et reprit son souffle.

— Ça va ? s'inquiéta son lieutenant.

— Vas-y…

Dossantos obéit et entra ses codes.

— On se sert du Fichier pour enregistrer les disparitions, et vérifier si ceux qu'on retrouve correspondent à ceux qui y sont inscrits…

— Bah oui.

— Tu peux voir combien on a de disparitions à Paris ?

— Bien sûr ! On va en avoir un paquet. Tu vas avoir les fugues, les enlèvements parentaux…

— Vas-y…

— Sur quelle période ?

— Un an ? Tu peux ?

Dossantos fit crépiter le clavier.

— Oui, mais on va avoir les affaires résolues aussi…

— Tu peux limiter aux non résolues ?

— Oui…

— Et les jeunes femmes majeures de moins de… trente ans.

— Voilà. On va restreindre aux fiches X. Ça mouline…

— Ça veut dire quoi ?

— L'ordinateur fait le tri.

— Ah…

— Dix-neuf !

Les deux hommes regardaient l'écran, abasourdis. Mehrlicht reprit :

— Dix-neuf disparues. En un an…

— Il n'y a peut-être aucun lien… Mais s'il y en a un, personne ne l'a jamais fait. Dix-neuf parmi tant d'autres…

— Potentiellement dix-neuf ! Rien ne nous dit qu'elles ont cassé leur ressort !

— Hein ?

— Qu'elles sont mortes ! Encore moins victimes d'un même tueur… C'est juste le chiffre que crache une machine… Mais…

— Elles sont quand même bien portées disparues, acheva Dossantos.

— « *Où sont les femmes ? Avec leurs gestes pleins de charme ! Dites-moi où sont les femmes, les femmes, les femmes, les femmes, les femmes ! Où sont les femmes ?* » glapit Patrick Juvet en contre-ut.

— T'écoutes du disco, maintenant ? gloussa Dossantos pendant que Mehrlicht se battait pour sortir son portable de la poche de sa veste.

— C'est mon fils qui m'a… Allô ! Oui, Régis ! beugla le capitaine.

— Oh ! Je te dérange ! demanda le légiste.

— Non, non, vas-y…

— Bon. Ne t'emballe pas ! Je n'ai pas fini ma perquisition de l'Inconnue de la Seine…

— Tu sais trouver les mots, Régis… Qu'est-ce que tu as de neuf ?

— Je t'appelle parce que, à l'observation du corps, je viens de repérer des marques à hauteur des chevilles. Il y avait des traces de liens autour des poignets, tu te souviens ? Et j'ai cru que ses chevilles portaient les mêmes…

— OK.

— Ben ce n'est pas le cas. Il y a bien des traces d'entraves, de la ficelle à voir l'épaisseur. Mais surtout, la peau au niveau des malléoles porte des marques de maillons de chaînes.

— De chaînes ! répéta Mehrlicht, pour Dossantos comme pour lui-même.

— Oui. De gros maillons, bien lourds.

— Elle a été enchaînée ? demanda Dossantos.

— Ou pour lester le corps, proposa Mehrlicht.

— C'est toi l'enquêteur ! Bon ! Je me replonge dans la noyée, si je puis dire, et je te tiens au courant. Salut !

Il raccrocha. Dossantos reprit :

— Des chaînes ? Le cadavre aurait été mal lesté et serait remonté, tu penses ?

— Ouais… Je pense surtout à Laborie. La nuit dernière, il a entendu un bruit de chaînes dans le cimetière et il s'est enfui… Un bruit de chaînes ! Il a cru avoir affaire à la Dame Blanche…

— Il est tombé sur le tueur en plein boulot ?

— Et si notre noyée était au fond de la Seine depuis trois jours, c'est qu'il s'occupait cette nuit de quelqu'un d'autre… Lucie Maturin.

— Dans le mille, Émile !

— Pour l'envoyer au fond du fleuve…

Mehrlicht se tourna vers la porte et l'ouvrit.

— Appelle la brigade fluviale et préviens Sophie ! On part à la pêche.

14h48

Deux ordinateurs ronronnaient dans un coin du Service informatique, un titre bien ronflant pour cette petite salle où le capitaine Jean-Marie Dubois fouillait les machines qu'on lui apportait et sillonnait le Net à la recherche d'informations qu'on le chargeait de trouver. Lui préférait parler de perquisition numérique. Il administrait aussi le réseau local, et son téléphone sonnait dès qu'une imprimante rebelle refusait de cracher du papier. Ce grand bonhomme tout maigre passait le plus clair de son temps entre ces murs, se mouvant à peine, élançant ses longs bras squelettiques vers une table, vers une autre, sans quitter le centre de la pièce où il avait posé son bureau principal. On aurait dit une araignée géante installée au cœur de sa toile, silencieuse et figée. Lorsqu'il se levait, on le voyait déployer ses multiples membres au ralenti tandis qu'il élançait sa tête vers le plafond. Puis il faisait un pas avec une pesanteur infinie, laissant flotter ses bras inertes de chaque côté. Puis un deuxième qui l'amenait déjà à la porte. À cette langueur s'ajoutait une douceur égale lorsqu'il prenait la parole d'une voix fluette et à mots mesurés. Dubois était un homme tranquille, modéré en tout, dont l'unique fantaisie était la paire de longues moustaches retroussées qui soulignaient ses fines lunettes rondes. Une coquetterie d'arachnide qui suscitait bien des moqueries pour cet informaticien trentenaire. Mais c'était surtout sa mollesse dont on riait en général. Sauf Mehrlicht. Le petit capitaine qui, enfant, avait dû tomber dans une marmite de caféine, de cocaïne, de nicotine, d'amphétamine, de pipérazine et d'autres trucs en -ine bien moins connus, devenait furie dès que l'homme mou entrait dans la pièce. Une répulsion des contraires. Si l'on ajoutait à l'indolence de Dubois son incapacité à prendre des décisions et sa réelle lâcheté face aux responsabilités, on avait une liste solide des mobiles susceptibles d'élucider son homicide par Mehrlicht. Alors on évitait de mettre les deux hommes ensemble dans la même pièce. C'était une question de bon sens.

Assise à côté de lui face à l'ordinateur de Lucie Maturin, Latour regardait les doigts de Dubois remuer sur le clavier. Elle partageait l'opinion de ses deux collègues à l'égard de l'informaticien quant à sa mollesse et sa lâcheté. Mais contrairement à eux qui se laissaient dicter leur conduite par leur animosité et leurs humeurs, pour ne pas dire leur animalité et leurs hormones, elle visait avant tout un résultat, ignorant ses réticences. Alors dès que le ton montait dans le commissariat, ce qui était fréquent avec un chef de groupe écorché vif comme Daniel Mehrlicht et un collègue psychorigide, zélateur du bon droit pesant cent dix kilos comme Mickael Dossantos, on envoyait Sophie Latour, prétextant qu'elle *savait y faire*. Elle acceptait bien volontiers ce rôle puisque les enquêtes n'avançaient qu'à ce prix.

Rapidement, des listes de données apparurent à l'écran. Des noms de fichiers, des adresses Internet, et des lignes de commande s'affichaient dans différentes fenêtres tantôt blanches tantôt noires. Assurément, et malgré tous les défauts qu'on lui prêtait, Dubois connaissait son métier. Il avait commencé par planter une clé USB dans le flanc de la machine et, avant même que Latour eût pu lui parler de l'obstacle du mot de passe, l'informaticien s'était mis à parcourir les fichiers et les mails de Lucie Maturin.

— Tu as trouvé le mot de passe ? demanda-t-elle, sidérée.

— Non, je suis entré par ailleurs. Tu veux son mot de passe ? Attends…

Il pianota un instant et une fenêtre surgit.

— « *Fidelis ad mortem* », lut-il.

Il ouvrit un traducteur en ligne en deux mouvements de ses mains :

— « Fidèle jusque dans la mort »…

Latour soupira.

— Ça correspond au personnage… À qui écrit-elle des mails ?

Dubois fit revenir la fenêtre du courrier.

— Principalement au même groupe de copains. Je t'imprime les noms…

— Oui, mais je pense qu'on les a déjà. Tu peux voir s'il y a un Viktor ?

— Oui… Aucun.

À quelques mètres de là, une machine prit vie dans

un grognement. Dubois était reparti à la chasse. Pendant quelques minutes, il se tut. Des lignes de texte blanc défilaient sur fond noir, un langage de machine qu'il lisait avec attention. Il rompit soudain le silence.

— Je suis désolé pour la demande de géolocalisation…

— Ce n'est pas grave. On va bientôt avoir la réponse.

— J'aurais dû le faire tout de suite. Ça m'a paniqué…

— J'aurais dû le faire moi-même surtout. Oublie ça…

— Mehrlicht n'oubliera pas, lui.

Elle sourit pour l'apaiser. Les yeux de l'informaticien trahissaient un réel désespoir.

— Non. Il n'oubliera pas. Et alors ? Tu te feras brailler dessus, comme tout le monde, comme moi ! Tu aurais fait la demande dans les temps, il t'aurait engueulé pour autre chose !

Il acquiesça.

— Tu as raison…

Il se remit au travail quelques minutes, puis releva la tête triomphalement.

— C'est là qu'elle va…

— Comment ça ?

Une page Internet venait de s'ouvrir, noire et rouge, encadrée de murs de pierres en ruine, où flottaient des toiles de poussière dans la pénombre. Une colonne de liens sur le côté droit renvoyait vers des « partenaires ». L'ensemble semblait très amateur, presque bâclé.

— L'interface est kitsch, jugea Dubois. Et complètement dépassée. Du HTML 4.0. Ça a vingt ans, au moins…

Un titre, en haut de la page, annonçait la couleur :

— Le Château d'Otrante ? demanda Latour. Qu'est-ce que c'est ?

— D'après le *log* de connexion, c'est une adresse qu'elle fréquente depuis plus de quatre mois, et tous les jours depuis… deux mois.

— Une adresse à Paris ?

Dubois la dévisagea un temps, comprenant la méprise.

— Non ! Une URL. Une adresse en ligne. Un site… gothique, semble-t-il. Tu verrais la page Facebook de la fille, s'indigna-t-il soudain. Elle n'est pas nette…

— J'ai vu sa chambre, ça m'a suffi. Il y a des posters de vampires au mur.

— Je ne comprends pas ces gens… commença Dubois qui allait se lancer tout seul, dans un grand débat où se mêleraient son indignation et sa pudibonderie.

Latour l'interrompit :

— Tu peux vérifier s'il y a un lieu à Paris ou ailleurs qui s'appelle comme ça, un bar, une boîte ?

Une rafale de cliquetis leur fournit la réponse.

— Aucun. C'est un roman de 1764… de Horace Walpole. Un Anglais. *Le Château d'Otrante, histoire gothique* : le titre entier, selon Wikipédia…

— Évidemment… Et qu'est-ce qu'elle y fait, sur ce site ?

— Il y a des adresses de bars aux quatre coins de la France, de magasins spécialisés… Des conseils de lecture, des dates de concerts. Et il y a un forum…

— Est-ce qu'on peut voir l'historique de ses conversations ?

— Non. L'accès au forum est protégé.

— Et tu peux… Tu peux ? demanda Latour en souriant.

— C'est illégal ! rétorqua fermement Dubois. Surtout parce que rien ne dit que le site visé est lié à la disparition de cette fille. Alors à moins d'un ordre du juge, d'une commission rogatoire…

— Mais tu pourrais ? répéta Latour.

— Techniquement, je pourrais… Ce n'est pas très difficile : un VPN en Allemagne, par exemple, et on force l'entrée ! Ni vu ni connu ! expliqua-t-il, enthousiaste, avant de se rembrunir et de conclure :

— Mais c'est illégal.

Elle le dévisagea un temps et décida de battre en retraite pour l'instant.

— Et tu peux me créer un compte ?

— Ah oui, sans problème !

Il se tourna vers l'ordinateur.

— Tu as une idée de pseudo ?

Latour réfléchit un instant.

— Mets *Pauline* ! C'est le bouquin sur lequel elle travaille.

— Voilà ! s'exclama Dubois. On est entrés.

Il s'arrêta.

— Quelque chose ne va pas ? s'enquit Latour.

— Non. La page d'accueil est un leurre pour écarter les visiteurs qui y arrivent par hasard. Une fois qu'on la franchit, l'architecture du site devient plus complexe qu'il y paraît. On passe d'une interface vieillotte en 2D à de la 3D ! On doit te créer un avatar pour avancer. Tu veux ressembler à quoi ?

Une fenêtre venait de surgir, proposant des rangées

de bouches, d'yeux, de chevelures, de nez, des visages en kit qu'il fallait constituer.

— Je veux ressembler à ça, répondit Latour en posant sur le bureau son téléphone. À l'écran apparaissait le visage de Lucie Maturin.

Dubois acquiesça et se mit au travail.

— Tu ne veux pas d'ailettes ou de cornes de diable ? C'est possible ! Ou des crocs ? Des yeux blancs ?

Latour réfléchit, accepta les cornes et les crocs, de circonstance en ces lieux gothiques. En quelques clics, l'informaticien composa le visage de la photo et lui demanda son avis.

— La démone Latour ! !

— C'est parfait. Mets-moi des cheveux roux pour être certain de ne pas avoir le même visuel que Lucie !

Dubois s'exécuta.

— C'est parti. Où on va ? Tu as le choix entre trois « salles de discussion » : la Salle de Bal, le Monastère et le Donjon.

— Super… Essaye la première, dit Latour, sans vraiment comprendre où elle allait.

La page d'accueil disparut dans un fondu au noir. Une musique d'orgue se fit entendre à l'instant où parut à l'écran une vaste salle dallée de marbre blanc et rouge en damier, où évoluaient plusieurs dizaines de petits personnages très réalistes : des nymphettes ailées, des monstres à la peau colorée, des verts, des bleus, des soubrettes vampires, des dragons, des zombies, des squelettes et autres chevaliers sans tête, des diables, des anges… L'avatar à la longue chevelure rousse de Latour était de dos et regardait la salle. Des bulles de dialogue apparaissaient au-dessus des têtes : le nom inscrit en rouge, les propos en noir. Chacun pouvait lire de quoi parlaient les autres et décider de se mêler à la conversation ou de passer son chemin.

— La réalisation du site est magnifique, se réjouit Dubois, mais le *pixel shader* de ma carte graphique n'est pas assez puissant pour qu'on puisse s'en rendre compte.

Latour approuva poliment.

— On cherche un Viktor, Jean-Marie.

Dubois comprit et le personnage se déplaça soudain, traversa une partie de la salle, puis s'arrêta.

— Je pense que…

Une colonne de noms s'afficha sur le côté.

— Voilà ! On a la liste des connectés… Mais pas de Viktor. Attends…

Il approcha son nez de l'écran puis frappa une commande.

— Voilà ! La liste des visiteurs de la Salle de Bal ; ceux qui y sont en ce moment et ceux qui y viennent… et il y a un Viktor ! se réjouit-il avant de déchanter. Viktor Frankenstein…

— Un pseudo… souffla Latour. Évidemment… Quelle cruche !

Elle soupira.

— Est-ce qu'on sait quand il s'est connecté pour la dernière fois ? Hier ? Il y a un mois ?

— C'est indiqué ici : hier soir à 23 h 15.

— Une heure avant la disparition de Lucie… On ne peut pas trouver d'où il s'est connecté, j'imagine…

— Si. Grâce à son IP. Mais il faut un ordre du juge et…

— … une commission rogatoire, j'ai bien compris. Et tu peux regarder s'il va dans les autres salles ?

L'informaticien changea de décor. Un long tunnel de pierre parut soudain, donnant sur des alcôves, les cellules du Monastère où des personnages se retrouvaient en conversation privée. La colonne des inscrits s'afficha aussitôt.

— Il vient ici aussi… annonça-t-il en montrant son nom du doigt. Mais il n'y a pas de date ni d'horaire concernant l'accès à ces salles.

— Bon. Et la dernière ? Le Donjon ?

Dubois tenta d'entrer. Une fenêtre grise cerclée de crânes exigea un mot de passe.

— Et l'accès est restreint. Sur invitation.

— Bon… On n'a plus qu'à attendre qu'il se connecte, en fait.

— Je peux programmer une alerte sur la connexion. Le site t'envoie un message quand quelqu'un que tu connais y arrive.

— Sans qu'il le sache ?

— Oui.

— OK. Faisons ça, alors. Mets mon adresse perso aussi, pour qu'on le surveille à deux.

— Je vais t'en créer une, plutôt…

Elle sourit devant l'évidence.

— Tu as raison.

— Et je t'envoie les codes pour que tu puisses te connecter.

Latour approuva.

— Merci pour ton aide, Jean-Marie. J'en parlerai à Mehrlicht, ça permettra de calmer le jeu entre vous.

— Ah ! Merci ! Parce qu'il n'est pas tendre, le vieux !

— Ah non ! Ça… Tu ne le ménages pas, aussi : la demande de géoloc, le site…

Dubois fronça les sourcils.

— Le site ? Ce site ? dit-il en indiquant l'écran d'un doigt perplexe.

— Non, pardon… Je pensais tout haut. Mais c'est illégal, je comprends parfaitement. Tu ne peux pas prendre ce risque. Je le lui expliquerai.

— Mais Sophie ! Si nous, flics, on commence à tricher…

— Je comprends, je te dis. C'est ce que je lui dirai. De toute manière, on l'aura cette commission rogatoire…

— Bien sûr, répliqua l'informaticien, soulagé.

— … mais seulement quand on aura un corps ! lança-t-elle froidement. Est-ce que ça, toi, tu le comprends ?

Le ton de la rousse avait soudainement changé. Dubois s'était figé dans le silence qui avait suivi sa question. Le succube Latour venait de se matérialiser devant lui. Dans son effroi, il crut même voir les crocs et les cornes.

— Mais je ne peux pas, Sophie…

— Un… machin « en Allemagne, par exemple » ! « Ni vu ni connu » ! C'est bien ce que tu disais, non ? « Ni vu ni connu » ! Et tu sauves peut-être la gamine !

Ses yeux s'étaient faits flammes. Dubois paniquait, mutique, pétrifié.

Le téléphone de Latour sonna. Elle le tira de la poche arrière de son jean et examina l'écran : Mickael Dossantos.

— C'est Mehrlicht, annonça-t-elle avant de décrocher. Allô !

— On décolle, Sophie, prévint Dossantos. Vous avez découvert quelque chose dans l'ordi ?

— Dans l'ordi, non. Mais on creuse toujours. Dubois a peut-être trouvé un truc en ligne.

— Bon. Tu nous raconteras dans la voiture. Dans cinq minutes en bas ?

— OK.

Dossantos raccrocha. Alors, Latour enchaîna, seule.

— Non, ce n'est pas ça, capitaine. Il y a… Oui, OK. Au Service informatique ? Vous arrivez dans combien de temps ?

Dubois se leva d'un bond et commença à battre des bras, essayant visiblement d'arrêter un train qui fonçait vers lui dans le brouillard. Latour acquiesça.

— Non, attendez. C'est moi qui vais plutôt remonter au bureau. Dubois a réussi à entrer mais… certains accès sont protégés par des mots de passe compliqués…

Dubois, fébrile, lança deux pouces en avant, se sentant sauvé. Il faisait peine à voir. Pourtant, Latour devait porter l'estocade.

— OK, capitaine, je le lui demande…

Elle écarta le combiné.

— Il te faut combien de temps pour entrer ?

— Deux heures ? interrogea-t-il, estimant ce sursis négociable.

— Vous avez entendu ? Bon. J'arrive.

Elle raccrocha.

— Qu'est-ce qu'il a dit ?

— Oh rien… Une de ses expressions marrantes, tu sais…

— Comme quoi ?

— « Ça m'évitera de le couper en planches… » Je dois y aller. Merci d'avoir changé d'avis. Tu me tiens au courant.

Elle ouvrit la porte, abandonnant le chef du Service informatique à ses terreurs.

D'un même pas, Amour, entrons dans les ténèbres,
Et d'une même voix, chantons la litanie
Des Parias du Soleil, des Amants de la Nuit.
Nos cœurs battent le temps de nos marches funèbres.

Sous une lune exsangue, à nouveau réunis,
Que nos corps alanguis s'abîment dans la mort
Et pourrissent ensemble aux Chants de Maldoror.
Les vers raconteront nos douces agonies.

Puis au fond de la nuit, que nos âmes viciées
Déchues à l'œil de Dieu, deux étincelles noires,
Escarbilles de mort de nos corps sacrifiés,
S'éteignent dans l'oubli, s'effacent des mémoires.

Nous deviendrons dès lors des rejetons de l'Ombre.
Je serai ton esclave et je paierai le prix,
De mon sang, de mon corps, et de mon âme sombre,
Pour vivre à tes côtés une éternelle nuit.

15 h 42

Dans la 306 verte qui les emmenait vers les quais de Seine, Mehrlicht, Dossantos et Latour firent le bilan de leurs investigations. Lucie Maturin restait introuvable et n'avait plus été vue par son entourage depuis une quinzaine d'heures. Dossantos lui-même acceptait maintenant l'évidence : la disparition de Lucie Maturin était inquiétante, selon l'expression consacrée. Les deux pistes qu'ils avaient suivies, Cathy Gula-Gleich et l'ordinateur portable de Lucie Maturin, les menaient à un même Viktor, un Viktor Frankenstein, pseudonyme tiré d'un roman gothique, attribué en ligne à un personnage en 3D… L'homme que le groupe de flics cherchait à identifier était encore loin. Était-il seulement impliqué dans cette disparition ? Le lien était ténu, un lien de sang, comme une traînée qui menait de la mare carmin du Père-Lachaise au cadavre exsangue fraîchement repêché d'une jeune inconnue, en passant par la relation morbide qui unissait Lucie et Viktor, une fascination qui avait peut-être conduit à la mort la latiniste gothique, jusqu'au tombeau aquatique dont s'était échappée l'Inconnue. Comme une chaîne dont les maillons tintaient au cœur du cimetière avant d'enserrer les chevilles des corps entraînés par le fond. Toute l'équipe soupçonnait maintenant l'ignoble chemin que ces deux filles avaient suivi de l'amour au trépas. L'Inconnue avait resurgi du fond des eaux pour crier au monde qu'elle était là. Qu'elles étaient là. Elle et Lucie Maturin. Et combien d'autres ? Il n'y avait plus qu'à les trouver. Si la théorie des trois flics se vérifiait, elles étaient là, sous la brume, au fond de l'eau.

— Viktor Frankenstein, rien que ça… grinça Mehrlicht.

— On ne devrait pas avoir de mal à le repérer avec sa grosse tête carrée et ses points de suture ! persifla Dossantos.

— Mais non ! Tu barbotes dans la Gourance ! Tu confonds avec le monstre composé de morceaux de macchabées et animé par le docteur Victor Frankenstein. La créature et son créateur. D'ailleurs, le monstre, lui, n'a pas de nom dans le bouquin de Mary Shelley.

— D'accord ! On court après Frankenstein… Il y a une heure, on courait après Dracula ! railla Dossantos. C'est quand même n'importe quoi !

— Non, coupa Latour. On cherche Lucie Maturin. Et elle doit rester notre objectif principal.

— T'as raison, Léon, agréa Mehrlicht. Et c'est pour ça qu'on est là !

Du haut du pont d'Austerlitz, on ne voyait qu'une masse cotonneuse et grise qui recouvrait le fleuve et le reste de la ville. Quelques lumières peinaient à scintiller dans le lointain, entêtées comme des étoiles mortes. Seuls les feux de brouillard des autres véhicules perçaient le voile, et le gyrophare de la Peugeot qui tailladait l'épais nuage à chaque tour, le lardant de bleu.

— On y est, annonça Mehrlicht en quittant le pont pour emprunter le large rond-point du quai Saint-Bernard et récupérer le quai d'Austerlitz.

Il fut de nouveau frappé d'une quinte de toux qui teinta ses pommettes d'un orangé surprenant.

— Tu tiens une sacrée crève, dit Dossantos.

— Vous devriez prendre du repos… et consulter, tenta Latour.

— Quand tu me tutoieras ! Tu vois, c'est pas gagné, tacla le capitaine en recouvrant son souffle.

Il ralentit et tourna à gauche dans une voie qui descendait vers la Seine. Dans le brouillard, ils aperçurent bientôt sur le quai les gros Zodiac noirs de la Brigade fluviale. Puis les préfabriqués qui leur servaient de locaux. Une équipe de trois hommes s'affairait autour d'un long pneumatique équipé d'une cabine. Deux d'entre eux portaient le treillis bleu foncé à l'écusson de la préfecture, et un épais gilet de sauvetage noir barré d'un large « police » blanc dans le dos. Le troisième revêtait une combinaison de plongée intégrale. Mehrlicht gara la Peugeot à l'heure du rendez-vous. Un gars en bleu d'une quarantaine d'années, le cheveu grisonnant et ras, vint à leur rencontre.

— Le Central du XII ?

— C'est nous, grinça Mehrlicht.

— Bienvenue à la Fluv' ! Major Saussey ! On finit de préparer le bateau et on va faire un tour. C'est vous que j'ai eu au téléphone ?

— C'est moi, corrigea Dossantos.

— Vous disiez que le corps a été repêché au quai de la Tournelle, alors on va commencer là-bas, c'est en aval, et on remontera doucement vers l'est. Vous imaginez qu'il y en a d'autres, c'est ça ?

— On sait pas trop, reprit Mehrlicht. On pense que le cadavre qu'on a retrouvé a été lesté de chaînes et immergé il y a quelques jours. On a de bonnes raisons de croire qu'une autre fille disparue serait au même endroit, mais…

— OK, on va voir ça… Je ne vous cache pas qu'on sonde le fond régulièrement. Mais, d'après ce que vous me disiez, celle que vous avez trouvée est restée immergée quelques jours… On va voir ça… répéta-t-il.

Le plongeur passa avec deux bouteilles d'oxygène.

— Votre gars va plonger et nous suivre tout le long ? s'enquit le petit capitaine.

— Non, répondit le major en souriant. Heureusement ! On y voit à peine à quelques mètres. Vous voyez ce brouillard ? Dans la Seine, on a ça toute l'année ! En marron… Ça s'améliore, mais pour l'eau cristalline, il vaut mieux plonger aux Caraïbes ! Et puis, avec les pluies qu'on a eues en mars, le débit est anormalement élevé pour la saison, ça secoue la vase, on y voit encore moins ! Non. On a un sonar à bord qui nous renvoie sur écran les signatures vidéo des masses immergées : les carcasses de voitures, les vélos… et les corps, qu'ils soient allongés au fond de l'eau ou qu'ils flottent à la verticale. C'est souvent le cas. Des suicides ou des règlements de comptes… Les cadavres sont lestés par les pieds et balancés à la baille. Une fois, on a eu un bonhomme qui s'est jeté d'un pont, son chien en laisse attaché à un pied et une boîte à outils accrochée à l'autre. On a aussi sorti un gars qui avait un sac à dos rempli de grosses pierres… Alors, lui était allongé, conclut le major, presque déçu par cette exception.

Latour profita de cette pause.

— Vous disiez que le débit a changé récemment ? Ça pourrait expliquer que le corps soit remonté ces jours-ci, non ?

— C'est possible…

— On est bons, Franck ! annonça le plongeur.

Le major les entraîna vers le ponton où le deuxième gars en bleu, Idriss, les attendait avec des gilets de sauvetage.

— Non, brigadier, c'est pas la peine. Je flotte, assura Mehrlicht.

— Ah… Dans ce cas, répliqua le major, vous pouvez vous installer dans le bureau, là-bas. On sera de retour d'ici une heure et demie, deux heures…

Mehrlicht grogna et saisit le gilet. Les trois flics passèrent les épaisses brassières de mousse et les sanglèrent. Dossantos sembla tout à coup encore plus massif, un G.I. Joe bouffi aux hormones. Avec ses bras écartés, Mehrlicht avait la grâce d'un pingouin. Mais la peau fripée de son cou compressée par le gilet acheva de lui donner un air de crapaud, ou de grenouille qui voulait se faire plus grosse qu'un Dossantos. Ses deux lieutenants luttèrent un temps pour contenir leur rire, mais déjà le major les priait de monter à bord. Malgré les amarres, le pneumatique tanguait fort. Les gars de la Fluviale installèrent leurs collègues terriens à l'arrière de l'embarcation. Puis ils libérèrent la vedette et lancèrent les moteurs. Le Zodiac quitta le quai et s'élança dans la brume, ballottant les six flics dans le froid perçant. Une bise glacée née de la vitesse leur cingla les joues. Une rangée de lumières les croisa à quelques mètres, un Bateau-Mouche, à ce qu'il semblait. Mehrlicht se contorsionna pour sortir une Gitane qu'il mit en bouche.

— Vous pensez vraiment allumer une cigarette sur un bateau pneumatique, à quelques centimètres du moteur ? s'enquit Saussey.

— Bah oui !

— Bah non, trancha le major.

Alors Mehrlicht rangea sa clope en soupirant. On lui avait défendu de fumer sur terre, sous terre, et maintenant sur l'eau. Le monde, depuis quelques années, prenait un virage despotique terrifiant, abrogeait les libertés, multipliait les interdits. Une morale tyrannique et bécasse s'était installée, qui prônait le politiquement correct, le bio, l'écriture inclusive, la bienveillance, la vapoteuse à la barbe à papa, et bannissait l'opinion et le second degré. Il était aujourd'hui proscrit de se faire plaisir en buvant un verre, en fumant une clope et en insultant les cons. Pauvre monde ! Pauvres cons ! Qui les tiendrait informés désormais ? Ainsi en allait-il de nous, condamnés à l'explicite, à la concorde bêlante et aux licornes colorées, parce que prendre la parole, affirmer sa différence, c'était risquer de blesser quelqu'un, voire quelques-uns, et de subir un légitime lynchage, destin ordinaire des déviants, qu'ils fussent trublions, artistes ou fumeurs de Gitanes. L'époque n'était pas à la dissidence, et fumer restait un crime de social-traître.

— On y est ! Quai de la Tournelle.

Le major manœuvra pour faire pivoter l'embarcation et remonter le fleuve. Il pressa ensuite quelques boutons et fit un signe à son second. Idriss s'approcha des trois flics avec un écran portable.

— Tenez, capitaine. C'est un écran appairé en *Bluetooth* au sonar de bord.

— Ah… dit Mehrlicht. Ça veut dire quoi ?

— C'est un des écrans du sonar, résuma Latour.

— Ah !

Le navire se remit en route dans l'autre sens. À l'écran parut une image granuleuse et grisâtre du lit du fleuve. Des nuances claires dessinaient des reliefs au fond de l'eau, principalement des cailloux.

— Le fond est assez propre aujourd'hui, beugla le major à la barre. On a passé des années à retirer les épaves de voitures, de machines à laver, de vélos, d'engins en tout genre. Même une bétonnière, une fois… Tout le reste, le bois, le tissu, tout l'organique est digéré par la Seine. Il reste pas mal de gravats, balancés pendant des dizaines d'années. C'est surtout ça, les pierres, que vous voyez au fond.

L'image, bien que de piètre qualité, remplissait pleinement sa mission. Le major avait raison : le moindre relief était visible. Rien n'échappait à l'écho.

Pendant près d'une heure, à petite vitesse, la vedette de la préfecture remonta la Seine. Le major tenait la barre et scrutait les abords brumeux de l'embarcation. Régulièrement, il activait une cloche pour s'assurer d'être repéré par les autres bateaux et péniches.

— Il faudra revenir en été ! leur lança-t-il.

Idriss était en charge du sonar principal et ne le lâchait

pas des yeux. Le plongeur, quant à lui, s'était installé à l'avant, figure de proue de néoprène noir qui déchirait le brouillard. Le moteur ronflait lentement et se mêlait au clapot des vaguelettes écrasées par le pneumatique, un accord continu qui berçait les passagers. Mehrlicht sentait le roulis drainer ses forces. La vedette de la Fluv' remontait doucement la Seine dans une brume épaisse qui laissait à peine entrevoir les repères les plus proéminents aux abords du fleuve : les murs de brique de l'Institut médico-légal où Carrel devait encore s'affairer sur la noyée, la Cité de la mode et du design, verrue verte qui défigurait la capitale au nom du bon goût, l'imposant château du ministère de l'Économie dont on distinguait la masse sombre penchée sur les eaux. Par moments, un pont, un viaduc surgissait du nuage laiteux, passait au-dessus des têtes avant de s'évanouir. Au loin, la ville invisible s'était tue. On se serait cru seul au monde, perdu dans ce brouillard blanc, porté par cette eau sombre, inquiété par la ridicule angoisse qu'on pouvait disparaître ici et maintenant, sans que quiconque ne cillât, à l'instant peut-être où le boudin du pneumatique crèverait, où l'embarcation se retournerait soudain, projetant ses impuissants occupants dans l'onde noire, glacée et fatale. À moins qu'il ne s'agît d'un monstre surgissant du fond de l'abysse, ou d'une main de femme rongée par les eaux, pelée et grumeleuse, jaillissant soudain de l'onde pour vous saisir et vous entraîner vers le fond, dans un chaos de bulles et de gargouillis, de convulsions et de terreur, jusqu'à la noyade, vous abandonnant en apesanteur, les yeux exorbités et la bouche ouverte, dans une eau apaisée et un silence éternel.

Mehrlicht s'éveilla dans une quinte de toux, crachant cette eau qui n'existait pas. Il sortit son mouchoir en tissu pour s'essuyer les lèvres et le front. Il avait manifestement transpiré, prisonnier de son cauchemar et de son gilet. Le major se tourna vers lui avec un sourire.

— Ne vous inquiétez pas, capitaine ! Ça fait ça à tout le monde, les premières fois. Avec le roulis…

Mehrlicht grogna.

— J'ai dormi longtemps ?

— Un peu plus d'une heure, répondit Latour. On est allés jusqu'à la confluence de la Marne, ce qui nous a amenés en dehors de la juridiction de la préfecture. Et on a fait demi-tour.

— On ne peut pas sonder au-delà, capitaine… expliqua le major.

— On rentre, là ?

Le bateau tangua. Latour acquiesça. Dossantos enchaîna :

— On a tenté, Daniel. C'était une bonne idée. Il va falloir prendre cette enquête par un autre bout.

Mehrlicht se racla la gorge. La contrariété lui irritait la trachée, comme souvent. Il était temps d'arriver à quai. Ils passèrent sous le pont de Bercy.

— C'est quoi, le tunnel noir, là-bas ? lança-t-il en pointant un doigt vers une large ouverture cylindrique dans la paroi du quai.

— C'est une évacuation d'eau. Je vous rassure, ce qui en sort, c'est de l'eau propre. Pas potable, mais propre. Il y en a une ici, à hauteur de l'usine d'Austerlitz, et deux autres plus à l'ouest. Je me suis écarté vers le centre parce que avec la pression, on serait un peu secoués…

Mehrlicht grimaça.

— La pression est continue à la sortie de cette canalisation ?

— Non. Enfin… Les centres d'épuration recrachent en continu les eaux nettoyées dans la Seine. Mais par intermittence, ils augmentent la pression pour nettoyer les conduits ou en cas de trop-plein, après un orage, par exemple…

— On peut s'approcher ?

— C'est trop dangereux. On ne sait pas quand ont lieu les lâchers d'eau.

Latour sauta dans le train de pensées de son capitaine.

— Vous ne sondez donc jamais le fond à cet endroit ?

Le major à son tour comprit.

— Les remous sont assez violents. Vous croyez vraiment… ?

— On saura en allant voir, conclut Mehrlicht.

Le major stoppa les moteurs et jeta l'ancre à une trentaine de mètres du quai.

— Thierry ! Tu vas faire une reco là-bas, près de l'évacuation. Idriss, tu l'aides à s'équiper.

Les deux hommes s'activèrent et, quinze minutes plus tard, le plongeur, lesté d'une ceinture de plomb et encordé au bateau, s'assit sur le bord. Le major s'approcha de lui, lui donna une lampe-torche et alluma sa caméra frontale. Idriss dans la cabine confirma la bonne réception de l'image et se tourna vers Mehrlicht. Sur l'écran du capitaine apparut la grosse tête aux cheveux ras de Saussey. Dossantos leva un pouce. Le major s'écarta du bord et donna le signal ; Thierry bascula en arrière et disparut sous l'onde marron dans une gerbe d'eau.

Une lumière verte teinta aussitôt l'écran, voilant l'image d'une indolente étrangeté. Une chape jaune ondulait en surface au-dessus du plongeur dont on voyait par instants les mains, silencieuses et ralenties. Mais à mesure qu'il s'enfonçait, les nuances verdâtres devinrent plus sombres, tantôt kaki, tantôt olive, émeraude ou sinople, à la faveur d'un éclat venu d'en haut, un rare rai perçant le brouillard et l'opacité boueuse du fleuve. Le plongeur alluma sa lampe et les couleurs changèrent de nouveau, se chargeant de jaune, de marron et de gris. Il parvint au lit de vase et de rocaille qu'il balaya du faisceau lumineux. Quelques algues verticales le saluèrent, nonchalantes dans la quiétude aquatique. Un poisson déguerpit à son approche. Par instants, les bulles qui s'échappaient de son détendeur passaient devant la caméra et déformaient l'image ou la masquaient totalement. Puis revenait une plaine jaunâtre, plane et infinie que rien ne venait troubler. Le monde des eaux semblait bien plus calme que celui des hommes.

Le plongeur progressait toujours. Le battement de ses palmes et le passage de son corps au ras de la vase soulevaient parfois quelques nuages que l'on distinguait clairement quand la caméra se détournait un peu trop latéralement. Dans ce cas, l'écran se remplissait encore de bulles et l'on perdait toute visibilité. À l'instant où l'image revint, alors que le plongeur approchait du quai, des femmes surgirent soudain, verticales et nues, leurs corps blancs en suspension dans cette eau glacée et noire, leurs cheveux en corolles irradiant autour de leurs visages paisibles, leurs bras écartés comme une invitation à une ultime étreinte, leurs jambes entravées par de lourdes chaînes et retenues au fond par le poids de l'acier. Une giclée de bulles, tel un hurlement sourd, assaillit l'écran comme le plongeur fuyait cette scène d'horreur, dans un bouillon de cris, un tumulte de palmes, une épouvante indomptable vissée aux tripes depuis le fond des âges, de ces femmes carnivores habitant les abysses et promptes à y attirer par leur chant les hommes pour les dévorer, de ces femmes serpents, de ces vouivres voraces, d'ignobles Echydna, des Charybde et Scylla, une terreur viscérale de toutes les femmes-monstres tapies au fond des eaux pour s'y nourrir des hommes.

— Bordel de nom ! grogna le major.

Le plongeur émergea à quelques mètres d'eux et nageait à toute vitesse pour les rejoindre.

— Aide-moi à le remonter, Idriss !

Les deux gars de la Fluv' s'employèrent à sortir de l'eau leur collègue épouvanté. Les trois flics de la PJ se regardèrent, hébétés.

— T'avais raison, Daniel… T'avais raison, souffla Dossantos qui visiblement n'était pas dans son assiette.

— Je crois que j'en ai vu cinq, répondit Mehrlicht tandis que sa main cherchait frénétiquement son paquet de cigarettes. Cinq…

Latour se contorsionna et tira son portable.

— Ouais… Appelle la cavalerie, Sophie, approuva le petit capitaine dans un grincement. La cavalerie, l'infanterie, l'aviation… Appelle tout le monde, Sophie. Appelle tout le monde…

16h30
TALEB et Noura

Dans le brouillard épais, Taleb s'en retournait au camp, sourd aux bruits de la ville en cette fin d'après-midi, aux moteurs qui vrombissaient alentour, aux clameurs et aux cris. L'écho de la détonation le rattrapait maintenant, quelques minutes après le meurtre de l'infirmier. Les yeux rivés au trottoir, la bouche béante, il se revoyait l'arme à la main, frappant ce type au visage, le poussant au sol pour le battre encore et encore. Chaque coup provoquait un spasme de ses épaules, un tremblement de son corps. Puis la détonation, encore. Il s'arrêta, s'appuya contre un mur, et respira. Il venait d'abattre un homme. Le deuxième. Sans même hésiter, sans même se rendre compte de ce qu'il faisait. Et il se retrouvait maintenant dans une rue brumeuse, pantelant et fiévreux comme on s'éveille d'un cauchemar. À la différence près qu'il en était toujours prisonnier : Noura restait introuvable dans une ville inconnue. Et il venait de tuer un deuxième homme. Encore.

Il inspira profondément et se remit en route sous un ciel d'argent que le soleil peinait à percer. La police ne tarderait pas à rechercher l'assassin de l'infirmier, un individu armé et dangereux. Il ferma les yeux. L'étudiant en informatique, le bon fils qui faisait des promesses à ses parents quelques mois plus tôt, où était-il aujourd'hui ? Qu'était-il devenu après ces semaines de fuite, de trahison, de violence ? Pouvait-on revenir en arrière, redevenir ce que l'on avait été ? Non. Il avait tué deux hommes. Quelles que fussent les raisons, il y avait un avant et un après, et aucun retour possible. Aucune promesse, aucun amour ne pouvait absoudre le meurtre. Il n'y avait pas de meurtre légitime, de meurtre de bon droit. Il y avait le meurtre tout court, et il fallait continuer de vivre avec, comme une charge sur les épaules, peu importait son poids. Parce qu'il savait aussi qu'il y en aurait d'autres, tous ceux qui se mettraient sur sa route dans sa recherche de Noura, tous ceux qui l'auraient vendue, malmenée, violentée…

La détonation retentit de nouveau, il frissonna.

— Où es-tu, Noura ? marmonna-t-il.

Tout en marchant, il sortit son portable et regarda la photo de Noura. Elle souriait, levant son verre de vin. Depuis deux jours, l'image était son fond d'écran. Il passa son doigt sur la surface avec douceur, puis l'éteignit.

— Où es-tu, petite sœur ?

La prochaine étape était Addams. Le Roumain. Taleb devait réfléchir à un moyen de le faire venir à lui. Certainement au dispensaire, à l'endroit où il l'avait vu. Si c'était lui. Le soir même, parce qu'il fallait faire vite, mais sans l'effaroucher.

Tout à la conception de son embuscade, Taleb

traversa l'espace qui le séparait du camp, parcourant les rues vaporeuses de la Ville lumière en sens inverse, évitant cette fois de se perdre. Lorsqu'il arriva, le camp était en pleine effervescence. Une trentaine d'hommes et de femmes vêtus de bleu et de noir, arborant des banderoles « Go Home » étaient rassemblés devant les tentes et criaient leur hostilité, leurs insultes, contenus par un cordon de CRS. Les migrants de leur côté les injuriaient en retour, les invitant à approcher pour se battre. Pendant quelques minutes, Taleb observa la scène. La tension montait. Il connaissait la suite des événements. La police en armure débarquerait bientôt par cars entiers et déferlerait sur les deux groupes. Ce combat n'était pas le sien. Il devait récupérer Noura et quitter Paris. D'après ce qu'il avait entendu de la part des réfugiés qui en revenaient, les camps de Calais, Ouistreham, Cherbourg avaient été rasés, les voies de passage vers l'Angleterre totalement clôturées. Il avait compris que la seule issue était un pays plus au nord, la Belgique, les Pays-Bas, peut-être l'Allemagne ou le Danemark. Mais pour cela ils devaient d'abord se renflouer. La halte à Paris devait lui permettre de se refaire. Avec quelques billets, il négocierait peut-être un arrangement avec l'Égyptien, monnayerait un passage de la frontière pour Noura et lui. Il ne doutait pas qu'il avait offensé le dieu égyptien, mais Asar était un dieu vénal avant d'être un dieu vengeur. Il faudrait que l'offrande soit à la hauteur… Taleb n'avait rien à défendre dans ce camp, à part quelques vêtements. Il s'éloigna donc, trouva un square où il s'assit pour réfléchir à son rendez-vous du soir. Il sortit le téléphone de l'infirmier et commença à parcourir les textes que les deux hommes s'étaient envoyés, ces derniers mois. À mesure qu'il lisait, ses yeux s'emplirent de larmes, son cœur d'effroi. Et de colère.

De l'autre côté de la grille du petit parc, dissimulé par la végétation, un homme brun à lunettes, en loden noir, l'observait, assis sur un vieux scooter.

17 h 28

Le quai de Seine avait été entièrement dégagé. Plus haut, une voiture de police sérigraphiée barrait l'accès de chacune des deux voies qui y descendaient, ne laissant passer que les véhicules de service et les officiels. Les quais aussi étaient fermés aux piétons dans les deux sens ; il fallait sécuriser le site avant que la presse n'eût vent de la macabre découverte, selon la formule consacrée. Le substitut du procureur était arrivé et avait demandé la plus grande discrétion à toutes les équipes, parce que rien ne devait filtrer de la zone avant qu'il ne l'eût décidé.

On avait monté des barnums sur une cinquantaine de mètres le long du fleuve pour accueillir l'Identité judiciaire, l'équipe médico-légale, la Brigade criminelle, un groupe de sapeurs-pompiers venus en renfort de la Fluviale. Et les corps qu'il fallait protéger dès leur émersion, photographier, ensacher jusqu'à leur transport vers l'IML. De larges projecteurs avaient été installés car il était certain que la quarantaine d'hommes réunis ici y passeraient une bonne partie de la nuit. Mais le brouillard continuait d'effacer les formes et les détails, et atténuait les lumières. Dans le jour déclinant de cette fin d'après-midi, on voyait des silhouettes s'affairer dans les brumes grises, surgir soudain, puis disparaître. On se hélait ici et là, se repérait à la voix. Chacun semblait perdu dans ce grand vide blanc. Un peu plus loin, au-dessus des têtes, un métro aérien qui enjambait la Seine rappelait sa présence toutes les quatre minutes, dans un crissement de rail et un galop à deux temps comme unique balise.

Les quatre plongeurs venaient de rapporter un troisième cadavre que les équipes de l'Identité judiciaire avaient hissé sur un brancard, avec délicatesse, le long d'un escalier de pierre qui descendait à l'eau. On avait ensuite déposé le corps de la malheureuse sous l'un des barnums, à côté des deux premières dont on avait déjà prélevé les empreintes digitales, un échantillon d'ADN et un autre de sang, du peu qu'on en trouvât. Didier avait eu le loisir de tirer leurs portraits, en couleur et en noir et blanc, en JPEG et en RAW, tandis que Carrel, qu'on avait sorti de toute urgence de sa salle d'autopsie, et Souillac, de son labo, examinaient ensemble chacune des mortes. Debout devant les tables, Mehrlicht, Dossantos et Latour attendaient en silence les premières conclusions des deux scientifiques qui, penchés sur les cadavres, se murmuraient des secrets. Le petit capitaine se reprit à penser aux corps qu'on exposait à la morgue au XIXe siècle, spectacle public aussi réputé qu'apprécié. Mais ici, aucun badaud, aucun journaliste n'avait été invité à la sordide exhibition de ces jeunes femmes nues. Les temps avaient changé. Un peu. On repêchait encore des Inconnues de la Seine, mais, clairement, celles-ci n'étaient mortes ni de tuberculose ni de chagrin. D'après ce que l'on pouvait voir, elles avaient la vingtaine. L'une était blonde à la peau laiteuse, les deux autres brunes à la peau mate. L'une d'elles portait un tatouage de loup sur l'épaule. On pouvait voir aussi qu'elles avaient séjourné plus ou moins longtemps dans l'eau. Si les corps des deux premières étaient peu abîmés, celui de la troisième avait les jambes décharnées, le ventre à vif. Une partie de son visage avait été emportée par le fleuve, ne laissant qu'un faciès de chair. Certains os apparaissaient totalement, nettoyés des muscles et de la peau par le courant et les poissons.

— C'est le même, conclut Carrel en se redressant.

— J'opine comme Janis ! confirma Souillac.

Personne ne comprit. Le gros légiste poursuivit :

— Deux trous dans la carotide, espacés de quatre centimètres. C'est le même mode opératoire que pour mon Ophélia. Ces trois filles ont été vidées de leur sang, Daniel. Et j'imagine que ce sera pareil pour les deux autres…

— Put… On en est à six victimes, grinça Mehrlicht.

— Ça ne peut être que le même tueur, dit Dossantos.

— Et on en revient à notre vampire…

Un métro crissa quelque part.

— Le même tueur, donc la même enquête ! annonça une voix sifflante derrière eux. Traversant la brume comme dans *Thriller*, la carcasse tout-cuir de Bertrand s'avança jusqu'à eux, suivie de Ménard.

— Une enquête… de la Crim' ! acheva le commandant récemment déterré. Alors, du balai !

— Toi, tu commences à me courir sur la pilule,

répondit Mehrlicht, qui manifestement espérait en venir aux mains.

— Arrête, Kermit ! T'as plus l'âge !

Latour et Ménard s'interposèrent.

— Commandant, on cherche toujours Lucie Maturin, la gamine qui a disparu, expliqua Latour. Elle est peut-être là. On veut juste vérifier et on s'en va.

— Mais te laisse pas baver sur les rouleaux par ce tocard à clochettes !

Latour leva les yeux vers Dossantos. Son regard bleu suffit à animer le golem qui entraîna à l'écart le petit capitaine rougeaud et vociférant. Ils se retrouvèrent tous les trois sur le bord du fleuve. Mehrlicht sortit une Gitane et l'emboucha avec colère.

— Ça va, ça va… lâcha-t-il comme seule explication.

— Vous comptez vous battre avec tous les flics de France, capitaine ?

— Ça va ! Il me chatouille les nerfs au chalumeau dès que je le vois ! « Du balai ! » Tu y crois, toi ? « Du balai ! » Je vais le…

Un métro ricana dans le lointain.

— OK… Je suis tendu… Non. Je suis pas tendu. Je suis furibard. Furieusement furieux. Je suis… Cette histoire de gamines mortes, ça me bousille, vous pigez ? Alors, on doit la retrouver, la Lucie. Parce que… parce qu'il ne faut pas qu'on laisse son nom s'ajouter à la liste… parce que c'est pas seulement de Lucie Maturin qu'on parle, mais de toutes ces gamines qui disparaissent tout à coup de la surface de la terre, sur une aire d'autoroute, sur une plage en été, dans une auberge de jeunesse, lors d'une fête de mariage, pendant leur jogging, dans leur lycée au Nigeria, dans un bus en Sierra Leone… Lucie, c'est les femmes autochtones du Canada, les disparues de Ciudad Juarez, les milliers de femmes qui s'évaporent chaque année dans une indignation polie et éphémère qui sert de vernis à l'indifférence générale. Parce que tout le monde sait que les monstres marchent parmi nous… Et qu'ils attrapent des femmes, leur font subir l'innommable avant de les jeter dans un trou… ou dans un fleuve, avant de passer à la suivante, puis à la suivante, encore et encore… Et parce que à l'improviste, dans un mois, dans un an ou dans dix, on entrera dans une boulangerie, dans un bureau de tabac, dans une station-service, quelque part en France. On sera avec un ami, un collègue… Mado, mon fils… Ce sera peut-être l'été, il y aura un soleil resplendissant, un temps à se croire heureux. Et là, bim ! Le visage de Lucie Maturin au milieu des autres photos de disparues sur une affiche scotchée à la porte en verre, une affiche écornée, en partie déchirée, oubliée là, des visages auxquels on s'est tous habitués, et qu'on ne voit même plus… Lucie qui surgit du passé comme un fantôme vengeur, qui te fixe du regard et qui t'accuse de pas l'avoir retrouvée. Pire : d'avoir arrêté de la chercher alors qu'elle était là, tout près. Une gamine qui disparaît, c'est pas juste une affaire. C'est un truc qui te hante toute ta vie, qui hante toutes les vies : la tienne, la sienne, les parents, la famille, les amis… C'est pas juste une affaire, c'est un séisme qui fait des dizaines, peut-être des centaines de victimes, vous comprenez ? Alors, je sais pas dans quel caramel elle barbote, Lucie, mais il faut qu'on la retrouve. En vie, qui plus est. Sinon, ça va nous faire tout bizarre, croyez-moi… et pendant longtemps.

Aucun métro n'osa passer.

Déjà les plongeurs ramenaient à la surface le cadavre suivant, puis un autre. Et des chaînes d'acier. Latour demanda à Dossantos et à Mehrlicht de l'attendre là et de la laisser faire. Ils approuvèrent et la regardèrent s'éloigner, avec un espoir teinté de crainte. Le corps de la jeune femme se dissipa lentement dans la brume. Dossantos fit un pas en avant, presque malgré lui. Que ferait-il si Sophie disparaissait ainsi, du jour au lendemain ? Que serait-il prêt à faire pour la retrouver ? Il sentit un pincement dans sa poitrine, alors il inspira profondément l'air qui remontait des eaux. Rien ne l'arrêterait. Rien. Ni le temps, ni l'espace. Ni la vie de ceux qui se mettraient sur sa route. Il serra les poings.

— Pense pas à ça, Mickael. Ça fait mal, c'est tout.

Dossantos tourna sa large carrure vers son capitaine, mais celui-ci s'était tu. Les deux hommes restèrent ainsi face à la Seine brumeuse que parcouraient les épais faisceaux lumineux des projecteurs, tentant de percer la nuit, dardant leurs regards vers cet abîme noir dont on sortait des cadavres de femmes.

— Combien de fois on se fait ce film d'horreur où la femme qu'on aime disparaît, ou perd la vie ? Alors qu'elle est là, tout près, et que tout va bien. On se repasse cette tragédie tellement de fois, persuadé d'exorciser la probabilité que ça arrive, de réduire à néant l'injustice de cette vie sans elle… Et puis au détour d'un cancer, tu vis ce lancinant cauchemar, pourtant improbable et injuste. Moteur ! Et la fiction devient réalité… Et tu te retrouves comme un con à parler à un pot plein de cendres, à faire semblant…

Mehrlicht tira sur son mégot puis l'écrasa sur le quai d'un coup de talon avant de replonger les mains dans son imper.

— Excuse-moi, je débloque…

Dossantos resta muet, peinant comme d'habitude à trouver des mots.

— J'ai bien déconné, Daniel. Et je suis dans une merde noire…

Mehrlicht leva la tête, cueilli.

— Je sais. Et on va t'en sortir. Il y a pas mort d'homme ! Mais il faut que t'arrêtes les conneries. On va s'occuper des papiers pour le mec de Sophie. Et on va faire ça bien, sans avoir de faveur à demander ou à rendre. Alors, tu te tiens à carreau et tout va rentrer dans l'ordre.

Dossantos acquiesça.

— Allez, viens, reprit le capitaine. On va voir… Ah ! Elle revient.

Latour reparut soudain à quelques mètres d'eux. Elle allait dire quelque chose, mais nota le visage déconfit de Mickael.

— Ça va ?

— Ouais… ou ça va aller. On t'écoute !

— La première est asiatique, la deuxième est noire. Lucie Maturin n'est pas ici. Ils vont continuer de sonder le fleuve en amont…

— Bon. C'est plutôt une bonne nouvelle ! Si on peut dire…

— Mais Lucie, on la cherche où, maintenant ? pesta Dossantos.

— Il nous reste la piste du site. Le fameux Viktor…
— Et le bar gothique où elle traînait, aussi.
— Et son université…

Ils traversèrent le quai. Leur voiture était garée devant les locaux de la Brigade fluviale à quinze minutes de la scène de crime. Ils remontèrent jusqu'au barrage policier. Il y avait peu de badauds parce qu'on n'y voyait rien avec ce brouillard. En revanche, une vingtaine de journalistes, reporters, cameramen sommaient les flics en uniforme de les laisser passer ou de leur dire au moins, parce que la presse a le droit de savoir, ce qui se tramait à cinquante mètres de là, sur le quai de Seine. Certains parlaient déjà de corps de femmes, de tueur en série et de cimetière aquatique. L'information perçait malgré toutes les précautions. Comme d'habitude. La machine à frissons se mettait en route. Bientôt chaque écran de France, du téléviseur au smartphone, afficherait des photos récentes des victimes, claironnerait que la Mort était en marche, diffuserait des théories macabres construites sur des rumeurs et attestées par des toutologues endimanchés, prêts à raconter n'importe quoi pourvu qu'on les laissât parler face à la caméra. Défileraient ensuite le voisin qui « si seulement je m'étais douté », la voisine qui « c'est vrai que c'était bizarre », l'employeur qui « jamais aucun problème », le lointain cousin, l'ancienne institutrice, le podologue, veaux, vaches, cochons, dans une sordide sarabande, au son des quolibets et des cris de vengeance quand chacun ne demanderait plus qu'une tête sur une pique.

Tant bien que mal, les trois flics traversèrent la masse

des journalistes en file indienne, se heurtant à leur avidité. Dossantos ouvrait la marche, Latour la fermait. Ils étaient au milieu de la cohue quand un petit homme dodu et barbu qui les avait vus quitter le quai, se glissa vers Latour et engagea la conversation :

— Bonjour. Jules Nodier, reporter free-lance pour *Le Monde*, *Le Nouvel Obs* et *Le Canard*. Vous avez vu les corps ?

— Je ne peux rien vous dire.

— La rumeur parle d'un véritable cimetière de femmes…

— Je ne suis pas en charge de l'affaire…

Le petit reporter tendit sa carte :

— Il s'agit donc bien d'un tueur en série ?

Latour la saisit, la rangea dans sa veste de cuir en le remerciant de la tête, acheta à ce prix sa tranquillité. Alors le type lâcha prise. Une voiture, une Peugeot 508 noire, approcha et déclencha un tumulte quand on reconnut un véhicule officiel. Était-ce un ponte de la Brigade criminelle ? De la préfecture ? Du ministère de l'Intérieur ? Jusqu'où était remontée l'information, une heure après la découverte ? Dans la bousculade, le crépitement des flashs et la clameur médiatique s'éleva bientôt un rythme chaloupé :

— « *Elle préfère l'amour en mer ! C'est juste une question de tempo ! La Marine en est fière, Captain Nemo ! Elle préfère l'amour en mer, Elle se laisse aller sur les flots...* »

— Ahhh ! Dubois ! Allô !

— Capitaine ? Bonjour, c'est Dubois…

— Je sais, Dubois ! Qu'est-ce que tu veux ?

— J'ai envoyé à toute l'équipe un sms à l'instant, mais je voulais m'assurer que…

Aussitôt retentirent les sonneries plus électroniques de Dossantos et de Latour qui sortirent leurs portables. Un petit grelot prévint Mehrlicht de l'arrivée d'un texto.

— On l'a bien reçu, Dubois. Qu'est-ce que…

Les trois flics découvrirent le message en même temps.

— Putain ! C'est pas vrai ! coassa Mehrlicht.

Dernière géolocalisation de l'appareil de Lucie Maturin

Réalisée à 00 h 18 par triangulation des antennes-relais de :

SFR – Boulevard de Charonne	75011
SFR – Rue des Pyrénées	75020
SFR – Rue Fernand-Léger	75020
Position : Latitude :	48.8597218
Longitude :	2.39518309999994
Adresse de référence :	Chemin du Dragon Cimetière du Père-Lachaise 75020 PARIS

Mehrlicht raccrocha sans sommation.

— On y va !

— Vous m'attendez là ! Je vais chercher la voiture, décida Dossantos qui ne pouvait se résoudre à voir Mehrlicht courir et mourir dans la même minute.

— Sophie, appelle Maturin Mère ! Tu lui dis qu'on a besoin de récupérer des vêtements de sa fille. Qu'une bagnole passe les prendre chez elle et nous rapporte le tout au Père-Lachaise. Moi, je m'occupe d'inviter les tambours !

Il composa un numéro, se détourna, laissant Sophie Latour, perplexe, imaginer l'arrivée des Tambours du Bronx ou d'un ensemble de grosses caisses dans le cimetière du Père-Lachaise…

YVAN et Mina

Lundi 16 avril. 17 h 30

Ma chérie Mina,

Je relis ce que je t'ai écrit et je perçois combien je subis le tumulte des événements de ces derniers jours. Je me laisse chahuter par les faits au lieu d'en prendre le contrôle et de te relater dans l'ordre tout ce qui s'est passé. Pardonne-moi. C'est pour cela que j'ai dû interrompre mon récit, tout à l'heure, au milieu d'une phrase.

J'étais installé devant l'issue de secours du dispensaire, de l'autre côté de la rue, derrière le tronc d'un arbre, et je te racontais ce qui s'était passé samedi après-midi sous mes yeux: l'enlèvement d'une femme presque inconsciente livrée par l'infirmier du dispensaire, que Karlov a fait monter dans sa voiture avant de démarrer. Je te disais que j'avais sauté sur mon deux-roues pour le suivre. Je te disais aussi ma surprise de le voir partir vers le sud-est alors que je pensais qu'il rentrerait directement au château pour y cacher sa proie. Imagine mon effroi quand je l'ai vu franchir les portes du plus grand cimetière parisien, le Père-Lachaise. Sans difficulté aucune ! Il a tapé un code et la barrière s'est ouverte. Personne ne l'a contrôlé, comme s'il était un habitué des lieux. La berline aux verres teintés est entrée et je l'ai vue disparaître dans la brume. (Paris est plongé dans le brouillard depuis plusieurs jours, je ne sais pas si je te l'ai dit précédemment.) Je me suis présenté à mon tour pour le suivre. On m'a interdit l'accès en scooter. Le temps de me garer et de passer les barrières, j'ai compris que je l'avais perdue. Alors, je l'ai cherchée encore et encore. Il n'y a pas tant de voitures que ça dans le cimetière. Mais pour mon plus grand malheur, cet endroit est très vaste, accidenté et boisé. J'en ai arpenté les allées et chemins pendant près de deux heures. J'ai marché entre les tombes, les stèles et les caveaux dans un brouillard dense, dans un silence compact. J'ai écouté le murmure des morts qui guidait mes pas, me pressant de retrouver Karlov. En vain. Jusqu'à ce que je décide de faire preuve de plus de méthode et de circonscrire mes recherches au périmètre de la porte du cimetière que Karlov avait empruntée. C'est à ce moment-là que je l'ai retrouvé, exactement à l'instant où il quittait les lieux. Je me suis caché et j'ai laissé passer la voiture. Je savais qu'il rentrait au château. Mais je ne pouvais comprendre ce qu'il était venu faire ici, dans cette partie du cimetière où s'étalaient pêle-mêle tombeaux et mausolées. Les idées les plus abominables ont assailli mon imagination, Mina, tu t'en doutes. Ainsi que les souvenirs atroces de Gherla, les hurlements terrifiants qui s'échappaient de l'aile médicale de la prison, au cœur de la nuit, les corps sans vie transportés au petit matin vers le champ voisin devenu cimetière par nécessité… La fille était-elle retenue captive au fond de l'une de ces cryptes ? Était-elle morte et enterrée sous l'une de ces stèles ? Karlov l'avait-il emmenée avec lui après ces heures passées en sa compagnie ? Nous ne savons que trop bien ce que subissent ces jeunes femmes, Mina. Ô ma Mina ! Les larmes me viennent aux yeux en imaginant ce que tu as toi-même subi aux mains du Monstru, l'immonde bête, le Vampire de Gherla.

J'ai parcouru ce coin du cimetière en tous sens, tentant d'entendre un cri, une plainte dans le silence et la brume, cherchant une trace de roue ou de pas dans la terre, entre les tombes. Dans le soleil couchant, sous le brouillard feutré, je n'ai rien trouvé. Je suis revenu dimanche dès le matin pour fouiller encore et encore, sans résultats. J'ai compris qu'à moins de surprendre Karlov en ces lieux, je ne découvrirais jamais ce qu'il y fait. Je me suis aussi dit que c'était le meilleur endroit pour le tuer lui faire payer ses odieux crimes, et ensuite de m'occuper.

Je m'aperçois qu'à te raconter les événements dans l'ordre, je ne t'ai même pas dit pourquoi j'ai dû interrompre mon récit, tout à l'heure, face au dispensaire. J'espérais y surprendre Karlov autant que je voulais découvrir si l'infirmier était un complice du Monstru. Tu sais qu'il ne serait rien sans ses sbires, ses suppôts dévoués, ses crapules sans foi ni loi qui pactisent avec lui, ce fils du diable. J'y étais donc depuis le matin. J'ai vu l'infirmier sortir à quatre reprises, chaque fois pour s'adonner à sa tabagie. Mais la quatrième fois, alors qu'il fumait tranquillement, cet ignoble vendeur de femmes, un jeune homme, peut-être la vingtaine, aux cheveux châtain clair mi-longs… Il portait une sorte de manteau militaire kaki tout taché. Et un jean. Il est sorti de nulle part, lui est tombé dessus et l'a frappé au visage. J'étais à une quinzaine de mètres, je n'ai pas bien vu, mais il m'a semblé… sale. Ses cheveux, ses vêtements. Un voyou, ai-je pensé. Peut-être un clochard. Il a poussé l'infirmier blessé, à moitié assommé, à l'intérieur du bâtiment, et la porte s'est refermée. Je suis resté là, prostré, figé par la violence et la vitesse de l'agression. Puis je me suis dit que cet infirmier était certainement le seul contact avec Karlov, ma seule piste, et que s'il passait la prochaine semaine à l'hôpital, il ne me servirait plus à rien. Tu ne me croiras pas, Mina, je n'y crois pas non plus : j'ai décidé de lui porter secours ! Le courage n'est pas mon fort, je le sais. Mais je ne recule pas, tu le sais. J'ai traversé la rue et tenté d'entrer, activant la poignée en tous sens. Mais impossible d'ouvrir la porte de l'extérieur. Alors, j'ai écouté. J'ai collé mon oreille contre le battant et j'ai perçu leurs deux voix. Leurs paroles étaient étouffées, mais l'infirmier parlait fort. Il était terrifié. De ce que j'ai entendu et compris, il parlait de Karlov et d'un autre homme : un certain Addams. Les deux hommes avaient-ils rendez-vous ? Addams est-il un nouveau sbire du Monstru ? L'autre type les cherchait, je ne sais pas pourquoi. J'ai essayé d'en entendre davantage. C'est à ce moment qu'il y a eu un coup de feu à l'intérieur. J'ai eu peur qu'une balle ne traverse la porte et je suis parti en courant, instinctivement. Après quelques mètres, j'ai repris mes esprits et j'ai bifurqué vers mon scooter. J'ai roulé jusqu'au coin de la rue. Le clochard venait de ressortir et quittait les lieux à grands pas. Je l'ai suivi dans le brouillard à travers les avenues blafardes de Paris, prenant garde de ne pas être repéré par cet homme violent. Il a rejoint un camp de migrants où la police faisait une descente. Je pense que c'est là qu'il habite. Sous une tente. J'ignore d'où vient cet homme, Mina, et ce qu'il cherche. Mais je crois qu'il vient de très loin. Est-ce l'un de ces Syriens qui fuient la guerre ?

Devant la pagaille ambiante, il a fait demi-tour et est allé s'asseoir dans un parc.

Je ne sais pas quoi penser de lui. Quel est son lien avec le Monstru ? A-t-il fait disparaître un témoin gênant, un complice qui en savait trop ? Ou est-il un allié potentiel dans ma traque ? Tout ce dont je suis sûr aujourd'hui, c'est qu'il a une arme et n'hésite pas à s'en servir. Tu comprendras que je n'ai pas très envie de l'aborder. Peut-être devrai-je seulement m'en méfier.

Je doute que Karlov ne revienne un jour au dispensaire. Il finira par apprendre que l'infirmier a été abattu. Et il prendra peur. Je dois faire vite maintenant, parce que le Monstru quittera le pays s'il se sait en danger.

À l'heure où je t'écris, je suis devant le château. J'ai repris ma surveillance. J'espère bien que Karlov va ressortir. Je pense même qu'il va retourner au cimetière à la nuit tombée.

C'est là que je le tuerai, Mina. Ce soir. Je te le jure.

Je t'embrasse de tout mon amour.

17 h 31
TALEB et Noura

Assis dans le square, indifférent aux enfants qui vociféraient alentour, Taleb avait lu l'ensemble des messages que l'infirmier, un certain José Takian, et Addams s'étaient envoyés. Les premiers, assez cryptiques, avaient été écrits huit mois plus tôt, à la fréquence de deux ou trois par mois, en comptant les réponses. Lorsque l'on savait de quoi parlaient les deux hommes, le message prenait tout son sens. La première victime avait été enlevée en septembre, l'année précédente, la deuxième en novembre. Puis les choses s'étaient accélérées dès janvier : une par mois, puis deux. Les descriptions des femmes étaient codées et sommaires :

OR- Chin 17 sans-pap 18 h 30

Takian et Addams ne parlaient pas de *cerises* ni de *pastèques* comme sur la « place des Passeurs » d'Istanbul. Ils se livraient pourtant à un même trafic. Taleb déchiffrait assez aisément que l'infirmier proposait une jeune femme d'origine chinoise de dix-sept ans, sans papiers, autant dire sans existence légale sur le territoire français, et qu'il fixait un rendez-vous à la sortie de secours du dispensaire à 18 h 30, soit après la fermeture. Le prix devait être convenu puisque n'apparaissait aucune négociation.

Les réponses, elles, variaient considérablement. D'un OK laconique pour trois des offres, on passait à un « non » définitif à deux reprises, et à un « adresse ? » par deux fois, à quoi l'infirmier avait répondu une fois par « inconnue », l'autre fois par une adresse en banlieue. On pouvait imaginer qu'Addams était occupé, ne pouvait pas toujours venir chercher la victime au dispensaire, et l'enlevait plus tard, chez elle ou dans sa rue. Si tel était le cas, ce type était prêt à se mettre en danger pour parvenir à ses fins, pour frapper à l'heure et à l'endroit qu'il avait choisis, ce qui faisait de lui un prédateur implacable. Une évidence, puisqu'il sévissait depuis des mois sur le sol français sous le nez de la police.

Ses victimes étaient des femmes qui avaient en commun d'être jeunes et seules, souvent étrangères mais pas toujours. Pauvres aussi puisqu'elles se tournaient vers ce dispensaire gratuit en quête de soins ou de conseils. Il y avait dans cette liste macabre une Chinoise, une Nigériane de dix-huit ans, une Française de dix-sept ans affublée d'un « Fug », certainement pour *fugueuse,* une Algérienne de vingt-trois ans, une Afghane de vingt-deux ans. Et une Syrienne de dix-neuf ans.

OR- Syr 19 sans-pap 18 h 30

Noura.

Réponse : *OK.*

Elle était la dernière en date, livrée samedi soir à 18 h 30 à Addams.

Taleb ferma les yeux. La douleur dans sa poitrine remontait lentement dans sa gorge. Il la réprima et se força à ouvrir les paupières. La tristesse ne le mènerait à rien. Il fit défiler les messages jusqu'en bas et tapa à son tour :

OR- Lib 18 sans-pap 18 h 30

Il envoya le sms et attendit. Cinq minutes passèrent. Il était 17 h 35. Le téléphone vibra. Et la réponse parut :

Adresse ?

Taleb pesta. Le type ne pouvait se présenter avec des délais si courts. C'était couru d'avance. Le Syrien s'en voulait de ne pas l'avoir envisagé. Puis l'idée lui vint, alors il tapa l'adresse :

Camp migrants – Porte de la Chapelle
Boulevard Ney.

Il envoya son message et attendit un peu avant de compléter :

Contact local ?

C'était quitte ou double. Si le type s'effarouchait, la partie était perdue. Le téléphone vibra.

OK

Taleb répondit :

Demandez Taleb

Taleb éteignit le portable et retira la carte SIM. Il avait vu assez de films pour savoir qu'il valait mieux ne pas garder sur soi le téléphone allumé d'un cadavre. Il ne pouvait pas se permettre d'être arrêté maintenant : Addams et Taleb avaient rendez-vous.

18 h 16

Cathy patienta un moment sur le palier, devant la porte, hésita encore, puis sonna. Dans le silence, elle attendit avant de sonner de nouveau. Elle entendit enfin le feulement des patins sur le parquet et la porte s'ouvrit. La mère de Lucie parut dans sa blouse à fleurs. De ses yeux hallucinés et rougis par le chagrin, elle examina Cathy de pied en cap, ses vêtements noirs, ses cheveux blonds, les croix celtiques à ses oreilles, et ses yeux qui avaient aussi beaucoup pleuré.

— Entrez, dit Mme Maturin.

Sans un mot, Cathy franchit le seuil. Maturin Mère lui désigna une paire de patins et les deux femmes glissèrent dans le couloir. Elles passèrent devant le salon où la vieille télé exultait. Maturin Mère entraîna Cathy vers la cuisine.

— C'est l'heure de « Questions pour un champion », murmura-t-elle. Maman n'aime pas être dérangée… Ça lui change les idées, elle n'arrive pas à dormir, vous savez…

— Ah… Désolée.

— Ce n'est pas grave. Vous ne pouviez pas savoir.

Elles arrivèrent dans la cuisine et continuèrent de chuchoter.

— Vous n'avez eu aucune nouvelle ? Ni de Lucie, ni de la police ? demanda Cathy de but en blanc.

— Si, si ! La police est venue. Ils ont fouillé partout. Ils ont fait tout un tas de photos. De la chambre surtout. Et Maman a retiré les cartes.

— Retiré les cartes ? Les photos du mur ?

— Non. Le tarot. Et elle a tiré la Justice !

— Ah…

Cathy s'assit sur un tabouret.

— Lucie ne m'a pas rappelée non plus… J'ai laissé des messages toute la journée. En rentrant, je rappellerai le commissariat pour voir…

— Maman a dit qu'elle était morte.

Cathy leva des yeux vers la femme en blouse, horrifiée.

— Mais arrêtez ! ordonna-t-elle. Vous ne pouvez pas dire ça, enfin ! On doit la chercher, tous ! Sans s'arrêter ! Et demander aux policiers comment l'enquête avance, rappeler encore et encore…

— Ils ont pris son ordinateur… et ses photos.

— Ah ?

— Mais on n'a pas eu de nouvelles.

Une sonnerie de téléphone retentit au salon et Maturin Mère s'éclipsa. Accoudée sur la table, Cathy se prit la tête dans les mains, entendit la voix de la mère de Lucie sans comprendre ce qu'elle disait. Celle-ci revint.

— C'est la police.

Cathy se leva d'un bond.

— Ils ont retrouvé Lucie ?

— Non. Ils vont venir prendre quelques-uns de ses vêtements.

— Mais pourqu…

— Qu'est-ce qu'elle fait là ? tonna soudain la massive Grand-Mère Maturin dans l'encadrement de la porte.

— Elle vient prendre des nouvelles de Lucie, Maman. Tout va bien.

La forte femme au chignon gris et aux petites lunettes rondes avait planté son regard sur la jeune femme blonde et ne la lâchait pas.

— C'est elle qui a entraîné notre Lucie dans cette folie, le sang, les cadavres, les cimetières…

— Mais je…

— Dehors ! Sortez de chez moi, hurla-t-elle.

Cathy baissa les yeux, contenant sa colère et sa douleur. Maturin Mère se taisait, comme toujours, et les deux femmes s'écartèrent pour laisser passer l'étudiante qui patina au ralenti jusqu'à la sortie.

Cathy claqua la porte derrière elle et fondit en larmes sur le palier.

Je n'étais qu'une trace, une ombre somnambule,
Subissais dans l'éther une étoile pourrie,
Mais nourrissais mon âme au sang des crépuscules
Et rêvais, au sabbat, d'apaisantes tueries.

Et je tissais l'ennui sur cette terre morte,
Atropos harassée aspirant au trépas.
Je priais chaque nuit que le Diable m'emporte,
La main sur le cutter... et j'entendis ton pas.

Tu es le Soleil Noir, je suis la fleur de pus.
Dans ma veine s'épand le poison de l'effroi.
Bois la sève et le sang de mon corps déjà froid
Et célébrons enfin nos amours corrompues.

19 h 04

Le soleil blanc disparaissait déjà derrière les hauteurs dentelées, imprimant des ombres granitiques de stèles et de croix contre le ciel d'argent. Les arbres décharnés lançaient contre la nue leurs branches noires, aiguës comme des griffes, dans le vain espoir d'agripper les derniers feux du jour. Le brouillard s'était légèrement désépaissi et de nouvelles formes et contours lui échappaient par instants. Des traînées de brume flottaient alentour, dans le silence de la nécropole, comme des fantômes assoupis.

Mehrlicht, Dossantos et Latour suivaient la lampe-tempête que Raoul Pinson, enveloppé dans son long imperméable noir, portait haut dans les allées vaporeuses du cimetière. Le gardien-chef avait donné deux grosses lampes-torches à Latour et à Mehrlicht, craignant que les recherches ne durent jusque dans la nuit.

— Ce n'est pas contre vous, notez bien, capitaine ! Mais certains visiteurs viennent de très loin pour se recueillir sur la tombe d'un proche, au jardin du souvenir ou simplement découvrir le site. On ne peut tout de même pas leur fermer la porte au nez ! Sans parler de ceux qui sont déjà à l'intérieur et qu'il faut bien laisser sortir ! Je ne peux pas vider le cimetière sur un coup de fil !

— Je comprends… Jardin du souvenir, vous disiez ? Qu'est-ce que c'est ?

— C'est un endroit en pleine nature utilisé pour la dispersion des cendres des défunts. Les gens pensent qu'on peut disperser les cendres n'importe où, à la campagne, dans la Seine, dans la mer, mais pas du tout. La cérémonie est très encadrée. Les cendres, c'est la dépouille du défunt, et assurément, on n'abandonne pas un corps n'importe où, vous en conviendrez. Remarquez, il est tout aussi illégal de garder les cendres d'un proche chez soi !

— J'ai toujours l'urne de ma femme chez moi… confia Mehrlicht.

— Ah… souffla Pinson, notant sa bourde.

— Mon fils insiste pour qu'on les libère quelque part. Il veut que j'arrête de leur parler, je crois… Il doit se dire que je vais devenir fou…

— Je comprends… La mort d'un proche est une tragédie, un bouleversement. Chacun fait ce qu'il peut pour faire face. Venez quand vous le souhaitez, quand vous serez prêt. Ce sera mon devoir, mais aussi un honneur, de vous assister dans ce moment douloureux.

Mehrlicht acquiesça et les deux hommes continuèrent leur progression.

— Donc maintenant, toutes les portes sont fermées ? reprit le capitaine.

— Oui, on ferme à 18 heures.

— Bon… Votre collègue arrive par l'autre côté, c'est ça ?

— Oui, par la route. Ils ne vont plus tarder.

Ils remontèrent l'étroit chemin du Dragon, encaissé entre les tombes et les mausolées. Leurs talons claquaient sur les pavés antiques. Ils passèrent à l'endroit où le matin même ils avaient enquêté sur une mare de sang. La chaussée encore humide avait été lavée au jet sur plusieurs mètres.

— Benoît a tout fait disparaître ! Avec l'accord de vos collègues, bien sûr, expliqua Pinson.

Deux phares brillèrent au loin, puis s'éteignirent. Le groupe rejoignit le véhicule, un utilitaire blanc de la police, dont Laborie s'extirpa en bottes boueuses, côté passager, avant de remettre sa casquette. Côté conducteur, la femme qui descendit avait un treillis bleu foncé et des cheveux blonds ondulés ramenés en une copieuse queue-de-cheval. Elle claqua la portière et vint les saluer.

— Bonjour ! Sous-brigadier Michèle ! annonça la trentenaire joviale aux pommettes rouges.

— Capitaine Mehrlicht. C'est moi qui vous ai appelée.

Rapidement, il présenta ses lieutenants et le gardien-chef du cimetière.

— Besoin d'un coup de main, capitaine ?

— Tout à fait. Il faudrait…

Une lumière bleutée se refléta tout à coup dans le brouillard à l'approche d'un autre véhicule de police.

— Mais super ! On m'a envoyé des agents furtifs ! grogna Mehrlicht. Mickael, tu peux courir ordonner à ces quiches d'éteindre leur loupiote, s'il te plaît ? Et oui, tu peux les frapper ! Récupère ce qu'ils nous apportent, au passage. Et dis-leur de repartir discrètement, si c'est possible !

Dossantos trottina à la rencontre du véhicule de police et disparut dans la brume. Bientôt la lueur bleutée s'évanouit.

— Bon, je me prépare et vous m'expliquez.

Elle retourna à son utilitaire et en ouvrit les portes arrière. Latour se pencha à l'oreille de son chef de groupe.

— C'est elle, le « tambour », capitaine ?

Mehrlicht la dévisagea et se demanda pourquoi son équipe ne comprenait jamais ce qu'il disait. À cet instant, un malinois au pelage fauve et au museau noir sauta de la voiture, tenu en laisse par sa maîtresse.

— Bah non ! C'est *lui,* le tambour ! Le corniaud, le clébard, le cabot, le toutou, le clebs, le roquet… Le tambour, quoi ! Je parle pas chinois, quand même !

— Ah…

Latour préféra abandonner le débat. Dossantos revint à ce moment-là, portant sous son bras le sac en plastique que venaient d'apporter ses collègues en bleu, et le tendit à l'agent de l'unité cynophile.

— Merci, lieutenant. Je vous présente Bibiche. Cinq ans d'expérience, c'est notre doyenne. Elle est médaillée de bronze de la Défense nationale, s'il vous plaît !

— C'est ce qu'il nous faut, sous-brigadier ! Une championne ! Vous croyez que ça peut marcher ?

La jeune femme sortit un tee-shirt noir du sac en plastique et le sentit.

— On va essayer. Les vêtements portés retiennent

l'odeur de leur propriétaire durant plusieurs semaines… Le problème ici, c'est d'un côté la surcharge d'informations olfactives, de l'autre le faible entraînement de Bibiche à repérer cette odeur-ci. Comment vous expliquer ? Nos chiens sont formés pendant au moins trois mois, en plus de l'entraînement initial de deux ans, à déceler une odeur particulière, soit des explo, soit des billets, par exemple !

— Des billets ? Mais comment ? s'étonna Dossantos.

— Ils sont entraînés à sentir le papier spécifique utilisé dans la fabrication des billets, et l'encre tout aussi typique. On leur donne souvent un entraînement sur une deuxième odeur. Stups et explo, par exemple, ou stups et billets. Mais ça demande encore trois ou quatre mois. Un chien formé à une odeur déterminée la retrouvera même dans un Sephora ! L'odorat d'un chien est quarante fois plus sensible que celui d'un homme. Et l'entraînement permet d'augmenter de trente pour cent ses capacités naturelles !

Elle s'accroupit et tendit le tee-shirt sous la truffe du malinois.

— Bibiche a fait la formation explo. Elle fait les trains, les sites à risques terroristes… Mais sa spécialité, c'est la recherche de sang et de cadavres.

Tout le monde se tourna vers le malinois, le contemplant soudain d'un regard neuf.

— Charmant, laissa échapper Latour, avant d'enchaîner : Et le problème est donc que… Bibiche doit trouver un corps parmi le million d'autres qui nous entourent.

— Tout juste, Auguste, commenta Mehrlicht.

— J'ai dit « problème » ? plaisanta la jeune femme en se relevant. Une difficulté, au pire ! Vous allez voir, c'est une championne !

— Avec un bornage fiable à quatre cents mètres près, c'est Bibiche qu'il nous faut ! acheva le capitaine.

Déjà Bibiche tirait sur sa laisse, entraînant la jeune flic vers l'allée et, à sa suite, Mehrlicht et son groupe, Pinson et Laborie. La lumière avait encore décliné. Ils allumèrent leurs lampes-torches, lançant des faisceaux blancs et filandreux dans le brouillard. Au bout de quelques mètres, parvenu sur la partie humide et noire de la chaussée, le chien s'assit.

— Il y a du sang, ici ! interpréta Michèle.

— Il a été découvert ce matin, confirma Mehrlicht. On a fait les prélèvements. Ensuite on a tenté de trouver un cadavre dans le coin, sans résultat. On a de bonnes raisons de penser qu'il est quand même là, quelque part…

Sa voix se tarit. S'il ne se trompait pas, s'ils retrouvaient un corps maintenant, ce ne pourrait être que celui de Lucie. Tout ce temps passé à chercher la gamine, à la croire en vie, alors qu'ils étaient sur place le matin même…

Il sentit la main de Mickael sur son épaule.

— *Pense pas à ça*, Daniel.

Mehrlicht esquissa un sourire peu convaincant.

— T'as raison…

— Attendons de voir avant de s'en vouloir, capitaine… ajouta Latour.

— Ouais…

Aiguillonnée par sa maîtresse, Bibiche se remit en marche, la langue pendante, laissant dans son sillage les traits brefs de son souffle chaud. Contre toute attente, le malinois quitta soudain la chaussée, contourna un large mausolée et disparut avec la sous-brigadier. Le reste de la troupe accéléra pour les rattraper, bifurqua et parvint en haut d'un escalier. En contrebas, dans le halo des lampes, ils virent Bibiche couchée devant une porte. La jeune femme blonde au visage poupin levait vers eux des yeux graves.

— Je… Je crois qu'on l'a trouvée.

Mehrlicht leva sa lampe vers le monument massif, un bâtiment cubique et haut sur lequel reposait un petit temple blanc ceint d'une dizaine de colonnes toscanes. En son centre gisait un sarcophage de pierre.

— C'est la tombe de qui ? demanda Mehrlicht.

— C'est le mausolée d'Élisabeth Alexandrovna Stroganoff-Demidoff, la richissime comtesse russe dont je vous ai parlé, répondit Pinson, qui goûtait peu la tournure que prenaient les choses.

— « Ici reposent les cendres d'Élisabeth Demidoff née baronne de Stroganoff. Décédée le 8 avril 1818 », récita le boueux qui lorgnait aussi le bâtiment avec défiance.

— La vampire ? demanda Mehrlicht.

— Faut pas déconner avec ces trucs-là, gronda Laborie.

Ils l'ignorèrent.

— Vous avez les clés ? s'enquit Mehrlicht auprès du gardien-chef.

— Oui. Oui, à l'accueil. Je vais les…

— C'est ouvert, annonça la sous-brigadier en poussant la porte.

— C'est impossible ! s'emporta Pinson.

La petite troupe descendit l'escalier et parvint à l'entrée au moment où Bibiche allait s'y engouffrer avec la maîtresse-chien.

— Il vaut peut-être mieux qu'on prenne la suite, annonça Mehrlicht.

— On vous attend ici, confirma Pinson.

Laborie se signa.

La lumière du ciel s'évanouissait lentement, laissant les hommes entre chien et loup. Mehrlicht, Dossantos et Latour entrèrent dans le mausolée, crevant les ténèbres de leurs halos blancs. Un couloir étroit aux murs jaunis s'étendait devant eux sur toute la longueur du bâtiment, puis bifurquait soudain à droite, puis à droite encore, en escargot. Ils progressèrent, raclant les parois, se frottant à la poussière centenaire de ce caveau, dont les particules excitées s'agitaient dans la lumière des torches. Ils débouchèrent bientôt dans une petite salle centrale qu'ils balayèrent de leurs faisceaux. Des graffitis et inscriptions anciennes recouvraient les murs. Au sol, de multiples traces de pas dans la poussière évoquaient un passage régulier et récent. Dans un coin, un escalier droit plongeait en contrebas dans les ténèbres. Dossantos proposa d'ouvrir la marche. Il prit la lampe de Latour et sortit son 9 millimètres de son holster. Il descendit quelques marches puis baissa la tête.

— C'est une salle, dit-il.

Il fit un pas de plus et se figea.

— Tu vois quelque chose ? demanda Latour, toujours en haut de l'escalier.

— Il vaut mieux que tu ne descendes pas, Sophie…

Latour et Mehrlicht se regardèrent, à la lueur de leur unique lampe. Ils savaient tous les deux que c'était la dernière chose à dire à Latour. Elle s'engagea dans l'escalier, et Mehrlicht la suivit. Parvenus à la moitié de la volée de marches, ils virent Mickael ; il semblait s'être pétrifié, puis s'écarta soudain à leur approche. Devant lui, dans le halo de sa lampe, le corps nu d'une jeune femme reposait sur un sarcophage de pierre jaunie, sa peau lactescente, blafarde dans la lumière crue des torches électriques, ses bras ouverts et légèrement écartés, ses paupières et ses lèvres closes, sa chevelure noire en cascade. Latour et Mehrlicht s'approchèrent en silence comme s'ils craignaient de l'éveiller.

— Il n'y a aucun pouls, dit simplement Dossantos. Et sa peau est glacée.

Les trois flics restèrent un instant autour d'elle, sans un mot, à l'observer, statufiés, dévastés. Dossantos le premier dit son nom.

— C'est Lucie.

— Putain… gronda Mehrlicht.

Le petit capitaine recula jusqu'à l'escalier et s'y assit, les coudes sur ses genoux, la tête dans ses mains. Latour regardait la jeune femme, hébétée. Les phrases du livre trouvé sur le bureau de Lucie avaient estampé son esprit, comme un présage.

« Vous vous réveillerez dans un caveau où nul n'est descendu depuis vingt ans, et dans lequel, d'ici à vingt ans peut-être, nul ne descendra encore. N'ayez donc aucun espoir de secours, car il serait inutile. […] À compter de cette heure, vous êtes morte. »

Le silence et la tristesse emplirent le caveau. Latour la première s'anima. Elle dégaina son portable, l'alluma et se tourna vers l'escalier pour remonter à la surface.

— J'appelle.

— Attends… crissa son chef de groupe en se relevant.

Il approcha sa lampe, se pencha au-dessus du corps et l'examina. Il reconnut les marques sur le cou de la jeune femme, deux points noirs espacés de quatre centimètres, comme une morsure. Quelques coulures de sang brun striaient la pierre claire et formaient au sol une tache répugnante. Lucie avait subi le même sort que les filles repêchées plus tôt. Elle avait été vidée de son sang. Mehrlicht attrapa délicatement sa main glacée, tenta de ramener son bras sur elle, mais la rigidité cadavérique avait déjà pétrifié le corps.

Dossantos balayait la salle de sa lampe et découvrit trois jerricans vides et deux petits coffres en plastique à proximité, deux glacières. Il tira un gant en latex de sa veste et le passa. Dans l'une, il trouva des poches de sang prêtes à être remplies, et un appareil ressemblant à une balance. Dans l'autre, des tuyaux de caoutchouc sous plastique étanches qu'il identifia comme des kits de perfusion, deux fioles opaques d'éther, selon les étiquettes, et quelques lambeaux de tissus. Il remarqua aussi une étrange pince métallique à deux dards, un dispositif à charnière vieillot, semblait-il, qui devait s'appliquer sur le cou, à hauteur de la carotide, pour mordre dans l'artère et drainer le sang de la victime.

— Regardez ce truc en fer, commenta le lieutenant. On dirait une mâchoire…

Mehrlicht et Latour examinèrent à leur tour l'instrument barbare.

— C'est ici qu'il les vide de leur sang…

— C'est monstrueux, s'écœura Latour.

Mehrlicht se taisait. À côté des deux coffres reposaient un tas de chaînes à gros maillons et une pile de vêtements, haute d'un mètre. C'était ici, au fond de cette crypte, que tout se passait.

— Capitaine, il faut qu'on contacte l'IJ, le légiste… maintenant ! reprit Latour.

— Non.

— Il va revenir, comprit Dossantos. Pour se débarrasser d'elle.

— Ce soir, compléta Mehrlicht. Et s'il voit tout le cirque Poulaga, il disparaîtra dans le brouillard, peut-être pour toujours…

Latour rangea son téléphone. Les trois flics se regardaient, se demandant s'ils étaient arrivés à la même conclusion, la seule alternative. Fallait-il suivre la procédure, évacuer le cadavre, appeler les différents services scientifiques, convier des renforts et organiser la souricière au risque d'être découverts et de voir le tueur leur échapper ? Ou assumer le choix de cette initiative, sans aucun soutien, quitte à porter le poids de son échec ? Mehrlicht fixait Dossantos parce qu'il serait le premier à refuser ce contournement de la procédure. Le lieutenant, visiblement secoué, continuait de regarder le corps de Lucie Maturin, sans un mot. Latour alla fouiller le tas de vêtements et en tira un large manteau noir. Elle s'apprêtait à couvrir la jeune femme morte.

— Non, Sophie… On peut pas…

— On peut au moins la recouvrir, le temps de…

Ses deux collègues masculins la regardèrent, silencieux. L'enquête devait passer avant la décence, avant le respect dû à la dépouille de Lucie. Latour le savait. Elle lâcha le long manteau, et approuva à contrecœur :

— Alors, on va l'attendre, et on va le choper, ce malade…

Ses deux collègues acquiescèrent.

00 h 20

Mehrlicht avait demandé à Pinson et Laborie de quitter le cimetière comme ils le faisaient chaque soir avec les autres employés, mais aussi de rester à disposition dans un café du coin. De même, le capitaine avait insisté pour que les rondes des gardiens de nuit de la nécropole ne soient altérées en rien : l'homme qui y rôdait connaissait certainement par cœur la routine des vigiles, et s'en accommodait très bien. Une ronde passait chemin du Dragon toutes les deux heures trente environ à partir de 20 h 15. On pouvait supposer que le tueur, s'il venait bien ce soir, arriverait très tard, certainement après minuit. Mais rien n'était moins sûr. Peut-être déciderait-il de venir au plus tôt pour faire disparaître ce corps encombrant. Peut-être savait-il que ses autres victimes avaient été repêchées et que la police était à ses trousses. Peut-être ne viendrait-il pas. Quoi qu'il en fût, Mehrlicht, Dossantos et Latour s'étaient résolus à lui tendre une embuscade. La nuit serait sûrement longue. Et fraîche.

Latour avait les honneurs du mausolée où il faisait un peu moins froid qu'à l'extérieur. Elle attendait derrière la porte qu'un type entrât, pour lui tomber dessus. Le dos dans un buisson, Mehrlicht et Dossantos avaient trouvé une stèle assez large pour les camoufler tous les deux, à une dizaine de mètres en face de cette même porte, distance extrême dans ce brouillard persistant. Accroupis entre les tombes, ils faisaient peine à voir.

À 20 h 18, à 22 h 13, puis à 00 h 20, ils distinguèrent dans la brume la ronde des deux gardiens de service, munis de leur lampe-tempête.

— Au moins, on a tout le cheminement du tueur, chuchota Mehrlicht.

— Le cheminement ?

— Il attrape une fille, il l'amène ici sûrement inconsciente, la vide de son sang, la leste de chaînes, la charge dans son coffre de voiture ou de camion, puis va la jeter dans la Seine…

— Et le sang ? demanda Dossantos.

— Tu te souviens des jerricans de cinq litres, à côté des glacières… Il doit les remplir de sang. Les poches de quatre cent cinquante millilitres ne lui suffisent pas quand il doit vider tout un corps. Et il a dû en renverser un en allant à sa voiture.

— Quand il a entendu Laborie approcher, avec son groupe de touristes, proposa Dossantos.

— Sûrement. Il a paniqué, il a trébuché… Ça explique qu'on ait trouvé une si grosse quantité de sang, mais pas de corps ni de traces. Le sang devait sortir d'un jerrican.

Dossantos secoua la tête de dégoût ou de colère.

— Mais il en fait quoi de tout ce sang ?

— J'en sais rien. Je préfère même pas savoir pour

l'instant. En revanche, je me demande comment il choisit les filles.

— Des étudiantes, j'imagine…

— Peut-être…

Mehrlicht se mit à tousser. Il pressa son poing sur ses lèvres pour atténuer le bruit. Son visage gonfla comme un ballon. Puis il se racla la gorge et inspira profondément.

— Put… Je crois que vous avez raison. J'ai chopé cette connerie de grippe…

— On te dit d'aller chez le toubib, tu n'écoutes rien…

— Tu vas pas t'y mettre, j'ai déjà Sœur Sophie sur le râble…

Il se contorsionna pour sortir une cigarette.

— Mais tu ne vas pas fumer, là ? s'indigna Dossantos.

— T'inquiète ! Je cache le bout rouge, je te dis. Et avec le brouillard, il y aura pas de fumée…

— Non, mais t'es sérieux ? Tu craches tes poumons depuis deux jours !

— Ça fait quinze minutes que je me retiens ! Alors fous-moi la paix ! Fumer au cimetière, c'est la consolation des mourants !

— Mais t'es pas mourant, que je sache !

— Nous le sommes tous, murmura le petit capitaine.

Il alluma sa Gitane et poursuivit, ignorant la protestation de son collègue :

— En plus, je me sens horriblement mal…

— Pourquoi ?

— On a raté le discours de Matiblout !

— C'est malin, chuchota Dossantos en grimaçant.

— Je suis sûr qu'il a dit plein de trucs gentils sur moi !

— Oui, après votre dernier échange dans son bureau, t'es définitivement son chouchou…

Ils pouffèrent en silence, puis se turent.

— En tout cas, avec tous les macchabées qu'on vient de dégoter, il doit être content de partir très loin…

Le visage de Dossantos se durcit. L'évocation des noyées le ramena dans le cimetière, en pleine nuit. Ses mâchoires se contractèrent et Mehrlicht s'en aperçut. Desproges avait raison : on pouvait rire de tout, mais pas avec Mickael Dossantos.

— Si ces gamines sont toutes étudiantes, il faudra voir le point commun : la même université, le même prof…

— Des gothiques…

— C'est possible aussi. Il faudra attendre demain ou après-demain que l'IJ ait identifié toutes les mortes de la Seine…

— Et il y a ce Viktor, compléta Dossantos.

— Dont on sait rien… Et avec Dubois… J'te jure que celui-là…

Mehrlicht se tut quand son lieutenant lui serra le bras, son index sur les lèvres. Comme un rottweiler en arrêt, Dossantos sondait le brouillard du regard, l'œil perçant, les oreilles dressées, la truffe humide. Il tendit soudain un doigt devant lui. Et Mehrlicht à son tour vit la silhouette sombre qui s'avançait sans bruit sous la brume, progressant de tombe en tombe. L'ombre disparut derrière un tombeau en forme de maisonnette et ne réapparut pas de l'autre côté. Discrètement, le capitaine enfonça sa cigarette sous son talon et signala à son lieutenant qu'il fallait attendre. Ils restèrent tous les deux à guetter un déplacement, un mouvement, un bruissement, pendant une minute, puis deux, leurs souffles courts et retenus. Mais rien ne bougea. Était-elle repartie, cette ombre dans la nuit ? N'était-ce qu'une illusion nocturne, un lambeau de brouillard ? Mehrlicht fit signe à Dossantos de passer par la droite. Dossantos quitta son abri aussi furtivement que possible et disparut. Mehrlicht attendit un instant. Puis il tira son arme et s'avança accroupi. La silhouette fusa soudain entre les tombes et s'enfuit.

— Il est là, Mickael, brailla Mehrlicht.

Mais déjà le lieutenant passait en courant devant lui, à la poursuite de l'ombre. La porte du mausolée Demidoff s'ouvrit à la volée ; Latour remonta quatre à quatre les marches de pierre et s'élança sur le chemin du Dragon, s'orientant aux bruits de la cavalcade, des feuilles piétinées, des branches cassées. Elle quitta tout à coup la chaussée pavée pour rejoindre Dossantos, et s'engagea entre les tombes, à toute vitesse, poursuivant le cercle de lumière qui balayait la voie devant elle. Son pied glissa soudain sur une vieille souche et elle manqua de s'effondrer. Elle s'arrêta alors, hors d'haleine, perdue, et écouta. Debout entre les stèles, elle n'entendait aucun bruit, pas même la ville dont le tumulte restait en dehors de ces lieux. Seul son souffle saccadé emplissait la nuit. Elle sortit son Glock et tourna sur elle-même, bouche ouverte, yeux écarquillés, tendant l'arme et la torche devant elle, dans le brouillard. Où était passée la lampe de Dossantos ? Certains mausolées de plus de deux mètres de haut bloquaient toute visibilité. Et cette satanée brume n'arrangeait rien. Elle s'avança à pas prudents, ses chevilles dodelinant sur les racines et les pierres qui jonchaient le sol sauvage du cimetière. Elle contourna une petite sépulture en forme de temple, la dépassa et reçut dans l'instant une décharge de douleur dans chacun de ses bras lorsqu'une lourde barre s'abattit sur ses poignets. Elle s'effondra, eut le temps de rouler sur le dos pour voir une ombre noire en contre-jour s'approcher d'elle et lever au ciel une pesante croix. Latour eut à peine le réflexe de placer ses bras devant son visage, sidérée par ce qui se passait. La terre et la poussière de feuilles asséchaient sa bouche, embuaient ses yeux. Ça ressemblait donc à ça, la mort. Elle ferma les paupières et ne vit pas Dossantos percuter la Mort et rouler au sol avec elle dans un pugilat bestial. Latour bascula sur le côté, s'essuya le visage, se mit à tousser, serra ses bras endoloris contre elle, puis, reprenant ses esprits, elle entendit le claquement des coups. S'appuyant sur une stèle, elle se releva et aperçut son collègue Dossantos qui, assis à califourchon sur l'autre homme, le frappait au visage, le pilonnait avec la force et la vitesse d'un marteau-piqueur.

— Mickael ! appela-t-elle.

Mais le lieutenant Dossantos n'entendait pas. Il avait vu Sophie s'effondrer sous le coup de crucifix, il avait vu l'agresseur se rapprocher pour finir le travail, il avait vu Sophie mourir. Alors toute raison avait quitté son esprit. Il fallait écarter tout danger qui menaçait sa collègue. Et punir celui qui avait tenté de la tuer. Mickael Dossantos sentait les impacts de ses poings contre le visage de l'homme, sous lui. Tout autour de lui avait disparu. Il était seul avec son ennemi. Et il martelait sa face encore et encore. Une douleur le dérangea soudain à hauteur de son cou. Il secoua la tête et reprit son passage à tabac. La douleur augmenta à mesure qu'on écrasait sa trachée. Alors seulement, il entendit les voix :

— Mickael ! piaulait Latour qui avait enroulé son bras autour du cou du colosse et l'étranglait aussi fort qu'elle le pouvait, s'arc-boutant sur l'arrière.

— Mickael ! crissait Mehrlicht qui retenait le bras droit de son lieutenant et tentait d'entraver ses coups.

Dossantos revint à lui et céda. Il leva les mains en signe de reddition, et Latour desserra son étranglement. Il se releva, se tenant la gorge. Mehrlicht s'empressa de prendre le pouls du type. Il était inconscient, mais bien vivant, le visage en bouillie. Il en fit part à ses collègues avant d'examiner de nouveau ce grand type vêtu de noir, sorti de nulle part, qui marchait entre les tombes.

— Putain, Mickael ! fulmina Mehrlicht.

Personne ne songea à demander 5 euros au capitaine pour son juron.

— J'ai cru… J'ai vu…

Dossantos peinait à trouver les mots, à expliquer pourquoi il avait disjoncté. Comme si c'était la première fois. Ses deux collègues savaient ce qui s'était passé dans sa tête au moment où Sophie avait failli perdre la vie. Mais qui pouvait expliquer la suite, la fureur, son abandon total à cette violence, sa folie meurtrière ? Latour, penchée sur le type, gardait la main sur sa bouche, comme pour retenir un cri. Quelle qu'eût été l'apparence de cet homme, elle était un lointain souvenir. Son visage ressemblait à un steak cru.

Mehrlicht se releva.

— Comment ça va, Sophie ?

— J'ai les bras en compote, mais rien de cassé… J'ai eu peur.

— Tu m'étonnes… Mickael aussi, je crois.

Ils regardèrent leur collègue. Il se tenait là, livide, et contemplait ses phalanges ensanglantées comme s'il peinait à se souvenir de ce qui s'était passé.

— Il est temps d'appeler tout le monde, Sophie.

Mécaniquement, Latour sortit son téléphone.

— Vous croyez que c'est lui, notre vampire, capitaine ?

Mehrlicht tira une Gitane de son paquet.

— J'en sais rien. Je sais juste qu'à voir la purée qui lui sert de trogne, on va devoir attendre un peu avant de l'interroger.

1 h 10

Dans la lumière des phares, on discernait une dizaine de personnes autour du mausolée Demidoff. Une douzaine au plus. Le gros des effectifs de l'Identité judiciaire et de la Brigade criminelle s'affairait encore sur le bord de la Seine. On avait avancé trois véhicules sur le chemin du Dragon pour éclairer la zone. L'équipe de l'IJ était descendue la première dans la crypte du mausolée pour procéder aux prélèvements d'empreintes, de traces de pas, d'ADN. Au terme de leur travail, ils avaient appelé Mehrlicht dans le sous-sol. Là, sous le faisceau d'une Crime-lite, le capitaine avait vu une salle mouchetée de points bleutés phosphorescents, comme l'intérieur d'une boîte de nuit en enfer. Le technicien, un jeune type que Mehrlicht ne connaissait pas, parlait, avec un détachement tout professionnel de premier de la classe, de scène de crime, d'ADN humain, de sources multiples…

« Elle s'appelle Lucie, avait simplement dit le petit capitaine. Lucie Maturin. »

Puis l'IJ s'était retirée. Et Carrel avait débarqué, tout renfrogné.

« Je rentrais chez moi quand on m'a contacté. Je te préviens, il faut que je dorme ! Vous me sortez des cadavres par brouettes de douze... Je ne peux plus suivre, là ! Alors on fait rapide ! »

Les deux hommes s'étaient retrouvés dans la crypte, devant le corps laiteux de la jeune femme.

— Elle s'appelle Lucie, répéta Mehrlicht comme pour la raccrocher un peu à la vie.

C'est dire si on peut se mentir, parfois.

— C'est la gamine que tu cherchais ?

Le petit capitaine opina.

— Je suis désolé, acheva Carrel.

Il ouvrit sa grosse mallette et sortit sa trousse d'instruments qu'il déroula sur le sol. Il se pencha sur le corps et commença son examen. En silence. Alors que ce moment était en général pour le légiste celui des bons mots, et des mauvais, celui des logorrhées érudites, des citations littéraires, des cours magistraux sur la nature humaine, Carrel ne pipait mot. Ce qui rendait l'instant encore plus inquiétant. Et triste. Peut-être, luttant contre sa nature à lui, faisait-il preuve cette fois-ci d'empathie envers son vieux copain, partageant sa peine. Peut-être ressentait-il cette souffrance de l'homme quand les femmes qui l'entourent viennent à mourir, victimes d'un mal insidieux et invincible, à l'heure où des jeunes femmes mouraient à Paris, sans que l'on ne pût rien y faire, parce que ces filles mortes éveillaient l'écho de toutes les femmes perdues, d'une mère, une épouse, une sœur, une fille, l'écho d'une douleur, d'un arrachement que l'on n'oubliait jamais, qui résonnait en chacun jusqu'à sa propre mort. Daniel Mehrlicht entendait-il cet écho, résonance lointaine au décès de Suzanne, sa femme, emportée par un cancer ? Carrel préférait éviter de s'aventurer sur ce terrain-là. Il regardait son ami, « le ténébreux, le veuf, l'inconsolé », et les vers de Nerval s'invitaient dans son esprit, même s'il était plus question aujourd'hui des filles de l'eau que des *Filles du feu*.

« Ma seule étoile est morte, – et mon luth constellé
Porte le soleil noir de la Mélancolie
Dans la nuit du tombeau… »

Carrel balaya *Les Chimères* de son esprit.

— C'est le même mode opératoire, Daniel. Elle a été drainée de tout son sang, comme les autres, ce qui a entraîné la mort. Les flacons d'éther nous permettent de penser qu'elle n'était pas consciente pendant l'exsanguinati…

Carrel grimaça. Chassez le naturel… Faire diversion :

— Tes lieutenants ne sont pas là ?

— Non. Je les ai envoyés au lit. On a une grosse journée demain. Et vu que le gars qu'on a chopé a la tête en bouillie, on n'en tirera plus rien ce soir.

— Hercule a encore fait des siennes… Je me tue à te dire qu'il a le syndrome de Bronson, ton lieutenant. Il va te péter entre les doigts.

— Le syndrome de Bronson ? T'es psychiatre maintenant ?

— Non. Charles Bronson, le « justicier dans la ville » ! Le type qui fait justice lui-même. Depuis un moment, il a un peu tendance à se croire le champion de la loi, ton collègue. Et j'ai vu le visage du gars qu'il a interpellé, enfin ce qu'il en reste, avant qu'on ne l'emmène menotté aux urgences… Ne me dis pas que c'est ce qui est écrit dans votre code de procédure !

Le légiste se détourna du corps et attrapa un autre instrument.

— Tu devrais peut-être regarder ailleurs, là… proposa-t-il à son copain.

— Non, vas-y…

Alors Carrel enfonça sa sonde thermométrique dans l'abdomen de Lucie Maturin.

— Le type a attaqué Latour et allait sûrement la tuer, expliqua Mehrlicht. Mickael aurait pu tirer. Il a choisi de le neutraliser sans un seul coup de feu. C'est plutôt bien fait, et assez pro, je trouve.

Le légiste dévisagea son copain à la lueur de sa lampe.

— Tu crois vraiment à ce que tu racontes ? Tu vas écrire ça dans ton rapport ?

— C'est bon, Régis ! J'ai compris.

— Il l'a neutralisé et ça pouvait s'arrêter là. Non. Il l'a pratiquement battu à mort. Et tu le sais !

— Il a disjoncté. C'était Latour. C'est… compliqué.

Carrel se demanda si son copain se mentait sciemment, pour ce qu'il considérait comme de bonnes raisons. Il continuait de l'observer, sans un mot, alors Mehrlicht céda :

— T'as raison. Il a pété les plombs. C'est aussi pour ça que je leur ai dit de rentrer. Mais on reparlera demain de ce qui s'est passé !

— C'est ça ! Demain !

— Et puis on pourra pas interroger notre type avant 10 heures du matin. Ordre du médecin qui l'a fait hospitaliser.

— Au plus tôt, à mon avis… Mais dis-moi : vous avez retrouvé Lucie Maturin. Votre enquête sur sa disparition est terminée. Son meurtre, c'est l'affaire de la Crim', non ?

Mehrlicht acquiesça.

— Tu ne comptes pas lâcher le morceau…

— Bah non. Ce type, on l'a chopé dans le cimetière, mais y a-t-il un lien avec Lucie ? Rien ne le prouve. Si c'est bien le tueur, on a fini le boulot. Sinon…

— Sinon quoi ?

— Sinon, il a agressé Latour, et c'est notre affaire ! On en saura plus demain. Si le traducteur arrive à l'heure…

— Pourquoi ?

— C'est un Roumain. Yvan machin-scu. Un truc du genre. Citoyen européen. Il va nous raconter ce qu'il fait au Père-Lachaise, la nuit. Peut-être qu'il n'a rien à voir…

Carrel examina la face de grenouille de son copain.

— Je doute qu'elle puisse convaincre qui que ce soit, ton histoire…

Le légiste regarda le compteur de son thermomètre et enchaîna :

— D'après l'avancée de la rigidité cadavérique, mais surtout de la température ambiante et de celle du corps, je dirais qu'elle est morte il y a plus de vingt heures…

— Peu de temps après sa disparition, alors ?

— Tu as cherché une fille qui était morte avant même que tu entendes son nom pour la première fois.

Carrel espérait atténuer la douleur de son ami, mais le visage de Mehrlicht resta fermé. Alors il reprit :

— Je vais faire enlever le corps maintenant. J'approfondirai à l'autopsie. J'essaye de te faire ça vite. Rentre chez toi.

— OK. Merci, Régis.

Le petit capitaine allait se détourner lorsqu'il regarda de nouveau la jeune femme.

— Prends soin d'elle…

— Évidemment. Compte sur moi.

— Et pas un mot à Bertrand, de la Crim'. Si c'est le coupable, on le lui livrera dès demain… On a juste besoin de quelques heures…

— Ça, c'est ton problème ! approuva le légiste. À demain.

Carrel regarda partir Mehrlicht. Même s'il pensait ne pas se tromper sur ses estimations quant à l'heure de la mort, l'absence de sang et le froid de la crypte pouvaient grandement modifier les conclusions de son examen. Même s'il était convaincu que la jeune femme était morte la nuit précédente, aurait-il pu donner une autre version à son copain que cette affaire minait profondément ? À son copain qu'il essayait un peu de protéger ? Carrel sourit avec amertume. Dans cette histoire, il venait de rejoindre la longue queue de ceux qui mentaient pour de bonnes raisons.

2 h 15

Sans un bruit, Sophie Latour referma la porte d'entrée de son appartement. Une lueur diffuse lui parvint du salon. Jebril ne se couchait jamais avant son retour. Il l'attendait, quelle que fût l'heure, souvent devant la télé. Cette fois, elle le trouva assoupi devant l'écran, la tête sur le côté, sa chevelure noire hirsute écrasée sur un coussin. Il faisait peine à voir avec sa jambe plâtrée, et ses béquilles à côté de lui. Il se remettait cependant plutôt bien de l'accident… de l'agression. Chaque regard qu'elle posait sur ce plâtre lui portait un coup au cœur et attisait la pulsion furibonde de gifler Mickael Dossantos qui les avait entraînés, elle et Jebril, dans cette violence alors qu'ils n'aspiraient qu'à se marier. Peu de temps auparavant, Jebril avait obtenu des papiers grâce à un ami de Mickael, et il allait épouser Sophie. Aujourd'hui, après qu'il s'était fait renverser par cet ami que Dossantos avait trahi, ses papiers n'étaient plus valables, et il avait l'injonction de quitter le territoire français. Pour Sophie et Jebril, c'était presque un retour à la case départ, une tentative d'assassinat en plus. Et l'angoisse que cette agression ne soit qu'un début.

L'angoisse… Jebril dormait profondément. S'il avait été secoué par les événements durant les quelques jours qui avaient suivi, il semblait s'en être totalement remis, riant maintenant du drame, parce que ce n'était « pas son heure » et parce que c'était « la vie ». Justement non, ce n'était pas ça, la vie, même si la sienne devait en grande partie y ressembler depuis de nombreuses années. En 2006, quelque temps après l'assassinat du président, Jebril avait quitté la Tchétchénie déchirée depuis vingt ans par deux guerres avec la Russie, où les morts se comptaient par centaines de milliers, les enlèvements et « disparitions forcées » par milliers. Abandonnant tout passé derrière lui, il avait rejoint la Géorgie, l'avait traversée d'est en ouest jusqu'à la mer Noire. Il avait travaillé plus d'un an sur les docks de Poti avant d'embarquer comme cuistot sur un porte-conteneurs à destination de Varna, en Bulgarie, pays qui venait d'intégrer l'Europe. À peine arrivé, il avait faussé compagnie au reste de l'équipage et s'était enfui, sans papiers. Telle était l'histoire qu'il avait racontée à Sophie Latour, omettant les détails abominables qui ponctuent fatalement toutes les guerres et toutes les fuites… Pour l'heure, dans ce salon de la banlieue parisienne, Jebril dormait profondément.

La télé silencieuse projetait des éclairs bleutés dans la pièce, et Latour saisit la télécommande pour l'éteindre lorsque les images attirèrent son attention. On y voyait un groupe de nationalistes vêtus de noir ou de bleu se battre avec la police pour attaquer un camp de migrants, quelque part à Paris, sous un métro aérien, la nuit. Certainement à la Chapelle. Les CRS gazaient à tout-va des types masqués qui lançaient des projectiles sur le campement de réfugiés. Les nuages lacrymogènes se mêlaient au brouillard. Filmé un peu à l'écart, un homme en costume gris, arborant l'écharpe tricolore, parut soudain, droit et souriant, le cheveu châtain clair et la mèche médiatique. Une légende indiqua qu'il s'agissait d'un député frontiste du nom de Henry Sourans. Latour monta légèrement le son, puis s'en voulut parce qu'elle devinait déjà ce que ce type allait dire. Elle ne fut pas déçue. La France ne pouvait « accueillir toute la misère du monde » ; ces gens, « en s'imposant à la France », « piétinaient le droit du sol des Français », ceux qui étaient nés ici, mais surtout le « droit du sang des vrais Français », ceux qui étaient français par leurs parents, « français de souche », les « souchiens ». Ces gens étaient soutenus par l'UMPS, « la droite macroniste » et la « gauche bobo bien-pensante », qui, champions de la « pensée unique », collaboraient sciemment à « l'islamisation en cours de notre pays » et au « Grand Remplacement » du « petit peuple patriote » par les « populations allogènes ».

Sophie Latour en resta bouche bée. En une phrase, le type avait réussi à caser tous les éléments de langage chers à l'extrême droite, et à évoquer le grand complot antifrançais sans même parler de complot. En un tour de mots, les Français devenaient les victimes des envahisseurs migrants. Derrière lui, ses troupes continuaient de lancer des pierres et des boulons sur des familles à la rue, et raillaient les premiers blessés. Droit du sol, droit du sang. Où était le droit dans ce lynchage ? Ne restait que le sang sur le sol. Encore.

— Tu es entrée ?

Sophie Latour se tourna pour voir s'éveiller la population allogène de son salon. Elle vint s'asseoir près de lui pour l'embrasser, parce qu'elle n'envisageait pas de grand remplacement de l'homme qu'elle aimait.

— Tu as pas appelé moi, ce soir.

— Désolée. J'ai été très occupée.

— Tu protèges les migrants, ce soir ?

Elle sourit.

— Non. J'étais sur une autre affaire. Des femmes assassinées…

Jebril entendit la voix de Latour se craqueler.

— C'est toujours les hommes qui tuent et les femmes qui meurent… dans tout le monde, conclut-il.

Latour acquiesça, visiblement touchée. Alors il changea de sujet et montra l'écran.

— Regarde ! Les Français attaquent ! J'ai vu dans la télé.

— *À* la télé. Ce ne sont pas les Français, Jebril. C'est l'extrême droite. Et comme toutes les extrêmes droites du monde, et de l'histoire, ils ciblent les étrangers.

— Mais les gens croient eux.

— Non. Certains tombent dans le panneau… Pas tout le monde, heureusement.

— Ils tombent dans le piano ?

— Non, rit-elle. Dans le panneau ! C'est une expression. Certains pensent que c'est la vérité. Ils tombent dans le piège.

D'une pression du pouce, elle passa sur une autre chaîne d'information, puis une autre. Les affrontements autour d'un camp de migrants dans le XVIIIe arrondissement occupaient tout l'espace médiatique. Il n'y avait nulle trace des mortes de la Seine, encore moins de Lucie Maturin. Dans la clameur et les heurts du boulevard Ney, le silence des noyées lui parut plus inquiétant encore. Les autorités avaient visiblement réussi à écarter les médias du quai de Seine, et rien n'avait transpiré. Un accord avait-il été conclu avec la presse parce que l'affaire était sensible ? C'était peu probable. Il y avait pourtant eu des cas où les journalistes avaient accepté de retenir des infos pour favoriser la progression d'enquêtes, mais c'était si rare, maintenant que tout devait aller si vite, qu'il fallait être le premier à donner une information, fût-elle fausse. Ou *fake*. Latour se demanda dans quel état était son capitaine. Cette affaire l'ébranlait particulièrement. Il avait pourtant ordonné à ses deux lieutenants de quitter les lieux pour finir seul. Elle pensa lui téléphoner juste pour prendre de ses nouvelles, pour s'assurer que… L'infirmière Latour serait certainement reçue avec une bordée de jurons à cette heure de la nuit. Elle sourit et abandonna l'idée. Quant à appeler Mickael…

— Attention ! Tu tombes dans le panneau de la télé, railla Jebril.

Elle rit.

— Tu as raison ! Et je tombe de sommeil ! Ça veut dire que je suis fatiguée.

— Moi aussi, madame Masknadov !

Sophie Latour sourit de nouveau. Bientôt, elle changerait de nom, ce qui la laissait perplexe. Pendant des années, elle s'était révoltée à l'idée qu'une femme dût abandonner son nom pour prendre celui de l'homme qu'elle épousait, une loi archaïque qui au jour du mariage, enterrait l'identité de la jeune femme, son histoire prénuptiale en quelque sorte, et consacrait la naissance d'un nouvel être : l'épouse de Monsieur. Depuis peu, la loi avait changé et autorisait chaque époux à prendre le nom de l'autre. Jebril Latour, ça sonnait bien ! Mais à l'heure de tourner une page, tant professionnelle que personnelle, Sophie Masknadov se surprenait à dire au revoir à Sophie Latour pour porter le nom de l'homme qu'elle aimait et qui lui souriait en retour depuis son canapé.

Elle éteignit la télé. En bobo islamo-gauchiste bien-pensante, elle eut soudain l'envie complotiste de procéder à un rapprochement des populations allogènes et indigènes de son appartement. Elle prit la main de Jebril, l'aida à se lever et l'entraîna vers la chambre.

2h15

Mickael Dossantos était rentré chez lui, dans son appartement de Pantin. Il avait jeté son sac dans l'entrée puis s'était affalé sur son canapé. Assis dans le silence, il avait pris sa tête dans ses mains et avait repensé à cette soirée au cimetière. Une scène de film d'horreur. Debout au milieu des tombes, seul dans le brouillard, il avait éteint sa torche pour ne pas être repéré, et avait attendu. Il avait soudain entendu la cavalcade de Latour, aperçu le faisceau de sa lampe qui léchait les ombres et fouillait les recoins. Alors, dans un contre-jour, il avait vu se détacher de la pierre une forme noire qui brandissait un gourdin pour frapper sa collègue. Il avait vu Latour s'effondrer dans un cri, sa lampe lui échapper, peut-être même se briser. Ce qui expliquait les ténèbres qui avaient suivi.

Dossantos regarda le dos de ses mains, ses phalanges écorchées et rougies, ce sang qui affleurait et qui n'était peut-être pas le sien. Il gagna la salle de bains, laissa l'eau du robinet se réchauffer un temps avant d'y abandonner ses mains. De fins filets de sang rosé coururent le long de ses doigts et filèrent vers la bonde pour y disparaître dans un tourbillon. Dossantos leva les yeux vers le grand type qui le dévisageait dans la glace, ses cheveux bruns coupés très court qui lui donnaient une tête de bidasse, son front marqué, ses pommettes saillantes, sa petite cicatrice sous l'œil droit qui dessinait comme une virgule dans sa peau mate. Le gars du miroir le fixait du regard. Dossantos savait ce qu'il avait fait, mais il se demandait ce que ce gars en pensait. Était-il indifférent ? N'avait-il fait que son boulot en sauvant sa collègue ? Ou y avait-il autre chose qui le turlupinait ? Était-il allé trop loin ? Avait-il perdu tout contrôle, cette fois encore ? N'était-ce pas ce qui s'était toujours passé dès que la vie de Sophie Latour était en jeu ? Dès qu'elle avait évoqué le moindre embarras ? Son souci de voisinage qu'il avait réglé d'une fusillade, son harcèlement par un collègue stagiaire qu'il avait copieusement tabassé, les problèmes de papiers de Jebril, qui l'avaient amené à éborgner un skinhead, à rejoindre un trafic d'armes, à être accusé d'une tentative d'homicide. Et ce soir, son agression par un suspect, à laquelle il avait mis fin… Le gars du miroir savait clairement qu'il avait perdu les pédales, par peur de perdre Latour. Une fureur formidable avait pris le contrôle et avait tout dévasté. Il aurait tué, si on ne l'avait arrêté. Toute sa vie, Mickael Dossantos avait subi ces accès de colère, pour un oui, pour un non, contre une injustice, une humiliation, pour un désaccord, un mot plus haut que l'autre. La violence avait pris la relève et il avait distribué les coups. Enfant, ado, adulte. La pratique des sports de combat censée le cadrer, endiguer cette rage intime, l'avait en fait rendu plus dangereux, plus confiant. À ses yeux, il ne s'agissait pas tant de violence aveugle que de justice, de bon droit. Certains équilibres devaient être restaurés d'une manière ou d'une autre. C'est là qu'il intervenait, parce qu'il fallait bien que quelqu'un s'en charge.

L'eau devenue brûlante mordit soudain les mains du lieutenant. Il les retira en grimaçant. Il coupa le robinet et inspecta ses phalanges. Toute trace de sang avait disparu. Ne restaient que quelques plaies blanches aux endroits où la peau de ses doigts avait été écrasée contre les os du crâne et des mâchoires, des écorchures qui s'estomperaient en quelques jours. Dossantos releva la tête. La buée occultait le gars du miroir. On distinguait à peine ses traits floutés. D'un revers de bras sur la glace, Dossantos le convoqua et le regarda droit dans les yeux.

— Tu l'as sauvée. Une fois de plus. C'est tout ce qui compte.

Le gars du miroir ne moufta pas, mais soutint le regard. Alors, Dossantos continua :

— Et tu le referas autant de fois qu'il le faudra.

Les traits du gars se contractèrent comme s'il percevait ce qui venait.

— Parce que tu l'…

Dossantos s'interrompit. Les deux hommes se sourirent. Ils s'étaient compris, complices même s'ils ne pouvaient encore tout se dire. Dossantos attrapa une serviette et s'épongea les mains. Il quitta la salle de bains et éteignit derrière lui. Dans son salon, il se laissa de nouveau tomber sur son canapé et saisit la télécommande. Un épisode d'une série avant d'aller au lit, c'était un rituel auquel il s'astreignait. L'écran s'alluma sur une chaîne d'info et le lieutenant se figea. Devant le camp de migrants de la porte de la Chapelle où faisait rage une bataille entre les CRS, les étrangers et un groupe d'identitaires, Henry Sourans pérorait dans son costume gris et son écharpe tricolore, condamnant les migrants, soutenant les « patriotes ». Ainsi, Sourans était enfin à Paris. Dossantos monta le volume au moment où le frontiste annonça qu'il reviendrait chaque matin et chaque soir à la porte de la Chapelle, aux côtés des riverains, pour chasser ces envahisseurs et protéger la patrie. Rendez-vous était pris ; les deux hommes se croiseraient très bientôt. Le visage de Mickael Dossantos s'illumina lorsque, au détour d'un plan de caméra, il repéra dans la foule hostile la forme cubique, le bomber noir, le crâne rasé, la face de bouledogue de Bruno. Et son cache-œil ! Le skinhead avec lequel il s'était battu, le bras armé de Sourans qui avait renversé Jebril, était là, lui aussi. Quelques engrenages cliquetèrent dans le cerveau de Dossantos, tandis que son cœur pompait un sang vengeur. Il éteignit la télé. Dans l'écran noir apparut aussitôt le gars du miroir qui le regardait toujours droit dans les yeux, sans prononcer le moindre mot. Ce n'était pas la peine. Il avait compris ce qui allait se passer et savait qu'il ne pourrait rien y changer.

2 h 52

Soucieux de ne pas réveiller son fils, Mehrlicht poussa la porte de son appartement en grimaçant et en retenant son souffle, puis la referma lentement derrière lui. Par habitude, il avança à petits pas, remonta le couloir dans le noir, jusqu'à ce qu'il entendît au loin des guitares et des cris, et vît un trait de lumière sous la porte de la chambre de Jean-Luc. Il frappa.

— Ouais, entre, papa !

Il poussa la porte. Dans la zone de combat qu'était cette pièce, dans ce fatras indicible où toute trace de civilisation avait été consciencieusement effacée, où crépitait une musique manifestement interprétée à la Kalachnikov et au mortier lourd, Mehrlicht discerna, par-delà le nuage de fumée Marlboro, son fils hirsute affalé devant l'écran de son ordinateur. À son côté se tenait son clone, dans le même jean noir, le même tee-shirt revendicatif, la mèche rebelle, et la paire de Doc Martens à 200 euros, parce que l'anarchie a un prix. Ils étaient posés là tous les deux, le dos rond, accablés par une gravité injuste qui s'acharne sur les adolescents, les obligeant à restreindre leurs déplacements, à abandonner toute velléité de rangement, à dormir vingt heures par jour et à se résoudre, impuissants, à vivre dans la pestilence d'une tanière de musaraigne…

— Bonsoir, monsieur Mehrlicht ! lança aussitôt le second rongeur.

— Salut, Kevin. Il faudrait vous coucher les gars, il est 3 heures…

— Ouais. On finit de réviser…

Mehrlicht les regarda et ils pouffèrent ensemble.

— C'est ça. Raconte-moi la messe ! Bonne nuit.

Son fils se leva soudain et s'approcha.

— Ça va, papa ? Ça a pas l'air…

— C'est le boulot… Une affaire sordide. Et triste. Alors je suis triste. Alors je vais dormir. Ça m'évitera d'être triste.

— Bon… Tu veux en parler ?

— Surtout pas ! Bonne nuit, les petits !

Jean-Luc l'embrassa.

Mehrlicht referma la porte et gagna la cuisine. Il ouvrit un placard et attrapa un verre qu'il remplit au robinet et vida d'un trait. Il le déposa au fond de l'évier puis s'y appuya, les deux bras tendus, face à la fenêtre. En contrebas, dans la nuit, le faubourg Saint-Antoine était calme, diffus sous son voile de brume que perçaient par instants les feux irisés d'un scooter, d'un taxi… Paris était engourdi dans ce brouillard blanc qui recouvrait tout et crachait des corps de femmes mortes. La dépouille blême de Lucie Maturin s'imposa à l'esprit du petit capitaine, et il ferma les yeux, luttant pour chasser l'horreur. Lucie n'avait pas eu le temps de rejoindre les autres au fond des eaux noires de la Seine. Restée en arrière, elle montrait le chemin que toutes avaient dû suivre. Des gamines de vingt ans assassinées par une bête sanguinaire tapie sous la brume, invisible et implacable. La noyée pêchée le matin même avait mené aux cinq autres cadavres. Puis ils avaient retrouvé Lucie. À cette heure de la nuit, dans le brouillard, une autre jeune femme était peut-être en train de disparaître sans qu'on puisse rien y faire…

Mehrlicht se détourna de la nuit, ouvrit le placard et regarda la bouteille de cognac. Un verre ne lui ferait pas de mal, l'aiderait à dormir, c'était certain. Aussi certain qu'il y en aurait un deuxième quand le premier aurait entamé sa tristesse, amolli sa culpabilité, et un troisième pour faire taire sa colère et jurer qu'il l'aurait, ce salaud, et un quatrième pour arrêter de pleurer en pensant à Lucie, et aux autres, et à Suzanne, et un cinquième pour continuer à pleurer sur lui-même… Il referma le placard, décida que le cognac ne serait pas une bonne compagnie. Et puis il avait tant à faire dans quelques heures. Cuisiner le type que Dossantos avait tabassé, voir ce que Dubois, leur cyber-débile, avait trouvé en ligne, et Souillac, et Régis… En commençant sa journée par une visite à Mère et Grand-Mère Maturin pour annoncer que le pire n'était plus une hantise, une terreur, et que la mort était là. Un coup de fil à son amie Cathy, peut-être, parce qu'il fallait dire le malheur qui les frappait. Alors rien ne devait entamer sa tristesse, ni amollir sa culpabilité, encore moins faire taire sa colère. Demain, parce qu'il n'y aurait pas un jour de plus, il coffrerait l'assassin pour de bon.

3 h 05
VIKTOR et Ileana

Le déclic de la clé dans l'épaisse serrure résonna sous la voûte. Viktor entra dans la cave et referma la porte derrière lui. Il décrocha sa blouse blanche de la patère. Ses pas ne firent aucun bruit sur les dalles de marbre quand il traversa la salle, contourna le lit à baldaquin et s'approcha de la console. Sur la petite desserte médicale à roulettes, il déposa le bac en plastique épais qu'il tenait sous son bras. Une pince hémostatique glissa et tomba au sol dans un tintement métallique. Il regarda alors Ileana et il lui sembla que le rythme de sa respiration avait changé. Il soupira.

— Pardonne-moi, ma chérie ! J'ai été maladroit.

— Viktor, mon prince. J'ai bien trop dormi. Chaque seconde loin de toi est une douleur. Je ne trouve consolation et répit que dans le sommeil. Tout à coup, je m'éveille et tu es là ! N'est-ce pas là le plus beau cadeau, cette lumière que tu es qui me tire des ténèbres ?

Il sourit.

— *Draga mea !* Chaque seconde nous rapproche l'un de l'autre, tandis que le sang neuf qui emplit tes veines t'apporte robustesse et vie, et chasse cette pâleur maladive qui t'affaiblit. Laisse-moi un instant m'occuper de toi.

Il se détourna et enfila sa blouse blanche. Puis il passa des gants en latex et plongea une main dans le bac. Il en tira une poche de sang et prépara la transfusion. Il mit en place le cathéter dans le bras de la jeune femme qui ne bougea pas. Bientôt le tube translucide se teinta de brun.

— La vie, ma chérie.

— La vie, Viktor.

— *În viață și în moarte, dragostea mea eternă !*

— Donne-m'en encore ! Donne-m'en plus !

— N'aie crainte, mon amour ! Avant le point du jour, tu seras rassasiée.

— Mais après ? Que se passera-t-il après ?

Il posa la main sur son front, caressa ses cheveux.

— Je m'en occupe. Tu ne manqueras de rien, je te le jure. Tu auras tout le sang dont tu auras besoin.

Elle soupira, sans doute soulagée. Ses joues semblèrent rosir à mesure que le sang emplissait ses veines, alimentait son cœur. Viktor continuait de l'observer, immobile, fasciné, éperdu, la voyait rajeunir dans la magie de ce sang jeune et neuf.

— Je revis, Viktor !

— Non, mon amour. Tu es éternelle !

MARDI 17 AVRIL

9h10

— Bonjour. Madame Demagny ?

Latour passa la tête dans la chambre d'hôpital. La jeune femme alitée la regarda de son œil unique. Les parties visibles de son visage étaient tuméfiées et violacées. Son crâne était entouré d'un large bandage et une compresse masquait son œil droit. Son nez était couvert de sparadraps blancs. Ses mains et ses bras aussi. Avec toutes ces bandelettes, elle avait un air de momie prête pour la mise au tombeau.

— Je peux entrer ? poursuivit Latour, doucement.

Marie Demagny désigna une chaise et Sophie vint s'y asseoir. La télé gringottait en sourdine sur le mur d'en face. Une journaliste en direct évoquait des femmes noyées repêchées dans la nuit. Latour s'immobilisa. Ainsi l'affaire était sortie. On parlait de meurtres. L'écran s'éteignit. Latour se tourna vers la patiente.

— Pardonnez-moi. Je travaille sur cette affaire. Je suis lieutenant de police au commissariat central du XIIe. Sophie Latour. C'est moi qui ai reçu votre mari après son arrestation.

La femme soupira et tourna la tête vers la fenêtre.

— Je ne veux pas vous ennuyer, Marie. Je voudrais que vous me parliez de ce qui s'est passé avec votre mari.

— Nous nous sommes disputés…

La voix de Marie Demagny était faible. Ses *s* chuintaient sur ses deux incisives cassées.

— Des amis, Marion et Éloi, nous ont invités à dîner, jeudi prochain. J'ai demandé à Vincent ce qu'il en pensait. Je veux dire… Il reste parfois tard au travail. Des réunions.

Elle marqua une pause.

— Il m'a demandé si ça me faisait plaisir de revoir Éloi. Je n'ai pas compris sur le moment. Il souriait, complice. Il m'a dit que je pouvais bien lui avouer, qu'il avait vu mes coups d'œil. J'ai répondu qu'il disait vraiment n'importe quoi. J'allais repartir quand il m'a attrapé le bras et m'a ordonné d'arrêter de mentir ! Là, j'ai compris…

Latour ne l'interrompit pas.

— J'ai compris que ça allait recommencer.

— Il y a eu combien de fois avant ?

La femme fit mine de réfléchir, visiblement honteuse de la réponse.

— Huit… mais…

— Il vous a battue huit fois ?

— Il y a eu une claque, un jour… Il s'est excusé. Il y avait eu des disputes avant ça, des mots durs, puis des insultes. Je ne comprenais pas ce qui avait changé entre nous. Est-ce que j'étais devenue distante ? Habituée, différente ? Et puis, un jour, il avait un peu bu… La première fois que j'ai appelé la police, j'étais enfermée dans la salle de bains. Il y avait du sang partout. Il hurlait qu'il allait me tuer si je n'ouvrais pas… Je le suppliais d'arrêter. Et puis il y a eu une deuxième fois, et une autre… Ce n'était pas arrivé depuis un moment. Je suis partie chez mon père, la dernière fois. Vincent m'a envoyé des fleurs. Il m'appelait tous les jours. Je l'ai laissé mijoter pour qu'il comprenne. On s'est remis ensemble au bout de quelques semaines. C'était il y a trois mois. J'ai cru que les choses…

Les choses.

Latour garda le silence. La femme se mit à pleurer.

— Il m'a étranglée ! Il m'a frappé la tête contre le carrelage ! J'ai cru qu'il allait me tuer, que j'allais mourir !

Latour posa sa main sur celle de Marie Demagny.

— Vous avez failli mourir, Marie. C'est pour cette raison que je suis là. Pour que ça ne se reproduise pas. Que comptez-vous faire ?

Elle sécha ses larmes d'un revers de bras bandé.

— J'ai compris que ce n'était pas moi, le problème… C'est déjà ça !

Elle rit jaune, son nez rougi, avant de poursuivre :

— Vincent a besoin d'aide.

— Il ne s'agit pas de Vincent. On parle de vous, Marie. Vous devez prendre vos distances…

— Au contraire ! Je dois rester et l'aider. Je ne peux pas partir chaque fois. Il doit voir quelqu'un et il faut que je l'aide dans cette démarche.

— Ce qu'il faut à votre mari, c'est un électrochoc. Vous devez porter plainte, si vous tenez à lui. Si vous tenez à vous… Mais regardez-vous !

La jeune femme tourna son œil vers ses bandages et acquiesça. Latour embraya :

— Huit fois, Marie ! C'est *vous* qui êtes à l'hôpital, aujourd'hui, *vous* qui avez besoin d'aide !

— Il n'a pas eu une vie facile, vous savez…

Latour la dévisagea, abasourdie.

— Mais vous avez raison, reprit Marie Demagny. Je ne peux pas réussir seule. Il faut qu'il voie un psy pour parler de tout ça. Peut-être d'ailleurs qu'on devrait y aller tous les deux, en couple. Recommencer sur des bases saines, vous voyez ?

— Si vous portez plainte, vous serez protégée. S'il se retrouve devant un juge, il comprendra. Si, en plus, il prend une peine avec sursis, comme souvent, il hésitera avant de repasser à l'acte, parce qu'il y aura de la prison ferme dans la balance. Si vous ne portez pas plainte aujourd'hui, ce sera comme si rien ne s'était jamais passé ! Toutes ces *fois* dont vous parlez ! Un éternel retour à zéro ! Vous êtes en danger, Marie !

— Mais je l'aime ! Et je sais qu'il m'aime ! Porter plainte, c'est risquer de… de nous perdre l'un l'autre, de tuer notre dernière chance de mettre tout ça derrière nous !

— Il y a eu la première claque. Il y a aujourd'hui votre première nuit à l'hôpital. Qui correspond à votre *troisième* visite aux urgences. Demain…

— Je vous en prie, restons-en là, madame… lieutenant. J'ai eu Vincent au téléphone tout à l'heure. Nous avons parlé de tout ça. Il est d'accord pour voir quelqu'un et parler de cette colère… Il me l'a promis.

— Ce n'est pas de la colère, mais de la violence,

Marie. Et oui, je suis sûre qu'il est prêt à tout promettre pour se faire pardonner, pour tout effacer, pour qu'on n'en parle plus, comme un petit enfant après une bêtise : c'est oublié ! À l'exception près que la *bêtise* vous a menée aux urgences, Marie.

— Ce ne sera pas oublié. Nous allons en discuter. Je suis fatiguée. J'aimerais me reposer avant l'arrivée de Vincent.

Latour se raidit.

— Parce qu'il vient vous voir ici, ce matin ?

— Oui. Il faut qu'on parle. Et je ne tiens pas vraiment à ce qu'il vous trouve dans ma chambre. Ça… rendrait les choses encore plus difficiles, vous comprenez ?

Latour dévisagea la jeune femme. En l'espace de deux phrases, c'était elle qui était devenue le problème, et elle devait partir. Elle se leva.

— Promettez-moi de réfléchir à ce que je vous ai dit. Votre mari doit être sanctionné pour ses actes ; c'est le seul moyen pour qu'il comprenne leur gravité. Et qu'il s'arrête.

— Je vous promets d'y penser.

Latour encaissa cette fin de non-recevoir. Elle sortit de sa poche intérieure un petit porte-cartes.

— C'est mon numéro. N'hésitez pas à m'appeler si les choses…

Les choses.

Marie Demagny prit la carte.

— Ne vous inquiétez pas.

Latour acquiesça sans un mot. Elle salua la jeune momie et quitta la chambre, abattue. Elle retourna à l'accueil, remontra sa plaque et demanda à voir en urgence la psy et l'assistante sociale, parce que, pour sa part, elle avait échoué. Amère, elle se dit que, finalement, Mickael avait peut-être raison : que pouvait-on faire ?

9h12

Vincent Demagny était assis sur le canapé de son salon, les coudes plantés sur ses genoux, la tête entre ses mains. Son téléphone reposait sur la table basse devant lui. Il expira, soulagé. Marie acceptait de le voir et de lui parler. Il leva les yeux et examina de nouveau la pièce. Tout était rangé, effacé. Les deux chaises qu'elle avait renversées derrière elle tandis qu'il la poursuivait avaient retrouvé leur place autour de la grande table. Le cadre avec la photo de Londres était de nouveau droit. Et les traces de sang n'avaient pas résisté à un bon coup d'éponge, ni dans l'entrée, ni dans la cuisine, ni dans la salle de bains.

Demagny se leva et refit un tour de l'appartement pour s'assurer que tout était en ordre. Pièce par pièce, jusqu'au salon, encore. Rien ne s'était passé ici. Marie pouvait revenir dès aujourd'hui et ils pouvaient reprendre leur vie à l'endroit où ils l'avaient laissée… Demagny soupira de nouveau. Non, ce ne serait pas si simple. La dispute était allée un peu loin. Il s'en voulait de s'être laissé emporter par la colère, et surtout d'avoir frappé Marie. Elle avait raison : il devait se contrôler. Mais elle l'exaspérait tellement, parfois, avec sa petite voix, ses petites manies, et ses reproches… Il serra les poings. Puis il inspira profondément. Il faudrait elle aussi qu'elle fasse un effort, c'était certain. Mais, pour l'heure, il lui pardonnait ses petits défauts, parce qu'il l'aimait ; c'était ça, le plus important. Elle devait l'entendre. Il y avait bien sûr toutes ces bagarres, ces querelles, ces désaccords, mais quel couple n'en connaissait pas ? Et puis Marie avait tendance à se faire l'avocat du diable quel que soit le sujet. Toujours à contredire, à contester, à contrarier. Chef d'un service de vingt personnes, elle faisait aussi le chef à la maison, tentant d'imposer sa décision pour tout et n'importe quoi. C'était insupportable. Vincent Demagny avait déjà un chef comme ça dans l'entreprise où il travaillait, Peretti, un abruti qui donnait des ordres en dépit du bon sens, faisait des remarques désobligeantes et détestait tout le monde. Alors, quitter le boulot pour retrouver un petit chefaillon à la maison, merci ! Ça, Marie pouvait le comprendre, comme lui comprenait que son travail n'était pas étranger à son mal-être. Une fois que cela serait dit, tout reprendrait comme avant. Y avait-il besoin de voir un psy pour décortiquer leur situation ? Certainement pas. Ce serait jeter l'argent par les fenêtres. Marie pouvait se le permettre, avec son salaire de cadre. Dès qu'il s'agissait de dépenser du fric à tort et à travers… Demagny se dit qu'il allait apporter des fleurs. Un bouquet à 20 ou 30 euros, cela devrait suffire. Marie serait contente.

Il attrapa sa sacoche de portable et se planta devant la longue psyché qui jouxtait la porte d'entrée. Il était impeccable dans son costume bleu, celui de son mariage. Marie ne manquerait pas de remarquer son effort. Il rajusta sa cravate et se passa la main dans les cheveux. Il s'approcha et inspecta ses dents, le blanc de ses yeux, recula et sourit.

— Salut, Marie ! lança-t-il.

Non. On aurait dit un VRP. Il devait montrer des regrets, un certain repentir, mais sans alourdir les faits. Il inclina la tête légèrement sur le côté, et sa voix se fit plus grave :

— Salut, Marie.

Non. Peut-être ces mots n'étaient-ils pas les bons ? Il se redressa et reprit :

— Bonjour. Je ne te dérange pas ?

Son prénom.

— Je te réveille, Marie ?

— Je peux entrer, Marie ?

C'était bien ; elle ne dirait pas non.

— Je peux entrer, Marie ? Tu vas bien ?

Non. Pas « tu vas bien »…

Il soupira. Il était nul dans ce genre de numéro. Après tout, que pouvait-il bien se passer à l'hôpital ? Il s'excuserait plusieurs fois, accepterait les demandes de Marie, et elle reviendrait à la maison. Et on tournerait la page, parce qu'on n'allait pas passer des jours à se prendre la tête pour savoir qui avait fait quoi. Il avait fait une connerie, d'accord. Il le reconnaissait. On n'allait pas épiloguer des heures et faire le compte des doléances et des reproches. Il n'en pouvait plus, des reproches.

Il passa sa sacoche en bandoulière, attrapa ses clés et ouvrit la porte qui lui percuta aussitôt le visage dans un éclat de gong. Sous la violence du choc, il tomba à la renverse, le nez en berne, la conscience en compote. La porte heurta le mur et allait se refermer lorsqu'un gros type cagoulé la retint d'une main et entra. Le comptable ouvrit de grands yeux éberlués au moment où le colosse lui envoya un coup de pied au visage, qui lui aplatit de nouveau la trogne et moucheta de sang le parquet. Terrorisé, Demagny se mit à ramper vers le salon, fuyant son agresseur, tandis que celui-ci refermait la porte d'entrée pour travailler au calme. Parvenu à la table, Demagny prit appui sur une chaise et se releva à l'instant où le type arriva ; c'était un costaud qui devait approcher les deux mètres et les cent kilos, et qui avait des bras aussi épais que ses cuisses. La cagoule ajoutait quelques degrés à la terreur.

— Il y a des bijoux ! Les bijoux de ma femme ! Dans la chambre ! cria le comptable.

Le type ignora ses propos et fondit sur lui. Demagny entreprit de faire le tour de la table, renversa une chaise en bois puis une seconde, mais l'autre évita ces obstacles, ramassa la deuxième chaise, la lança sur Demagny. Elle l'atteignit en pleine figure et il se rapprocha. Le comptable, qui maintenant pissait le sang par le nez et par le front, s'enfuit derrière la table, désaxant au passage le cadre fixé au mur, et se rua vers la cuisine. Un couteau, une casserole, une arme, un projectile, n'importe quoi. Il fut fauché au moment où il passait le seuil de la pièce et il s'affala sur le carrelage. Le costaud lui écrasa alors une cheville et la brisa dans un craquement d'os et un beuglement de gnou, avant de fignoler son tabassage à coups de pied. Demagny se roula en boule, essaya de crier, mais la violence de l'agression éteignait toute volonté, toute résistance. Une éternité de douleur passa. Contre toute attente, son bourreau s'arrêta soudain et l'enjamba. Demagny desserra les bras qui protégeaient sa tête et lança un œil vers le colosse ; il avait repéré la batterie de couteaux de cuisine. Ce type allait le tuer. C'était aussi simple que ça. Le comptable tenta de s'échapper. Sa cheville gauche était en charpie, sa jambe droite devait être cassée, comme quelques-unes de ses côtes. Alors il se mit à ramper, lentement, grognant de douleur, laissant derrière lui un sillage de bave ensanglantée. Il gagna le couloir, se traîna vers l'entrée, conscient que l'autre ne le laisserait jamais sortir. La salle de bains. S'il pouvait l'atteindre, il pourrait s'y enfermer, dégainer son téléphone, appeler des secours. Il bifurqua donc, confiant dans son plan, le seul plan possible, et entra dans la salle de bains, ignorant que son bourreau le suivait lentement. Une fois dans la pièce, Demagny fit volte-face pour refermer la porte et la verrouiller. Son tortionnaire était là, brandissant non pas un couteau, mais une spatule en bois dans sa main gantée de noir. Il ne comprit pas, ne vit pas non plus venir le coup de genou qui l'envoya valdinguer. D'un geste brutal, son agresseur le retourna sur le ventre et s'assit sur lui. Coincé sous le colosse, imaginant mille supplices à venir, Demagny supplia son mutique bourreau, promettant de l'argent, de tout donner, négociant sa vie. L'autre, lassé, lui saisit les cheveux et lui emboutit le visage par trois fois dans le carrelage. Le comptable en fut apaisé mais peina à rester conscient. Pourtant, il sentit la spatule glisser le long de sa nuque, sous sa cravate. Une décharge d'adrénaline le ramena à la réalité. Il écarquilla les yeux, incrédule, terrifié ; il avait compris ce qui allait se passer. Et le type tourna la spatule, resserrant la cravate en un garrot inexorable. Demagny voulut dire quelque chose mais un coassement coula de sa bouche dans un filet de sang. Il porta les mains à son col, à son cou, essayant de sauver cette vie que l'on écrasait dans sa gorge. Mais le lien était déjà trop serré, ses doigts ne passaient pas. Il sentit son visage se gonfler de sang tandis que ses yeux exorbités et sa langue tendue tentaient de quitter cette face comprimée. Son pouls martelait ses tempes et son front. Et ses mains battaient l'air, cet air invisible qui emplissait la pièce, le ciel et le monde, cet air à profusion, cet air essentiel, si proche, et qui pourtant ne passait pas sa cravate. C'était aussi bête que ça de mourir. Parfois, ça tenait à une cravate. Au moment où Demagny se dit que sa dernière pensée serait pour sa cravate, l'étreinte autour de son cou se desserra et l'air afflua en torrent dans ses poumons. Il s'effondra sur le sol, sa joue dans son propre sang, toussant comme un damné, s'époumonant comme un asthmatique. Le gros type se releva et lui arracha sa sacoche d'ordinateur. Puis il quitta la salle de bains, laissant Demagny reprendre goût à la vie, en boule sur le carrelage. Le comptable miraculé entendit son agresseur se déplacer dans l'appartement et fourrager d'une pièce à l'autre. Sans doute amassait-il les bijoux et objets de valeur de la maison avant de partir. Ou peut-être reviendrait-il le finir. Demagny essaya de bouger, mais rien dans son corps ne fonctionnait plus. L'air nouveau lui brûlait les poumons comme à la naissance, et, curieusement, cette douleur l'apaisait. La terreur resurgit quand il entendit son bourreau approcher. Il le vit paraître dans le cadre de la porte, cet homme immense, costaud, cagoulé, qu'il peinait à discerner à cause du sang qui coagulait sur ses paupières.

— Non… coassa Demagny.

On pouvait faire mieux comme supplique. Il aurait eu tout intérêt à travailler cela aussi devant la glace.

Le colosse toisa le comptable, le bourreau d'hier devenu victime aujourd'hui. Ainsi les choses rentraient-elles dans l'ordre. Si la justice, celle des tribunaux et des juges, manquait à faire son travail, une autre justice devait apporter réparation et consolation aux victimes et châtiment aux criminels. Parce qu'un crime impuni était une pensée intolérable. Parce qu'il fallait que les criminels payent un jour. Il en allait de l'existence même de la société, du triomphe de la loi et de l'ordre sur le chaos et la barbarie. Demagny venait de l'apprendre. Ni plainte, ni main courante, ni paperasserie. Il mettrait un peu de temps à remarcher, à reparler et à manger autre chose que de la purée. Assez de temps pour réfléchir à ce qu'il avait fait.

— Non… répéta Demagny qui se lova sur le carrelage et commença à sangloter.

Il lui faudrait un peu plus de temps encore pour se remettre…

Dossantos quitta l'appartement.

9 h 12

Mehrlicht était assis à la table, ses mains croisées sur la toile cirée. Il peinait à détacher les yeux des grosses fleurs blanches et jaunes qui échouaient à égayer le salon vieillot plongé dans la pénombre. Il se demandait quel passé pouvait amener ces deux femmes à vivre dans cet endroit figé dans le temps, certainement depuis des lustres, quel événement, quel deuil. Il serra les dents, conscient qu'il se racontait son histoire, lui qui habitait un appartement dont il n'avait rien altéré depuis la mort de sa femme.

En face de lui, Mère et Grand-Mère Maturin pleuraient en silence en se tenant les mains. Un coulis d'air fugace agita le voile blanc des rideaux.

Il se racla la gorge et reprit :

— Vous… Peut-être ! Si ce n'est pas nécessaire, évidemment… Vous serez peut-être appelées pour venir identifier Lucie… Officiellement.

Engoncée dans sa blouse fleurie, Maturin Mère leva la tête, écrasa une larme.

— Parce que ce n'est peut-être pas ma fille ?

Mehrlicht grimaça.

— Si ! Le lé… Le médecin est formel. L'ADN correspond. Je veux dire… On est sûrs à cent pour cent. Mais dans certains cas… La procédure…

Mehrlicht ne terminait aucune de ses phrases.

— Mais pourquoi ma fille ?

La question ne donnait lieu à aucune réponse qui pût apaiser pareil désespoir. Pourquoi ma fille plutôt qu'une autre, une inconnue pour laquelle je n'aurais éprouvé aucune tristesse, à peine une pensée lointaine pour son calvaire, celui de ses parents, de sa famille… Une formulation atrocement égoïste et piteusement humaine, le souhait abject que toute cette douleur soit déportée sur d'autres épaules, d'autres cœurs, anonymes et lointains. Pour que Lucie soit en vie et que cette histoire ne nous concerne pas.

— L'enquête suit son cours, madame… Pour l'instant… Nous vous tiendrons informées… Peut-être pourrez-vous appeler Cathy, son amie ? Elle… Je pense qu'elle doit savoir… qu'elle voudra connaître…

— Elle est venue hier, cette petite traînée, gronda Grand-Mère Maturin. C'est sa faute tout ça ! C'est elle qui a entraîné Lucie dans cette folie des morts, des revenants…

Un silence s'imposa.

— Est-ce que Lucie a souffert ? reprit Mariton Mère.

Une autre question dont la réponse ne pouvait apporter que douleur et fureur.

— On croit que… Il semblerait… Elle était inconsciente au moment de sa mort.

Massive, Grand-Mère Maturin fixa le policier d'un œil sévère.

— Quand pourrons-nous enterrer Lucie ?

Son ton était dur, sa voix sèche.

— D'ici… Vous devrez attendre quelques jours, je pense…

— Et pourquoi ça ? Vous l'avez identifiée. *Officiellement !*

— Oui. Mais le médecin doit s'assurer que… Il doit vérifier les causes de… Ça peut prendre un peu de temps…

— Les causes de la mort ? Lucie a été assassinée par un tueur qui est encore en liberté quelque part, là, dehors ! Il est temps pour nous d'enterrer Lucie, et pour vous d'arrêter ce monstre ! Parce qu'il va s'enfuir, très bientôt ! Comme chaque fois !

Mehrlicht la dévisagea à son tour.

— Comment ça ?

— Vous n'entendez pas ce que je dis ? Il est le Mat, vous vous souvenez ? Le tarot ! Le tueur est un voyageur, il est de passage pour commettre ses crimes ! Bien à l'abri derrière son masque, tapi dans la Maison Dieu ! Le Diable dans la Maison Dieu !

Sous son chignon serré gris et derrière ses lunettes rondes, Grand-Mère Maturin criait presque.

— La Justice doit l'arrêter ! La Justice, c'est vous !

— J'y travaille, je vous assure…

Mehrlicht détesta tout à coup son boulot. D'habitude, il envoyait Latour annoncer les mauvaises nouvelles aux familles. Elle le faisait bien. Les femmes ont plus de tact, évidemment. Mais elle avait insisté pour passer voir la femme agressée par son mari, la veille…

Le cliquetis de l'horloge sous cloche résonna dans

le long et pénible silence. Le regard de Maturin Mère allait et venait entre le policier et sa mère. Grand-Mère Maturin, qui ne l'avait pas quitté des yeux, reprit au moment où il allait se détourner :

— Est-ce que nous pouvons voir Lucie dès aujourd'hui ?

Mehrlicht imagina un instant l'autopsie en cours. Il se tortilla un peu sur la chaise en bois qui grinça.

— Non, aujourd'hui… Non, pas aujourd'hui, non… grinça-t-il à son tour, en duo.

Il fut alors pris d'une violente quinte de toux. Il tira son mouchoir à carreaux et le pressa sur ses lèvres.

— J'ai tout de même le droit de voir le corps de ma petite-fille, tonna-t-elle.

Le petit capitaine, tout rouge, rangea son mouchoir.

— Excusez-moi… Vous avez raison. Je vais faire le maximum, mentit-il en se levant. Je dois y aller.

Il fouilla dans sa poche intérieure, sortit son portefeuille et déposa une carte devant lui.

— C'est mon numéro. N'hésitez pas à m'appeler…

— Nous n'hésiterons pas, rétorqua Grand-Mère Maturin.

Maturin Mère glissa sur ses patins autour de la table. Le petit capitaine patina à sa suite jusqu'à la sortie. La porte claqua derrière lui. Il descendit un étage et s'adossa au mur pour reprendre son souffle et ses esprits.

9 h 30
TALEB et Noura

Depuis plusieurs heures déjà, le camp de la porte de la Chapelle s'ébrouait. Les enfants recommençaient de courir entre les tentes à l'heure où les gamelles retrouvaient les réchauds. Dans un coin, une dizaine d'hommes s'affairaient à la lessive du jour en plaisantant. D'autres faisaient la queue devant les sanisettes mises à disposition par la mairie. Ailleurs, une partie de cartes ou de dés reprenait de plus belle. Ceux qui travaillaient étaient déjà partis. Une radio crachotait de la musique moderne au cœur du campement. Une journée ordinaire si ce n'était ce brouillard…

Les attaques de la veille, les heurts avec les identitaires avaient mené à des arrestations. Certains des migrants interpellés le soir même étaient revenus au camp au petit matin. D'autres, on le savait, ne reparaîtraient pas, dirigés vers un centre de rétention qu'ils ne quitteraient que pour prendre l'avion. Pour l'heure, les nationalistes avaient été dispersés par la police et n'étaient pas encore de retour. Les deux cars de CRS stationnés un peu plus haut sur le boulevard présageaient l'arrivée imminente de cette milice. À moins qu'on n'eût laissé les CRS là dans le but de raser le camp à courte échéance, de chasser tous ses habitants, ou de tous les arrêter.

Un métro passa au-dessus de leurs têtes, rugissant dans l'indifférence. Taleb, assis devant sa tente, avait peu dormi. Il avait eu peur de manquer la visite d'Addams-Karlov. Vers 6 heures, il était sorti du camp, s'était éloigné et avait rallumé le téléphone de l'infirmier, mais rien ; il n'avait eu aucune nouvelle du client, de cet homme qui avait emmené Noura inconsciente dans sa voiture. Taleb serra les mâchoires. Un poing d'acier écrasait son cœur. Il luttait pour brider son imagination qui se montrait fertile en horreurs chaque fois que revenait la lancinante question : Où es-tu, Noura ? Mais il avait beau chercher, il ne voyait pas la moindre piste, le moindre indice qu'il n'eût déjà exploités : Asar l'Égyptien, l'infirmier, Addams… Tant que ce type ne le rappelait pas, il se savait désarmé, impuissant. Dans sa prière du matin, Taleb avait supplié pour que Noura fût saine et sauve. Il avait aussi demandé un signe, un présage, parce que depuis la nuit des temps l'homme en désespérance s'est toujours tourné vers les astres et vers le ciel pour quémander secours. Mais aucun signe, aucun auspice n'avait paru. Rien. Le ciel était indifférent. Il n'y avait que l'attente, cet infini supplice et ce futile espoir.

À la radio, la musique s'interrompit soudain et un générique inquiétant annonça l'heure des informations. Le journaliste évoqua d'emblée la découverte, la veille au soir, de corps de femmes au fond de la Seine : cinq femmes avaient été repêchées par la Brigade fluviale.

Elles avaient été assassinées et leurs cadavres lestés abandonnés au fleuve. L'enquête était en cours. Un suspect avait été appréhendé. Blessé durant son interpellation, ce ressortissant roumain était retenu sous bonne garde aux urgences de l'hôpital Tenon dans le XXe arrondissement de Paris. Le journaliste donna la parole à une collègue sur place qui, malgré le brouhaha de la rue, répéta pratiquement la même chose, déplorant de n'avoir plus d'informations, de n'avoir pu voir le suspect, mais sachant de source sûre que la Brigade criminelle était chargée de l'affaire. Elle rendit l'antenne. Le journaliste la remercia puis évoqua la Syrie, puisque la communauté internationale s'interrogeait sur la véracité des attaques chimiques. Un nouvel attentat au Yémen qui, quelques jours plus tôt, avait fait une dizaine de morts sur un marché, venait d'être revendiqué par le groupe terroriste Daech. Un infirmier avait été abattu la veille dans un dispensaire parisien et l'on supposait un règlement de comptes lié à un trafic de drogue. L'épidémie de grippe qui frappait la région parisienne avait fait de nouvelles victimes parmi les seniors que l'on enjoignait de se faire vacciner. Les rats, nombreux et peu farouches, devenaient un réel problème dans la capitale, et la mairie allait lancer une vaste opération d'éradication. Le brouillard persistait sur Paris.

Taleb n'entendit pas la fin. La vérité venait de le percuter. Addams n'enverrait aucun message parce qu'il avait été arrêté et qu'il était retenu dans un hôpital parisien. Il serait prochainement transporté vers une prison, y attendrait son jugement avant d'y croupir, inaccessible, jusqu'à la fin de sa sordide vie. Peut-être parlerait-il un jour et avouerait-il, dans des semaines, ou des années, où se trouvait Noura, où était son corps. Peut-être écrirait-il un livre à la manière des tueurs en série américains dont les histoires télévisées emplissent les heures creuses des chaînes du câble sur tous les continents, quand la mort devient une attraction… Une larme roula sur la joue de Taleb qu'il réprima aussitôt. S'il n'avait pu protéger Noura à chaque instant de leur fuite à travers un monde à feu et à sang, peuplé de gardes et de chiens, il l'avait toujours retrouvée, toujours sauvée.

D'après son téléphone, l'hôpital Tenon était à peine à une demi-heure du camp. Il rangea l'appareil, cala son 9 millimètres dans sa ceinture, sous sa parka kaki, et quitta la porte de la Chapelle.

En chemin, il remercia le ciel.

10 h 00

À 10 heures pile, Latour, Mehrlicht et Dossantos se présentèrent à l'interne de garde qui leur assura que le patient allait bien en dépit de ses multiples contusions, mais qu'il préférait le garder en observation encore quelques heures au moins, peut-être jusqu'au lendemain.

— En général, nous ne gardons pas les patients ici. Ils sont rapidement transférés vers d'autres services s'ils doivent rester sous surveillance médicale. Mais cet homme était dans un état de santé épouvantable à son arrivée. Je ne parle pas des coups qu'il a reçus durant son interpellation, mais de son état général. Il était dénutri, déshydraté et amaigri. Nous l'avons perfusé. Son corps présente des marques de blessures antérieures, de traumatismes jamais soignés. Les radios ont révélé des fractures aux bras, aux jambes et aux côtes qui n'ont jamais été examinées ni réduites.

Perplexes, les trois enquêteurs écoutaient le médecin.

— À ce qu'il me semble, cet homme a été torturé pendant des années. Il a l'air d'avoir la soixantaine bien tassée. Ses papiers attestent qu'il a en fait quarante-neuf ans.

L'interne les entraîna dans le couloir.

— Je vous laisse l'interroger, mais ne le poussez pas trop. Il est épuisé. Je repasserai tout à l'heure. Ah… autre chose. Les menottes sont-elles vraiment nécessaires ?

— Il est suspect dans plusieurs affaires de meurtres, rétorqua Mehrlicht.

— Et il a agressé ma collègue, ajouta Dossantos.

— Je vois… Évidemment… À tout à l'heure, conclut le médecin en s'éloignant.

Il les abandonna devant la porte d'une chambre où un gardien de la paix en uniforme et en faction les salua. Aussitôt, une jeune femme d'une trentaine d'années, menue et blonde, vêtue d'un tailleur sobre, se leva de sa chaise, vint à leur rencontre, et se planta devant Mickael Dossantos.

— Bonjour. Je suis Anca Balanesco. C'est la préfecture qui m'envoie. Je suis l'interprète assermentée. Vous êtes le capitaine Melicht ?

— Pas du tout, grogna le lieutenant en présentant son chef de groupe d'un bras tendu.

La jeune traductrice détailla le petit officier, visiblement déçue.

— Bonjour Anca. C'est Mehrlicht. Mais Daniel, c'est aussi bien… Allons-y.

Le brigadier les laissa entrer dès qu'ils montrèrent leurs cartes et ils s'invitèrent dans la chambre où reposait cet homme abîmé aux cheveux bruns en bataille, la barbe drue, dont une partie du visage était couverte de pansements, et dont les deux poignets étaient menottés aux barres d'appui du lit. Latour eut un désagréable sentiment de déjà-vu. Elle se demanda si les bandages en étaient la cause. Mehrlicht avait peut-être raison : elle passait tellement de temps dans les hôpitaux qu'elle ferait tout aussi bien de présenter le concours d'infirmière. Ou était-ce le fait de se retrouver en face de l'homme qui, quelques heures plus tôt, avait failli la tuer ?

Mehrlicht et Dossantos encadrèrent le lit du type endormi. Il faisait bien ses cinquante ans, peut-être même soixante. L'interprète approcha une chaise, s'y installa et attendit. Latour alla ouvrir l'armoire et détailla les affaires du suspect. Elle enfila des gants en latex dont elle gardait toujours une paire sur elle, comme Dossantos et Mehrlicht. Les fringues du type étaient crasseuses, répugnantes et dégageaient une odeur rance de misère. Elle attrapa son portefeuille et le vida sur l'étagère. La veille, ils l'avaient rapidement inspecté, l'avaient abandonné après avoir trouvé un passeport dans une autre poche. Il y avait là quelques papiers griffonnés et froissés, de vieilles cartes où le nom *România* revenait souvent, des tickets de métro, quelques billets d'euros, mais aussi d'anciennes coupures de marks allemands, de lei roumains, de livres turques, déchirées et noircies, qui devaient pourrir là depuis plus d'une dizaine d'années, conservées comme les reliques d'un temps qui n'était plus ; et la photo en noir et blanc d'une femme aux cheveux clairs et aux yeux sombres, qui ne souriait pas. Elle déplia un petit couteau, une lame plutôt coupante, coincée dans un manche en bois, puis le referma. Il y avait aussi une clé attachée à une plaque de plastique transparente où était notée l'adresse d'un hôtel social dans le XXe arrondissement, près de la station

Pelleport, et un numéro de chambre. Elle ouvrit enfin un petit carnet et examina les pages couvertes d'inscriptions manuscrites et de collages, croquis, plans dont les légendes et titres étaient incompréhensibles. Elle confia ses gants et le carnet à la traductrice qui entreprit de le parcourir. Latour montra la clé à ses deux collègues.

— Mickael, tu prends la voiture et tu fais un saut là-bas, dit Mehrlicht. Si tu trouves quelque chose, tu me passes un coup de bigo et tu appelles l'IJ. Sinon, tu reviens…

Dossantos saisit la clé. Il lança un dernier regard au corps inerte de l'homme qu'il avait tabassé la veille.

— Il est censé être présent, lui, pendant que je fouille sa chambre…

Mehrlicht jeta un œil au type alité.

— S'il pouvait se déplacer, on serait tous au commissariat. Vas-y. Tu chopes deux témoins sur place pour le flag'.

Dossantos quitta la pièce.

— Ce sont des lettres, expliqua tout à coup la traductrice en roulant légèrement les *r*.

— Des lettres dans un carnet ? s'étonna le petit capitaine.

— Oui. Il écrit à sa femme, ou à la femme qu'il aime. Elle s'appelle Mina. Il n'avait rien écrit dans ces pages depuis juillet dernier. Il a recommencé samedi.

— Et qu'est-ce qu'il lui dit ? demanda Latour.

— Il dit qu'il l'aime. Et qu'il va la venger.

— La venger ? La venger de qui ? De quoi ? la pressa Mehrlicht.

— Du *Monstru*. Il l'écrit avec une majuscule.

— Le monstrou… répéta Mehrlicht dans un souffle. Mais c'est quoi, un monstrou ?

— Ça veut dire *le monstre* en roumain.

— Bon… OK. Le Monstrou.

— Mais pourquoi s'est-il remis à lui écrire samedi ? Il s'est passé quelque chose ? demanda Latour.

— D'après ce qu'il dit, il vient de retrouver le *Monstru*. À Paris.

Les deux enquêteurs se regardèrent et lui enjoignirent de poursuivre, mais l'interprète calma leurs ardeurs.

— Il faut que je lise le carnet pour en savoir davantage !

— Sinon, lui, il peut nous raconter, rétorqua Mehrlicht en secouant le quinquagénaire à la tête emmaillotée. Hé ho ! Réveil ! C'est l'heure !

La traductrice s'offusqua en silence des méthodes de l'officier. Latour fit la moue.

— Vous inquiétez pas ! Si c'est notre gars, il va prendre trente ans de sieste. Il rattrapera son sommeil perdu. Comment il s'appelle déjà ?

— Yvan Elsinescu, répondit Latour.

— Hé Yvan ! Yvaaaaaannn ! crissa Mehrlicht en ballottant le type de plus belle.

Le blessé ouvrit les paupières, émergeant d'une léthargie sirupeuse. Ses yeux s'écarquillèrent soudain lorsqu'il découvrit l'environnement, la chambre d'hôpital, la présence de ces trois personnes, les menottes, et Mehrlicht y lut un réel effroi.

— Ah bah, te voilà revenu d'entre les morts dans le monde des vivants ! Lève-toi et marche ! Vous pouvez traduire, s'il vous plaît ?

La jeune femme acquiesça. Mehrlicht enchaîna :

— T'es en état d'arrestation pour avoir agressé un officier de police, ma collègue ici présente. Et tu es le suspect numéro un dans les meurtres de six femmes… Je te l'accorde, une nouvelle comme ça au réveil, c'est un peu brutal… Mais tu comprendras que j'aie pas apporté de croissants.

— Je dois traduire ça aussi ? hésita l'interprète.

— Surtout ça, oui ! Mes blagues font partie de la punition. C'est pour qu'elles s'arrêtent que les gars passent à table ! N'en perdez pas une miette !

Elle approuva de la tête, résignée, et traduisit. Le Roumain s'insurgea en roumain, comme nombre de Roumains, tenta de lever les bras dans un claquement de ses chaînes. Elle traduisit dans l'autre sens :

— *C'est une erreur ! Je n'ai rien fait. Ce n'est pas moi !*

— Ah ouais ? T'as pas agressé ma collègue ?

Il désigna Latour qui le regardait sévèrement.

Ses bras retombèrent.

— *Si. Je suis désolé. Je ne voulais pas. Je croyais que c'était lui, au cimetière. Je l'attendais…*

— Lui ? Qui, lui ?

Le type garda le silence. Mehrlicht poursuivit :

— Le *Monstru* ? Quel monstre ? Tu connais le tueur ?

Le Roumain fit non de la tête, mutique.

— Ouvre bien tes oreilles, Yvan ! Le tueur, c'est toi ou c'est lui. Alors, il n'est plus l'heure de faire ton timide et d'aller à Niort, tu saisis ?

— « Aller à Niort » ? répéta l'interprète qui y perdait son roumain.

Mehrlicht soupira.

— Il est temps de cracher au bassin, d'écurer le chaudron, de faire carpette, de blanchir son linge…

— Il faut qu'il parle maintenant, traduisit Latour en français à la traductrice qui traduisit en roumain.

Mais le Roumain resta silencieux.

— Bon. Et qu'est-ce qu'elle sait, Mina ?

Yvan se cabra et aperçut le carnet entre les mains de la jeune femme.

— *Vous n'avez pas le droit !* protesta-t-il en beuglant.

— Bah voyons ! Allez-y ! Traduisez ce qu'il a écrit depuis son arrivée à Paris !

J'ai subi tous les maux, j'ai compris sans merci,
Au fond de ton caveau, à voir ton corps noirci,
Que les choses ont changé, que les fleurs ont fané
Que le temps des vivants, c'était le temps d'avant,
Que quand nos chairs trépassent, nos amours les dépassent.

Il faut que tu saches:

J'irai chercher ton cœur, tuerai le fossoyeur
Même si tu es rance et dur depuis des heures
J'irai chercher ton âme dans l'effroi, dans les flammes
Chérirai ton corps mort pour que tu m'aimes encore.
Pour que tu m'aimes encore.

Sur tes restes glacés, je viendrai me coucher,
Pour t'aimer, t'enlacer, moi, je veux te toucher.
On me dit qu'aujourd'hui, on n'aime pas ainsi...
Mais je suis ta dévote, oui, oui, oui
Avant que l'on ensache ton corps dans une bâche,

Je veux que tu saches:

J'irai chercher ton cœur, tuerai le fossoyeur
Même si tu es rance et dur depuis des heures
J'irai chercher ton âme dans l'effroi, dans les flammes
Chérirai ton corps mort pour que tu m'aimes encore.
Je ferai un carnage quand la faim te démange
Et dans mon entourage, de sanglantes vendanges,
Nos amours vampiriques seront bientôt mythiques
Je tuerai sans remords pour que tu m'aimes encore.

Je m'ouvrirai les veines pour que tu t'y aliènes
Une source éternelle... Que ta bouche me draine!
Et un jour après l'autre, sentant ma vie tarir,
L'infini sera nôtre, si tel est ton désir
Allongée sur l'autel, attendant son appel,
J'accepterai la mort pour que tu m'aimes encore.
Pour que tu m'aimes encore
Pour que tu m'aimes encore, encore...

10 h 40

Le lieutenant Dossantos se faufila dans le trafic parisien embrumé, son gyrophare fulgurant, le deux-tons tonitruant, et gara la Clio banalisée en face de l'hôtel social de la rue Le Bua. Il devait faire vite ; il avait rendez-vous ensuite, ailleurs dans la capitale. Le bâtiment de trois étages avait récemment été ravalé, et ses fenêtres en PVC changées, ce qui donnait à l'ensemble une apparence de neuf et de modernité, loin du taudis auquel s'attendait Dossantos. Il poussa la porte et entra dans un hall large et coloré, se retrouva devant un long comptoir d'accueil où lui sourit une femme très maquillée, d'une quarantaine d'années, à la choucroute blonde et aux lunettes rouges en amande.

— Bonjour, monsieur. Puis-je vous aider ?

Dossantos approcha, balayant l'entrée du regard, repérant les accès, une manie qu'avait ancrée sa paranoïa. Près d'une fenêtre, assis dans un fauteuil, un type chauve lisait *Le Canard enchaîné*. L'officier sortit sa carte tricolore et la présenta à la réceptionniste.

— Bonjour, madame. Lieutenant Dossantos. Police

judiciaire. Je souhaiterais fouiller la chambre 7… dont voici la clé.

La femme acquiesça.

— Monsieur Elsinescu a des problèmes ?

— Il est pour l'instant en garde à vue. Je suis assez pressé.

— C'est un monsieur très calme, je suis surprise…

Dossantos n'était pas du genre à s'intéresser au vague à l'âme des autres, à leurs humeurs, à leurs émotions. Encore moins à se laisser aller à des confidences sur l'enquête en cours.

— On y va ?

La réceptionniste s'étonna. Dossantos s'expliqua.

— Je dois fouiller sa chambre. Il me faut deux témoins.

Il se tourna vers le chauve et s'approcha.

— Bonjour, monsieur. Lieutenant Dossantos. Je souhaiterais que vous m'accompagniez à l'étage, quelques minutes, pour être témoin de…

— Non merci, coupa le chauve sans lâcher son journal.

— Vous ne pouvez pas refuser…

— Ben si ! Je refuse.

Dossantos soupira. Ainsi en allait-il du monde qui conspirait contre lui, de ces hommes qui comme des enfants opposaient un non bête et buté à la règle, à la loi, refusant de l'accepter comme une force irrépressible, créée pour assurer leur tranquillité, leur égalité, leur survie… Une fourmi obtuse qui disait non à la tempête. Et ils chouinaient ensuite, couinaient à l'injustice quand la loi devenait répressive. Pauvre monde…

— Vous seriez alors en infraction avec l'article 434 du code pénal et condamné à une amende allant de 150 à 3 750 euros.

Le type leva les yeux, vacillant, visiblement touché-coulé au porte-monnaie. Il tenta le plan B.

— Vous avez un mandat ?

— Ça n'existe pas en France, les mandats. Vous regardez trop la télé. On y va ou j'appelle une voiture pour vous conduire au poste ?

— Mais ce serait une arrestation arbitraire ! ajouta le chauve qui était aussi bavard.

— Non, ce serait une entrave à la justice. Article 434 du code pénal, toujours.

Le chauve plia son journal et se leva à contrecœur. Dossantos se tourna vers la réceptionniste qu'il invita à montrer le chemin. Ils montèrent l'escalier et suivirent un couloir court jusqu'à la chambre 7. Dossantos engagea la clé et ouvrit la porte. L'endroit était propre et rangé. Le lit était fait. Une commode à trois tiroirs, une armoire à deux battants, une table, une chaise.

— Ne touchez à rien, s'il vous plaît ! annonça Dossantos en passant ses gants de latex bleu.

Il fit le tour de la pièce, de la salle de bains et prit des photos avec son téléphone à chaque étape. En dehors d'une brosse à dents, d'un tube de dentifrice et d'un savon, il ne trouva rien, à se demander si quelqu'un vivait effectivement ici. Il pria ses deux témoins de se rapprocher et ouvrit les portes de l'armoire. Quelques vêtements y étaient soigneusement pliés, élimés et sales, un pantalon, deux chemises, des sous-vêtements. Peu. Un sac à dos vide recouvrait une paire de chaussures au cuir épuisé. Rien. Sur la table ne reposaient que deux crayons. Dossantos se détourna vers la commode et appela de nouveau la réceptionniste et le chauve à ses côtés. Dans le premier tiroir, il découvrit une soixantaine d'euros en billets de 5 et 10, d'anciens billets de train roumains, allemands et français, un plan de Bonn, un autre plus neuf de Paris. Dans le deuxième, une vingtaine de carnets étaient rangés. Chacun portait sur sa couverture deux dates. Dossantos en saisit un, au hasard. Chaque page était maculée d'une écriture manuscrite en roumain, de dessins, schémas, portraits, plans en tout genre et en tous sens. Le lieutenant se releva et demanda à la réceptionniste d'aller lui chercher quelques sacs en plastique et deux feuilles de papier. Elle revint au bout de quelques minutes, et Dossantos transféra les carnets dans l'un des sacs-poubelle noirs en les comptant à voix haute. Vingt-deux. Puis il referma ce tiroir et ouvrit le troisième. Le lieutenant et ses deux témoins se figèrent.

— Merde ! laissa échapper le flic.

Dossantos se releva et fit une photo du tiroir.

— Qu'est-ce que c'est ? s'enquit l'homme qui était décidément aussi curieux que chauve et bavard.

— Des ennuis, répondit le lieutenant en ensachant le tout.

Puis il s'installa à la table et écrivit à la hâte les détails de sa perquisition et de ses trouvailles. Enfin, il demanda aux deux témoins de signer en bas de la feuille. La réceptionniste s'exécuta. Le chauve marqua une hésitation de principe, pour l'honneur, mais préféra finir son journal au salon que sa journée en prison.

Alors ils sortirent de la chambre et Dossantos verrouilla la porte derrière lui. Il quitta ensuite les lieux, emportant ses sacs-poubelle, à grandes enjambées. Il avait rendez-vous.

10 h 40

— Lukas Karlov ? Mais c'est qui, ce gars ? grinça Mehrlicht dans le silence feutré de la chambre d'hôpital.

— Je ne sais pas, se défendit la traductrice. Il a juste écrit qu'il l'a vu, à Paris, samedi en fin d'après-midi. Près d'un dispensaire, à Saint-Lazare. Ce Karlov discutait avec un infirmier. Il s'est caché. Mais cette rencontre l'a terrifié !

Latour dégaina son portable et s'éloigna au fond de la pièce.

— Et c'est lui, le *Monstru* ? reprit Mehrlicht qui gesticulait en tous sens comme une grenouille dans un bocal.

La traductrice tourna une page, chercha un instant, puis posa son index sur le papier :

— Il dit : « Ce soir, j'ai vu Lukas Karlov ! C'est sûr : le *Monstru* est bien à Paris ! »

— Mais demandez-lui à *lui*, en roumain, qui c'est ce Karlov ! crissa Mehrlicht en pointant le blessé du doigt.

Elle s'exécuta mais le type resta mutique.

— Et Mina ? Qui c'est ? renchérit Mehrlicht.

— « *Femme des années 80, mais femme jusqu'au*

bout des seins, ayant réussi l'amalgame de l'autorité et du charme », répondit Michel Sardou d'outre-tombe.

— Ahhhhhh ! Essayez de lire la suite pendant ce temps ! lança-t-il à la traductrice.

Mehrlicht sortit son portable et décrocha en braillant.

— Oui, Régis !

— Tu préfères que je rappelle ?

— Non, non, c'est bon. Je suis avec le suspect et il me court sur le flageolet... Je fais des rêves de Guantanamo, là, je te jure... Dis-moi !

— Je continue les autopsies des filles repêchées. Et de Lucie. Je voulais te tenir informé au fur et à mesure...

— Merci. Je t'écoute.

— Elles sont *a priori* toutes étrangères et entrées plus ou moins légalement sur le territoire. À part Lucie qui est la seule Française. Mais j'ai trouvé le point commun.

— Vas-y !

— Le sang, Daniel !

— Ouais. La mort par exsanguination, comme tu dis... Mais on le savait déjà !

— Non ! Ces filles ont été tuées pour la qualité, la nature de leur sang ! Elles ont toutes le même groupe sanguin : O rhésus négatif. Le « donneur universel » ! Un sang qu'on peut transfuser à tout le monde.

— Tout le monde, ça fait une sacrée bande de suspects... Si c'est bien ça, le mobile... grogna le capitaine.

— Sauf si le receveur est aussi O – ! Parce que lui ne peut accepter que ce sang-là !

— Le O – peut donner à tous, mais ne reçoit que du O –, c'est ça ?

— Exactement !
— Et c'est rare comme groupe ?
— Environ huit pour cent de la population…
— Super ! On est passé de « tout le monde » à huit pour cent des humains en moins d'une minute ! On avance !
— C'est ça, rigole ! En tout cas, il apparaît que l'exsanguination est bien la cause de la mort chez celles que j'ai pu… étudier pour l'instant, exsanguination qui a entraîné l'arrêt de fonctions vitales. Et je suis sûr maintenant qu'elles étaient bien inconscientes au moment de leur mort. J'ai retrouvé chez les deux victimes d'importantes traces de kétamine, un puissant anesthésiant. Elles n'ont pas souffert…
— Bon…
— Le tueur a visiblement une certaine pratique de la médecine, de l'expérience. Et il a accès à des produits très contrôlés.
— Je vois…
— Je te tiens au courant pour les autres. Il faut que j'appelle ton copain de la Crim', Bertrand, maintenant… C'est son enquête, après tout ! Salut.
— Salut, Régis. Et merci.
Il raccrocha et ses yeux retombèrent sur le type alité. Il aurait volontiers laissé libre cours à sa colère. C'était plus simple. Pourtant, chaque nouvel indice disculpait un peu plus le terrible Yvan.
— Capitaine, je l'ai !
Latour revint vers le centre de la pièce et reprit :
— Lukas Karlov est en poste à Paris depuis août dernier. Il travaille à l'ambassade de Roumanie.

— Putain ! Il a quel poste ? Me dis pas que c'est l'ambassadeur ou le roi de Roumanie !

— Non, ni l'un ni l'autre, mais je ne sais pas encore exactement. Je pense qu'il bénéficie de l'immunité diplomatique, comme tous les personnels d'ambassade.

— Ça sent pas bon, tout ça…

— J'ai autre chose. J'ai vérifié cette histoire de dispensaire Saint-Lazare puisque, d'après le carnet du Roumain, Karlov y discutait samedi avec un infirmier.

— Qu'est-ce que ça donne ?

— Un certain José Takian, infirmier dans ce même dispensaire, a été abattu hier après-midi. Il a été tabassé puis exécuté. L'enquête s'oriente vers un trafic de médicaments. Mais…

— Mais on lit clairement une autre histoire, maintenant, conclut Mehrlicht.

— Si l'on en croit ses carnets, ajouta Latour, le type qu'on a là, Yvan Elsinescu, est un témoin. Il suit manifestement Karlov pour se venger de lui. Mais ce n'est pas notre tueur.

— Mais pourquoi il le dit pas, alors ? Et quel est le lien avec Lucie ?

— « *J'ai la fièvre dans le sang. Cette fille m'échauffe les sangs ! Comme un adolescent, je déraille bon sang ! J'ai la fièvre dans le sang. Cette histoire, je le sens, ne finira pas sans effusion de sang* », s'écria Alain Chamfort.

— Ah mais, c'est quoi, cette chanson ? Allô !

— À l'huile ! C'est Souillac de l'IJ ! Je vous dérange, Daniel ?

— Jacqueline ! Pas du tout ! Je suis tout ouïe !

— Je voulais vous dire qu'on avance dans l'identification des filles. On a pu récupérer les empreintes digitales de deux des victimes. Les deux dernières qui ont été tuées, avant Lucie. Ce sont celles qui ont passé le moins de temps dans l'eau, alors les crêtes papillaires sont encore lisibles. L'une est une ressortissante chinoise du nom de Laetitia Chen, vingt et un ans. Elle a été arrêtée lors d'un contrôle de police dans le métro il y a deux ans ; elle n'avait pas de papiers. Les flics l'ont embarquée et ont relevé ses empreintes. Personne n'a signalé sa disparition.

— Personne ?

— Elle était sans papiers… La deuxième est une Syrienne du nom de Noura Adil. Il y a deux mois, elle a tenté de prendre un avion en Turquie. Il y a eu un incident à l'aéroport, elle s'est enfuie, et ses empreintes ont atterri dans la base de données d'Interpol.

— L'incident à l'aéroport, c'était… terroriste ?

— *A priori* non. Elle était avec un homme, son frère, et ils essayaient de gagner l'Angleterre avec des faux passeports. Ils ont pris la fuite avant d'être interpellés.

— Et la voilà à Paris au fond d'un fleuve… Et le frère ?

— Je n'en sais rien ! Bertrand, de la Crim', m'a demandé la même chose ! Vous êtes siamois ?

— C'est ma moitié astrale perdue ! Nous avons été séparés dans le Grand Chaos originel et depuis nous nous cherchons !

— Génial ! Et vous serez bientôt réunis ! Quand je l'ai eu au téléphone, il était en voiture et venait vous voir, vous et votre suspect. Il l'a appris par la radio…

— Chouette…

— Amusez-vous bien ! railla Souillac, qui manifestement avait perçu l'animosité entre les deux hommes.

— Ouais… Au revoir !

Mehrlicht raccrocha.

— Le zombie est en route. Il vient d'apprendre qu'on a un suspect et il est furibard. Je croyais l'avoir prévenu, pourtant, ironisa-t-il.

Latour ne releva pas le sarcasme.

— Prévenu de quoi, capitaine ?

Du pouce, elle désigna le type alité et enchaîna :

— Yvan Elsinescu était au cimetière, mais ce n'est pas le tueur. Nous en sommes pratiquement sûrs…

Le Roumain les observait, les écoutait. Ils se demandèrent s'il comprenait leur échange et se moquait d'eux.

— Mais il l'a vu… interrompit la traductrice.

Les deux flics la dévisagèrent. Elle était pâle comme un Bertrand, le carnet ouvert sur ses genoux. Elle poursuivit :

— Il a assisté à l'enlèvement d'une jeune femme. L'infirmier a livré une fille à Lukas Karlov qui l'a emmenée dans sa voiture, samedi en début de soirée. Je ne comprends pas bien l'ordre des événements parce qu'il ne date pas tout, mélange les jours et les faits. Il écrit que Karlov a rejoint un château aux Buttes-Chaumont.

— Un château ?

— Il dit « château », « manoir ». Il parle d'une « grande maison ancienne » derrière des grilles et un mur d'enceinte.

— Cathy, la copine de Lucie, a aussi fait allusion à un château où Lucie avait rencontré un type…

La porte s'ouvrit soudain, interrompant Latour, et Bertrand parut, suivi de Ménard. Il avait sa tête des jours d'orage.

— Vous dégagez ! Le gars est à nous. Salut !

La traductrice se leva, apeurée par le type délabré qui venait de faire irruption dans la chambre, avec son cuir râpé et son faciès de cadavre.

— C'est pas lui, trancha Mehrlicht.

— C'est à moi d'en décider ! Retourne à tes voleurs de poules, Kermit !

Le visage de Mehrlicht gonfla et rougit comme une bouilloire de Tex Avery. Alors Latour intervint :

— Commandant, nous avons le nom d'un véritable suspect. Le type qui est couché là est un témoin. Il cherche le tueur, l'a vu, l'a certainement suivi. On pense même qu'il veut se venger de lui, depuis des années ! Mais il n'est pas l'assassin de ces filles. Laissez-nous un peu de temps !

— Je n'en ai pas, du temps, Latour. Je dois faire une première déclaration à la presse dans quelques minutes. Les journalistes sont en bas et c'est moi qu'on envoie au feu. Ils croient tous qu'on a le tueur. Et je compte bien leur dire qu'on l'a arrêté !

— Alors t'iras dans le mur, Bertrand ! grogna Mehrlicht.

— Capitaine, s'il vous plaît… l'admonesta Latour avant de faire de nouveau face au commandant de la Crim'. On a une traductrice avec nous. On continue notre interrogatoire et la traduction de son journal. Elsinescu a tout noté dans ce carnet. Les faits, les heures, les dates… Tout n'est pas clair, tout n'est peut-être pas exact, mais on aura bientôt le détail des événements du week-end : l'enlèvement d'une des dernières victimes dans un dispensaire de Saint-Lazare, l'adresse d'une grande maison, d'un château où elle a certainement été emmenée, le meurtre d'un infirmier complice du tueur, et enfin l'identité du tueur ! Très bientôt !

Bertrand la dévisagea de ses yeux cernés et fatigués. Il estima le temps qu'il lui faudrait pour repartir de zéro : convaincre le médecin de laisser sortir le patient, le ramener aux Batignolles, faire venir un autre traducteur, cuisiner le suspect pendant des heures… Il jeta un œil à son lieutenant. Le jeune homme aux cheveux ébouriffés acquiesça. Bertrand reprit :

— Tu disais que tu avais le nom d'un vrai suspect ?

Latour soutint son regard.

— Ça veut dire que vous acceptez ce marché ?

Elle sentit Mehrlicht s'indigner derrière elle.

— Je vous donne une heure en échange du nom et de toutes les infos que vous tirerez de ce gus et de son carnet. Ensuite vous dégagez et je garde la traductrice et notre grand malade. De toute manière, il y a un de mes gars devant la porte. À prendre ou à laisser.

Latour acquiesça.

— Lukas Karlov.

Bertrand sortit son portable et quitta la chambre avec son lieutenant.

Yvan Elsinescu avait regardé le ballet de flics dans la pièce. Il avait fermé les yeux ; il avait échoué une fois de plus. Il connaissait par cœur la suite des événements : il allait se retrouver en prison, puis dans un avion ou dans un train à destination de Bucarest. Le *Monstru* allait encore gagner.

Pourtant, s'il gardait le silence, il lui restait une chance. Le *Monstru* n'aurait peut-être jamais vent de sa présence, de sa traque. Avec un peu de chance, il ne repartirait pas vers un pays lointain et inaccessible où il porterait le crime, le mal et le sang, où il tuerait d'autres femmes encore et encore… Le *Monstru* resterait à Paris, inconscient de la menace, et Yvan reviendrait un mois plus tard, peut-être deux, et reprendrait la traque. Il lui suffisait de se taire.

10 h 40
TALEB et Noura

Parvenu à la station de métro Pelleport, Taleb tomba aussitôt sur l'hôpital Tenon, un magnifique bâtiment moderne dont on entrevoyait la façade métallique arrondie. Il entreprit d'en faire le tour pour en étudier les accès. Dans la brume blanche où évoluaient des silhouettes sombres, il descendit l'avenue Gambetta, longeant les grilles de fer et les murs de béton nu qui ceignaient l'édifice. Il bifurqua dans la rue de la Chine et tomba sur la partie originelle de l'hôpital, composée, d'après ce que l'on en distinguait, d'immeubles haussmanniens massifs et austères qui contrastaient avec l'aile moderne. Il trouva l'entrée piétonnière et aperçut suffisamment tôt le vigile en faction pour inventer une histoire. Il sortit son téléphone et l'exhiba sous le nez du garde.

— On m'a appelé. C'est ma mère. Elle est aux urgences, hacha-t-il, pantelant.

Le type regarda à peine cet homme inquiet, s'intéressait déjà au sac à main d'une femme qui se présentait.

— L'entrée des urgences est de l'autre côté. Il faut

ressortir et faire le tour. Ou passer par l'intérieur. Prenez ici à gauche et allez tout au fond. C'est indiqué.

Taleb le remercia, franchit la grille et s'éloigna. Il contourna la partie historique par la gauche et remonta une étroite allée intérieure encaissée entre deux bâtiments. Au bout de quelques minutes, il parvint à l'immeuble des urgences et entra dans un sous-sol. Quelques ambulances y étaient garées ainsi que quelques véhicules privés. Et un corbillard. Il quitta le parking par un escalier et déboucha dans le hall d'accueil. Une trentaine de personnes patientaient, se tenant la tête, la jambe, le ventre, parfois accompagnées d'un proche. D'autres, avachies et fiévreuses, toussaient à rendre l'âme, victimes de l'épidémie qui balayait la ville. Dans un coin, de l'autre côté de ce vaste hall, une dizaine de photographes et cameramen attendaient une déclaration promise puisque, selon leurs sources, quelque part dans les étages, était retenu le suspect de plusieurs meurtres. Deux vigiles les encadraient, s'assurant que personne ne s'aventurait jusqu'aux chambres. Taleb prit un ticket numéroté au distributeur, se noya dans la foule des blessés, et observa la scène, examinant les allées et venues, cherchant l'information. Il y avait quelque part dans cet immeuble un homme qui savait où était Noura. La radio parlait de meurtres, mais rien ne prouvait que Noura fît partie de la liste. Elle était sûrement retenue contre son gré par le suspect… Taleb sentit les larmes lui monter aux yeux, et cette même douleur qui le suivait partout depuis trois jours lui tordre la poitrine. Noura était morte. Il y avait peu d'espoir de la retrouver vivante parce que, depuis le début du voyage, le sort s'était acharné sur elle : violée, battue, droguée, enlevée. Peut-être tuée. Dans la tourmente de la guerre, sa petite sœur avait connu tous les heurts, tous les malheurs et toutes les horreurs que le monde destine aux femmes en fuite, contraintes à l'errance, éperdues, parce qu'elles sont les premières cibles et les premières victimes de la violence, de la guerre et de la folie. Et parce que Taleb, malgré sa promesse, malgré son instinct, malgré son amour pour elle, n'avait pu opposer qu'une futile résistance, n'avait été qu'une poussière bousculée, bringuebalée dans les bouillonnements du monde. Il avait couru, s'était caché, avait été frappé, mordu, s'était battu pour elle. Il avait même tué un homme, loin d'ici, dans un autre pays, une autre vie. Puis un autre, hier, après l'avoir roué de coups. Il était devenu un assassin, pour elle, avait tué et tuerait de nouveau. À moins que la police ne l'attrape avant, ou ne l'abatte… On devait le rechercher depuis la veille. Un criminel. Taleb imagina le chagrin de sa mère si elle l'apprenait. Sa douleur. Et son dégoût. Et l'affliction de son père. Ils seraient détruits. S'ils étaient en vie… Chacune des pensées de Taleb aboutissait à la mort de quelqu'un. Ainsi s'était remodelé son monde en quelques mois.

Un tintement de clochette annonça l'ouverture des portes de l'ascenseur dans le hall, et trois hommes en sortirent dont un en uniforme bleu. Taleb s'effaça dans la masse des patients. Les journalistes s'agitèrent aussitôt, semblant reconnaître le premier d'entre eux, un grand type aux cheveux bruns mi-longs qui portait un blouson de cuir noir et un jean. Il tenait une feuille de papier à la main. Il se présenta devant eux, un jeune homme en civil à sa gauche, le gardien de la paix à sa droite. Les deux agents de sécurité organisèrent la ligne des reporters, photographes et preneurs de son. L'homme au blouson de cuir fouilla dans sa poche intérieure et en sortit une paire de lunettes qu'il plaça sur son nez. Enfin, sous la mitraille des flashs, il prit la parole d'un ton autoritaire :

— Bonjour, messieurs-dames. Je suis le commandant Bertrand de la Brigade criminelle, et je suis chargé de conduire l'enquête sur l'affaire des noyées. Voici à cette heure ce que nous savons : les femmes dont les corps ont été repêchés hier sont toutes d'origine étrangère et résidaient de manière illégale sur le territoire français, ce qui rend difficile leur identification. Pourtant nous avons réussi pour certaines d'entre elles à trouver leurs noms, grâce au concours d'Interpol. Il s'agit de Laetitia Chen, vingt et un ans, de nationalité chinoise, et de Noura Adil, dix-neuf ans, de nationalité syrienne. Nous invitons les proches, si ces jeunes femmes ont de la famille ou des amis sur le territoire français, à se mettre en contact avec la police, ainsi que toute personne les ayant connues, ou les ayant croisées ces dernières semaines, à rencontrer les enquêteurs. L'identification des autres victimes est en cours.

Il marqua une pause et reprit :

— Le suspect actuellement soigné aux urgences a commencé à livrer de précieux renseignements aux enquêteurs qui devraient dans les prochaines heures en savoir davantage sur les circonstances de la mort de ces jeunes femmes. Ses propos seront alors confrontés aux conclusions des médecins légistes et de l'Identité judiciaire. Je vous tiendrai informés de ces conclusions dans la journée. Je vous remercie.

Il replia sa feuille. Une question fusa, puis une autre.

— Comment sont-elles mortes ?

— C'est donc bien le tueur qui est ici ?

— Comment s'appelle-t-il ?

Bertrand leva la main.

— Je vous tiendrai informés des progrès de l'enquête dans la journée. Merci.

Il fit volte-face, mettant fin à la conférence de presse, et allait se concerter avec ses deux collègues lorsque d'autres questions fusèrent :

— Confirmez-vous que les victimes ont été vidées de leur sang ?

— Commandant, le suspect a-t-il avoué être le Vampire de Paris ?

Bertrand fit mine d'être indifférent, de les ignorer, mais son visage se durcit malgré lui. Les informations avaient filtré, quelqu'un avait parlé. Un des flics, un légiste, un gars de l'IJ… Peut-être même plus haut, au bureau du procureur. On ne cache pas ces choses très longtemps. Ainsi était né le Vampire de Paris, un monstre tueur de femmes écumant la capitale, un suceur de sang qui sillonnait la brume nocturne. Les télés, les radios, la presse allaient en faire leurs choux gras pendant un moment. Bertrand imagina avec amertume le journal télévisé de 13 heures. Il fallait faire vite.

Il discuta un instant avec ses deux acolytes. Puis il traversa le hall, ignorant les remous dans la houle des reporters, sortit poursuivi par trois d'entre eux, monta dans une voiture banalisée et disparut.

Taleb s'était adossé au mur. Noura était morte. En une phrase. Son nom, son âge, son origine avaient constitué sa courte nécrologie dans la bouche de ce flic. Noura était morte. Une phrase comme un couperet étêtant les derniers espoirs, tranchant net le fil de sa vie, une phrase comme une pierre tombale, enterrant, écrasant sous son poids tout ce que sa jeune sœur rieuse, insouciante, et si belle, avait été pendant des années de joie, de peine, de vie. Noura était morte et n'était plus que ça, aujourd'hui : morte, morte, morte… La police l'annonçait face caméra au monde entier, et celui de Taleb se disloquait, tombait en poussière. Noura était morte. Vidée de son sang. Comme un agneau au sacrifice. Les yeux de Taleb ne clignaient plus, pleuraient en continu, sans qu'aucune douleur ne plissât son visage. Il lui semblait pourtant manquer d'air et il fit un effort colossal pour ne pas fuir l'endroit en hurlant. Au lieu de cela, il observa le jeune flic en civil et son collègue en uniforme. Ils patientaient devant l'ascenseur qui s'ouvrit. Taleb attendit, et lut les numéros à mesure que la cabine passait le premier, le deuxième étage pour s'immobiliser au troisième. Alors il regagna la cage d'escalier. Quand la porte claqua derrière lui, qu'il se retrouva seul, il s'affala sur les marches et laissa libre cours à son chagrin.

11h25

Le lieutenant Dossantos avait mis le gyrophare et le deux-tons pour se frayer un passage dans la capitale encombrée, quasiment à toute heure, de camions, de bennes à ordures, de taxis, de véhicules particuliers aussi. Il était attendu à l'hôpital et ce qu'il y rapportait ne manquerait pas de secouer ses collègues. Pourtant, il venait de trouver le seul moment possible pour confronter Henry Sourans, son vieil ami frontiste avec lequel il tenait à régler un compte de sang, le sang de Jebril, avant que ne coule celui de Sophie. Dossantos l'avait trahi et devait savoir aujourd'hui jusqu'où s'étendait la rancœur de son vieux copain d'Assas, jusqu'à quelle extrémité irait sa vengeance.

Une dizaine de minutes après avoir quitté l'hôtel social, Dossantos remontait déjà la rue de la Chapelle. Il coupa le deux-tons et le gyro. Il ne souhaitait pas arriver en fanfare dans un camp de migrants, ni dans une foule d'identitaires. Il planta la Clio banalisée le long d'un trottoir et finit son chemin à pied. Comme il l'avait promis, Henry Sourans était revenu avec sa milice et reprenait son harcèlement du camp, sous les regards impavides des CRS et les objectifs insatiables des médias. On s'y bousculait sous les huées des uns, les insultes des autres. L'atmosphère électrique s'avivait lentement en orage, chacun le pressentait. Dossantos s'avança vers la cohue et chercha l'écharpe tricolore de Sourans. Il trouva l'élu un peu à l'écart, face à une caméra, en pleine interview. Le lieutenant s'approcha.

— … je vous le demande ! Combien de temps allons-nous laisser ce péril sur notre territoire ? Qui nous dit que ce n'est pas Daech qui campe dans ces tentes ? Rien ni personne ne peut vous le garantir ! Qui nous dit que le tueur de femmes, ce Vampire de Paris, ne se cache pas parmi eux ? Souvenez-vous des agressions du jour de l'An en Allemagne, à Cologne, à Francfort, de ces migrants qui ciblaient exclusivement des femmes blanches[1] ! Qui peut l'accepter ? Vous ? Moi non plus. J'invite donc nos concitoyens patriotes à nous rejoindre et à faire obstacle à l'arrivée de ces tueurs, ici et aux quatre coins de France. Et je mets en garde ce gouvernement : car s'il ne réussit pas à repousser ces envahisseurs et à arrêter les assassins, nous le ferons nous-mêmes ! Parce que nous avons la France au cœur, nous la protégerons, quel que soit le prix que nous aurons à payer. Je vous remercie.

Henry Sourans rendit son micro, salua la journaliste

1. Il est apparu par la suite que ce fait divers était une intox de l'extrême droite bâtie sur des informations erronées de journalistes qui avaient colporté, sans vérifications, de faux témoignages.

et s'éloigna. Dossantos le regarda approcher. Contre toute attente, l'édile lui sourit.

— Ah Mickael ! Je suis content que tu sois venu ! Surpris, aussi !

La bonne humeur de l'homme grisonnant, en costume bleu, désarçonna le lieutenant.

— Je ne m'attendais pas à un accueil si chaleureux, concéda-t-il.

— Après m'avoir trahi ? Je comprends… Mais tu voulais des papiers pour ce… migrant. Je te les ai fournis en échange d'un service que tu ne m'as pas rendu. Alors, j'ai fait annuler ses papiers ! Et il sera bientôt dans un charter. Fin de l'histoire.

— Pas tout à fait… Jebril a été renversé par Bruno dans une Audi que *tu* m'as demandé de conduire, où j'avais laissé mes empreintes…

— Je n'aime pas les trahisons, Mickael ! Personne ne les aime ! « Abuser de la confiance de son ami, c'est la pire et la plus abjecte des trahisons », dit Rousseau.

— Tu parles de toi, là, j'imagine ? Tu me demandes d'escorter Bruno à un rendez-vous dangereux. Je m'aperçois que je suis en fait en train de livrer des armes à tes sbires dans un camp d'entraînement secret, en pleine forêt[1]. Qui a trahi l'autre ?

Sourans coula un regard de côté, rajusta sa cravate et entraîna l'officier de police bruyant un peu à l'écart avant de répondre :

— Et moi, Mickael ? Avec qui ai-je dû me compromettre afin d'obtenir des papiers pour un migrant ?

---

1. Voir *Sans pitié ni remords*.

lança-t-il en levant un doigt vers les tentes. Sur quels principes ai-je fermé les yeux pour *te* rendre un service qui est aux antipodes de mes convictions ? Tu as entendu mon intervention ? Repousser les envahisseurs, les tueurs, qu'ils soient des assassins de Daech ou des tueurs de femmes… Et j'ai mis tout ça sous le tapis en un clin d'œil, pour toi, mon ami…

Les deux hommes se turent parce que la tension montait entre eux et qu'aucun d'eux ne le souhaitait.

— J'ai besoin de ces papiers pour Jebril. Je livrerai tes armes… déclara le lieutenant sans quitter le camp des yeux.

Sourans soupira.

— Je n'ai plus besoin de toi, Mickael. Nous sommes aujourd'hui très nombreux. Nos idées triomphent en Autriche, en Allemagne, en Pologne, en Hongrie, en Italie. Et ici. Des forces nouvelles se structurent, des forces patriotes. Le pouvoir est à portée. Tu ne me sers plus à rien. Restons-en là.

Dossantos regarda l'élu, devina sa jubilation.

— Et Bruno ?

— Je l'attends. Il ne devrait pas tarder. Il fait du bon boulot. Mais Ferdinand-Xavier est là aussi. Tu te souviens ?

— Le petit roquet qui t'appelle « Maître » en faisant des courbettes et des blagues racistes ?

— Oui ! La description est très fidèle !

— Tu as très bien compris ce que je voulais dire : Et Bruno ? Il lâche l'affaire aussi ?

— Ah ça… Il est beaucoup plus rancunier que moi, tu sais. Et puis, depuis que tu lui as crevé un œil, je crois bien qu'il a décidé de te tuer. Il a un agenda très chargé, mais en ce moment, il est à Paris. J'imagine qu'il souhaitera passer un peu de temps avec toi. Ou avec ta collègue…

Dossantos saisit le col de Sourans. Le type eut l'impression qu'une grue le décollait du sol. Il sourit malgré lui.

— Allons, allons, Mickael. Il y a du monde !

Dossantos regarda les photographes et cameramen qui évoluaient un peu plus loin.

— Je te conseille de retenir ton clébard, alors… rétorqua-t-il.

Il le lâcha et l'élu se rajusta en reculant d'un pas. Dossantos enchaîna :

— On ne va pas tourner autour du pot : je suis venu te dire que tu as gagné. Moi aussi, je vais faire le clébard pour toi. Mais il me faut des papiers pour Jebril et la promesse que l'autre taré nous foutra la paix. Parce que s'il approche de ma collègue, il n'y perdra pas qu'un œil, cette fois. Et dans la foulée, je viendrai te voir.

Henry Sourans passa la main sur la mèche grise qui ornait son crâne, la replaçant pour sa déclaration prochaine devant les caméras. Il leva les sourcils, affectant d'être impressionné par les menaces du flic.

— Tu as mon numéro. Tiens-moi au courant, conclut Dossantos.

Puis il tourna les talons à l'instant où les CRS se mettaient en place dans un roulement de bottes. L'orage n'était plus très loin. Une ligne sombre d'hommes en armure sépara les deux camps ; elle passerait bientôt à l'assaut, distribuerait les coups des deux côtés, devant les objectifs qui ne rateraient rien de la spectaculaire violence ; il y aurait des larmes, des cris, du sang au 13 heures et au 20 heures.

11 h 25

Mehrlicht tournait comme un crapaud-buffle en cage devant le lit du Roumain, dardant sur lui un regard noir et continu. La traductrice parcourait les plus récentes entrées dans le journal d'Yvan Elsinescu, et résumait au fur et à mesure et à haute voix les événements des trois derniers jours, tels que l'homme les avait vécus. Assise près d'elle, Latour l'assistait et l'écoutait.

— Un château, rien que ça… S'il parlait, l'autre Valaque… grogna-t-il.

— À son accent, je pense qu'il vient plutôt de Transylvanie, certainement de Sibiu ou Brasov, corrigea la traductrice.

— Mais il vient d'où il veut, des Carpates ou de la Lune, tant qu'il parle ! tempêta le capitaine.

Le silence se réinstalla. Mehrlicht reprit ses va-et-vient, la traductrice sa lecture. Elle s'arrêta soudain, de nouveau blême.

— « Le Vampire de Gherla »… dit-elle simplement en levant des yeux horrifiés vers l'homme alité.

Les deux flics la regardèrent. Elle tendit une main

pour indiquer qu'elle terminait sa lecture du paragraphe. Alors elle s'expliqua :

— Sa femme Mina est morte à Gherla… C'était l'un des plus abominables centres de détention et de rééducation de la Roumanie de l'ère communiste.

En guise de démonstration, elle traduisit un passage :

— « Nous ne savons que trop bien ce que subissent ces jeunes femmes, Mina. Ô ma Mina ! Les larmes me viennent aux yeux en imaginant ce que tu as toi-même subi aux mains du *Monstru*, l'immonde bête, le Vampire de Gherla. »

— Sa femme a été assassinée par le *Monstru*, comprit Latour.

— Le Vampire… C'est pas vrai…

La traductrice hésita un instant, cherchant où commencer :

— C'est un surnom, évidemment… Comment vous expliquer ? Il fait allusion à une période de l'histoire roumaine. Entre 1965 et 1989, Nicolae Ceaușescu a régné en despote sur la Roumanie, imposant la terreur à toute la population, tuant son peuple à petit feu, dans un pays totalement fermé. C'était un tyran fou et paranoïaque qui a démultiplié les effectifs et les pouvoirs de la *Securitate*, la police politique secrète, pour contrôler toute une population et arrêter les « ennemis du peuple », les opposants au régime. Toutes les communications téléphoniques étaient écoutées. Des micros enregistraient tout ce qui se disait dans les bâtiments d'État comme dans les immeubles d'habitations privées, dans les restaurants, chez les commerçants. Les agents de la *Securitate* eux-mêmes étaient espionnés par d'autres agents de la *Securitate*. Le régime devait se purger de ses traîtres, de ses dissidents, or dans la Roumanie de Ceauşescu, chacun était un traître, pour une raison ou pour une autre… Les Roumains étaient encouragés à dénoncer leurs proches, leurs voisins, leurs collègues… Ne pas dénoncer, c'était trahir. Alors chacun donnait des noms à tort ou à raison, parfois par jalousie, rancœur, souvent parce qu'il valait mieux envoyer un voisin à la mort que de voir la *Securitate* arrêter un conjoint, un fils, un frère…

Elle marqua une pause, visiblement ébranlée.

— Ma grand-mère est morte à Gherla… Elle s'appelait Clara. Je ne l'ai pas connue, mais mon père m'a longuement parlé d'elle. Elle… Elle avait eu du mal à tomber enceinte, puis avait fini par avoir son premier enfant. Jamais de second. Elle rentrait du travail quand une voiture de la *Securitate* s'est arrêtée et l'a enlevée en plein jour. On était en septembre 1974. À l'époque, une loi de 1970 obligeait chaque femme à donner… à *fournir* au moins cinq enfants au régime, sous peine d'amendes, puis de sanctions plus radicales.

— Les femmes sont toujours les premières victimes des conflits, ponctua Latour.

L'interprète opina et poursuivit :

— Ma grand-mère n'a eu qu'un seul enfant. Les médecins ne pouvant trouver de cause biologique, elle a été accusée de trahison, arrêtée et envoyée dans un camp de travail pendant cinq ans puis à la prison de Gherla en vue de sa rééducation. Dans l'aile psychiatrique d'abord, puis dans les sous-sols du centre de détention. Où elle est morte. On sait aujourd'hui ce que subissaient les détenus dans les centaines de prisons, centres de détention, pénitenciers, camps de travaux forcés, centres de déportation et centres psychiatriques du régime : cellules surpeuplées et insalubres, privation de lumière en sous-sol, nourriture avariée étaient le lot commun auquel s'ajoutaient souvent le froid, l'isolement, les humiliations, les tortures physiques et morales… Et le travail à mort. Dans certaines prisons des années 1960, les détenus étaient forcés de torturer eux-mêmes leurs camarades de cellule pour leur soutirer des informations, sous peine d'inversion des rôles… Gherla avait la particularité d'être une prison mixte où étaient écroués les couples. La rééducation n'en devenait que plus simple pour la *Securitate* : on devient docile quand on entend les cris de son conjoint. On devient fou quand on est le responsable de ses cris.

Elle s'arrêta et observa de nouveau l'homme alité.

— Cet homme est manifestement passé par Gherla. Sa femme Mina aussi.

Un silence envahit la pièce tandis que chacun repoussait les images atroces qui infestaient son esprit.

— Mais ce… « Vampire de Gherla », vous en avez entendu parler ? pressa Mehrlicht.

— Non. Pas précisément. Je veux dire… Les tortionnaires, commandants de prison, chefs de camp, les agents les plus zélés du régime, les plus sanguinaires, les plus violents, ont reçu des surnoms terrifiants, comme ailleurs. « L'Ogre de Periprava », « le Boucher de Râmnicu Sărat »… Alors pourquoi pas « Vampire » puisqu'il s'agit de souligner la cruauté de ces tortionnaires et le nombre de leurs victimes ? Pourquoi pas

Dracula ? Le prince Vlad III Basarab de Valachie, qui a inspiré le personnage de Dracula, était surnommé Vlad l'Empaleur parce que, selon la légende, il faisait empaler tous les ennemis qu'il capturait vivants, et tous ceux de ses hommes qui fuyaient la bataille.

— Ça fait du monde, commenta Mehrlicht.

— Le régime communiste a récrit la légende : selon la version officielle, Vlad, héros national, empalait tous les menteurs, les voleurs, les traîtres… Oui, vous avez raison : ça fait du monde. Un rapport du gouvernement paru en 2007 affirme que plus de deux millions de personnes ont été tuées par le régime, près de onze pour cent de la population totale du pays, à l'époque. Un massacre chiffré à cent vingt-deux victimes par jour, en moyenne. Alors, oui, la comparaison a semblé évidente entre les massacres du régime communiste et ceux de Vlad l'Empaleur. Ceaușescu a fait de Dracula une figure nationale de la Roumanie triomphante. Mais la population a eu tôt fait de voir en lui le monstre buveur de sang plutôt que le héros.

— Le *Monstru* ! commenta Mehrlicht.

— Ceaușescu lui-même est surnommé « le Vampire des Carpates » par la population et par la presse étrangère. Et même Dracula, le « fils du dragon » ou « fils du diable », suivant les traductions… Certes à cause des millions de victimes du régime, mais aussi pour d'autres raisons toujours liées au sang. Par exemple, le régime refusait de reconnaître l'existence du VIH et continuait de pratiquer injections et transfusions sans dépistages. Alors, le nombre de malades du sida a explosé… Un autre exemple : une rumeur délirante affirme que Ceauşescu était atteint de leucémie et qu'il avait besoin, pour survivre, de se faire transfuser le sang neuf et pur de jeunes vierges. Cette histoire folle sert à expliquer les disparitions de jeunes femmes...

— Ça ressemble franchement à notre affaire, interrompit Latour.

— Sauf que l'on sait que Nicolae Ceauşescu souffrait de diabète et non de leucémie, répliqua la traductrice. Et que ces femmes ont été victimes du régime, et non d'un vampire. On souligne encore que les époux Ceauşescu ont été jugés et exécutés à Târgovişte qui est justement la ville où est né Vlad l'Empaleur !

— Ouais. Tout est bon pour les associer, quoi...

— Tout à fait. Mais je doute que le Vampire de Gherla, celui que vous recherchez, soit Nicolae Ceauşescu... plaisanta-t-elle.

— Pourtant, c'est bien ce Vampire que notre brave Yvan poursuit depuis des années... ce Vampire qui aurait tué sa femme dans une prison roumaine à l'époque de la dictature, et dont il voudrait se venger aujourd'hui, si je vous suis...

Mehrlicht eut le temps de sortir son mouchoir et de couvrir sa bouche avant d'être pris d'une nouvelle quinte de toux qui secoua tout son corps. Après un instant, il poursuivit :

— Excusez-moi... Continuez votre lecture jusqu'à la dernière page. Il en reste beaucoup ?

— Non, une dizaine.

— OK. Ensuite, on cuisinera notre bestiau.

On frappa soudain à la porte qui s'ouvrit. Dossantos parut, portant deux sacs-poubelle noirs sur son dos.

— Dis-moi que tu as trouvé quelque chose ? le pressa son chef de groupe.

— On peut dire ça, oui…

Il s'approcha du lit et vida le premier sac sur les jambes du Roumain. Vingt-deux carnets identiques s'étalèrent sous leurs yeux. Yvan se cabra, en vain, retenu par ses menottes.

— C'est tout en roumain évidemment… précisa le massif lieutenant.

— Évidemment. Et on n'a pas vraiment le temps de se faire un atelier lecture… Et l'autre ?

Dossantos empoigna le second sac et en déversa le contenu sur le lit.

— Non, tu rigoles ! crissa Mehrlicht.

— Bah non.

— On a affaire à un sérieux client… commenta Latour.

La traductrice interrompit sa lecture pour jeter un regard en direction du lit. Sur le drap, à côté des vingt-deux carnets, elle vit un crucifix, deux pieux de bois d'une trentaine de centimètres de long, taillés en pointe, et un maillet.

12h30

Mehrlicht avait saisi l'un des morceaux de bois et l'agitait sous le nez du convalescent.

— Un pieu d'aubépine dans le cœur ! C'est ça, ton projet, Yvan ? Mais tu dérapes sérieusement de la touffe, mon gars…

La traductrice remplit son office tant bien que mal.

— Il est persuadé de poursuivre un vampire, un vrai, commenta Latour.

— Alors, on va charger nos flingues avec des balles en argent, ce sera plus sûr ! crissa Mehrlicht, intempérant.

— Les balles en argent, ça tue les loups-garous, non ? tenta de corriger Dossantos, qui avait pourtant regardé tous les épisodes de *Being Human*.

— Aussi ! Si on en trouve, on fera d'une pierre deux coups ! Sophie, faudra nous dégoter de l'eau bénite, des gousses d'ail ! Un briquet ! Si on tombe sur le vampire, on pourra toujours essayer de le pousser dans le feu, ou de le traîner à la lumière du soleil !

— Je… je traduis ça aussi ? s'enquit la jeune femme.

— Non, laissez tomber…

— «*Non, non, tout mais pas ça ! Tais-toi, tais-toi, non ! Ne raconte pas ça !*» supplia Hubert Mounier.

Mehrlicht ne pesta même pas. Désabusé, il regarda l'écran de son portable et soupira.

— C'est Dubois. Parce que, aujourd'hui, rien me sera épargné… C'est le karma qui frappe, qui vient clamer son dû. Je suis un Kermit karmique… Allô !

— Capitaine ?

— Plus pour très longtemps, j'espère. J'aurai bientôt le droit à un repos franchement mérité ! Voire éternel… grinça-t-il.

Silence.

— Dubois ! Oui, c'est moi ! Vas-y ! Dubois, vas-y ! Crache le morceau !

— Je… (Il baissa la voix.) Je l'ai fait. Je suis entré.

— C'est super, Dubois ! Je suis tellement heureux… Je comprends rien à tes salades !

— Je suis entré sur le site. Dans le donjon. J'ai retrouvé Viktor.

Mehrlicht écarta le combiné et s'adressa à ses deux lieutenants :

— C'est Dubois. Il dit qu'il a retrouvé Viktor dans le donjon… Je mets le haut-parleur parce que je patauge dans le pastis, là… Vas-y !

— Je suis entré. J'ai utilisé un VPN polonais et j'y suis allé en brute force et attaque du dictionnai…

— Dubois ! Qu'est-ce que tu as trouvé ? gronda Latour.

L'informaticien reconnut la voix du succube qui était apparu dans son bureau. Il enchaîna :

— Le même mot de passe que l'ordinateur : «*Fidelis*

ad mortem» ! J'ai eu accès au *log* des échanges, toutes les conversations que Lucie Maturin et Viktor ont eues… C'est très bizarre. Elle lui a écrit des poèmes romantiques, mais macabres, à la fois. Et en lettres gothiques !

— Tu peux me les envoyer sur mon portable, s'il te plaît ? demanda Latour.

— Bien sûr. Ça a duré quelques semaines puis ils se sont vus en IRL dans un bar parisien…

— « IRL » ? s'enquit Mehrlicht.

— *In Real Life*, expliqua l'informaticien. Dans la vraie vie, en vrai, pas en ligne. Ils devaient se rencontrer pour faire une sorte de pacte de sang… C'est l'expression qu'ils utilisent. Un pacte de sang. Et elle a accepté de venir chez lui.

— Pour lui donner son sang. C'est ce que nous a dit sa copine Cathy ! compléta Dossantos.

— Oui. Elle évoque même un rendez-vous chez Viktor avec Cathy.

— Quoi ? coassa Mehrlicht. Tous les trois ?

— Oui, gémit Dubois. Lucie l'a organisé parce que Cathy insistait.

— Mais elle nous a affirmé, les yeux dans les yeux, ne pas connaître ce Viktor, ne l'avoir jamais vu ! Quel Cahuzac !

— Ah non, c'est faux, s'insurgea Dubois, comme si c'était lui qui avait menti.

— Peut-être que la rencontre n'a jamais eu lieu, supposa Latour.

— Elle nous aurait menti ? Mais pourquoi ? s'étonna Dossantos, qui n'aimait pas qu'on mente à la police.

Mehrlicht secoua la tête, consterné.

— Dubois, tu nous convoques Cathy au Central pour je-ne-sais-quel-prétexte. On va la cuisiner…

— Dis-lui qu'on voudrait connaître un peu mieux ses copains étudiants, compléta Latour, qui préférait ne laisser aucune latitude à l'informaticien.

— Très bonne idée, ponctua Mehrlicht. Et elle va se déboutonner, je vous le garantis !

Il marqua une pause puis fit l'effort :

— Bien joué, Dubois.

— Ah ! Merci ! Merci, capitaine !

Dubois semblait vraiment transporté de joie.

Silence.

— À plus tard, lança Mehrlicht en attrapant son portable.

— Attendez !

— Tu as autre chose ?

— Oui. J'ai remonté l'IP de Viktor. Et je l'ai logé.

— C'est maintenant que tu nous le dis ? grogna Mehrlicht.

— Son IP est rattachée à l'ambassade de Roumanie. Évidemment, là, je… Je n'ai pas essayé de fouiller…

— Il vaut mieux ne pas hacker le serveur d'une ambassade, confirma Dossantos qui regardait assidûment *Mr. Robot*.

— Comme Lukas Karlov ! ponctua Latour. Ce serait son pseudo ?

— Je ne crois pas, répondit Dubois. J'ai vérifié dans la liste des personnels en poste à l'ambassade. Elle est accessible en ligne.

Il fit silence de nouveau.

— Accouche ! grogna Mehrlicht.

— Le médecin général de l'ambassade s'appelle Viktor Valak.

— Bingo ! triompha le capitaine.

— Sauf qu'en tant que personnel d'ambassade, il a l'immunité, pondéra Latour.

— Et Lukas Karlov ne serait pas le tueur, alors ? intervint Dossantos, déçu.

— On te rappelle, Dubois.

— Attendez, capitaine ! Je l'ai logé, je vous ai dit ! L'ambassade a mis à sa disposition une maison dans le XIXe arrondissement, près des Buttes-Chaumont, au 22-24, rue Edgard-Poe. J'ai vérifié en ligne : c'est un gros bâtiment médiéval, un ancien prieuré qui a accueilli des moines jusqu'à la fin du XVIIIe siècle.

— Le château, commenta Latour.

— Ouais ! Un vieux monastère ! « Le Diable dans la Maison Dieu », grinça Mehrlicht.

— Hein ? fit Dossantos.

— La Grand-Mère Maturin tire les cartes du tarot. Elle disait hier que le tueur était le Diable dans la Maison Dieu… Que c'était un voyageur, qu'il était de passage…

— Personnel d'ambassade, ça voyage…

— … et que sous son masque, il était une bête… Que sa nature était double.

— Ça se tient, confirma encore Dossantos. Médecin le jour et tueur la nuit.

— Docteur Jekyll et Mister Hyde.

— Ou qu'ils sont deux, objecta Latour.

— Put… Bon, on te laisse Dubois.

— O… OK.

Mehrlicht raccrocha.

— Tu crois qu'on a raté un épisode, Daniel ?

— Bertrand s'occupe de Lukas Karlov… Il faut qu'on se rencarde sur ce… Viktor Valak ! Et vite ! conclut Mehrlicht.

Yvan Elsinescu regardait le groupe de flics qui déambulaient, s'ébattaient et débattaient devant lui. Le petit, le chef, celui qui avait une tête de crapaud, qui semblait particulièrement hargneux au début, s'était un peu adouci à mesure que la jeune traductrice avait déchiffré son journal, son histoire. Yvan se surprit même à penser que le petit homme le prendrait peut-être en pitié. Mais la police était partout la même, et servait les puissants. En Roumanie, elle était l'ennemie du peuple. En Albanie, en Allemagne, elle avait protégé le *Monstru* face à ses accusations, et l'avait puni, *lui*, chaque fois, jeté en prison, chassé du pays. Il n'y avait aucune raison pour que cela changeât. Pourtant, Yvan voyait là sa seule chance de sortie. Et puis ces policiers finiraient bien par lire l'ensemble des carnets et par comprendre. Il devait prendre les devants. Il en était à ce point de ses réflexions lorsqu'il entendit le nom de Viktor Valak. Ils avaient fait le lien et se rapprochaient maintenant du *Monstru*. Sûrement ils ne tarderaient pas à lui rendre visite. Innocemment. Et le *Monstru* s'enfuirait. Et lui serait renvoyé en Roumanie. Encore et toujours. Yvan observa ses menottes et choisit de changer de destin.

— *Lukas Karlov est le tueur de femmes que vous cherchez,* déclara-t-il soudain.

Les flics autour du lit se figèrent quand l'interprète traduisit.

— *Mais il n'agit pas seul ; ils sont deux. Karlov n'est que l'homme de main, l'âme damnée du docteur Valak.*

Il marqua une pause devant la mine ébaubie des policiers, puis conclut :

— *Viktor Valak, c'est lui, le Vampire de Gherla. C'est lui, le Monstru.*

12h40

Immobile et silencieux, Lukas Karlov se tenait face au large miroir en pied de sa vaste chambre, au premier étage. Il détailla du regard ses vêtements sombres, ce costume dont il avait cinq exemplaires identiques dans la penderie, cinq costumes noirs et cinq chemises noires taillés sur mesure pour couvrir ce corps long et épais. Depuis l'adolescence, il n'avait porté que cette tenue. Et des chaussures de cuir noires, lourdes et solides. Il en avait toujours été ainsi ; il n'avait jamais contesté ce choix qui n'était pas le sien. Muré dans sa solitude, Karlov peinait à comprendre à quoi servait sa vie. Cette non-vie. Depuis peu, il revoyait des images de son enfance, en rêvait parfois. Son existence s'était écoulée dans une sorte de demi-sommeil dont il semblait s'éveiller. Il ne remettait pas en cause sa loyauté envers celui qui lui avait sauvé la vie quand il était enfant. À onze ans, Lukas s'était retrouvé avec ses parents dans l'enfer de Gherla. Toute la famille avait été arrêtée sur une dénonciation anonyme parce que son père écrivait un livre. Pas une fiction. Il y racontait leur quotidien, les pénuries, les célébrations imposées, les couvre-feux de 22 heures, les disparitions. Il relatait ses journées à l'usine, les cadences délirantes, les salaires de misère... À chaque page, il y conspuait « ces salauds de communistes » et leur « enfoiré de chef », moquait le « génie des Carpates », le « Danube de la pensée » et sa femme Elena, sa vice-Première ministre ! Elle en prenait pour son grade ! Le pays tout entier savait qu'elle avait arrêté l'école à quatorze ans. Chaque nouveau diplôme que lui remettait l'université de Bucarest était source d'inédites plaisanteries. Alors quand ce fut au tour des universités étrangères de lui accorder des titres de docteur *honoris causa* en chimie, aux États-Unis, en Grèce, en France, en Argentine, le tout amplifié, déformé par la presse d'État, parfois diffusé à la télévision nationale en différé, les blagues de son père sur la bêtise de l'usurpatrice allèrent bon train. À l'époque, Lukas n'avait pas compris tout le sel de ces railleries, ni le défouloir que représentait l'écriture pour son père. Mais certaines plaisanteries faisaient particulièrement rire leur auteur. Alors Lukas en avait retenu une qui l'avait amusé lui aussi : Elena a fait fermer toutes les radios locales pour faire baisser la radio-activité dans le pays ! Et il l'avait répétée à quelques copains de l'école. Ils avaient bien ri. Lukas avait expliqué que son père qui était très drôle écrivait un livre qui était très drôle, mais qu'évidemment c'était un secret. Le soir même, la *Securitate* les avait raflés, son père, sa mère et lui, et transportés à Gherla, sans un mot, sans un procès, sans personne pour s'en alarmer.

Après une dizaine d'heures de route, ils avaient franchi le haut portail de la prison. Ils avaient été séparés, placés dans différentes cellules bondées dans les sous-sols. Lukas s'était retrouvé parmi une douzaine d'hommes, inconscient, du fond de sa terreur, qu'il ne reverrait jamais ses parents. Et le temps avait passé, des heures, des jours de privation, de faim, de froid et de violence. Au troisième jour, un prisonnier, un grand type édenté, avait voulu lui prendre sa gamelle de gruau. Il avait résisté. L'autre l'avait poignardé. On lui avait ensuite raconté que deux gardes avaient aperçu son corps inanimé à travers les barreaux. Ils avaient ouvert la cellule et découvert la mare de sang dans laquelle il baignait. Ils l'avaient sorti au moment où le docteur Valak faisait un tour d'inspection. Grand, le cheveu noir coiffé en arrière, il arpentait d'un pas lent le couloir de ronde dans sa blouse blanche, passait en revue les cages immondes et leurs occupants crasseux, examinait chacun derrière ses lunettes noires. Il venait en général le mardi et repérait ceux qui parmi les prisonniers avaient le plus « besoin de soins ». Personne n'était dupe. Chacun tremblait pour sa vie quand paraissait le Vampire de Gherla. Les détenus, hommes ou femmes, qui partaient dans l'aile médicale ne revenaient pas. Le docteur Valak avait interrompu les deux gardiens à l'instant où ils portaient le corps à la fosse commune. Il avait examiné l'enfant, avait ordonné qu'on le transportât en urgence à l'infirmerie. Là, lui avait-on encore raconté, enfermé dans sa salle d'opération, le médecin avait combattu la mort pendant deux jours et deux nuits, cousant, recousant des organes et des artères, rapiéçant les chairs, réparant la vie. Durant deux jours et deux nuits, il avait ordonné qu'on lui rapportât plus de sang pour transfuser l'enfant, encore et encore, indifférent aux pertes collatérales. Au matin du troisième jour, le pouls s'était stabilisé ; l'enfant était sauvé. Quatre hommes et trois femmes avaient perdu la vie.

Immobile et silencieux, Lukas Karlov se tenait face au grand miroir en pied de sa chambre. Il déboutonna sa chemise lentement de haut en bas et en écarta les pans. Les cicatrices violettes qui sillonnaient son torse et son ventre dessinaient un labyrinthe étrange, un entrelacs de coutures tendues, comprimées, semblant sur le point de rompre sous les coups réguliers, les battements d'une vie emprisonnée à l'intérieur, et le ressac d'un souffle qui gonflait sa poitrine puis l'abandonnait. Une vie qui s'en était enfuie, que l'on avait rattrapée et encagée de nouveau dans ce corps mort. Était-ce bien sa vie qui cognait là-dedans ? Ou celle d'une des trois femmes, d'un des quatre hommes tués à Gherla pour que lui vive. Une vie pour une vie. Une vie qu'il avait passée à prendre celle des autres.

— Lukas !

S'élevant du rez-de-chaussée, la voix grave et lointaine résonna dans le grand escalier de pierre, franchit la porte close et envahit la chambre. Lukas se rhabilla lentement et traversa la pièce, ses talons épais claquant sur le parquet. Il ouvrit la lourde porte de bois et sursauta. Le docteur Valak se tenait là, grand, maigre et solennel. Il apparaissait souvent ainsi, sans qu'on l'entendît, alors qu'on le croyait ailleurs. Il se mettait à parler et faisait bondir ses interlocuteurs qui se trouvaient soudain confrontés à son allure altière que renforçaient un nez en bec d'aigle et l'épaisse barre de sourcils qui surplombait un regard perçant. Son costume noir et son teint livide ajoutaient à l'autorité, ses fines lunettes noires à l'étrangeté : l'homme souffrait de photophobie depuis toujours ; il fuyait les lumières vives qui lui causaient de foudroyantes migraines.

— Je voudrais que tu viennes avec moi au salon, dit-il simplement, sans émotion, avant de repartir, faisant à peine grincer le parquet ancien sous son pas rapide.

Lukas le suivit, descendit l'escalier derrière lui, traversa le grand hall, passa sous l'imposant lustre de cristal et le rejoignit au salon. Les déplacements, les mouvements de Valak étaient vifs, gracieux, si bien que l'on soupçonnait rarement que l'homme pût approcher les soixante-dix ans. Il paraissait en avoir quarante, cinquante au plus. Le docteur contourna la table basse et s'installa dans un fauteuil club en face de la cheminée où se tordait un feu tourmenté. Il invita Lukas à prendre place près de lui. Les deux hommes restèrent ainsi quelques instants, le regard perdu dans la sarabande des flammes. Lukas leva les yeux vers le grand tableau qui surplombait l'âtre, le docteur Viktor Valak en pied, à trente-cinq ans, fier et magnifique dans son costume noir.

— Si je demeurais toujours jeune et que le portrait vieillisse à ma place ! Je donnerais tout, tout pour qu'il en soit ainsi. Il n'est rien au monde que je ne donnerais. Je donnerais mon âme ! plaisanta le docteur.

Lukas Karlov sourit, devinant que cela plairait à son maître. Après un nouveau silence, Valak reprit :

— Tu vas me raconter, Lukas. Tu vas me raconter tout ce qui s'est passé ce week-end, dit-il d'une voix traînante.

Lukas déglutit, perplexe et inquiet.

— J'ai fait tout ce que vous avez ordonné, maître.

Valak se pencha pour attraper une télécommande sur la table basse. D'une pression, il alluma la télé. Un jeune homme en costume bleu portant un micro racontait sur un quai de Seine une abominable histoire de femmes exsangues repêchées dans la nuit, victimes supposées d'un tueur de femmes buveur de sang, qu'on surnommait déjà le Vampire de Paris. Lukas sentit la peur l'envahir à mesure qu'il comprenait la situation, et ses conséquences.

— Maître, j'ai fait comme à Tallinn, au lac Ülemiste, ou à Erevan dans le lac Sevan… Mais il n'y avait que la Seine à Paris. Je les ai lestées avec…

Valak acquiesça. Il voulut dire quelque chose, mais Lukas continua de se justifier.

— Et hier, au Père-Lachaise, la police était là. Je n'ai pas pu…

Valak leva une main autoritaire. Lukas se tut.

— Je sais que tu as fait de ton mieux, Lukas. Je suis fier de toi. Malheureusement, nous sommes de nouveau découverts. L'ambassade m'a téléphoné il y a quelques minutes. La police les a appelés.

Le feu crépita et envoya voleter dans l'air quelques escarbilles.

— Ils te cherchent.

Les yeux de Lukas s'écarquillèrent.

— Mais comment… Comment est-ce possible ?

Maître, je ne me suis jamais montré, je n'ai laissé aucune…

De nouveau, Valak leva la main.

— Nous sommes si près du but, Lukas. Après tant d'errements… et d'errance ! Jusqu'ici, évidemment, mes incantations demeuraient sans effet, mais j'attribuais mes échecs plutôt à des erreurs dues à mon inexpérience qu'à un manque de savoir-faire ou à une carence dans les théories de mes éducateurs. Mais aujourd'hui, nous y sommes ! Notre grand œuvre ! Une révolution ! Je ne puis interrompre encore mon travail. Je vais faire le nécessaire pour quitter ces lieux au plus vite, et rentrer au pays.

— Je prépare nos bagages, maître.

Valak se pencha, plantant ses coudes sur ses genoux, presque rêveur.

— Tout ce chemin parcouru, Lukas, depuis Gherla. Depuis ce jour où je t'ai trouvé sur mon chemin et ramené à la vie. Toutes ces années que nous avons passées côte à côte d'un bout à l'autre du monde. Je t'ai appris presque tout ce que je sais… Presque tout.

— Je vous en suis reconnaissant. Pour toujours. Parce que vous m'avez sauvé, parce que vous m'avez épargné les horreurs de Gherla, parce que vous m'avez élevé…

— … comme mon fils, Lukas, tu peux le dire ! Même mieux ! Comme mon double, mon *alter ego*. Nous sommes les deux faces d'une même pièce. Nous avons partagé tant de noirs secrets durant plus de trente ans. Jusque dans nos blessures…

Il releva sa manche pour exhiber avec fierté la

cicatrice d'une vingtaine de centimètres, purpurine et hideuse, qui courait sur son bras et qu'il montrait souvent à Lukas, soulignant là un autre de leurs points communs.

— Moi aussi, j'ai senti la caresse de la mort, Lukas. Moi aussi, je me suis relevé. Nous ne faisons qu'un depuis tellement longtemps…

— Et je vous serai éternellement fidèle, maître, parce que ma vie vous appartient. Je suis tel que vous m'avez façonné, tel que vous m'avez modelé. Sans vous, je serais voué au néant… Je fais le nécessaire pour préparer notre départ.

Valak se redressa dans son fauteuil.

— Pas cette fois, Lukas. Pas cette fois…

Lukas Karlov se figea. Il lui sembla que la foudre venait de s'abattre sur son cœur. Valak soupira.

— La police connaît ton nom. C'est toi qu'ils veulent. Tu es le tueur de femmes. C'est toi, le Vampire de Paris.

Lukas sentit comme une brûlure dans sa poitrine. Le docteur Valak poursuivit :

— Il est temps d'effacer ce passé et les soupçons qui convergent vers nous dans tous ces pays que nous avons traversés. Ils traqueront le coupable encore et encore, à moins qu'ils ne l'attrapent. Aujourd'hui. Tu comprends, mon fils ?

— Oui, maître.

Valak se leva de son fauteuil et vint lui poser la main sur l'épaule.

— Une vie pour une vie. Pense à tous ceux qui sont morts pour que tu vives. Pense à tous nos efforts pour terminer nos recherches. Pense à Ileana. Une vie pour une vie. Je sais que tu me seras éternellement fidèle, Lukas, mon fils.

Il se tut un instant puis conclut :

— Il faut que tu dises au revoir à Ileana. Viens. La police sera bientôt là.

12h45

L'homme au visage tuméfié et partiellement bandé dévidait le fil de son histoire :

— *Le docteur Valak et Lukas Karlov étaient inséparables à Gherla. Le maître et son serviteur dévoué... Quand j'y suis arrivé, Karlov était un adolescent prisonnier d'un corps d'enfant. Il devait avoir treize ou quatorze ans mais mesurait un mètre trente, au plus. Il portait un costume noir trop petit, toujours le même. Les détenus racontaient qu'à onze ans, Karlov s'était retrouvé à Gherla par erreur, puisque les enfants de prisonniers étaient d'ordinaire envoyés dans les orphelinats d'État où ils étaient... rééduqués. Mais lui avait été conduit avec ses parents à Gherla. À leur arrivée, son père et sa mère avaient été déportés vers un camp de travail. Lukas Karlov avait été enfermé dans une cellule d'hommes. Il se disait qu'un prisonnier avait voulu lui voler sa ration du jour, que le gamin s'était défendu et s'était fait poignarder. Le Vampire l'avait sauvé. Depuis lors, le gamin adorait le docteur Valak. On le voyait trottiner derrière le médecin-chef de Gherla pendant son inspection des cellules, la sélection de ses prochaines victimes. Puis l'adolescent a commencé à participer aux interrogatoires du Monstru, à ses expériences... Au bout d'un an, Karlov venait seul choisir les hommes qui devaient rejoindre l'aile médicale. De sa voix fluette et sèche, il ordonnait aux gardes de sortir tel ou tel prisonnier de son cachot et de l'amener au docteur Valak. Je me souviens de ses yeux éteints, de ce petit bonhomme aux cheveux noirs en bataille qui ne souriait jamais et distribuait la mort. C'était ça aussi, l'enfer de Gherla : un enfant fou qui désignait chaque matin ceux qui devaient mourir... Valak, lui, s'occupait des femmes.*

Il marqua une pause.

— *C'est entre ses mains que Mina est morte... Ma femme Mina.*

Il ferma les yeux et sa voix se fissura.

— *Je ne l'ai appris que plusieurs jours après, par les détenus chargés de transporter les corps au cimetière de la prison. Il y avait un vaste champ à l'époque qui jouxtait le camp, un terrain truffé de tombes, chacune affublée d'un numéro. Dès que la révolution a éclaté à Bucarest en 1989, la Securitate a fait labourer la terre de ce cimetière pour qu'on ne puisse retrouver personne, ni découvrir ce que tous ces prisonniers avaient subi entre ces murs. Mais moi, je sais. Comme nombre de détenus, Mina a été vidée de son sang par le Vampire. Vampirisée, détruite.*

— Que faisait-il de tout ce sang ? s'enquit Mehrlicht. Il le buvait ?

— *Évidemment ! C'est ce à quoi sont contraints les vampires pour combattre la mort qui les ronge, et caricaturer la vie. La non-vie, tel est son état, une existence mâtinée de terreur, de nuit et de sang. La rumeur affirmait qu'il menait des recherches scientifiques, des expériences dans son laboratoire. Certains disaient qu'il cherchait l'immortalité... Mais moi, je sais !*

— Un savant fou, il manquait plus que ça au tableau… grogna Mehrlicht.

— Un boucher… souffla Latour.

— Et il n'est pas en prison, évidemment… s'offusqua Dossantos.

— *Un vampire, je vous dis ! Mort, il l'était déjà. Mort-vivant ! Une créature de la nuit et du mal ! Ces fadaises d'expériences ne servaient qu'à camoufler la vraie nature du Monstru ! Et son besoin de sang pour se nourrir !*

Les trois flics se regardèrent à la dérobée, mais le laissèrent poursuivre. Alors, l'homme se calma.

— *En 1989, après l'exécution de Ceaușescu, j'ai été libéré. Comme beaucoup de Roumains, j'ai recherché les membres de ma famille. Tous étaient morts pendant les quatre dernières années de la dictature, à l'exception de la mère de Mina. Nous avons essayé de localiser leurs tombes, en vain. Et je n'ai jamais retrouvé le corps de Mina... Je l'ai recherché longtemps, suivant la progression des exhumations, les découvertes d'ossements autour de la prison, pendant qu'aux quatre coins du pays, on déterrait des charniers. Dans les archives de Gherla, j'ai bien trouvé sa fiche qui portait la date de sa mort. Je l'ai là, avec moi, dans le carnet de 1991-1993. Et sa photo est dans mon portefeuille. Mais jamais de corps... Le régime venait de s'effondrer. Les frontières qui nous emmuraient s'étiolaient. Nous pouvions enfin entrevoir le reste du monde. La Pologne, la Hongrie, l'Allemagne de l'Est s'affranchissaient aussi de leurs dictateurs communistes. Alors, nous avons fêté notre liberté nouvelle et pleuré nos morts. Nous avons façonné nos républiques et élu nos gouvernements. Dans l'euphorie de la libération, nous en avons presque oublié de punir nos anciens bourreaux, tous ceux qui avaient été les engrenages sanguinaires d'une machine à briser les hommes. Et le Monstru qui profitait de ce masque pour dissimuler sa vraie nature infernale ! Du jour au lendemain, le pays les a rayés de son histoire.*

— Le monde entier a vu la mort des Ceaușescu, corrigea Mehrlicht.

— *Oui, un procès sommaire et un peloton d'exécution*, agréa Yvan Elsinescu, agitant bandages et menottes. *Mais tous les autres ?*

— Il y a tout de même eu les procès de deux commandants de camp : Alexandru Visinescu et Ioan Ficior. Et le procès des « minériades » ! répliqua l'interprète dans les deux langues.

— *À partir de 2015 ! Pour des exactions qui remontaient parfois aux années 1950, pour lesquelles ne subsistait aucun témoin. On a jugé des vieillards de quatre-vingt-cinq ans parce que quelques irréductibles n'ont jamais baissé les bras ! La nuit de Noël 1989, la Roumanie a fermé les yeux sur son passé.*

L'interprète tenta d'expliquer aux policiers :

— Les Roumains étaient traumatisés par des années de dictature, et voulaient oublier ! Et puis le travail d'enquête était difficile… La *Securitate* a détruit une bonne partie de ses archives. Le reste, plus de deux millions de dossiers, a longtemps été classé confidentiel.

Quand elle traduisit, Yvan protesta en se cabrant :

— *Des foutaises ! On veut oublier pour protéger les coupables, toujours en poste au gouvernement ou à l'Assemblée nationale !* s'emporta-t-il. *Des députés, des policiers, des juges, qui la veille encore étaient des officiers de l'armée de Ceaușescu ou des agents de la Securitate !*

— Pour certains, oui, vous avez raison… Mais en 1989, les Roumains aspiraient à une autre vie, pas à la vengeance. Pas à d'autres emprisonnements, d'autres exécutions… Personne ne voulait découvrir que sa femme, sa sœur, son fils l'avait trahi pour sauver sa peau. Les Roumains avaient besoin de tourner le dos à tout ça !

— *Pas moi.*

Un silence passa.

— Et vous traquez le docteur Viktor Valak depuis tout ce temps, compléta Mehrlicht.

— *Depuis… presque trente ans. Et il n'y aura aucune justice en ce bas monde tant que je n'aurai pas tué le Monstru. Tant qu'il marchera sur cette terre ! Tant que je n'aurai pas réduit ce vampire en poussière, et envoyé son âme maudite au Tartare !*

Dossantos opina du chef sous l'œil affligé de son capitaine. Le téléphone du lieutenant sonna soudain, quelques notes de musique en cascade. Il s'écarta pour prendre la communication lorsque celui de Latour retentit à son tour.

— Bon qu'est-ce qui se passe, là ? C'est le standard

de Cognacq-Jay ici, ou quoi ? s'emporta Mehrlicht dont le corps commençait furieusement à manquer de nicotine.

Les deux lieutenants s'éloignèrent vers un coin de la chambre.

Mehrlicht les ignora, se racla la gorge, s'avança vers Yvan et reprit :

— Et le pieu ? C'est ça, la méthode ? lança-t-il.

Elsinescu scruta la pointe de bois.

— *Vous ne savez pas à qui vous avez affaire... Un jour, en 1991, j'ai croisé le Monstru à Timisoara. Un hasard. Presque un hasard, parce que je cherchais Mina, sans me douter en fait que c'était lui que je traquais déjà. C'était à l'hôpital de Timisoara. Je venais rencontrer le dentiste. Il avait un moulage des dents de Mina et... Pour l'identification. C'est là que je l'ai vu. Son costume noir, ses lunettes noires. Il était dans le hall d'entrée et quittait un collègue en blouse blanche. Mon esprit s'est figé, mais mon corps, lui, a tout de suite su, a tout de suite reconnu son bourreau. J'ai ouvert mon canif...*

Il voulut tendre un doigt vers l'armoire, mais la menotte retint son geste.

— *J'ai toujours un petit couteau pliant sur moi. Depuis Gherla... Je l'ai ouvert dans la poche de ma veste et je l'ai suivi dans la rue sur une bonne cinquantaine de mètres.*

Il s'arrêta pour laisser les deux autres flics revenir du fond de la chambre, puis reprit :

— *Il s'est dirigé vers une voiture garée là et a ouvert la portière. Avant qu'il ne grimpe dedans, je l'ai rejoint. Je ne savais pas ce que je faisais. J'étais... quelqu'un d'autre. Un camion est passé près de nous à ce moment-là, lâchant un coup de Klaxon assourdissant. Il a sursauté, s'est presque retourné pour accueillir ma lame jusqu'au manche. Le sang a ruisselé sur ma main, chaud et poisseux. Alors, j'ai tiré d'un coup sec vers le haut pour finir de l'éventrer. Il a hurlé, vacillé et je l'ai regardé tomber en avant, et gésir là, à plat ventre, dans son sang qui se répandait sous son corps. J'étais paralysé, mon âme battue par des émotions contraires de terreur et de joie, d'horreur et de soulagement devant le cadavre du Monstru, la dépouille du Vampire de Gherla ! Je l'avais tué ! J'avais vengé Mina !*

Les yeux du Roumain brillaient d'extase, son visage déformé par une rage ancienne. Mais ses traits s'alourdirent soudain.

— *Alors, il a commencé à se relever. Je n'en croyais pas mes yeux ! J'étais horrifié ! Il s'est relevé en me souriant. À ce moment précis, j'ai vu sa vraie nature, le visage de la bête immortelle, du buveur de sang condamné à la non-vie ! Une voix a appelé soudain. Un passant, puis un autre accouraient. J'ai pris la fuite, j'ai couru aussi vite que j'ai pu. Parce que désormais, je savais que « Monstru » et « vampire » n'étaient pas de simples surnoms donnés à leur bourreau par des prisonniers terrorisés. Non. Le Vampire de Gherla était bel et bien un vampire ! Une créature du mal que seuls les armes en argent et les pieux d'aubépine en plein cœur peuvent terrasser !*

Les trois flics se regardèrent de nouveau, mais aucun

ne fit de commentaire. Si cet homme pouvait développer des arguments logiques, sa raison avait manifestement souffert de toutes ces années d'incarcération, de torture, puis d'errance et de chagrin. Depuis trente ans, transportant ses pieux et son maillet, il poursuivait un vampire.

— *Il a tué ma Mina ! Vous devez me laisser le détruire. Ni vos armes ni vos prisons ne pourront rien contre lui ! Vous échouerez ! Karlov s'interposera ! Son corps a grandi mais il est resté cet enfant docile jusqu'à la folie ! Il vous tuera ! Pas moi ! Je sais comment faire ! Laissez-moi partir !*

Les trois flics s'écartèrent du lit pour converser à distance des cris d'Yvan Elsinescu. Dossantos semblait mal à l'aise.

— Je suis convoqué par l'Inspection générale. Ils ont du neuf sur l'agression de Jebril et veulent me voir tout de suite.

Latour et Mehrlicht le dévisagèrent. Un temps soupçonné, Mickael avait subi un interrogatoire au long cours dans les locaux de l'IGPN dont il était ressorti blanchi. Que pouvaient-ils bien lui vouloir aujourd'hui ?

— Bon… C'est pas vraiment le moment, mais t'as pas le choix… Vas-y, trancha Mehrlicht. Il faut en finir avec tout ça.

— On a rendez-vous dans moins d'une heure avec Saint-Croix, capitaine.

— Put… Je l'avais oublié, celui-là… Mickael, va voir les bœufs ! On lui expliquera…

Dossantos acquiesça, lança un regard timide à Latour et quitta la pièce sous les cris du Roumain.

Latour se rapprocha de Mehrlicht.

— Bertrand est parti interpeller Karlov. On devrait peut-être le prévenir, non ?

— Karlov doit lui aussi avoir l'immunité diplomatique. Bertrand n'interpellera personne. Et puis il nous a dit de dégager ! Deux fois ! Alors on va s'en occuper nous-mêmes. Pour Lucie…

— *Moi seul peux anéantir le Monstru ! Vous devez me laisser partir ! Il va noyer Paris dans le sang !* s'écria l'interprète.

— Vous pouvez arrêter de traduire, maintenant, la tança Mehrlicht. On a fini, on y va. Lui reste ici sous bonne garde. Et vous, vous venez avec nous au Central pour terminer la traduction des carnets.

La jeune femme acquiesça de la tête et se leva.

Latour et Mehrlicht ramassèrent les cahiers d'Yvan Elsinescu ainsi que son crucifix, ses pieux et son maillet, les glissèrent dans les sacs, puis quittèrent la chambre en compagnie de l'interprète, ignorant les vociférations, exhortations, objurgations et autres admonestations du chasseur de vampire.

12h50

Lukas Karlov, silencieux, suivait le docteur Valak dans l'escalier qui menait à la cave. Dans la lumière diffuse du sous-sol, Karlov le remarqua encore, les pas du médecin ne produisaient aucun son sur la pierre nue. Les deux hommes s'engagèrent ensuite dans le long couloir qu'ils remontèrent, passant sous les voûtes et les arches ocrées par le temps, jusqu'à la dernière porte. Le docteur tira une clé de sa poche de pantalon et fit claquer la serrure. Il poussa le lourd battant métallique et entra. Karlov sentit ses tripes se serrer. Jamais, quelle que fût l'urgence, il n'avait été autorisé à venir ici. Personne, du reste. Même au jour de leur emménagement en ces murs. Valak avait fait livrer par des déménageurs allemands des caisses fermées qu'ils avaient descendues directement dans la crypte avant de repartir outre-Rhin. Les rares employées qui, au début de leur installation, venaient au château, la femme de ménage et la cuisinière, avaient rapidement été renvoyées. Valak tolérait les interventions du jardinier dans le parc selon un calendrier inflexible. Personne n'était admis dans les sous-sols. C'était le sanctuaire de Valak, son antre dans les profondeurs de cet ancien monastère. Et aujourd'hui, le maître invitait Karlov à partager les secrets de ces lieux et l'intimité de son cœur, comme une récompense absolue pour la loyauté dont il avait fait preuve pendant toutes ces années, une reconnaissance. Karlov en ressentait une réelle fierté teintée de crainte.

— Il faut que tu voies, Lukas, de tes yeux, les progrès accomplis !

Ils entrèrent. Aussitôt, le docteur Valak pressa un interrupteur et un néon grésilla au fond de la pièce, qui éclaira faiblement les lieux d'une lumière blême. Karlov examina la vieille crypte du regard. La pierre noire du sol suintait légèrement. Les murs eux-mêmes étaient taillés dans la roche. Certains étaient occultés par de larges bibliothèques métalliques chargées de livres, de brochures et de classeurs. Au milieu de la pièce trônait un sarcophage de plastique blanc, long et épais, que masquaient en partie les voiles translucides d'un baldaquin incongru en cette cave, d'où s'échappaient en tous sens des câbles trapus qui couraient sur le sol jusqu'à un agrégat de machines, alignées contre le mur du fond. Karlov y distingua différents engins de mélanges, un appareil d'aphérèse transfusionnel, un autre de plasmaphérèse, un extracteur, un ventilateur électronique de soins intensifs, un matériel plus neuf et plus moderne que celui que le docteur lui avait appris à utiliser par le passé. Dans ce désordre de fils et de fer, une large console tintait, clignotait, semblait être le centre névralgique de toute l'installation. De l'autre côté, sur de longues tables blanches, s'étalait parmi une multitude d'appareils plus petits et de microscopes un bataillon d'éprouvettes et de tubes à essai dont une majorité était emplie de sang. Plus loin, un paravent cachait le bout de la salle.

Karlov se rendit soudain compte que le docteur Valak fixait sur lui son regard d'aigle.

— C'est incroyable ! dit-il, parce qu'il lui semblait que ces mots plairaient au maître.

— Et pourtant nous y sommes, Lukas. Nos efforts, toutes ces années, sont récompensés.

Le docteur Valak attrapa sur une patère une blouse blanche qu'il tendit à Karlov, avant d'en passer une lui-même et de la boutonner.

— J'ai enfin réussi à associer les résultats des travaux de Saul Villeda, de Salvatore di Somma et de Henne Hostege. Le remplacement du sang vieux par du sang jeune, comme ils l'avaient fait sur des souris, permet effectivement le renouvellement des cellules et leur régénération. Les examens hématologiques et cytologiques sont sans appel. J'ai donc maintenu une dose constante lors des transfusions sur les trois dernières semaines. J'ai tenté en parallèle de réduire les taux d'adrénomédulline au plus bas pour améliorer le fonctionnement de l'endothélium. La qualité de l'irrigation sanguine des capillaires a renforcé l'élimination des toxines, et mis un frein à la destruction des cellules ! Le résultat immédiat des deux approches cumulées a été la cessation de tout processus de vieillissement ! Tu te rends compte ? À cela, j'ai ajouté la transfusion hebdomadaire de cellules-souches qui ont réparé les cellules endommagées à une vitesse incroyable.

Le docteur exultait.

— Tu comprends ce que je te dis, Lukas. Ileana rajeunit !

Près de la porte, figé dans sa blouse blanche trop petite, Lukas Karlov écoutait son maître lui réexpliquer pour la centième fois la pertinence de ses travaux et le génie de ses découvertes.

— J'ai percé le secret de l'immortalité, Lukas. Viens !

Il traversa la pièce et rejoignit la console. Il pressa quelques boutons, tourna une molette, puis s'approcha du large sarcophage central. Il écarta les voiles blancs, baissa les yeux vers sa femme et sourit. Il plaça son index sur ses lèvres et reprit plus bas :

— Elle dort.

Lukas regardait le drap qui, à quelques mètres devant lui, affleurait le rebord du caisson de plastique, et se soulevait puis s'abaissait, au rythme d'une respiration.

— *Ileana, dragostea mea eternă !* Te voici éternelle, mon amour ! Et bientôt, ce sera mon tour de goûter à l'éternelle jeunesse, à tes côtés…

Il sembla s'éveiller soudain, se rappelant la présence de son disciple, son double.

— Viens voir comme elle est belle, Lukas, mon fils. C'est aussi grâce à toi !

Karlov s'approcha du caisson où reposait Ileana, écarta un voile et baissa les yeux vers son visage.

— Contemple l'œuvre d'une vie, triompha le docteur. Lukas, voici le visage de l'éternité !

Les deux hommes restèrent un instant en communion, leurs regards fixés sur Ileana, écoutant le souffle de sa respiration. Valak espéra une réaction de Karlov, une exaltation, une joie, un trouble, mais aucune manifestation de vie n'agita la grande carcasse blafarde de celui qui avait partagé l'existence sanglante du Vampire de Gherla.

— Je comprends ton émotion, reprit Valak. Après ton départ, je m'occuperai de ma jeune amie qui m'attend à l'étage. Son sang permettra à Ileana de faire le voyage. Elle sera la dernière à servir notre dessein. Puis elle se taira pour toujours.

Il soupira, nostalgique.

— Je suis content de rentrer au pays, après toutes ces années… Je ne te l'ai pas dit ? Nous partons dès ce soir… Je préfère me mettre à l'abri quelque temps, et finir mon grand œuvre ! Je veux inaugurer un nouveau chemin, explorer des puissances inconnues et dévoiler au monde les plus profonds mystères de la création.

Lukas Karlov leva des yeux vides vers son père adoptif.

— Je sais… Le sacrifice que tu acceptes de faire pour moi, et pour Ileana, est magnifique et formidable. Mais il ne sera pas vain. J'attendrai ton retour, Lukas. Et je t'écrirai. Nous ne serons jamais séparés. Tu sais cela, n'est-ce pas ? Jamais. Une vie pour une vie. Nos destins étaient liés à l'instant où tu as pris vie entre mes mains, cette nuit d'orage à Gherla, à l'instant où j'ai pu ramener une étincelle de vie dans ton corps inerte, où tu as ouvert les yeux. Alors, j'ai su pour la toute première fois que je venais de gagner une victoire sur la mort en insufflant la vie à un organisme inanimé, ton petit corps d'enfant. Alors, j'ai su que mon existence servirait à dompter la mort et à découvrir l'essence même de la vie. En un mot, à conquérir l'immortalité…

Un alambic gémit au fond de la pièce, sur une table du laboratoire.

— Une vie de recherches à arracher au sang ses secrets les plus sombres, Lukas, et me voilà au seuil de la plus grande révolution cosmique. L'abolition de la mort. Le commencement de l'éternité !

Une sonnerie retentit à l'étage, qui bourdonna dans ces profondeurs.

— Ils sont déjà là, Lukas, mon fils. Viens dans mes bras. Il est temps de nous dire adieu.

12 h 50
YVAN et TALEB

La chambre d'hôpital s'était vidée d'un coup et Yvan se retrouvait seul, menotté au lit, dans le silence. Il avait dit aux policiers tout ce qu'il savait ou tout ce qu'ils devaient savoir, et ils étaient partis à toute vitesse. Peut-être allait-on enfin le croire. Peut-être allaient-ils enfin traquer et arrêter le *Monstru*. Yvan préférait envisager cette solution plutôt que d'imaginer son prochain vol forcé en charter vers la Roumanie. Il tira sur ses menottes et jura, frustré d'être retenu dans cette pièce alors que la chasse se poursuivait au-dehors, furieux, si près du but, de ne pas porter le coup de grâce lui-même. Ces policiers n'étaient pas prêts. Ils allaient échouer parce qu'ils n'étaient pas équipés pour combattre le Vampire. S'il avait réussi à les éloigner de sa chambre, Yvan constatait qu'il n'en restait pas moins prisonnier. Et l'un d'entre eux en uniforme gardait toujours sa porte.

— *Ô Mina, ma Mina. De cage en cage, de chaînes en chaînes, me voilà de nouveau retenu contre mon gré, ma liberté entravée… et notre vengeance encore retardée, alors que le Monstru continue de semer la mort, de tuer encore et encore... Et je n'y puis rien... Tous nos efforts ont été vains...*

Il se mit à pleurer parce que trente ans de traque, de haine l'avaient mené chaque fois au même résultat. Les forces fuyaient son corps. Il avait vécu trente années d'errance sur les routes d'Europe, d'est en ouest, du nord au sud, à poursuivre une bête démoniaque qui se dérobait à lui dès qu'il s'en approchait, s'évanouissait soudain dans un nuage de fumée, pour réapparaître ailleurs dans un autre pays qu'Yvan mettait des mois, des années à rejoindre... Le *Monstru* avait saccagé sa vie. Yvan Elsinescu se rendait compte aujourd'hui qu'il n'avait jamais quitté Gherla. Il s'était enfermé avec le Vampire dans un huis clos d'où ne s'échappaient que les quelques mots qu'il écrivait à Mina. Le *Monstru* était en lui, son éternel geôlier, le hantait, le hanterait jusqu'à la mort ; Yvan était son prisonnier depuis trente ans, sa soif de vengeance un cachot dans le château du Vampire, dont personne n'était jamais venu le libérer. La partie était perdue. Le Mal avait de nouveau gagné, et la vie d'Yvan n'avait servi à rien.

La porte s'ouvrit et tira le Roumain de sa défaite. Le policier en uniforme qui gardait la chambre entra. Yvan s'en étonna, mais fut abasourdi de voir l'homme qui le suivait, son arme braquée dans le dos du flic : le clochard qu'il avait vu au dispensaire, celui qui avait tué l'infirmier avant de rejoindre un camp de réfugiés, menaçait le policier et lui donnait des ordres en français. Yvan reconnut un mot : « menottes », et le policier s'exécuta, libérant le convalescent. Puis le réfugié somma le flic d'entrer dans le cabinet de toilette. À l'instant où celui-ci franchit la porte, l'autre lui assena un violent coup de crosse sur le crâne. Le gardien de la paix s'effondra sur le sol, et le réfugié referma la porte. Il se tourna vers Yvan. Son regard était froid, sa voix monocorde. Yvan sourit faiblement, murmura un timide merci. L'autre répondit en français quelque chose qu'il ne comprit pas, puis il montra l'armoire. Le Roumain s'habilla avec empressement, puis commença de collecter ses affaires. Le réfugié attrapa le canif d'Yvan avant lui, et le rangea dans la poche de sa parka kaki. Yvan le dévisagea puis acquiesça, feignant de comprendre, toujours incertain du camp de son libérateur. Il baissa les yeux et vit que l'autre avait mis sa main dans sa poche, y tenait l'arme. Mais était-elle tournée vers lui ?

D'un signe de tête, le réfugié commanda à Yvan de le suivre. Il ouvrit la porte, inspecta le couloir et quitta la pièce. Les deux hommes gagnèrent l'escalier de secours à pas réguliers, puis le dévalèrent. La disparition du policier devant la chambre, puis celle du gardé à vue roumain éveilleraient bientôt toutes les alarmes, déchaîneraient leurs poursuivants. Ils devaient faire vite. Les deux hommes parvinrent au parking en sous-sol et reprirent une allure raisonnable. D'un coup de menton, le réfugié indiqua une direction. Yvan suivit. À quelques mètres devant eux, un homme très élégant en costume sombre lustrait la portière noire de son véhicule. Il eut à peine le temps de voir les deux fugitifs s'approcher que Taleb lui estampa le crâne d'un revers de crosse. Il s'écroula et froissa son costume. Taleb se baissa, trouva les clés et les donna à Yvan qui agréa de la tête. Taleb fit le tour du véhicule et les deux hommes montèrent dans le corbillard qui quitta le parking, puis passa sans encombre les barrières de l'hôpital.

— Par là, ordonna Taleb en montrant une rue qui s'enfonçait dans le brouillard.

Yvan obtempéra.

— Merci, dit-il au bout d'un temps, le *r* roulant au bout de sa langue, mais l'autre ne répondit pas et lui imposa de tourner encore et encore.

Ils parvinrent dans une petite impasse, et Taleb demanda à Yvan de garer le corbillard. Il s'assura d'être au calme dans cette impasse embrumée, vérifia que personne n'approchait. L'endroit était parfait pour exécuter l'assassin de sa sœur.

Il se tourna vers le type qu'il venait de faire évader et qui le considérait en ami.

— C'est toi qui as tué Noura ?

L'autre le regarda, fronça les sourcils, secoua la tête, répéta :

— Noura ?

— Noura, ma sœur. L'infirmier du dispensaire l'a livrée à un…

Il s'arrêta. L'autre ne comprenait rien à ce qu'il racontait. Taleb soupira. Il montra l'homme du doigt.

— Roumain ?

L'autre se montra du doigt.

— Oui. Moi roumain. Oui.

Taleb sortit son téléphone portable et trouva une photo qu'il montra. L'autre jeta un œil et se pétrifia. La photo publiée sur un site de presse, à des fins d'identification, était le portrait d'une jeune femme livide aux yeux clos, certainement morte. Les yeux du Roumain firent quelques allers-retours entre l'écran et le visage du Syrien. Peut-être y lisait-il certains traits qui couraient dans la famille. Il reconnaissait en tout cas la jeune femme.

— Karlov !

Taleb hésita puis planta son index sur la poitrine de l'homme :

— Toi Karlov ?

— Non, moi pas Karlov. Karlov maison, expliqua le Roumain en pointant son doigt dans une direction par la fenêtre.

Taleb le fixa dans le fond des yeux, puis enchaîna :

— Passeport ?

Le Roumain s'exécuta, heureux de sortir le document de sa veste, un petit carnet corné, déchiré par endroits, qui avait pris l'eau, était taché. Taleb feuilleta le passeport : Yvan Elsinescu avait beaucoup vieilli depuis le jour où la photo avait été prise. Il était un beau jeune homme à l'époque, et non cette épave enroulée dans un manteau noir répugnant. Taleb lui rendit son passeport.

— Yvan, dit Yvan en se montrant du doigt.

— Karlov ? répliqua Taleb.

Yvan acquiesça, déplorant que l'homme ne donnât pas son nom. Il saisit la clé et le corbillard s'ébroua. Ils quittèrent la petite impasse.

Taleb se dit qu'il était dans le bon véhicule pour la suite de sa mission. En revanche, il n'était pas avec le bon Roumain. Lui n'était qu'un maillon dans cette chaîne qui liait Taleb à Karlov, une longue chaîne composée de tueurs et de leurs victimes.

13 h 20

Il fallut à peine une demi-heure au lieutenant Dossantos pour rejoindre le siège de la police des polices et ses rutilants locaux de la rue des Pyrénées : un immeuble arrondi rouge sang, fait de métal et de verre, à l'entrée vitrée en trapèze, qui évoquait pour tous ceux qui entraient ici et abandonnaient tout espoir, le terrifiant casque de Dark Vador. L'Inspection générale de la Police nationale. Autorité et terreur étaient le mantra des honnis bœufs-carottes. La tête des collègues leur seul trophée. Le brouillard qui planait alentour rappelait les fumées que dégageait le vaisseau du seigneur Sith à l'ouverture des portes.

Dossantos passa le sas de sécurité, se présenta à l'accueil et montra sa carte de flic. Il expliqua qu'il avait rendez-vous avec le commandant Moufard et le lieutenant Bakary. L'énonciation des deux noms agit aussitôt comme une madeleine de Proust, et en un instant Dossantos se retrouva menottes aux poignets, assis dans une salle d'interrogatoire face aux deux flics qui l'accusaient d'avoir voulu écraser Jebril par jalousie. C'était quelques semaines plus tôt. Il avait présenté un alibi en béton, puisque en ce soir d'entraînement à la salle, trente personnes avaient pu attester sa présence. Il n'était donc pas « l'homme trapu au crâne rasé » qu'un témoin jurait avoir vu au volant de l'Audi qui avait percuté Jebril. À aucun moment il n'avait balancé Bruno, le skinhead, le sbire de Sourans, parce que ça n'aurait fait qu'envenimer les choses entre Sourans et lui, surtout à l'heure où il fallait réparer cette relation. Pour Latour.

L'agent à l'accueil raccrocha son téléphone.

— Ils vous attendent au bureau 114. Vous prenez l'escalator et vous tournez à droite.

Dossantos le remercia de la tête et s'éloigna. L'empreinte partielle qu'ils avaient relevée sur le volant n'avait pas été suffisante pour attester que Dossantos avait un jour conduit ce véhicule. Et il avait un alibi. Alors que pouvait bien avoir trouvé Moufard ? Une vidéo de la télésurveillance à Paris ou sur l'autoroute dans laquelle on l'identifiait distinctement au volant de l'Audi ? une trace ADN dans la voiture ? une nouvelle empreinte ? un bornage de son téléphone ? En haut de l'escalator, Dossantos enfila le couloir de moquette grise, vit défiler les portes et frappa à la 114.

— Entrez, lieutenant.

Il poussa la porte. Moufard était assis à son bureau, Bakary debout près de lui. Les deux hommes lui souriaient, droits dans leur costume sombre. Dossantos contint un sourire. Le vieux Blanc et le jeune Noir faisaient penser à *Men in Black*. En jouaient-ils ou était-ce une coïncidence ? On ne devait pas manquer une occasion d'en faire des gorges chaudes dans le service…

— Venez vous asseoir, l'invita Moufard en se levant et en lui tendant une main amicale.

Dossantos la serra, saisit celle de Bakary, puis s'assit en face d'eux. Moufard et Bakary avaient un numéro de duettistes bien rodé ; Monsieur Loyal donnant la réplique à l'Auguste. Ils se montraient affables, plaisantaient un peu, abattaient leurs cartes une à une. Dossantos l'avait déjà bien expérimenté : ils savaient tout, mais préféraient entendre le récit des faits de la bouche du suspect. Surtout pour que Bakary puisse bien comprendre, ils faisaient répéter, demandaient confirmation d'une affirmation, puis Moufard exposait une première preuve sous l'œil incrédule de Bakary qui n'y comprenait plus rien. Le travail de sape commençait, coup après coup, contre cet édifice fragile qu'était le mensonge. Ils obligeaient le suspect à récrire une histoire impossible, jusqu'à l'absurde, sans jamais se départir de leur bonhomie, de leur complicité parce que en fin de compte, tout cela se passait entre membres de la Grande Famille Police, il n'y avait pas besoin de hausser le ton. Au terme de l'entretien, ils vous annonçaient avec le même sourire que vous étiez mis en examen pour meurtre, et vous souhaitaient une bonne journée.

— Merci, lieutenant, d'avoir répondu si rapidement à notre invitation ! attaqua le commandant.

— Votre convocation, corrigea Dossantos.

— Vous êtes très occupé, agréa Moufard. Je te l'avais dit, Bakary, qu'il avait autre chose à faire que de venir ici. Et toi, tu le convoques !

— J'avais pourtant cru bien faire, s'empêtra Bakary. Avec cet incroyable rebondissement…

— Quel rebondissement ? le pressa Dossantos, regrettant aussitôt d'être tombé dans le panneau, avant de reprendre : Écoutez… On est sur les traces du tueur de femmes. Le Vampire. Je n'ai pas de temps à…

— L'enquête est entre les mains de la Crim', non ? l'interrompit Moufard, le sourcil relevé.

— C'est ce qu'ils ont dit à la télé, commandant, confirma Bakary.

— Oui… Nous… Il y a des raisons de croire que la Crim' subit des pressions, et qu'ils veulent terminer rapidement… quitte à…

Dossantos se tut et regarda les deux flics qui lui faisaient face, l'observaient sans un mot, et l'écoutaient. Alors il s'énerva :

— Je n'ai pas le temps pour ces conneries ! Alors dites-moi ce que je fais là ou laissez-moi partir !

Gardant le silence, Moufard et Bakary sourirent en même temps. Le commandant parla le premier :

— Vous êtes un sanguin, lieutenant.

— Un impulsif, commandant, proposa Bakary.

— Un impulsif, ça ne planifie pas, Bakary, ça ne réfléchit pas aux conséquences, tança le commandant.

— Vous en êtes encore à l'Audi et à la tentative de meurtre ? coupa Dossantos. J'ai déjà été blanchi. Je n'ai rien à voir avec cette histoire.

— Il a raison, acquiesça Moufard. Je crois que cette fois, tu t'es planté dans les grandes largeurs, lieutenant Bakary. On passe pour quoi, là ?

— Je suis désolé, commandant, de vous mettre dans l'embarras…

— Une fois de plus ! l'enfonça Moufard.

— Une fois de plus… agréa Bakary. Si vous pouviez me donner une dernière chance…

— Ah… Je ne sais pas…

Dossantos regardait les deux flics en plein sketch. Il sentait son cœur qui tapait fort, ses pensées qui s'entrechoquaient, la transpiration qui perlait à son front… Tout cela n'était pour les deux bœufs qu'un échauffement, une mise en jambes qui avait attisé le stress, l'anxiété du lieutenant. Dossantos le savait, pourtant rien n'y faisait. Un rebondissement ? Ils avaient lâché leur bombe de manière anodine. Dossantos l'entendait siffler dans l'air, quelque part au-dessus de sa tête, sans pour autant la discerner, redoutant l'impact et la déflagration. Il inspira profondément, et les deux flics de l'IGPN le remarquèrent. Ils coupèrent court ; le lieutenant était mûr.

Bakary décrocha le téléphone et composa un numéro. Il dit « OK », raccrocha et fit un signe de tête à son chef qui se leva.

— Allons-y !

— Aller où ? demanda Dossantos en se levant à son tour.

— C'est une surprise, répondit Bakary. On ne gâche pas les surprises.

Les trois hommes quittèrent le bureau et remontèrent le couloir. Moufard s'arrêta à la 117 et entra. Dossantos le suivit, puis Bakary, qui referma la porte. Le lieutenant comprit ce qui se tramait au moment où Moufard se tourna vers le mur gauche de la pièce. Derrière une vitre, on voyait un bureau similaire à celui qu'ils venaient de quitter. De profil, deux types en interrogeaient un troisième assis devant eux, un homme petit et trapu au crâne rasé : Bruno. Sourans se demandait ce qui retenait le skinhead loin du camp de migrants où il était censé attiser les haines et déclencher les violences. La réponse était de l'autre côté de ce miroir sans tain. L'IGPN avait mis la main sur le véritable agresseur de Jebril, l'avait amené ici, avait donc d'une manière ou d'une autre établi un lien entre le skinhead et Dossantos, recherchait peut-être la source des papiers de Jebril, à la préfecture. Les pensées de Dossantos fusaient sans qu'il pût en accrocher une seule. Aucun son ne provenait du bureau.

— Ça va, lieutenant ? demanda Moufard.

Dossantos nota à cet instant que les deux flics l'observaient, avaient examiné ses traits, ses réactions, certainement depuis qu'il était entré ici, quand il avait vu Bruno…

— Ça vous a fait comme un choc, on dirait… expliqua Bakary.

Dossantos l'ignora.

— Qui est-ce ?

Les deux flics sourirent de nouveau.

— Voyons, lieutenant… Que vous preniez le lieutenant Bakary pour une bille, c'est compréhensible. Mais moi, lieutenant, c'est insultant !

— Vous avez raison, commandant, ponctua Bakary. C'est insultant !

Ils reprirent leur observation de la scène à travers le miroir. Les deux flics parlaient, le skinhead souriait, les défiant du regard, s'exprimait peu.

— Il n'y a pas de son ? demanda Dossantos.

— Ah ? Pourquoi ? Ça vous intéresse ce qu'ils se disent ?

— Ce n'est pas possible, commenta Bakary. Ils ne se connaissent pas, le lieutenant et le skinhead.

— Je voudrais comprendre qui c'est... tenta Dossantos.

— Figurez-vous, lieutenant, que cet individu a été appréhendé hier avec une bande de militants d'extrême droite alors qu'il attaquait un camp de migrants porte de la Chapelle. Figurez-vous que le monsieur était connu de nos services pour des actions violentes commises seul ou en réunion et pour port d'armes illicite, entre autres méfaits. Figurez-vous qu'il a mentionné votre nom dans sa déposition…

Dossantos encaissa le coup mais resta de marbre. Se pouvait-il vraiment que ce crétin soit passé à table pour sauver sa tête ? Bruno était débile, certes, mais il était suffisamment buté pour ne jamais parler à un flic.

— Attendez que je le voie mieux, répliqua Dossantos.

Les deux flics se regardèrent, conscients que le lieutenant cherchait à gagner du temps, pesait le pour et le contre. Dossantos se demandait en fait s'il devait reconnaître Bruno, trouver une histoire pour l'enterrer ici et maintenant, et l'envoyer dans un cachot pour longtemps, ou s'il devait feindre de ne l'avoir jamais rencontré au risque de le voir sortir dans la journée, et venir frapper à la porte de Latour dans la nuit.

— Lieutenant ?

Dossantos fronça les sourcils, en signe de déni. S'ils avaient voulu les confronter et mettre à l'épreuve leurs déclarations, ils les auraient fait entrer dans la même pièce. Visiblement, ils ne tenaient pas à ce que les deux hommes se rencontrent. Craignaient-ils qu'ils ne se parlent ?

— Jamais vu. Il connaît mon nom, vous dites ?

— Votre nom et d'autres détails très troublants… Manifestement, il ne veut pas aller en prison trop longtemps. Alors vous savez ce que c'est avec les petites frappes, ça négocie, ça a des informations, mais ça demande des garanties… La routine, quoi ! Hein, Bakary ? exulta Moufard.

— Absolument, commandant ! On ne peut plus les arrêter une fois qu'ils ont commencé à parler…

— Pas comme le lieutenant ! plaisanta Moufard.

Les deux bœufs-carottes rirent de concert parce qu'ils étaient très amis. Dossantos regardait toujours la scène lorsque le skinhead tourna la tête vers lui. Il portait un bandeau sur l'œil gauche, un cache-œil de pirate qui lui donnait un air encore plus fou. Bruno examina le miroir sans tain un court instant, faisant rouler son œil droit en tous sens, puis se détourna vers ses deux interlocuteurs et bâilla ostensiblement.

— D'autant que le témoin l'a très officiellement identifié ! ajouta Bakary, essuyant une supposée larme au coin de sa paupière.

— Tu n'étais pas censé le dire, ça, Bakary… grommela le commandant.

— Le témoin a identifié… ce type ? s'enquit Dossantos en pointant son doigt vers le skinhead. C'est lui qui a renversé Jebril ?

— Pardon, commandant.

— Tu t'étonnes après que tout le service me demande pourquoi je te garde. Certains m'ont même conseillé de t'abandonner sur l'autoroute, cet été… J'y réfléchis depuis. On prendra l'Audi ! Tout le monde la conduit…

— Ce n'est pas très gentil, se vexa Bakary. Alors que c'est moi qui ai eu l'idée de vérifier les vidéos de la préfecture…

— C'est vrai. Mais tu sais comment sont les gens…

Dossantos tentait de recoller le puzzle de leur enquête, au fil de leurs bonnes blagues. Les deux bœufs s'amusaient à miner sa confiance, à assiéger sa raison, jusqu'au lapsus, jusqu'à l'erreur, puis la confession. Ils rattachaient Bruno et Mickael par Jebril. Peut-être par l'Audi… Par les papiers de Jebril et le dossier apporté à la préfecture. Par qui ? Les vidéos de surveillance montreraient-elles Bruno ?

Bakary quitta brusquement la pièce, et Moufard posa la main sur l'épaule de Dossantos.

— Merci, lieutenant, pour votre concours ! Nous avons bien avancé aujourd'hui. Je pense que nous avons ce que nous voulons…

Il se détourna et ouvrit la porte.

— En tout cas, je n'ai jamais vu ce gars, conclut Dossantos.

— Bien sûr ! Nous lui dirons qu'il se trompe, assura Moufard. Allons-y !

Dossantos se demanda s'il s'agissait d'une autre vanne de la part du commandant. Peu importait. Il fut le premier dans le couloir.

— Encore merci, lieutenant ! Je ne vous raccompagne pas. Vous connaissez le chemin.

— Oui, oui, dit Dossantos, ravi de s'en tirer finalement à si bon compte.

— Nous vous tiendrons informé de la suite des…

Derrière le commandant, plus loin dans le couloir, Bakary se tenait devant une porte qui s'ouvrit. Et Bruno parut. Dossantos se sentit blêmir et détourna le regard. Au moment où il baissait sa garde venait l'attaque imparable : la confrontation. Ils l'avaient travaillé au corps, l'avaient cuisiné puis lui avaient fait croire que, faute de preuve, ils le laissaient partir, alors que tout le sketch n'avait été qu'une longue et lente préparation de cet instant. Si Bruno était assez fin, il comprendrait la supercherie et se tairait.

— Putain ! C'est à cause de toi que je suis là, sale fils de pute ! beugla-t-il soudain.

Bruno n'était pas fin, pas du tout. Deux flics l'empoignèrent au moment où il fonçait vers Dossantos qui voyait le piège de l'IGPN se refermer sur lui. Il devait nier. Fort.

— Mais t'es qui, Ducon ? Je t'ai déjà serré, c'est ça ? Et tu crois que je me souviens de toi ? T'es personne !

Quelques rouages grincèrent derrière le front épais du skinhead.

— Pourquoi vous me foutez ce junkie dans les pattes ? insista Dossantos. Vous croyez que je deale de l'héro, c'est ça, votre nouveau rebondissement ! À voir sa gueule, il tourne plutôt à la colle ou au « G », votre gars !

Moufard regarda Bakary et les deux flics qui retenaient le skinhead. Le type était un cube, trapu et musculeux. Son œil était fixé sur le visage de Dossantos, sa mâchoire en avant, la bave aux lèvres, prêt à lâcher une nouvelle bordée d'injures susceptibles de ternir injustement la vertu de Mme Dossantos. Contre toute attente, il se tut, ravalant sa rage et ses insultes, laissant les flics pantois. Le commandant Moufard se rapprocha du cube.

— Le lieutenant Dossantos nous en a raconté de belles sur vous, mon ami. Vous aimez les Audi, il paraît ?

Le regard du skinhead se détacha du lieutenant pour se fixer sur le visage du commandant.

— Mais qu'est-ce tu baves, baltringue ? Je te connais pas ! Lui non plus, je le connais pas ! Alors allez tous vous faire foutre !

— « C'est à cause de toi que je suis là »… Je ne sais pas si on dit ce genre de choses à quelqu'un qu'on rencontre pour la première fois. Je m'interroge…

— J'm'en bats *lec*, sac à merde de flic !

Moufard acquiesça. Puis il fit un signe de tête aux trois flics et ils raccompagnèrent le skinhead dans sa cage à miroir. Le commandant revint vers Dossantos et lui tendit la main, un sourire aux lèvres.

— Merci, lieutenant ! À bientôt !

Dossantos ignora la main et se détourna, remonta le couloir vers l'escalator. Il quitta le bâtiment, fit quelques pas dans le brouillard et souffla, conscient qu'à l'IGPN, sa tête avait bien failli être le trophée du jour. Il savait aussi qu'il n'avait gagné qu'un sursis, parce que Moufard était un pitbull, qu'il avait goûté au sang, et ne lâcherait plus.

13 h 30

Dans la Mégane banalisée qui filait à travers l'air cotonneux de Paris, Mehrlicht grognait au volant parce qu'on n'y voyait rien.

— Mets les oreilles, Sophie ! On va être en retard au rencard du patron…

Latour sortit le gyrophare et le colla sur le toit, mais la lumière bleutée et le deux-tons n'impressionnaient pas le brouillard.

— On s'est quand même bien fait envoyer sur la touche dans cette affaire, pesta Mehrlicht. C'était quand même notre enquête avant d'être celle de la Crim'. Nous reste la Cathy à faire danser ! Je peux t'assurer qu'elle va arrêter de nous chanter la messe et qu'elle va se déboutonner !

Latour le regarda.

— Cathy devra s'expliquer bien sûr. Ça ne nous empêche pas de prévenir Bertrand…

Mehrlicht la dévisagea, bougon. Son humeur maussade et sa frustration ne devaient pas permettre à Valak de s'enfuir, il en convint. Sophie Latour avait l'art et la manière de lui faire entendre raison. Il allait répondre lorsque le téléphone de Latour sonna. Elle regarda l'écran.

— Dubois veut vraiment se racheter à vos yeux ! plaisanta-t-elle.

— Bah, il va ramer, le pauvre…

— Allô ! Je t'écoute, Dubois. Je mets le haut-parleur mais on arrive dans cinq minutes.

— Sophie, j'appelle à propos de Cathy… Catherine Gleich.

Mehrlicht grogna.

— Encore une connerie, j'en suis sûr. À tous les coups, il l'a envoyée au commissariat de Roubaix, ou de Marseille…

— Comment ?

— Non, rien ! Je toussais, mentit Latour. Vas-y, dis !

— J'ai fait comme Mehrlicht m'a dit : j'ai envoyé une voiture chercher Cathy chez elle. Elle n'était pas là. Son père est très inquiet. Il ne l'a pas vue depuis hier après-midi, et elle ne répond pas sur son portable…

— Put… J'espère que Valak et Karlov sont pas en train de faire le ménage avant de disparaître…

— Vous… vous croyez ? couina Dubois.

— Merci, Dubois. Vas-y, raccroche, Sophie !

Mehrlicht enfonça la pédale d'accélérateur et déboîta sur la file de gauche. Latour et l'interprète se cramponnèrent, valdinguant au gré des zigzags de la Mégane.

— On n'y voit pas grand-chose, confirma Latour, demandant implicitement à Mehrlicht de lever le pied.

Il accéléra de nouveau et pila devant le commissariat. Il regarda la traductrice dans le rétroviseur.

— Vous y êtes ! Allez, hop !

La jeune femme ignora la muflerie et descendit de la voiture qui repartit en trombe aussitôt.

— On y va !

Latour pensa dire quelque chose à propos d'un rendez-vous qu'ils allaient manquer, mais s'abstint.

— Putain… On est quasiment à l'autre bout de Paris. À Tenon, on était à côté…

L'homme à tête de grenouille dardait des yeux exorbités, cherchant à percer le brouillard.

— Je vais prévenir Saint-Croix pour… tenta Latour.

— Appelle Ménard d'abord et passe-le-moi ! Ils vont embarquer Karlov et laisser Valak se barrer, ces tocards…

Latour obtempéra et tendit son appareil. Mehrlicht entendit la messagerie et grinça d'agacement :

— François, c'est Daniel. Ils sont deux, nos loulous ! Il y a Karlov *et* Valak, alors faites gaffe ! On est en route ! Essaye de rester sur place jusqu'à ce qu'on arrive. On pense qu'il y a une gamine retenue dans la maison. Salut !

Latour raccrocha.

— Appelle Mickael. Dis-lui de nous retrouver directement rue Edgar-Poe.

La secrétaire s'exécuta dans un soupir. Elle décrocha et laissa un message à son collègue. Mehrlicht reprit :

— On se goure peut-être, mais si on a bon, cette fois, on arrivera à temps.

Latour, assise à sa droite, approuva.

— Je pense qu'on a malheureusement raison, capitaine. Cathy est la dernière pièce, peut-être le dernier témoin dans cette affaire. Ils ont tout intérêt à la faire disparaître aussi…

— Mais pourquoi elle nous aurait baratinés à l'audition ? Elle nous a inondé le bureau au jus de mirettes en chouinant comme un veau. Elle voulait qu'on la retrouve, sa copine, non ?

— Je ne sais pas si elle a *baratiné*. Mais elle n'a pas tout dit…

— Mais pourquoi ?

Latour regarda son chef de groupe.

— Parce qu'elle l'aime aussi. Viktor les a envoûtées toutes les deux. Le vieux beau, sombre et cultivé. Exotique. Il leur a tourné la tête. Mais c'est Lucie qui l'a ferré la première…

— Et Catherine était jalouse ? Au point d'abandonner sa copine ? développa Mehrlicht, dubitatif.

— C'est peut-être plus compliqué que ça, les sentiments… Et puis Catherine a dû apprendre la rupture, voire l'organiser, et se dire que c'était son tour, sans en parler à Lucie. Pensant même peut-être protéger Lucie, plus fragile… Demandant à sa copine de ne pas revoir Viktor, de ne plus le contacter, tout en se rapprochant de lui secrètement…

— Ce que les nanas sont tordues, quand même ! conclut le capitaine en allumant une Gitane, visiblement satisfait de son analyse.

Latour hésita à monter au créneau. Mehrlicht était la preuve vivante qu'il y avait un long chemin à parcourir, une traversée du désert, avant que ne soit abolie cette misogynie ordinaire qui, sous forme de petites saillies anodines, ponctuait l'existence de tous, et répétait *ad libitum* l'inaptitude, l'étrangeté, la naïveté, la bêtise, l'infériorité sous toutes ses facettes de la femme, le « sexe faible ». Pourtant, la France en émoi s'était récemment outragée de la rémanence, en ce troisième millénaire, de ce dénigrement systématique envers les femmes, et avait accouché de l'arme égalitaire absolue qui allait permettre à chacun·e d'abolir les inégalités entre les sexes : l'écriture inclusive ! Enfin les hommes et les femmes tou·te·s acteur·rice·s concerné·e·s par cette révolution pouvaient faire la nique à la misogynie de celleux qui, dubitatif·ive·s et moqueur·euse·s, se montraient brutaux·ales envers elleux. Une vraie victoire ! Même si elle avait aussi servi à occulter d'autres inégalités, moins importantes, quant aux droits, aux mœurs, aux salaires, à l'accès aux postes de direction… Non, il était certain qu'il restait du chemin à parcourir. Alors Latour se plia à l'exercice pédagogique :

— « Ce que les nanas sont tordues » ? Parce que les hommes, eux, ne sont pas tordus quand ils sont amoureux ? Ils ne sont pas prêts à faire des choses bizarres ou extraordinaires, les hommes ?

Mehrlicht se renfrogna, puis fut soudain saisi d'une violente quinte de toux. Latour se demanda s'il venait d'éclater de rire ou si elle venait de le tuer. Le capitaine releva la tête, tout mauve.

— Ahh cette crève !

Il ouvrit sa vitre pour respirer un peu avant de répondre :

— OK ! Je suis un vieux réac. Depuis tout petit. C'est pas facile à corriger…

— Je sais, répliqua-t-elle simplement. Quand on monte en voiture, vous prenez toujours le volant. Quand Mickael est là, il doit toujours faire le chauffeur. Vous n'aimez pas conduire, mais vous n'avez pas le choix quand l'autre conducteur présent est une femme. Moi.

— Pas du tout ! s'insurgea mollement Mehrlicht.

— Si, si, insista Latour. Ce n'est pas grave, mais vous ne vous en rendez pas compte…

Elle se ravisa.

— En fait, si. C'est grave. Parce que, implicitement, à chacun de ces gestes, à chacune de ces paroles, vous répétez inlassablement que la femme fait et fera forcément moins bien, qu'elle échouera parce qu'elle est femme. Et ça, on n'en peut plus, vous comprenez ?

— Bon… Peut-être… Mais tu connais l'adage : « Femme au volant, mort au tournant. » Je crains pour ma vie ! C'est pas réac, c'est de l'instinct de conservation ! Et puis c'est pas ma faute si les femmes conduisent comme des pieds, quand même…

Latour regardait devant elle, stoïque, laissant son chef à tête de grenouille se fatiguer lui-même de son sketch, ce qui ne tarda pas. Son rictus disparut.

— Bon OK… Je vais essayer de faire attention… conclut le capitaine.

— C'est ça : essayez… Et au passage, ces jeunes femmes dont Lucie ou Demagny ne se sont pas « mises dans de beaux draps », ne « pataugent pas dans la rillette » ou je ne sais quoi. Un homme les a tabassées ou tuées. Elles n'ont rien fait dans cette affaire, elles n'ont pas voulu ce qui leur est arrivé. Il faut en finir avec ça aussi. Une femme ne choisit pas d'être victime… et n'est pas victime parce que c'est une femme. Parce que partout, ce sont les femmes qu'on frappe, qu'on tue, et qui meurent… Vous comprenez ?

— OK, OK. Je vais faire un effort…

— «*Feeeeeemme, je vous aiiiiiime... Feeeeeem-me...*», bêla tout à coup Julien Clerc.

— Putain ! crissa Mehrlicht, puisque plus personne ne le sanctionnait de 5 euros.

Il sortit son portable.

— Ah non, pas encore Dubois ! C'est du harcèlement ! Je lui fais un compliment et voilà… Trop bon, trop con. Tiens, c'est pour toi !

— «*Feeeeeemme, je vous aiiiiiime... Feeeeeem-me...*», bêla derechef Julien Clerc.

Il tendit son téléphone à Latour, sa secrétaire. Chassez le naturel… Sophie le saisit et répondit :

— Oui Dubois, je t'écoute… Non ! À quelle heure ? OK… OK. À plus.

Elle raccrocha, éteignit le deux-tons et alluma la radio.

— Yvan Elsinescu s'est échappé de l'hôpital. Un homme armé a braqué le planton et a aidé le Roumain à s'enfuir.

Mehrlicht porta la main à sa bouche.

— Le principal suspect de Bertrand ! Oh oh oh ! Il va en prendre pour son grade ! On sait quelque chose sur le type qui l'a aidé ?

Un flash d'information lui répondit. On annonçait que l'homme soupçonné d'être le Vampire de Paris venait de s'échapper de l'hôpital où il était soigné pour des blessures occasionnées lors de son arrestation. Le journaliste raconta la complicité externe, l'intervention d'un homme armé que la police n'avait pas encore identifié, qui avait menacé l'agent en faction avant de l'assommer. Les deux hommes étaient en fuite et activement recherchés. Après le soulagement suscité par son arrestation, c'était maintenant l'effroi qui régnait dans la capitale, à l'idée de savoir le tueur de femmes en liberté. Il concluait en affirmant que toutes les forces de police étaient sur le pied de guerre pour retrouver les deux hommes, et qu'une enquête interne serait probablement diligentée pour établir les responsabilités et punir les négligences.

— Il va prendre cher, Bertrand…

Ils se turent.

— Vous croyez qu'ils l'ont tuée ? demanda Latour d'un ton grave.

— J'en sais rien. Mais si c'est pas le cas, on va intervenir avant…

— Et l'immunité diplomatique ?

Mehrlicht souffla sa fumée par la vitre, se tourna vers Latour et sourit de toutes ses dents jaunes.

— Bah, on s'en cogne… Rallume la sirène.

Caïn tua Abel et occulta son corps.
De son frère chéri, il ne resta plus rien.
Un feu de jalousie consumait ses remords
«Il volait ton amour!» Ainsi parlait Caïn

À un Dieu adoré désormais en colère,
Qui avait préféré l'un à l'autre des frères
Et jaugeait ce paria, premier des assassins.
«Je te voulais pour moi.» Ainsi parlait Caïn.

Et Dieu bannit Caïn loin des douceurs du ciel
Le chassa sous la terre et scella le destin
De ce frère assassin qui avait tué Abel
«Et pourtant je l'aimais.» Ainsi parlait Caïn.

Sur sa main droite et nue, Il apposa le signe
Du paria, du maudit, de cette engeance indigne
Qui fuit sous le soleil, trouva un souterrain.
«J'accepte ta sentence.» Ainsi parlait Caïn

Et au fond de son puits, tapi dans les ténèbres,
Insatiable de sang, l'odieux Caïn devint

Un suppôt de la nuit aux dévotions funèbres.
« Je ne regrette rien. » Ainsi parlait Caïn.

Caïn trahit Abel comme je t'ai trahie,
Pour l'amour éternel d'un Dieu qui nous adore,
Pour cet homme qui aime au-delà de la mort.
« Pardonne-moi, ma sœur... » Ainsi parlait Cathy.

13 h 30

Le commandant Bertrand et son adjoint Ménard arrivèrent à 13 h 30 devant le haut portail de la demeure où résidait Lukas Karlov, assistant médical et secrétaire du docteur Viktor Valak, médecin général de l'ambassade de Roumanie à Paris. Les deux hommes étaient en poste depuis près de neuf mois dans la capitale. Et les disparitions inquiétantes d'une vingtaine de femmes avaient été signalées sur la période. Sans parler de celles qui avaient disparu sans que personne ne s'en inquiète. Karlov avait donc eu l'opportunité de tuer ces femmes, mais l'avait-il fait ? Évidemment, toutes n'étaient pas liées à lui. Pourtant certaines avaient bien le profil des victimes repêchées dans la Seine, des jeunes femmes d'une vingtaine d'années, du même groupe sanguin. Il y avait aussi un mode opératoire qui reliait ces victimes à un même tueur. Enfin, il y avait ce témoin à l'hôpital qui avait suivi l'homme, l'avait vu enlever Noura Adil, avait consigné son témoignage par écrit où il nommait expressément Lukas Karlov. Bertrand avait ensuite eu du nez. La vidéosurveillance avait bien enregistré la présence de son véhicule d'ambassade à proximité du dispensaire à l'heure qu'indiquait le témoin. Il avait ensuite remonté la trace de Karlov jusqu'à Bonn *via* Interpol. De similaires cas de disparitions inquiétantes entouraient le séjour de Karlov dans la ville. Alors, Bertrand avait demandé à deux sbires de creuser, de contacter les polices de Talinn et d'Erevan, de tanner Interpol. Il n'avait pas encore les résultats de ces recherches quand il quitta les Batignolles, pourtant un atroce entrelacs international de disparitions et de meurtres s'était dessiné dans son esprit, une carte de l'Europe parsemée de points rouges qui se multipliaient et avançaient telle une épidémie dans le sillage de Karlov. Sans doute exagérait-il l'envergure, l'ampleur de l'hécatombe, mais il trémulait à l'idée d'avoir raison. C'était d'ailleurs une des dernières choses qui éveillaient une émotion de plaisir chez le zombie : la traque du tueur. Et Bertrand avait un peu tôt sonné l'hallali. Dans la tourmente médiatique qui s'annonçait déjà, dans l'effroi qui avait saisi chacun à la découverte des cadavres de femmes, le faisceau de présomptions était suffisant pour que Lukas Karlov devienne un suspect et soit entendu par la police. La comparaison de ses empreintes et de son ADN avec ceux retrouvés dans la tombe où l'on avait découvert le corps de Lucie Maturin achèverait de confirmer ou d'invalider sa culpabilité. Telle était la démonstration que Bertrand avait développée face au procureur de la République, Pierre Cochin, qui le matin même le pressait de produire un coupable, reprenant le dossier à son substitut, refusant de nommer un juge d'instruction afin de suivre l'affaire lui-même et d'informer à chaque heure ses supérieurs, dont le garde des Sceaux.

En une vingtaine d'heures, depuis la découverte des corps immergés la veille, l'importance de l'affaire avait mobilisé tous les services. Tout devait aller vite avant que des têtes ne roulent à tous les niveaux. L'opinion, les réseaux sociaux, les journalistes dénonceraient l'horreur avec force détails, exigeant un coupable. Puis on désignerait les incapables, les incompétents. Il fallait des fautifs, qu'ils fussent des tueurs, des mauvais flics, des mauvais ministres, ceux qui avaient fait et ceux qui ne les avaient pas empêchés de faire… Les choses se déroulaient toujours ainsi. Bertrand ne s'inquiétait pas trop pour lui. Il faisait son boulot, et plutôt bien. Il allait se prendre des engueulades salées de force 8 par le tribord, irait deux, trois fois à la baille. Ça faisait partie de ses attributions d'être le punching-ball des chefs. Plus jeune, il s'était tu et avait encaissé. Moins jeune, il s'était défendu, avait rendu les coups. Aujourd'hui, il s'en moquait, tant qu'ils le laissaient bosser comme il l'entendait. Sa peau blafarde, ses cheveux gras et ses fringues râpées permettaient aussi aujourd'hui de limiter les débats. Bertrand en avait vu d'autres. Et puis il avait de la bouteille, dans tous les sens du terme.

C'est ainsi que, fort de sa démonstration concernant Lukas Karlov, le commandant Bertrand s'était attendu à se voir confier une équipe tactique d'une dizaine d'hommes cuirassés et casqués pour investir le château du Vampire, débusquer le Karlov et le coller en garde à vue. Le procureur l'avait écouté jusqu'à l'heureux dénouement de sa jolie histoire, l'hallali, tout ça, et avait secoué la tête.

« Non.

— Comment ça, “non” ?

— Lukas Karlov bénéficie bien d’une immunité diplomatique. Il est enregistré en tant que fils adoptif du docteur Viktor Valak et jouit pleinement de cette protection. Il n’est donc pas question d’aller le chercher et de l’appréhender *manu militari*. Malgré vos preuves, et votre témoin.

— Mais on ne peut pas la lever, son immunité ? s’était agacé Bertrand.

— Nous sommes en train d’essayer, mais rien n’est moins sûr. L’un des fils Khadafi s’est battu avec la police, avec le SAMU, a envoyé ses gardes du corps contre la BAC, a trempé dans un réseau de prostitution, a remonté l’avenue des Champs-Élysées à cent quarante kilomètres/heure sans s’arrêter à un seul feu rouge… Aucune poursuite n’a été engagée contre lui. Immunité. Un ambassadeur suisse a forcé un barrage de police à Paris en 2014 parce qu’il se savait positif à l’alcootest, et a remonté un boulevard à contresens pour s’enfuir. Il a été interpellé. Immunité. Je peux vous raconter l’histoire de ce fils de diplomate qui dealait de grosses quantités de cocaïne en bas de chez lui, d’un autre qui tripotait les filles de son collège… Immunité ! L’immunité diplomatique qui protège un émissaire d’un pays étranger est une bonne chose, sauf quand elle devient un joker pour enfreindre impunément la loi, une carte de sortie de prison permanente. Cette remarque s’applique tout autant aux ambassadeurs français à l’étranger, puisque certains ont aussi échappé à des poursuites dans le pays où ils étaient en poste…

— Mais là, monsieur le procureur, sauf votre respect,

on parle de sept femmes, de sept corps, de sept meurtres ! Pas d'excès de vitesse !

— Absolument. C'est la raison pour laquelle je vous disais que, pour cette affaire, nous *essayons*. Nous avons fait remonter une demande de levée d'immunité au garde des Sceaux qui l'enverra au ministre des Affaires étrangères, lequel l'enverra à son homologue roumain. Le Premier ministre roumain et son ministre des Affaires étrangères sont les seuls habilités à lever l'immunité. Alors seulement nous pourrons l'interpeller.

— Et ça vous prendra combien de temps ?

— Les voies diplomatiques sont impénétrables, commandant…

— Il doit bien y avoir une autre solution, avait pesté Bertrand.

— Oui. Nous pouvons lui demander de quitter le pays…

— Sérieusement ?

— C'est la seule prérogative que nous ayons : refuser d'accueillir plus longtemps cet homme sur notre territoire, et le renvoyer dans son pays d'origine. Impuni.

— Bon… On va attendre la levée d'immunité, alors… au risque qu'il tue de nouveau.

— Non. Vous pouvez lui parler. Tant que vous ne l'arrêtez pas… Tant qu'il vous reçoit et ne vous demande pas de partir. Un entretien bienveillant. Pendant ce temps, nous travaillons. Nous devons jouer la montre. En formulant notre demande, nous l'avons alerté : il sait que nous savons. Ou que nous soupçonnons. Karlov doit déjà préparer son départ. Nous devons gagner du temps et faire sauter son immunité avant qu'il ne quitte le territoire national… Sinon il partira, et le pays tout entier nous fera payer d'avoir laissé partir un assassin. J'attends votre compte rendu… »

Ni véhicule blindé, ni ninjas en armure.

Le commandant Bertrand et son adjoint Ménard arrivèrent à 13 h 30 devant le haut portail de la demeure où résidait Lukas Karlov. Debout dans le brouillard, ils examinèrent la porte, cherchèrent une sonnerie. Ils trouvèrent un vidéophone et pressèrent le bouton. Puis une deuxième fois au bout d'une minute. Puis une autre. Après quelques minutes, une voix grave résonna.

— Je vous ouvre, messieurs.

Bertrand et Ménard se regardèrent. Il était clair qu'ils étaient attendus. Le commandant sortit sa carte et la présenta devant la caméra.

— Bonjour, monsieur. Police. Brigade crimin…

Dans un claquement suivi d'un grincement, le portail coulissa derrière le mur d'enceinte, ouvrant l'accès. Ménard porta la main à son holster, Bertrand l'arrêta.

— Non, François. On lui rend une visite de courtoisie. Rien de plus.

— Une visite de courtoisie pour sept meurtres… commenta Ménard, qui s'imaginait déjà en train de raconter son histoire à Dossantos.

Les deux hommes entrèrent dans le parc qui s'étendait devant eux. Leurs pas crissèrent sur le gravier. À droite, dans la brume, ils distinguèrent une petite maison qui avait dû être le logement du gardien et qui semblait aujourd'hui faire office d'abri de jardin. Tout autour, de grands arbres élançaient leurs branches noires dans le voile gris qui flottait sur Paris, tel un linceul. Devant eux se dessina bientôt la silhouette sombre et massive de la haute demeure de pierre, son corps principal et sa tour. Le château. Ils s'y dirigeaient lorsqu'ils aperçurent une forme dans la brume, une ombre noire, bientôt un homme brun vêtu de noir qui s'approchait d'eux à pas lents, les bras écartés, comme un christ s'échappant d'un néant de fumées. Les deux flics se figèrent. Malgré lui, Ménard porta de nouveau la main à son arme. Karlov s'arrêta à quelques pas d'eux, silencieux.

— Monsieur Karlov, merci de nous recevoir. Nous venons nous entretenir avec vous à propos de la disparition de Lucie Maturin, entama prudemment Bertrand. Accepteriez-vous s'il vous plaît de…

— Je suis le tueur de femmes. C'est moi, le Vampire de Paris, déclara sans émotion le grand homme à la peau blême et aux yeux éteints.

Les *r* roulant sous sa langue ajoutaient à l'étrangeté de sa subite confession.

Les deux flics se regardèrent, éberlués. L'entretien bienveillant prenait un tour inattendu. Bertrand s'approcha.

— Monsieur Lukas Karlov, ce que vous dites est grave… Est-ce… Voulez-vous faire une déposition officielle ?

— Je suis le tueur. De Lucie Maturin et de toutes les autres. Je souhaite me rendre à la police française.

Le téléphone de Ménard vibra. Il l'ignora et sortit une paire de menottes de sa veste. De la tête, Bertrand lui intima l'ordre de les ranger. Il entendait déjà les hurlements du procureur quant au sabotage de cette enquête, la visite de courtoisie qui tournait à l'arrestation… La nouvelle remonterait rapidement jusqu'au ministre des Affaires étrangères, et à celui de l'Intérieur, gagnerait en puissance et lui retomberait dessus comme un châtiment divin, le Déluge et les dix plaies d'Égypte pour un seul homme. Bertrand grimaça. Il s'en moquait : c'était l'heure de l'hallali.

— Monsieur Lukas Karlov, à compter de cette heure, vous êtes en garde à vue pour l'enlèvement et le meurtre de Lucie Maturin, Noura Adil, Laetitia Chen et de quatre autres femmes. Le procureur sera informé et décidera des suites. Vous pourrez contacter l'un de vos proches, et être mis en présence d'un médecin et d'un avocat. Comprenez-vous ce que je viens de vous dire ?

— Oui. Je n'ai besoin de prévenir ni de voir personne.

— Bien. Veuillez nous suivre, s'il vous plaît.

Les deux flics l'encadrèrent et, en ligne, les trois hommes s'éloignèrent dans la brume vers le portail, sous le regard froid, à la fenêtre du premier étage, du Vampire de Gherla.

13 h 30
TALEB et YVAN

Le corbillard avançait lentement dans le brouillard, diffusant son aura de mort à travers les rues de la capitale. Dans l'habitacle, les deux hommes s'étaient tus. Taleb avait essayé le français, l'anglais, l'arabe, puis avait abandonné devant le visage ahuri du Roumain confronté aux sonorités nouvelles de chaque idiome. Alors le ronronnement du moteur s'était installé. Yvan serrait le volant à deux mains comme s'il avait un contrôle quelconque sur les événements, sur la direction que prenait sa vie. Par instants, il jetait un œil de côté pour observer l'homme qui était assis près de lui. À la place du mort. Il était immobile, le regard droit. Son arme dans sa poche. Ce type aux cheveux clairs et sales, aux yeux verts, emmitouflé dans sa parka kaki crasseuse, était déterminé à en finir avec Karlov, de la même manière qu'avec l'infirmier. Il paraissait mû par une force invincible, inexorable. Rien ne semblait pouvoir entraver son action. Yvan se demanda s'il avait lui aussi perdu quelqu'un, une mère, une sœur, une épouse, morte par les mains mêmes du *Monstru* ou de son sbire, dans un pays lointain. Était-il animé de cette même vengeance qui dévorait le Roumain depuis vingt-huit ans ? Peu importait ce qui motivait sa fureur. Yvan se disait qu'avec un tel allié, il parviendrait enfin à ses fins. Pour Mina.

Il jeta de nouveau un regard à cet associé inattendu. Le réfugié était toujours impassible, une main dans sa poche. Le corbillard bifurqua dans une rue escarpée et la remonta lentement. Bientôt, Yvan tendit un doigt vers une haute grille en fer forgé et décéléra :

— Karlov ! Ici ! glapit-il, comme s'il en éprouvait une joie profonde.

Taleb acquiesça et lui fit signe de continuer sa route. Le Roumain accéléra de nouveau et ils remontèrent la rue. Le réfugié demanda au Roumain de tourner à droite, puis à gauche, choisissant des voies toujours plus étroites, comme précédemment. Yvan obtempéra parce qu'il fallait cacher un véhicule aussi voyant. Ils trouvèrent bientôt une impasse et y garèrent le corbillard. Ils descendirent et le réfugié demanda les clés à Yvan qui les lui donna volontiers. Taleb fit le tour du fourgon mortuaire jusqu'au hayon arrière qu'il ouvrit. Yvan le regarda faire, perplexe. Taleb lui ordonna alors de retirer son manteau, ce qu'il fit, tout aussi dubitatif sur la tournure que prenaient les événements, sur l'attitude déconcertante de son allié. Puis le réfugié fit signe au Roumain de grimper à l'arrière du véhicule. L'autre écarta les mains, manifestant son incompréhension. Le réfugié le saisit par l'épaule et le poussa. Refusait-il qu'Yvan vienne avec lui ? Voulait-il garder cette vengeance pour lui seul ? À contrecœur, le Roumain monta à l'arrière du corbillard, la véritable place du mort, ce qu'il comprit trop tard. Lorsqu'il se retourna, il vit que le réfugié avait sorti son arme, et l'avait emmitouflée dans le manteau.

— *Te rog !* dit-il en roumain, ce qui voulait certainement dire quelque chose comme « pitié ! » ou « je suis stupide ! ». Peut-être « enfin ! », puisque la délivrance était à portée après toutes ces années…

On ne prépare jamais assez ses dernières paroles, et on n'a pas toujours le temps de bien les placer.

Yvan se mit à genoux face au réfugié. Les mains jointes, il ferma les yeux, suppliant l'autre en silence d'épargner sa vie, ignorant que dans cette longue chaîne de tueurs et de victimes, dont ils n'étaient tous que des maillons, Taleb refusait depuis le début le rôle de victime. Pour ne pas l'être, il s'était fait tueur, au gré brutal des événements, et pour Noura. Il avait fui la Syrie sous les bombes et poursuivait aujourd'hui les assassins de Noura, jusqu'au dernier. L'étudiant en informatique était mort en Syrie, le jour où il avait quitté ses parents, le jour où Noura avait été agressée. Un autre était né alors, qui portait son nom, mais aussi de nouveaux fardeaux, qui avait commencé une autre vie faite de violence et de sang, et qui mourrait certainement l'arme à la main. Mais Yvan ignorait tout cela, ne vit pas le réfugié approcher le flingue de sa tempe, s'étonna presque quand ce dernier tira. En un ténu claquement, la balle traversa le manteau du Roumain, son os temporal et son sphénoïde, emportant une partie du lobe frontal, du lobe temporal, et les souvenirs, et les chagrins, les douleurs de Gherla, le désespoir et l'amour de Mina.

Taleb regarda le corps du Roumain s'affaler, satisfait d'avoir abattu un autre membre de ce réseau qui vendait des femmes. Ne restait plus que l'acheteur, l'assassin de Noura, Addams ou Karlov, quel que fût son nom, celui qui avait emmené sa sœur dans sa voiture pour la vider de son sang et la regarder mourir. Le Vampire de Paris, comme disaient les journalistes. Il mourrait avant le coucher du soleil. Taleb tira les rideaux du corbillard afin d'occulter l'intérieur ensanglanté aux regards des curieux. Il fouilla les poches du manteau et récupéra les quelques billets et pièces qu'il contenait. Puis il déposa l'arme qu'il avait volée au flic en faction devant la chambre, dans la main du Roumain. La mise en scène d'un suicide lui permettrait peut-être de gagner un peu de temps dans sa fuite vers le nord. Alors il ferma le hayon. Il tira de son autre poche son Walther P99 à la carcasse kaki, s'assura qu'une balle patientait dans le canon, le rangea et quitta l'impasse, abandonnant le corbillard et le corps qu'il abritait.

Dans le brouillard, il parcourut le chemin à l'envers et retrouva la rue Edgar-Poe qu'il descendit, recherchant la haute grille en fer forgé. Il y arriva à l'instant où deux hommes s'y arrêtèrent et actionnèrent un Interphone. Taleb se glissa entre les véhicules stationnés le long du trottoir.

— Bonjour, monsieur. Police. Brigade crimin... dit le plus âgé des deux, interrompu par l'ouverture soudaine de la grille.

Taleb les regarda franchir le portail béant et s'enfoncer dans la brume. Il s'approcha à son tour, hésitant à les suivre sur le gravier de l'allée qui aurait trahi sa présence. Il passa la tête et observa le parc qui s'étendait là, les arbres longs et décharnés, la petite maison sur la droite, la demeure massive comme un château, qui, plus loin, empreignait le voile de brume de son ombre grise. Les deux flics avançaient vers la demeure lorsqu'ils s'arrêtèrent. Ils avaient rencontré quelqu'un dans le parc, mais, de l'entrée, à une vingtaine de mètres, Taleb ne voyait personne.

— Monsieur Karlov, merci de nous recevoir, lança haut l'un des flics. Nous venons nous entretenir avec vous à propos de la disparition de Lucie Maturin, dit l'un des flics, certainement le même. Accepteriez-vous s'il vous plaît de…

— Je suis le tueur de femmes. C'est moi, le Vampire de Paris, déclara une voix grave et monocorde dans le brouillard.

Taleb essaya de discerner l'homme qui, à vingt mètres de lui, confessait ses crimes, l'assassin de Noura, mais le brouillard l'occultait totalement. L'un des flics s'approcha et la conversation devint inaudible. Taleb se plaqua contre le mur et sortit son 9 millimètres. Ainsi tout s'achèverait dans les prochaines minutes : il s'avancerait soudain vers le tueur à grandes enjambées, le bras tendu devant lui, visant la brume, verrait le troisième homme, le tueur, et viderait son chargeur sur lui. Les deux flics dégaineraient leurs armes et l'abattraient. Fin. Adossé au mur, il ferma les yeux, sentit son pouls s'emballer, son cœur se débattre dans sa poitrine, refusant d'aller à la mort. Pourtant, le moment qu'il attendait était là. Il n'était pas question de s'en détourner, par peur. Son front se piqueta de sueur, une sueur glacée.

Taleb inspira profondément. Il entendit soudain des pas crisser sur le gravier, qui se rapprochaient. Il ouvrit les yeux et passa la tête : trois hommes avançaient vers lui, les deux flics et un grand bonhomme vêtu de noir. Il était plus grand que l'autre Roumain, mais portait également du noir. De quoi s'y tromper… Taleb quitta son abri, leva son flingue à deux mains et ouvrit le feu. Lukas Karlov reçut deux balles dans la poitrine avant que Bertrand et Ménard n'aient pu sortir leurs armes de service, une troisième dans l'épaule quand les deux flics répliquèrent, blessant l'agresseur à l'abdomen. Il disparut à l'abri du mur d'enceinte. Les deux officiers se précipitèrent au portail, leurs armes devant eux, pour constater que le tireur avait disparu, laissant derrière lui une traînée de sang. Ils cherchèrent brièvement. La menace écartée, ils revinrent en courant auprès de la victime. Bertrand sortit son portable et appela une ambulance tandis que Ménard tentait de contenir le sang qui s'échappait de ce corps. Karlov était vivant mais gravement blessé, il ne fallait pas sept ans de médecine pour l'affirmer.

— Tenez bon, lui dit le lieutenant Ménard. Les secours sont en route.

Sans qu'on l'eût entendu approcher, un grand homme aussi vêtu de noir, aux cheveux poivre et sel coiffés en arrière, qui portait des lunettes aux verres fumés poussa Ménard, s'agenouilla près de Karlov, déposa une sacoche et en tira des bandages.

— Mon fils. Qu'ont-ils fait ? Tiens ceci contre ta blessure, dit-il en français.

— Je meurs, maître.

— Non, Lukas, mon fils. Tu vas vivre.

— Mon... Père, pourquoi me faites-vous subir cela ? Pourquoi m'abandonnez-vous aujourd'hui ? J'ai toujours été fidèle, dévoué depuis Gherla. Mais tellement seul... et cruel. Ainsi vous m'avez fait. Dieu a créé l'homme à son image, mais moi je suis la forme corrompue de la vôtre, plus horrible même ! Satan a des compagnons pour l'admirer et le suivre, moi je reste solitaire et haï.

— Allons, tu n'es pas seul. Tu ne l'as jamais été. Tu es devenu mon fils le jour où le destin t'a mis sur ma route et où je t'ai ramené d'entre les morts.

— L'humanité entière me déteste et m'a tourné le dos. À Gherla déjà, j'étais détesté de tous. Je n'étais qu'un enfant, maître. Et vous m'avez corrompu. Dois-je donc passer pour le seul criminel, alors que l'humanité entière a péché contre moi ?

— Tais-toi, maintenant.

Un filet de sang déborda de ses lèvres. Karlov y porta la main et regarda le bout de ses doigts bruns.

— Je vois que vous ne faites rien pour me sauver, que vous me laissez mourir...

— Tais-toi ! Une vie pour une vie. Tu sais ce que tu dois. Alors paye le prix et tais-toi !

Les deux flics, debout de chaque côté, les écoutaient sans comprendre. Ménard s'agenouilla pour appuyer sur la plaie puisque Valak ne faisait rien. Alors, Karlov reprit en français :

— Il se peut que je meure, soit, mais avant cela, vous, mon tyran et mon bourreau, maudirez le soleil qui brillera sur votre effroyable misère.

— *Mais... Lukas, mon fils...*

Karlov venait de perdre connaissance.

Au loin, quelque part dans la brume, pleura la sirène d'une ambulance.

13 h 50

La Mégane tangua dans le virage et remonta la rue Edgar-Poe. Mehrlicht décéléra soudain. Latour se raidit. Une ambulance bloquait la route devant eux, qui lança sa sirène et s'éloigna à tombeau ouvert.

— On arrive trop tard, capitaine.

Mehrlicht accéléra pour venir se garer sur le bateau lorsqu'il vit Ménard et Bertrand devant le portail ouvert. Ils sortirent du véhicule. Bertrand au téléphone se détourna dès qu'il les aperçut, et repartit dans le parc à quelques mètres de l'entrée, vers ce qui ressemblait à une flaque de sang. Une autre. Le printemps était sanglant, cette année.

— Mais qu'est-ce qui se passe ? demanda Mehrlicht à son ancien stagiaire.

— Nous sommes venus interro… officiellement, discuter avec Karlov, puisqu'il bénéficie de l'immunité diplomatique. Le portail s'est ouvert. Nous sommes entrés dans le parc et Karlov s'est aussitôt rendu, s'accusant d'être le Vampire, voulant faire sa déposition au commissariat.

— Non !

— On décide donc de… l'accompagner. On marche vers la porte, on est à peu près là, quand un type surgit à l'entrée et tire sur lui. Trois balles dans la poitrine. On a à peine le temps de sortir nos armes et de riposter. Et le type s'évanouit dans la nature. Mais on l'a touché. Il est blessé et a laissé du sang sur le trottoir. Après, on s'est occupés de Karlov, on a appelé une ambulance…

— On l'a vue partir… Il était dans quel état ? s'enquit Latour.

— Pas bien. Il n'était plus conscient. Valak est sorti de la maison pour lui porter secours… Tu parles d'un médecin ! Il lui a mis des compresses pour stopper l'hémorragie, mais…

— Valak et Karlov sont complices, François, coupa Mehrlicht. Valak séduit des jeunes filles sur Internet pour qu'elles lui donnent leur sang. Volontairement. Karlov de son côté enlève des jeunes filles, plutôt étrangères sans papiers, pour les tuer et les vider de leur sang… puis fait le ménage pour Valak, l'ancien bourreau d'une prison roumaine. Le « Vampire de Paris », c'est deux tueurs.

— … deux tueurs qui assassinent depuis plusieurs années au gré des affectations en ambassades de Valak, compléta Latour.

— Et bientôt plus qu'un ! Valak ! Il va charger son sbire Karlov, et jouer les effarouchés avant de prendre le large !

— Avec la plus complète immunité, ajouta Ménard. Le commandant Bertrand fait son rapport au procureur Cochin. À deux mètres de distance, j'ai entendu ses hurlements dans l'appareil.

— Une fusillade chez un personnel diplomatique étranger protégé par l'immunité diplomatique, alors que vous aviez simplement l'autorisation de discuter... traduisit Latour.

— Et vous laissez le principal suspect, qui vient d'avouer, se faire descendre, ajouta Mehrlicht.

— Et notre autre suspect à l'hôpital s'est fait la malle, acheva Ménard. Vous êtes au courant ?

— Tout le pays est au courant ! Vous pensez que c'est lui qui a tiré ?

— Non, le type ne lui ressemblait pas. Je ne l'ai jamais vu. Mais on a donné un signalement assez bon.

— Bon... Ça veut dire que Valak est toujours là. On pense qu'ils ont enlevé une autre fille, et qu'elle est prisonnière au... au château. On doit y aller.

Ménard grimaça. Il se passa la main dans les cheveux et se lança :

— Les ordres sont de ne pas approcher Valak. Et puis on n'a même pas le droit d'être dans le parc. Il nous a donné la permission, mais...

— Kermit... Évidemment. Les coups de poisse qui pleuvent, t'es forcément dans le coin.

Ils se tournèrent vers Bertrand qui venait de raccrocher. Le zombie était plus blafard que jamais, mais il avait l'habitude des engueulades. C'était un philosophe.

— Arrête, Bertrand. Je danserais bien sur ton cadavre mais tu m'as ému.

— C'est ça, vas-y, chambre. Mais de dehors. C'est une scène de crime. Et la Crim', c'est moi, alors salut !

— Non, on vient voir Valak. On a de bonnes raisons

de croire que Cathy… Catherine Gleich est retenue ici contre son gré.

— Elle est le dernier témoin de toute cette affaire. Et elle a disparu, expliqua Latour.

Dossantos franchit le portail à cet instant. Son rendez-vous à l'IGPN l'avait visiblement éprouvé. Il rejoignit le petit groupe et ne comprit rien à ce qui se passait. Latour le briefa en deux mots.

Bertrand grimaça et reprit :

— Je crois qu'on ne s'entend pas bien, Kermit : ici, on n'entre pas. Ce n'est pas moi qui le dis, c'est le droit international. Je viens de me faire déglinguer par le proc'. Alors les ordres sont clairs : personne n'entre ici, personne ne parle à Valak, ni à Karlov. On leur fout la paix et on prie pour ne pas se prendre une tempête de merde en provenance de Roumanie franco de port… Je traduis les propos du procureur dans ta langue pour que tu saisisses bien…

Mehrlicht sourit.

— Bah non, parce que si tu m'empêches de frapper à la lourde de cette baraque, et qu'ensuite on retrouve le macchabée de la gamine à l'intérieur, tes emmerdes du moment, ce sera du pipi de chat, tu vois ? Alors, je vais y aller, et tu raconteras que les gars du Central du XII ont forcé le passage parce que… Tu trouveras une raison ! Allez, à plus !

Sans ajouter un mot, Mehrlicht se dirigea vers le manoir, dépassant la flaque de sang, suivi de Latour et Dossantos. Bertrand les regarda, furibard, mais impuissant. Presque. Il ressortit son téléphone et frappa rageusement l'écran.

— T'es mort, Kermit ! beugla-t-il.

— Ça arrive aux meilleurs d'entre nous ! Alors, t'es tranquille… coassa le petit capitaine.

Bientôt, le manoir apparut dans la brume, puis s'arracha aux longs voiles gris qui dansaient alentour. La maison était effectivement imposante, massive comme un château. Une fumée s'échappait de la cheminée. Les volets étaient pratiquement tous clos. Les trois flics se présentèrent à l'épaisse porte de bois clouté de la demeure. Mehrlicht saisit la poignée du heurtoir en forme de loup et frappa par deux fois. Il attendit un peu puis allait refrapper lorsqu'il entendit claquer la lourde clenche. La porte s'ouvrit en grinçant, et parut devant eux le docteur Viktor Valak, vêtu d'un costume sobre et sombre. Il se planta dans l'embrasure, impassible, son visage émacié, livide, ses cheveux grisonnants coiffés vers l'arrière, ses lunettes noires. Il les toisa un temps d'un regard glaçant, sans un mot, autoritaire et intouchable. Loin de Roumanie, trente ans après, il restait le Vampire de Gherla, le médecin dément d'une prison oubliée où il avait distribué la mort pendant des années, torturé des femmes, des hommes, et rendu fou un enfant.

Et les trois flics sentirent le froid qui fuyait par la porte ouverte, charriant une odeur rance et acide de vieillesse qui les prit à la gorge. Mehrlicht enchaîna :

— Viktor Valak ? Bonjour, monsieur. Police judiciaire. Nous…

Regardant derrière l'homme, il aperçut deux valises dans le hall d'entrée.

— Vous partez en voyage, monsieur Valak ?

— Mes voyages intéressent la Police judiciaire ? tacla l'homme de sa voix grave, en roulant les *r*.

— Les volets, les valises… Vous partez ce soir ?

— D'habitude, la police me demande l'autorisation de me poser des questions, railla le médecin.

— « D'habitude » ? Vous avez souvent affaire à la police, monsieur ?

Mehrlicht cherchait un biais, un axe, un cheminement, mais l'homme était un roc drapé dans son immunité. Il pouvait refermer la porte à tout instant, les envoyer au diable, mais préférait d'abord s'amuser avec eux, se divertir secrètement de leur impuissance, comme un enfant qui s'ennuie l'après-midi piétine des fourmis parce qu'il le peut.

Contre toute attente, Valak changea de ton :

— Nullement. Mais j'ai ordonné à Lukas de se livrer aux autorités françaises dès qu'il m'a avoué ses abominables agissements. Toutes ces femmes… Quelle horreur ! Assassinées. Vidées de leur sang. Jetées dans le fleuve. Lukas n'a pas eu une jeunesse très heureuse, vous savez. La Roumanie de Ceaușescu a été un pays très dur pour sa génération. Qui sait à quel événement atroce il a assisté et quel traumatisme subsiste aujourd'hui qui l'a poussé à tuer ces filles ? Mais le gouvernement roumain ne peut couvrir de telles exactions. J'ai prévenu le ministre des Affaires étrangères à Bucarest pour que l'immunité de Lukas soit levée… et qu'il soit jugé ici ou au pays.

Les trois flics regardaient Valak leur jouer l'acte III en grand professionnel du mensonge et de la dissimulation.

— Et vous avez jamais rien soupçonné ?

Une lueur dansante s'alluma derrière les verres noirs du Vampire.

— Jamais.

— Pensez-vous qu'il avait un complice ?

— Oh non… Lukas est un garçon très solitaire. Il n'a jamais eu d'amis…

— Mis à part vous, coupa Latour.

— J'étais plus qu'un ami, s'offusqua Valak. J'étais un père pour lui. Il m'a profondément déçu. Devrais-je dire « trahi », après tout ce que j'ai fait pour lui…

Un silence passa dans un ruban de brume.

— J'ai une dernière question, reprit Mehrlicht. Vous a-t-il dit ce qu'il faisait de tout ce sang ?

— Non, je n'ai pas souhaité connaître les détails…

— Accepteriez-vous que nous procédions à une fouille de la propriété ? Ces jerricans de sang doivent bien être quelque part et nous aurons enfin une réponse à cette question…

Le docteur Valak grimaça.

— Oui, bien sûr. Vous aurez accès à la maison et au parc dès demain. Je pars ce soir. Les agissements de Lukas m'ont bouleversé. Et je me sens en danger, ici, maintenant qu'un fou a ouvert le feu chez moi. La police française ne peut pas me protéger, alors je rentre au pays. D'ailleurs, je vais vous laisser. Je dois organiser le rapatriement de… toutes mes affaires. Ma valise diplomatique prend de la place !

Il sourit, triomphant.

Mehrlicht tenta le tout pour le tout :

— Nous savons que Catherine Gleich est ici. Nous souhaiterions lui parler.

Le Vampire, pris de court, les toisa, flegmatique, sembla réfléchir un instant, puis sourit.

— Certainement. Catherine ? appela-t-il soudain en roulant fort le *r*.

Et Catherine Gleich s'en vint à la porte. Toute vêtue de noire, en robe et foulards, en tulle et dentelles, elle parut dans l'ouverture, ses yeux fardés de khôl, ses croix celtiques à ses oreilles. Et la tête de mort tatouée sur sa main.

— Catherine, vous allez bien ? s'enquit Mehrlicht. Vos parents s'inquiètent. Ils ont signalé votre disparition.

— Ils paniquent pour un rien. Je vais bien. Dites-leur que je vais bien. Et qu'ils me laissent tranquille…

— Vous n'êtes pas en sécurité, Catherine, intervint Latour.

La jeune gothique leva un regard las vers Viktor Valak, puis vers la flic rousse.

— Ne vous inquiétez pas… Tout ira bien désormais.

Les trois officiers la dévisagèrent, incrédules. La jeune fille semblait résignée à un sort que l'on devinait. Latour retourna à la charge :

— Venez avec nous ! Nous pouvons parler de tout cela.

— Non, j'aime Viktor. Et il m'aime. Nous allons partir.

— Vous avez menti à la police concernant la disparition de votre amie Lucie Maturin, certainement par jalousie, ce qui constitue un faux témoignage puni par l'article 434-13, et peut-être même…

— Mademoiselle, interrompit Latour. Venez. Il y a une autre vie qui vous attend dehors.

Cathy lui sourit de nouveau, un tremblement à la commissure des lèvres. Latour aperçut les marques sur son cou, deux points violacés distants de quelques centimètres sur sa jugulaire. Contrairement à son amie Lucie, Cathy avait cédé aux demandes du Vampire. Non. Elle était venue s'abandonner à lui.

— J'ai... J'ai trahi Lucie parce que j'aimais le même homme... Elle m'a montré ce qu'ils se disaient sur le site. J'étais subjuguée. J'ai insisté pour que Lucie organise un rendez-vous. Après la demande de sang, je lui ai interdit de se reconnecter. Mais j'ai repris son compte. «*Fidelis ad mortem*». Le même mot de passe, toujours...

— Tous les poèmes en ligne sont de vous, n'est-ce pas ? s'enquit Latour.

Elle sembla s'éveiller.

— Vous les avez lus ? Je voulais qu'il me remarque, et qu'il m'aime aussi... Plus... Plus fort.

Sa main droite vint effleurer la blessure à son cou, révélant la tête de mort tatouée.

— Et Caïn a tué Abel par jalousie...

— Vous n'avez tué personne, Cathy. Vous devez quitter ce lieu. Ce que vous lui donnez ne lui suffira jamais. Et quand il en aura fini avec vous, qu'il vous aura vidée de toute vie, il vous jettera comme les autres, au fond d'un fleuve ou d'une tombe.

— Je mérite ce châtiment...

— Ça suffit, tonna le docteur Valak. Je vous demande de partir.

Il poussa la porte. Cathy glissa la tête et eut à peine le temps de souffler :

— Ne vous inquiétez pas… Je suis heureuse !

Et sa voix s'éteignit dans le claquement retentissant.

Mehrlicht était maintenant furieux de s'être laissé hypnotiser lui aussi. Il s'agitait en tous sens, excité comme une grenouille sous coke. Il allait refrapper à la porte lorsqu'il entendit un chahut dans le brouillard. Les trois officiers se retournèrent et virent une dizaine de flics en uniforme courir vers eux.

— Restez où vous êtes ! grogna l'un d'eux.

— Arrêtez, on est de la maison, répliqua Mehrlicht.

— On sait. On sait aussi que vous n'avez pas le droit d'être ici, et qu'on doit vous embarquer. C'est les ordres…

— Quoi ? Mais vous rigolez !

— Désolé, capitaine. Mais on peut faire ça tranquillement, ou avec les menottes…

Les trois flics affligés furent promptement encadrés par huit gars en uniforme. Ils levèrent les mains en signe de reddition et se dirigèrent vers le portail.

— Il faut prévenir… quelqu'un, protesta Latour. On ne peut pas la laisser là !

— Celui que tu voudrais prévenir, c'est le même qui nous met aux arrêts pour qu'on foute la paix à ce boucher… Le gars est protégé et on peut pas agir dans le périmètre. La loi s'arrête au portail diplomatique, même pour les assassins.

— Il n'y a pas de zones de non-droit… souffla Dossantos comme pour s'en convaincre chaque jour.

— Ouais. Tu expliqueras ça à ton copain de cellule entre deux câlins. On peut juste se réjouir qu'il arrivera plus rien à Cathy, maintenant. C'est déjà ça.

— Pourquoi ? s'enquit Dossantos. Qu'est-ce qui empêche Valak de la tuer et de quitter le pays ?

— Karlov. Il doit porter le chapeau pour tous les meurtres, et blanchir Valak. Et Karlov est inconscient à l'hosto. Si Bertrand était arrivé plus tard, elle y serait certainement passée… Maintenant qu'on a vu Cathy en vie en compagnie de Valak, il ne fera plus rien.

— Peut-être… De toute manière, elle est consentante… reprit Latour. Qu'est-ce qu'on peut faire ?

— Rien. C'est fini, conclut Mehrlicht, la tête basse.

Il sortit une Gitane et l'alluma.

Ils entendirent quelqu'un applaudir dans la brume. Bertrand les regarda passer en riant et en tapant dans ses mains. Ils l'ignorèrent, quittèrent le parc et se retrouvèrent dans la rue face à trois voitures sérigraphiées garées en vrac sur la chaussée. Trois équipages, rien que ça, pour faire sortir Mehrlicht et son groupe de ce parc. Derrière les trois véhicules de police, s'arrêta une Peugeot 508 noire. Mehrlicht et Latour reconnurent la berline qui avait traversé la foule de journalistes et de badauds sur le quai de Seine, la veille au soir, tandis qu'on sortait de l'eau des corps de femmes. La portière s'ouvrit et ils identifièrent le procureur Cochin, un petit homme maigre à grosses lunettes, aux cheveux bruns et courts qu'une raie partageait horriblement, un type brillant à ce qui se disait, mais austère et sévère.

Mehrlicht pesta :

— Putain !

— Ça fait 5 euros, sanctionna Dossantos.

Mehrlicht ne discuta pas. La loi était dure, mais… Et puis ces dernières heures, il avait pu placer quelques jurons gratuitement. Cinq euros, il s'en sortait à bon compte. Il tendit un billet, dépité non par cette sentence, mais par son collègue de la Crim' : Bertrand, qui croyait toujours que le petit homme à face de grenouille avait par le passé intrigué pour récupérer une affaire, lui rendait aujourd'hui très injustement la monnaie de sa pièce. Il avait raison, Bertrand : ça valait des applaudissements.

Le procureur les rejoignit. En apprenant leur qualité d'officiers, l'homme sembla s'agacer.

— Personne n'approche la maison du docteur Valak. Je vous le dis et je ne le répéterai pas. Karlov, le secrétaire du docteur, est le coupable. Je viens présenter nos excuses au docteur Valak pour toute cette agitation, et lui assurer que son nom n'apparaîtra nulle part.

Sa voix était celle d'un petit garçon, plutôt aiguë et chantante.

Mehrlicht souffla sa fumée.

— Il va partir. Vous savez que c'est un assassin, qu'il est aussi coupable des meurtres de ces femmes que Karlov. Vous savez aussi que c'est un ancien bourreau de la Roumanie de Ceaușescu, qu'il a massacré des dizaines, peut-être des centaines de gens enfermés à la prison de Gherla. Vous savez qu'il n'a jamais cessé de tuer, quels que soient les pays où il était en poste. Et vous voulez le laisser partir pour éviter une petite crise entre deux pays d'Europe, en accablant Karlov. Et seulement Karlov.

Le procureur se planta devant Mehrlicht et reprit de sa voix fluette :

— Karlov est mort dans l'ambulance qui l'emmenait à l'hôpital.

Les trois flics se figèrent. Cochin poursuivit :

— Le Vampire de Paris est mort. L'urgentiste a recueilli ses dernières paroles : une confession totale…

— Bah voyons… lâcha Mehrlicht.

— … où il dit avoir agi seul.

Mehrlicht envoya voler son mégot vers le caniveau.

— Il aurait pu en profiter pour avouer les meurtres du petit Grégory, de Lady Di et de Kennedy. On aurait gagné vachement de temps !

Le procureur dévisagea le petit capitaine.

— Je n'aime pas votre ton.

— On me le dit souvent, agréa Mehrlicht.

— J'ai un tireur dans la nature, alors, croyez-moi, je n'ai pas de temps à perdre. Votre nouveau commissaire vous attend dans son bureau. Ces hommes vont vous y conduire. Il vous expliquera la suite des événements. En peu de mots, vous quittez les lieux et vous restez loin du docteur Valak. D'abord parce que ce n'est pas votre affaire. Ensuite parce que si vous revenez ici, je vous fais mettre à pied et poursuivre pour entrave à la justice.

— L'article 434 ? Entrave ? dégoupilla tout à coup Dossantos. Mais qui entrave la justice ici ? Tiret 1 : « Le fait, pour quiconque ayant connaissance d'un crime dont il est encore possible de prévenir ou de limiter les effets, ou dont les auteurs sont, écoutez bien, susceptibles de commettre de nouveaux crimes qui pourraient être empêchés, de ne pas en informer les autorités judiciaires ou administratives est puni de trois ans d'emprisonnement et de 45 000 euros d'amende. » Et, à voir les faits, c'est vous qui entravez la justice !

— Mickael… tenta d'interrompre Latour.

Mais le golem pénal était lancé.

— Tiret 4 : « Est puni de trois ans d'emprisonnement et de 45 000 euros d'amende le fait, en vue de faire obstacle à la manifestation de la vérité » et à la fin de l'article…

— Mickael, héla Mehrlicht.

— « Lorsque les faits prévus au présent article sont commis par une personne qui, par ses fonctions, est appelée à concourir à la manifestation de la vérité, c'est-à-dire vous, monsieur le procureur, ainsi que mes collègues et moi-même, la peine est portée à cinq ans d'emprisonnement et à 75 000 euros d'amende. » Alors qui entrave la justice ?

Le colosse semblait hors de lui.

— Il y a des intérêts nationaux qui nous dépassent, conclut Cochin.

Dossantos sentit ses bras se détacher de son corps.

— Mais aucun intérêt ne peut être au-dessus des lois ! s'entendit-il soudain répondre.

Le procureur parut amusé.

— Si vous croyez cela, vous êtes bien naïf, lieutenant !

Un fourgon remonta la rue Edgar-Poe dans le brouillard et se gara derrière les autres véhicules. C'était l'heure de pointe au château. Les gars de l'IJ venaient d'arriver, allaient ramasser de nouveaux échantillons de sang dans de nouvelles flaques, le sang de Karlov et le sang du tireur. Ils récupéreraient les douilles, chercheraient des empreintes, remonteraient les traces.

Cochin décida de couper court.

— Vous voulez servir la loi ? Allez me retrouver le

tireur qui a abattu Karlov. Ça, c'est dans vos cordes. Voici ma carte, capitaine ! Tenez-moi informé !

Il se tourna vers le major qui encadrait leur belle escorte en uniforme.

— Vous pouvez les emmener.

— Nous emmener ? Non, mais vous…

Il s'éloigna.

Mehrlicht et Latour furent escortés vers les voitures. Ils poussèrent à leur tour leur colosse qui se mit en marche, ahuri, en état de choc.

— Tu as été super, Mickael ! C'était complètement inutile, mais…

— Ils vont couvrir la fuite de Valak, résuma Latour, dégoûtée.

Dossantos s'arrêta net.

— Mais je ne compte pas les laisser faire ! Ces deux types ont tué sept femmes. Et l'un d'entre eux va repartir libre ? Jamais !

— Avancez, s'il vous plaît, ordonna un gardien de la paix.

Ils se remirent en route.

— On va en discuter avec le nouveau patron… Mais je vois pas trop ce qu'on peut faire… La fille est majeure et consentante. Et on peut pas arrêter Valak…

— Surtout que Cochin est vraiment capable de nous placer en garde à vue pour les prochaines quarante-huit heures, ce crétin, s'indigna Latour.

— C'est même pas notre affaire, Valak le Vampire. En revanche, on a un type armé qui se balade dans Paris. Et ça, c'est maintenant notre enquête.

Mehrlicht peinait à faire semblant de motiver ses

troupes et surtout à faire accepter cette soudaine impuissance. Les gardiens de la paix séparèrent les trois officiers pour diriger chacun d'eux vers l'une des trois voitures. Ils se laissèrent emmener, K.-O., affligés, abattus, l'humeur en perdition dans un brouillard étouffant. Seul Dossantos entrevoyait une fin plus juste parce qu'il ne pouvait y avoir d'immunité, ni aucune impunité face à la loi. Jamais. Encore moins face à la sienne.

14h45
TALEB

Dans les rues embrumées de la capitale, Taleb semblait rebondir d'immeuble en immeuble comme un ballon dégonflé. La douleur au côté gauche était lancinante et lui coupait le souffle après quelques pas, l'obligeant à s'arrêter. La balle d'un des flics l'avait fauché avant qu'il n'ait pu se remettre à l'abri derrière le mur d'enceinte. Pourtant, il ne l'avait pas raté, le Addams. À cinq mètres et malgré le brouillard, Taleb était sûr de lui avoir collé au moins deux balles dans la poitrine, deux balles dont il ne se relèverait pas, tout Vampire de Paris qu'il était. Il avait néanmoins visé puis ouvert le feu une troisième fois. Addams était le dernier de la bande, la tête pensante, l'assassin de Noura. Il méritait qu'on s'applique. Taleb avait donc tiré et la douleur avait éclaté au-dessus de sa hanche. Il avait pris la fuite, traversé la chaussée en boitant, passé la grille d'un petit jardin puis s'était jeté dans un buisson, un peu plus haut sur le trottoir. Il avait entendu un des flics se rapprocher. Blotti sous l'arbuste, il avait tendu son arme devant lui, dans le feuillage, avait attendu. L'autre, un jeune flic aux cheveux ébouriffés, avait fouillé, fureté, cherché des traces sur le sol, inconscient de la mort métallique qui le guettait. Il aurait tourné la tête à droite plutôt qu'à gauche et Taleb aurait tiré. Ça tient parfois à ça, la vie. Mais le jeune flic avait abandonné la traque et avait accouru auprès d'Addams-Karlov. Alors, Taleb s'était relevé et avait quitté les lieux, emportant dans son flanc un souvenir de plomb.

Deux cents mètres plus loin, il avait retiré sa parka et noué les manches autour de son ventre, très serrées, formant une gaine qui atténuait la douleur, contenait le saignement, et cachait le sang. Il était entré dans une pharmacie et avait acheté des bandages, des compresses, une pince à épiler et du désinfectant à une jeune femme sidérée en blouse blanche. Puis il était reparti, imaginant son opération. Dans les films, tous les blessés faisaient ça, et pour la plupart, s'en sortaient très bien. Pour l'heure, Taleb remontait le boulevard de la Villette, rebondissant entre les colonnes taguées du métro aérien, les façades grises et les terrains vagues en construction. Il marcha ainsi près de trois kilomètres et rejoignit le campement où rugissaient la même agitation, la même clameur, la même colère, où s'opposaient toujours ceux qui venaient d'ailleurs et ceux qui vivaient ici. Profitant de la cohue, évitant les caméras, Taleb regagna sa tente. Il s'installa et referma le zip derrière lui. Il retira sa parka, comprit où était tout le sang qui avait fui son visage. Il se mit au travail, désinfecta sa pince à épiler, puis la plaie. La douleur lui arracha un meuglement qui se noya dans le tumulte extérieur et l'indifférence, allégorie d'un monde où la Syrie crevait. Alors, il plongea

Le même sourire carnassier.

Mehrlicht se racla la gorge.

— On était inquiets… Catherine Gleich, témoin dans notre affaire du Vampire de Paris…

— « Notre affaire » ? Vous plaisantez, capitaine ? Le dossier a été confié à la Crim' dès le début. Vous saviez parfaitement que ce n'était pas « votre affaire ».

— Ouais…

— Et vous avez continué à harceler le docteur Valak, alors même que Lukas Karlov avait avoué être le tueur.

— C'est Valak qui tire les ficelles.

— Ce n'est pas ce que dit M. le procureur Cochin. Ce n'est pas non plus ce que dit la Crim' qui est réellement en charge de cette affaire.

Latour et Dossantos l'observaient. Mehrlicht se racla la gorge et fut soudain pris d'une violente quinte de toux. Les trois autres le regardèrent rougir, redoutant l'explosion de sa petite tête. Le capitaine sortit son mouchoir en tissu et s'essuya la bouche, sans voir le dégoût qu'il suscitait.

— Excusez-moi ! Je tiens une crève biblique !

Saint-Croix enchaîna :

— Le jour de ma prise de poste, je me reçois une soufflante du procureur. Autant vous dire que ça n'a pas été agréable d'entendre que je ne tenais pas mes hommes, que ce commissariat tournait en dépit du bon sens… Je vous passe la suite.

Le téléphone vrombit sur son bureau. Il décrocha, se figea, puis reprit vie :

— Merci. Demandez à l'interprète de venir, s'il vous plaît.

Il raccrocha.

— J'aimerais juste faire la synthèse des faits et des preuves. Petit un : Karlov s'est accusé de tout mais il est mort. L'enquête sur le Vampire de Paris est donc officiellement classée. Petit deux : Valak est le vrai Vampire, mais il est protégé par une immunité qui nous interdit de l'approcher, et rien ne l'incrimine vraiment à part quatre points.

Il s'arrêta soudain, attendant que les officiers complètent la démonstration.

— Point numéro un, proposa Mehrlicht, il faut qu'on retrouve Yvan Elsinescu, le Roumain qui s'est enfui de Tenon. Il connaît toute l'histoire. Il l'appelle le *Monstru* et le piste depuis trente ans… pour se venger.

Le commissaire Saint-Croix le dévisagea, puis désigna du doigt le téléphone qu'il venait de raccrocher :

— C'est chose faite. Le corps d'Yvan Elsinescu vient d'être découvert à l'arrière du corbillard dans lequel il s'est échappé de l'hôpital et où il s'est manifestement suicidé. Le véhicule est garé dans une impasse du XIXe arrondissement, rue Lauzin. L'IJ est en route…

— Il s'est pas suicidé, pat… commissaire. Depuis vingt-huit ans, il attend le moment où il fera la peau à Valak. Il va pas se buter si près du but. Ça tient pas debout. En plus…

On frappa à la porte. Saint-Croix se leva et replaça sa cravate.

— Premier point, donc : Yvan Elsinescu est mort. Deuxième point : ses cahiers… Entrez !

Les trois flics regardaient leur nouveau commissaire dérouler le fil de sa pensée. Visiblement, il savait où il allait. La jeune interprète roumaine poussa la porte, tenant un petit calepin devant elle et un stylo.

— Venez. Asseyez-vous, je vous en prie.

Saint-Croix se faisait soudain très courtois face à la jeune traductrice.

— Pouvez-vous s'il vous plaît répéter ce que vous me disiez concernant les cahiers d'Yvan… du Roumain ?

— Il s'agit de son journal intime, composé de lettres qu'il écrit à sa femme et dans…

— Oui, nous savons… Concernant le Vampire.

— Ah oui. Elsinescu est persuadé de poursuivre un personnage surnaturel, un vrai vampire qui boit du sang et qu'il doit transpercer d'un pieu d'aubépine ou exposer à la lumière.

— Voilà, conclut Saint-Croix. Les écrits de ce type aujourd'hui décédé sont ceux d'un fou, donc certainement pas une preuve accablante susceptible de confondre Valak. Fin du deuxième point. Troisième point ?

— Catherine Gleich, dit Latour. Elle doit savoir des choses, mais est amoureuse, hypnotisée, totalement sous la coupe de Valak.

— Donc c'est une branche morte de plus, résuma le commissaire, méthodique à l'extrême. Fin de notre troisième piste. Numéro quatre ?

— Il nous reste le tireur, suggéra Dossantos. Il a abattu Karlov pour une bonne raison. Il a certainement aidé le Roumain à s'échapper pour retrouver Karlov. Dès qu'il n'a plus eu besoin de lui, il l'a abattu et a maquillé la scène en suicide. Quel est le lien entre ce tireur et Karlov ?

Saint-Croix écarta les bras et fit la moue. Fin de la démonstration.

— Cette piste est assez ténue, je vous l'accorde…

— Mais c'est tout ce qui nous reste, concéda Mehrlicht.

— Exactement, ponctua Saint-Croix. Et il n'apparaît pas dans l'enquête de la Crim'. Il est à nous. Et il est blessé. Ça devrait nous faciliter la tâche.

Ses yeux brillèrent soudain. Le nouveau commissaire menait visiblement bien sa barque, aussi bien que sa carrière.

— Et ce lien se prolonge-t-il jusqu'à Valak ? poursuivit Latour.

Saint-Croix se passa les mains dans ses cheveux blonds coupés au bol et sourit de son sourire de hyène.

— Non, lieutenant. Ce lien court jusqu'à Karlov. Valak est innocent, vous vous rappelez ? Considérez d'ailleurs que le docteur Valak est déjà parti. Il quittera son domicile vers 19 heures et prendra un avion à 21 h 45 en direction de Bucarest.

— C'est le proc' qui vous a dit tout ça ? En vous priant de tenir vos troupes jusque-là ?

Le commissaire regagna son fauteuil. La réunion était terminée. Ne restait qu'à débusquer le tueur de Karlov. Les trois flics se levèrent, la traductrice les imita. Ils allaient quitter le bureau quand Saint-Croix ajouta :

— Nous avons perdu. Acceptons-le. Nous livrerons d'autres batailles qui seront des victoires. Valak évolue dans des sphères où nous ne serons jamais invités. Dans quelques heures, il ne sera plus notre problème. J'irai même jusqu'à dire que d'une certaine façon, en mettant cette pression sur lui, vous nous en avez débarrassés ! N'est-ce pas là une forme de victoire ?

Ils ouvrirent la porte.

— Je vous redonnerai un rendez-vous à chacun pour ces entretiens individuels. J'y tiens, conclut Saint-Croix.

Ils quittèrent le bureau, aussi dépités que furieux.

— On va se faire le tueur de Karlov, alors… en espérant qu'il ait quelque chose à nous dire… commenta Latour.

— En espérant qu'on le retrouve, corrigea Mehrlicht.

16 h 05
VIKTOR et CATHY et Ileana

Valak apporta une septième valise dans le hall et rejoignit Cathy au salon plongé dans la pénombre. Perdue dans ses pensées, la jeune femme vêtue de sa longue robe noire était langoureusement assise devant l'âtre où folâtrait un feu vif et perpétuel.

— Les valises sont prêtes. Je suis bientôt à toi, promit-il en approchant.

Cathy tourna la tête et lui sourit.

— Le camion sera là à 19 heures. Je donnerai mes consignes, puis nous partirons pour l'aéroport.

D'un revers de ses longs doigts maigres, il replaça une mèche blonde qui cachait son visage. Elle attrapa sa main et la serra contre sa joue.

— Nous serons bientôt loin d'ici, Catherine, et personne ne viendra nous importuner.

— Je sais, Viktor.

— Il me faudra de nouveau me servir à ta veine…

— Je t'appartiens.

— … car le voyage sera long. Pour tous les trois.

Cathy se détacha de lui et plongea son regard bleuté

dans les verres obscurs du docteur Valak, où dansaient les reflets de deux flammes rouges.

— Tous les trois ?

— Je te dois la vérité, Catherine, puisque tu donnes ton sang à l'œuvre d'une vie. Laisse-moi te montrer le visage de l'éternité !

— Je n'aspire qu'à ça, Viktor, vivre à tes côtés une éternelle nuit d'amour… même au prix de mon sang.

— Alors viens…

Il tendit sa main blême et velue. Elle la saisit et le suivit. Ils traversèrent le salon, marchant d'un même pas, côte à côte, agitant dans leur sillage des toiles d'araignée centenaires, des voiles de poussière, parce que personne ne venait ici. L'ombre de Cathy s'étendit sur le mur à mesure qu'ils s'éloignaient de la cheminée. Ils passèrent les dalles de marbre blanc du hall d'entrée, sous le lustre de cristal gigantesque, mais éternellement éteint.

— Tiens-moi bien, je n'y vois pas grand-chose, demanda-t-elle.

— Tu sais combien la lumière me nuit. Mais rassure-toi, je ne te lâche pas.

Ils progressèrent encore, dépassèrent l'escalier et parvinrent à la porte de la cave. Il l'ouvrit.

— C'est ici, en bas.

Elle s'étonna, mais le suivit, descendant les marches de pierre humide, sur une dizaine de mètres avant d'enfiler un couloir sombre. Une lumière ocre tremblotait dans une ampoule pendant du plafond, éclairant faiblement la roche nue d'un côté, le parpaing brut de l'autre. Valak s'arrêta au fond du couloir devant une porte métallique. Il tira d'une poche de son costume une clé qu'il enfonça aussitôt. La serrure claqua avec un léger écho. Il entra. Elle hésita puis l'imita.

— J'ai passé ma vie à étudier la mort, Catherine. Je ne m'étendrai pas sur les détails scientifiques de ces recherches, mais j'ai toujours su, intuitivement, intimement, que le remède au vieillissement se trouvait dans le sang. J'ai pu vérifier ces pressentiments tout au long d'expériences sur le corps humain. Il y a quarante ans, en Roumanie, j'avais plus de moyens pour conduire ces recherches, bien sûr, et des appuis politiques. Le grand Conducător Ceaușescu en personne suivait l'avancée de mes travaux ; il m'a même décoré de l'ordre de l'Étoile de la République, à l'époque… Une récompense prestigieuse !

Il lui tendit une blouse blanche lorsqu'elle passa le seuil de la porte.

— J'ai d'abord constaté un ralentissement du vieillissement. Puis en travaillant sur le plasma… Viens, c'est au fond.

Il lui prit la main et ils traversèrent la vaste salle au sol inégal, taillé dans la roche. Plus qu'une cave, on aurait dit un tombeau, un sépulcre. Au loin, sous cette voûte sombre, ronflait une machine qui régulièrement soufflait et pouffait.

— Je vais allumer là-bas pour que tu voies mieux.

Ils atteignirent le fond de la salle et Valak pressa un interrupteur. La console de boutons et de cadrans s'illumina en même temps qu'une loupiote ocre fixée au mur. Cathy distingua un enchevêtrement de machines, d'appareils et de câbles qui vrombissaient par instants. Dans un coin au sol reposaient deux jerricans, l'un vide, l'autre à moitié plein d'une substance liquide brune. Elle s'en approcha, mais il reprit :

— C'est ici que je distille l'essence de vie… Comment te dire sans être cabalistique, sans jargonner ? La quintessence de la vie, le secret du sang !

Cathy acquiesça, sans trop comprendre.

— Mais dans quel but ?

— L'immortalité, Catherine ! L'abolition de la mort !

— Mais… Tu as essayé ce… produit ?

— Essayé ? Mais Ileana ne serait plus là sans lui.

— Ileana ?

— Ma femme Ileana.

Cathy s'immobilisa.

— Elle est tombée malade à Gherla. Il y a une quarantaine d'années. Une leucémie dévorante. C'est ce qui a motivé toutes ces années d'études, d'expérimentations, de tâtonnements. J'ai suivi chaque jour l'évolution de son affection, puis quand tout semblait perdu, de sa rémission.

Une machine souffla.

— Tu l'entends qui respire ? Viens ! Si elle est réveillée, je vais te présenter.

Il reprit la main de la jeune femme et ils se dirigèrent vers un paravent médical sur roulettes. Ils le contournèrent et Cathy s'arrêta net : un baldaquin aux longs voiles blancs pendait là, d'où s'échappait une faible lueur bleutée.

— Approche, murmura Valak.

Cathy souleva sa robe de tulle noir et s'avança, enjambant les tuyaux qui couraient sur le sol vers la lueur. Elle remarqua immédiatement que ces voiles qui semblaient immaculés étaient lourds de poussière, souillés et troués par endroits, jaunis par l'humidité. Un peu écœurée, elle écarta d'un doigt l'un des rideaux et découvrit en lieu et place d'un lit, un large bac en plastique, long comme un sarcophage, au couvercle fermé transparent.

— Elle dort, chuchota Valak.

Cathy s'approcha du sarcophage, découvrit des cadrans, un thermomètre, et se figea devant le congélateur. Sa raison s'emballa. Elle regarda Valak, mais celui-ci plaça un index sur ses lèvres. Alors Cathy plongea le regard dans le fond du sarcophage. Elle vit d'abord une robe somptueuse qui s'élevait et s'abaissait au rythme d'une respiration régulière et d'une machine toute proche. Elle remonta le regard le long de ce corps que nourrissaient tant de tubes, pour découvrir le visage décharné d'un cadavre chevelu.

— Voici le visage de l'éternité ! murmura Valak. Et ce sera bientôt le tien !

Cathy hurla presque malgré elle et se rua vers la porte de la cave, laissant un Valak perplexe et inerte. Il entendit les pas de la jeune femme battre les marches de pierre au rythme de son cœur terrifié. Alors il retourna au fond de la grotte, jeta un œil au jerrican à moitié plein, avec tristesse. Il ouvrit un tiroir, en sortit un torchon et un flacon de chloroforme. Il déplia le tissu, l'imbiba et s'éloigna. En quittant la cave, il passa devant Ileana et tint à la rassurer :

— Ce ne sera pas long, ma chérie. *În viață și în moarte, dragostea mea eternă !*

— Je sais, mon prince, l'entendit-il répondre.

16h10

Mehrlicht, Latour et Dossantos regardaient le corbillard aux rideaux tirés dans lequel Didier, en combinaison de plastique intégrale, faisait certainement de très beaux clichés. On imaginait aisément l'ardeur du jeune artiste à capturer les rais rubiconds qui filtraient à travers les vitres maculées de sang, les creux et crevasses du crâne déconstruit, dans un habitacle coquet aux velours apaisants et aux coloris chatoyants. Il faudrait attendre quelques minutes encore les premières constatations, le temps que Didier peaufine son œuvre.

— On doit être à dix ou quinze minutes à pied du manoir de Valak, commenta Dossantos. Le tireur est allé libérer Elsinescu pour qu'il l'amène chez Karlov.

— Peut-être aussi qu'il était sur la piste d'un gus qui lui a cherché des totos sur le caillou, et que seul…

— Non, je ne comprends rien quand tu parles ton argot.

— … qui lui a cherché des poux, tu connais ça ? Le tireur avait peut-être besoin de savoir qui lui avait causé des ennuis. Et il savait qu'Elsinescu avait l'info… Il l'enlève, récupère les infos, et s'en débarrasse.

— Un type qui ne fait pas dans le détail… conclut Dossantos.

— Comme toi… glissa le petit capitaine.

Dossantos encaissa. Mehrlicht n'insista pas : la veille, ce gars se faisait tabasser par Dossantos. Aujourd'hui, il venait de perdre la moitié de sa boîte crânienne. On pouvait dire qu'il passait une sale semaine…

— Et si c'était un autre Roumain, victime lui aussi de Valak dans sa prison ?

Mehrlicht leva les épaules parce qu'à ce stade de l'enquête sur le tireur, tout restait possible. Il regarda son lieutenant qui peinait à lui dire quelque chose.

— Quoi ? Accouche !

— C'est Saint-Croix… Il est bizarre, non ?

— Il est commissaire ! Évidemment qu'il est bizarre !

— Il nous a dit quoi exactement ? De ne pas nous occuper de Valak, mais il nous précise ses horaires de départ, l'heure de son vol, comme pour nous donner un compte à rebours… Allez-y, vous avez un peu moins de trois heures pour le coincer !

— Tu crois que c'est ça, le message ? Parce que moi, j'ai plutôt entendu « le premier qui s'approche de Valak, il se cherchera un boulot de vigile au Franprix le plus proche »…

— C'est possible. Je pense qu'on ne va pas s'amuser tous les jours avec lui. Et qu'on va regretter Matiblout. Regarde !

Dossantos leva un doigt vers un immeuble. Après avoir un instant sondé la brume, Mehrlicht aperçut la caméra.

— J'ai demandé à Dubois de s'occuper de la

vidéosurveillance. Mais il ne faut pas se faire d'illusions. Avec ce brouillard…

— Tu m'étonnes… On n'y voit que pouic.

— Je vais l'appeler, on verra bien.

Il fit quelques pas et se ravisa.

— Daniel, on ne peut pas le laisser partir, Valak…

Mehrlicht fronça les sourcils, se demandant si c'était là une affirmation ou une question. Le lieutenant reprit :

— Je veux dire… Ce n'est pas possible…

Le petit capitaine sortit son paquet de Gitanes.

— Saint-Croix avait un peu raison : quand on perd des batailles, on perd pas la guerre. On peut pas coincer tous les méchants, Mickael. Faut l'accepter, sinon on devient fou.

Dossantos secoua la tête dans un mouvement imprécis. Il dépassa le cordon de sécurité que gardaient deux bleus, et s'éloigna en sortant son portable.

Latour s'était approchée du corbillard et regardait Didier. La scène était assez *gore*. Elle grimaça et repéra le manteau de la victime, et son portefeuille, posés près du pare-chocs arrière.

— Tu t'es occupé de ça ?

Didier arracha son œil de son appareil.

— Oui. C'est vide. Son portefeuille est à côté. On a pris l'argent s'il y en avait…

Elle agita sa main gantée de latex.

— Je peux ?

— Vas-y. J'arrive.

Latour ouvrit le portefeuille qui ne présentait pas plus d'intérêt maintenant qu'à l'hôpital. L'argent avait effectivement disparu. Les vieux papiers demeuraient, ainsi que le portrait en noir et blanc de la jeune femme. Elle le reposa.

— Il n'y avait pas un canif aussi ? demanda-t-elle. Un petit couteau pliable ?

— Non. Tout est là. J'en ai pour une minute…

Latour s'écarta du véhicule, puis revint vers Mehrlicht.

— Je pense que ça va prendre pas mal de temps d'identifier le tireur.

Mehrlicht se fendit d'un large sourire jaune.

— Plus de trois heures ?

— Exactement. C'est mission impossible.

— Mickael disait la même chose. Il pense que Saint-Croix nous presse quand même de trouver un lien pour punaiser Valak sur le sol français.

— Tout en nous disant de ne pas l'approcher…

Dossantos les rejoignit.

— Dubois l'a chopé, mais l'a perdu dans le brouillard au carrefour de la rue Marx-Dormoy et du boulevard de la Chapelle. Un type châtain avec une parka kaki qui est parti à pied plein nord. Le signalement correspond à celui fourni par Ménard et Bertrand.

— Bon…

— J'arrive ! lança Didier.

Ils s'approchèrent. Le technicien de l'IJ continuait de bombarder la scène.

Mehrlicht soupira et apostropha l'homme en combinaison.

— C'est dans quel jeu télévisé qu'il y avait le « coup de fil à un ami » et « c'est mon dernier mot,

Jean-Pierre» ? Tu te souviens, tout le monde disait ça, à une époque.

Didier baissa son appareil photo et réfléchit.

— «Qui veut gagner des millions ?» Pourquoi ?

— Parce que là, j'ai très envie de passer un coup de fil à une amie de l'IJ qui va te faire gagner des millions d'emmerdes...

— OK, j'ai compris. J'ai fini.

— Bah, on t'écoute, alors.

— La victime a été exécutée quasiment à bout portant avec l'arme qu'on a retrouvée dans sa main droite.

— Pas de suicide ?

— Non seulement il n'y a aucun résidu de poudre sur la main qui tenait l'arme, mais en plus les projections elliptiques auraient dû donner des taches projetées sur la zone avant du coffre et sur l'intérieur du bras.

Il mima un homme se mettant un pistolet sur la tempe et montra l'intérieur du bras.

— Or ici, les gouttes de sang projetées apparaissent sur l'extérieur du bras, parce qu'il avait les deux mains sur les genoux, ou devant lui, et suppliait certainement pour qu'on ne l'abatte pas. L'avant du coffre a reçu des projections sauf sur une zone oblique et longue de près de quarante centimètres : à l'endroit où le tireur levait le bras. Les gouttes de sang ont été projetées sur le bras du tireur. La mise en scène de suicide est grossière. Le type n'est pas un pro. Il a juste vu beaucoup de séries, et je dirais, les mauvaises. D'ailleurs, il a essayé d'étouffer la détonation avec le manteau, mais il a laissé le manteau avec son trou ! Un curieux suicide, un manteau contre la tempe...

— Effectivement…

— L'arme supposée du suicide est un SIG-Sauer SP 2022, que vous connaissez bien. C'est certainement l'arme de service volée au gardien de la paix de l'hôpital.

Une ambulance remonta la rue et ralentit en approchant.

— C'est Régis, annonça Latour.

— Je me trompe peut-être, poursuivit Didier, mais je pense que ce n'est pas l'arme utilisée contre Karlov.

— Le gardien de la paix s'est fait braquer avec une autre arme avant qu'on pique la sienne, confirma Mehrlicht. Donc notre tireur est toujours armé…

— Pour terminer, j'ai prélevé de l'ADN et des empreintes dans tout l'habitacle. Il me faudra les coordonnées de la compagnie de pompes funèbres à laquelle appartient ce corbillard afin que je puisse contacter le chauffeur, prélever ses empreintes pour les écarter des résultats. Je crois que j'ai fait le tour.

— Bon, tu vois, quand tu veux ! On te laisse finir.

— Qu'est-ce que vous avez encore fait ? grogna le gros légiste en peinant à s'extraire de l'ambulance.

Il attrapa sa sacoche, puis approcha du groupe et du corbillard, suivi de son assistant.

— On va finir par croire que vous portez malheur… Si tous les flics de France tombaient sur autant de cadavres que vous, le pays serait désert en moins de deux ans ! Remarquez, je me plains, mais à ce rythme-là, je pourrais tout aussi bien ouvrir ma boîte, ma start-up ! Ma startopsie ! Startopsie, le numéro un de l'autopsie ! Vue à la télé ! Offre de lancement : deux autopsies achetées, une autopsie offerte ! Parce que vos proches ont droit à une autopsie de qualité !

— T'es con, gloussa Mehrlicht.

Latour souriait. Dossantos détestait ce gros type qui riait des morts, alors il s'éloigna.

— Mince. J'ai vexé Bronson !

— Arrête de l'emmerder, grogna Mehrlicht.

— Il va où ? Il a un autre Roumain à tabasser ?

Dossantos l'ignora et poursuivit sa route. Ruminant toujours l'impunité du tueur, il tendit son visage vers le ciel. Ils étaient pieds et poings liés dans cette affaire. Peut-être était-il temps de passer un coup de fil à un ami.

16 h 10
VALAK et Cathy

Cathy déboucha au rez-de-chaussée. Ses pas claquèrent sur les dalles de marbre lorsqu'elle se rua vers la porte. L'homme qu'elle avait cru aimer était à ses trousses, elle le savait. Il n'était plus le gentleman grisonnant érudit, le vieux dandy poète dont elle s'était entichée, mais une bête dont le cœur était un charnier, dont la demeure était une tombe, la sienne si elle ne parvenait pas à lui échapper. Elle tenta d'ouvrir la porte principale, muraille verrouillée de bois ferré sur laquelle elle s'acharna sans succès. Les fenêtres du bas étaient barricadées par d'épais volets désespérément clos : ça aussi, elle le savait. Il détestait la lumière, la redoutait même. Mais il y avait autre chose. Tout ici n'était que prison, un cachot où nul n'entrait, dont nul ne sortait. Dans un éclair de lucidité, elle traversa le vaste hall et gravit l'escalier de bois. La rampe accrocha sa robe et la déchira, retenant trace de son passage. Cathy repartit, ses jambes dénudées dans l'air froid. Chacun de ses pas trahissait sa position, son exacte localisation dans la demeure muette dont nul bruit ne s'échappait jamais. Les marches dénonçaient sa fuite, appelant le propriétaire des lieux, excitant sa traque. Elle parvint à l'étage et découvrit un long couloir de parquet crissant flanqué de portes où elle s'élança, empêtrée dans cette robe absurde, ouvrant l'une puis l'autre, révélant chaque fois des salles obscures aux volets aveugles. Elle bondit de chambre en bureau, refermant chaque porte derrière elle pour masquer sa piste, sanglotant à mesure que son avenir se faisait plus sombre et son destin plus clair.

Elle choisit par dépit une pièce parmi tant dans cette demeure labyrinthique où rien ne vivait, y entra à la hâte et referma la porte derrière elle. Elle retira ses talons, et pieds nus, haletante, avança à tâtons dans l'obscurité des lieux, contenant ses cris, épandant ses larmes. Elle trouva une table et se faufila dessous, évitant une chaise invisible. Là, lovée dans sa terreur sur le bois glacé, les yeux écarquillés, elle écouta le silence qui rampait sur elle, sur toutes choses alentour, dans un sifflement continu, retenant une respiration tremblotante et moucharde. Et le temps s'étira, indifférent et froid, se peupla de remords, de souvenirs narquois. Et Lucie s'invita, souriante et rêveuse, jusque dans cette tombe, accusant la menteuse qui avait un jour été son amie. Cathy imaginait maintenant le martyre de Lucie entre les mains de Valak ou de son sbire apathique, deux fous sanguinaires qui capturaient des femmes, les vidaient de leur sang pour nourrir, dans une démence d'éternité, une momie décharnée, les restes d'une femme que Valak adorait jusque dans la mort.

Un sanglot s'arracha de sa gorge et Cathy écrasa sa main sur sa bouche. Avait-elle entendu un craquement à l'étage ? Son menton tressautait comme s'il endiguait toutes les émotions contraires de ce corps épouvanté. Elle attendit longtemps dans le froid et le silence jusqu'au moment où sa peur lui commanda de fuir, de ne plus attendre cachée là que le monstre la trouvât. Elle glissa lentement sur les lattes anciennes, se laissant accroire qu'elle dominait la gravité et son poids sur le bois qui menaçait de gémir sous ses genoux et ses mains. À quatre pattes, elle traversa la pièce, atteignit la porte, se releva et écouta. Debout contre le mur, elle ferma les yeux, intimant l'ordre à ses pensées turbulentes de se taire, reprenant le contrôle de son âme bouillonnante. Elle inspira et souffla, s'essuya les joues et abandonna son abri. Elle ouvrit la porte et sonda le couloir où régnait une pénombre effrayante. Elle n'avait pas le choix. Elle quitta l'endroit à pas légers et vit un rai de lumière sous une porte : le soleil. La salle de bains de l'étage était peut-être la seule pièce sans volet. Si elle atteignait la lumière, Valak ne la poursuivrait pas. Elle s'extirperait par la lucarne, pourrait sortir de la maison, s'accrocher aux épaisses vignes grimpantes, se laisser glisser jusqu'au sol. Elle traverserait ensuite le parc, escaladerait la grille, et arrêterait la première voiture, le premier passant… La lumière.

Cathy se faufila le long du mur, furtive, gagnant mètre après mètre sa liberté, sauvant sa vie. Son regard fouillait la pénombre où rien ne bougeait. Pourtant elle savait que Valak était là, la guettait, l'épiait de ses yeux d'aigle derrière ses verres fumés. Cathy n'y tint plus. Elle s'arracha au mur, traversa le couloir en courant et poussa la porte de la salle de bains. Alors, dans la lumière éblouissante qui inonda les lieux, elle vit en contre-jour l'ombre massive du Vampire de Gherla, une ombre épaisse et noire qui fondit sur elle et la saisit à l'instant même où elle essayait de repartir, de lui échapper. Cathy sentit le bras irrésistible du monstre se refermer sur sa poitrine et la griffe de la bête s'abattre sur son visage. Elle tenta un cri qui resta dans sa gorge, puis respira l'odeur doucereuse du torchon qu'il venait d'appliquer sur son nez et sa bouche, un parfum alcoolique qui gagna ses poumons, envahit ses veines et éteignit ses peurs.

16h30
TALEB

Taleb s'éveilla soudain comme expulsé d'un cauchemar dont il ne se souvenait pas. Il était en nage. La douleur gronda aussitôt à son côté. Dehors, les vociférations perduraient aux abords du campement, les insultes et les cris. Taleb examina son bandage. Le sang n'avait pas traversé. Il imagina que c'était bon signe. Il attrapa son téléphone et l'alluma. Noura lui sourit et porta un toast à sa santé.

— On repart, petite sœur. Loin d'ici…

Ses yeux s'écarquillèrent : il était déjà 16h30. Deux heures avaient passé en un éclair. Taleb serra les mâchoires. Il avait tué trois hommes à Paris, devait être recherché par tous les flics de la capitale qui avaient son signalement et certainement se rapprochaient déjà. Il pensait se reposer un peu et avait perdu deux heures. Il ne pouvait plus traîner. Il défit ses bandages et changea son pansement, désinfectant de nouveau la plaie noire. Il s'assura d'empiler les compresses pour masquer tout saignement puis enfila un tee-shirt et un sweatshirt sombre. Il ramassa ses affaires éparpillées dans cette tente qui avait constitué son seul espace de paix, ces deux dernières semaines. La paix… Noura avait dormi là près de lui jusqu'à sa dernière nuit. Il attrapa son tabac, son duvet et bourra son sac à dos puis il sortit de la tente en évitant de se contorsionner. Debout, il jeta un dernier coup d'œil à l'intérieur, regarda sa vieille parka kaki tachée de sang qu'il abandonnait aujourd'hui. Et le sac de Noura, ses quelques vêtements. Il tira la fermeture Éclair sans vraiment savoir pourquoi, et s'éloigna vers le centre du campement où il avait laissé à charger le téléphone de l'infirmier ; il s'était déjà débarrassé de la puce, et n'aurait plus qu'à mettre la sienne pour l'utiliser. Il progressa entre les tentes dans un camp embrumé. Un enfant surgit devant lui, s'immobilisa, à l'affût, pris dans un jeu avec ses copains. Une femme en boubou accourut, dévisagea Taleb et tira le marmot par la main en le grondant. Taleb les regarda s'éloigner puis continua sa route jusqu'aux cuisines. Les hommes y discutaient, faisant de grands gestes, riant à gorge déployée. Il approcha en souriant et le calme se fit ; ils s'écartèrent sur son passage, presque craintifs.

— *Hello*, lâcha Taleb en les saluant de la main.

Certains d'entre eux répondirent un *hello* grave, en regardant leurs pieds. Taleb s'étonna mais il n'envisageait pas de se faire des amis aujourd'hui. Il arriva au centre du campement et demanda son téléphone en tendant un ticket numéroté et une pièce. L'homme qui gardait les portables prit le ticket, les 2 euros, et lui rendit son appareil. Sans un mot. Taleb le rangea dans son sac. Un métro passa au-dessus de leurs têtes dans un crissement infernal puis disparut. Le campement était assez calme. La police avait dressé des grilles de fer tout autour pour éviter les intrusions, les attaques et canaliser les manifestants. Ils étaient toujours là, bien que moins nombreux, des riverains et des nationalistes, quelques élus, des journalistes. Ils maintenaient la pression devant un cordon de policiers en armure noire, impassibles.

Taleb approcha de la sortie et se faufila dans la brume, le long de la grille. Il contourna le camp sans qu'on le remarquât, et se retrouva sur le trottoir du boulevard Ney. Il en connaissait tous les détails, les lampadaires, le flux des voitures qui quittaient le périphérique, s'arrêtaient, repartaient au gré des feux tricolores, le grand panneau publicitaire dont l'affiche changeait toutes les semaines, et le métro en bruit de fond, toutes les quatre minutes. Il avait scruté ces lieux tant de temps en espérant Noura.

Il se retourna et détailla la cage qu'il venait de quitter, un champ de tentes où des familles survivaient en attendant un avenir, leurs vies en pause entre un pays en guerre où ils étaient nés et un pays en paix qui ne voulait pas d'eux. À travers les barreaux, il regarda les enfants qui jouaient là, indifférents aux soubresauts d'un monde qui les avait déjà condamnés à une misère sans fin. Plus jamais il n'accepterait d'être parqué ainsi, il se le promit. C'était aussi le lieu où il avait laissé partir Noura, l'avait attendue, puis perdue à jamais, le lieu où avait commencé son enquête, où s'était fomentée sa vengeance, le lieu où tout avait pris fin : il avait exécuté chacun des hommes qui s'en étaient pris à Noura. Même s'il devait en porter la culpabilité toute sa vie, il fallait qu'il en parte aujourd'hui pour toujours.

Taleb jeta au camp un dernier regard, puis il se détourna et traversa la chaussée. Son sac en bandoulière, il emprunta la première rue plein nord. Aux Pays-Bas, peut-être en Angleterre un jour, il referait sa vie, trouverait un travail. Il rencontrerait peut-être une femme qui l'aimerait un peu. Une Syrienne, même ! Ils parleraient du pays d'avant avec nostalgie, pleureraient sûrement. Il lui parlerait de Noura, de sa joie de vivre, lui montrerait la photo de sa sœur avec son verre de vin. Ils trinqueraient avec elle… Il lui raconterait aussi leur fuite à travers le désert, la rocaille, la forêt, la Turquie, la Bulgarie, l'Allemagne, la France… Paris. La Seine… Elle lui dirait d'écrire un livre pour raconter tout ça, pour qu'on sache, pour Noura… Il refuserait d'abord puis s'y mettrait. Et ce serait un best-seller !

Taleb éclata de rire dans le brouillard. Absorbé par sa fiction intérieure, il n'entendit que trop tard les pas derrière lui. Une main saisit son col, le tira sur l'arrière, et une lame lui creva le dos, une fois, deux fois, dix fois, avec fureur, jusqu'à ce que ses forces quittent son corps. Il tomba à genoux, presque au ralenti, alors le type derrière lui le lâcha, et il roula au sol. Allongé sur le trottoir glacé, les bras en croix face à la blancheur immaculée du ciel, il vit son agresseur s'accroupir et se pencher au-dessus de lui. Moktar, le sbire d'Asar l'Égyptien, essuya sa lame sur la poitrine de Taleb, puis fouilla le jeune Syrien de ses mains gantées. Il s'arrêta lorsqu'il trouva enfin son passeport.

Il le posa près de lui et continua de fourrager dans les affaires du Syrien. Une voiture s'arrêta à leur hauteur. Une portière s'ouvrit, un pied se posa en claquant sur l'asphalte, un autre. Asar apparut dans le ciel au-dessus de Taleb. Bien sûr. On ne menace pas les dieux. Tout le campement le savait. Surtout celui qui avait prévenu l'Égyptien.

Asar attacha le bouton de sa veste et envoya un coup de pied dans les côtes du Syrien. Mais il n'y eut aucune douleur. Taleb sentit une larme de sang courir sur sa joue et goutter au sol. Moktar tendit le passeport à son patron.

— Taleb Adil... dit simplement l'Égyptien. Tes papiers feront bientôt un heureux !

Il contempla le Syrien agonisant, sans émotion :

— Quand on pense qu'Adil, ça veut dire « justice » en arabe... commenta-t-il en français. Elle est dans un sale état, la justice ! Hein, Moktar ?

Le sbire eut un rictus face au type allongé dans son sang, les bras en croix. Du sac à dos, il sortit un pistolet et deux portables qu'il montra à Asar.

— Non. Laisse tout ça ici. C'est des ennuis...

Moktar se releva et se pencha à son tour au-dessus de Taleb. Les deux hommes le regardèrent mourir encore quelques secondes.

— On y va, ordonna l'Égyptien.

Il se détourna. Moktar fit un clin d'œil amical à Taleb et rejoignit son patron. Des claquements de portières, un moteur qui s'évanouit dans le brouillard, un corps anonyme sur un trottoir. Au prix d'un effort surhumain, Taleb se tourna sur le côté et attrapa son téléphone qu'il cala au creux de son bras. Il l'alluma. Noura lui sourit, leva son verre à sa santé.

À l'agonie sur ce trottoir glacial, Taleb sourit une dernière fois.

— À la tienne, petite sœur.

16 h 40

La sonnerie retentit une première fois, mais Dossantos coupa aussitôt. Il peinait à se décider, pesait le pour et le contre, évaluait le bien et le mal. Il n'y avait pas mille manières de trancher. Il se retourna, s'assura de nouveau qu'il était assez loin du corbillard et de ses collègues, et recomposa le numéro.

— Allez... s'impatienta-t-il à mesure que s'éteignaient les sonneries. Décroche !

Il entendit un déclic puis la voix de Sourans :

— Allô, Mickael ? Quelle surprise !

Henry Sourans était un politicien qui en faisait toujours trop.

— Je n'ai pas beaucoup de temps, Henry. J'ai un marché pour toi.

L'élu frontiste soupira.

— Allons, Mickael... Je te l'ai dit, tu ne m'intéresses pas. Nous étions amis, tu as trahi cette amitié. Je t'ai rendu la monnaie de ta pièce. Nous sommes quittes. Quant à tes histoires avec Bruno, malheureusement... Il m'a raconté qu'il t'avait vu à l'Inspection générale !

— Ils voulaient nous confronter. Il a bien failli nous

balancer, cet abruti. Mais ils n'ont rien de solide contre nous…

— Il m'a tout dit à son retour. Il m'a aussi raconté ce qu'il allait te faire… Et à ta copine. Et à son copain. Je ne peux rien pour toi. Au revoir, Mickael !

— Je sais qui est le Vampire de Paris. Je te le donne sur un plateau.

Sourans encaissa le coup en silence. Dossantos enchaîna :

— C'est bien ce que tu disais : « Je préviens le gouvernement, s'il n'arrête pas les tueurs, nous le ferons », un truc comme ça !

— C'est un migrant ?

— Pas du tout. Mais c'est un étranger, ça devrait faire l'affaire, non ?

Dossantos ferma les yeux, dégoûté. Il était en passe de signer un pacte avec le diable, il en était pleinement conscient. Mais il ne pouvait se résoudre à voir Valak s'enfuir.

— Je t'écoute.

— Le gars travaille dans une ambassade. Il est intouchable. Immunité diplomatique. On a des ordres pour ne pas l'approcher. Et on sait qu'il quitte le pays dans la soirée. Il faut le taper chez lui dans les deux prochaines heures.

Sourans souffla dans le combiné. Dossantos imaginait ce qui se passait dans sa tête : l'arrestation du Vampire par ses troupes, la remise du coupable au commissariat le plus proche, sous l'œil pétulant des médias invités.

— Il est à Paris ? demanda l'élu.

— Oui. Pour deux heures encore…

— Qu'est-ce que tu y gagnes, toi, Mickael ?

— Ce que j'y gagne ? Un fumier sous les verrous ! Parce qu'il n'y a pas d'impunité.

— Tu n'as pas changé. Tu es un pur ! plaisanta Sourans.

— Je veux que tu fasses rétablir le permis de séjour de Jebril.

— Je me disais aussi…

— Et je veux que ton clébard de Bruno ne s'approche plus jamais de nous… C'est ça, le marché. Je te laisse réfléchir. Mais le temps est compté. Salut !

— Attends !

Sourans était ferré. Il ne pouvait rater pareille occasion. Du navire en Méditerranée aux migrants des Alpes, en passant par le « bar identitaire » de Lille, sa croisade personnelle ne fonctionnait qu'à coups de projecteurs médiatiques, et Dossantos lui offrait aujourd'hui un gros *buzz* clé en main.

— C'est d'accord. D'accord pour les papiers du Tchétchène.

— Et ?

— Écoute… Bruno est incontrôlable, tu le sais. Je pourrais te dire que je m'en occupe, et je te mentirais. Ce gars est un fou furieux. *Mon* fou furieux, pour l'instant, mais il y a des choses… Tu sais qu'il peut y avoir des débordements, parfois, Mickael. Je ne t'apprends rien.

Dossantos se souvenait très bien de ses accès de violence, quand, jeunes militants frontistes, ils sortaient ensemble tabasser des colleurs d'affiches. Bruno en avait presque tué un, une nuit, et s'était retrouvé en taule.

Dossantos avait alors tout abandonné tandis que Bruno, lui, s'était fait plus radical. Et son frère d'armes d'hier était devenu son ennemi.

— Je sais… confirma Dossantos. Tant pis. Tu n'as qu'à l'envoyer chez le Vampire, ça le défoulera !

— Donne-moi le nom et l'adresse.

— Viktor Valak, 22, rue Edgar-Poe. Il est médecin à l'ambassade de Roumanie à Paris. Il faudrait que tes gars interviennent à 18 heures.

— Un Roumain. C'est très bien. Ça fait longtemps qu'on n'a pas parlé des Roms… Un Rom tueur de femmes, en plus…

Sourans semblait comblé.

— Je m'en occupe. Ce type n'ira nulle part.

— Parfait. Salut.

— Merci, Mickael.

Dossantos ne sut pas quoi répondre. Il venait de livrer un assassin à la vindicte populaire. Ou peut-être était-ce le seul moyen de le faire arrêter. Une seule chose était sûre : les loups et les hyènes se retrouveraient bientôt dans la même arène.

17h15

Carrel s'affairait toujours dans le corbillard qui tanguait dans la brume. Le légiste paraissait à l'étroit dans cet espace confiné, déjà occupé par un autre corps. Son assistant lui tendait ses instruments et tout se passait bien. On l'entendait pourtant pouffer et grogner.

— Et pourquoi pas dans une grotte ? pesta-t-il.

Mehrlicht et Latour l'écoutaient en souriant, attendant ses conclusions, même s'ils les connaissaient déjà en grande partie… Les revers de la procédure pour un OPJ. Dossantos s'était éloigné et ne semblait pas avoir hâte d'entendre les fantaisies du légiste. Il restait distant, regardait son téléphone. Le groupe avait à peine eu le temps de parler de son entretien à l'IGPN, et Mickael n'en avait rien dit. Pourtant Latour se demandait ce qui pouvait encore se tramer. Son portable sonna soudain. Le numéro était inconnu. Elle décrocha :

— Allô ?

— Lieutenant Latour ?

— Oui…

— Marie Demagny.

Latour blêmit. Contre toute attente, la femme qu'elle

avait rencontrée le matin même à l'hôpital utilisait sa carte de visite professionnelle et l'appelait. Elle redouta le pire.

— Que se passe-t-il, Marie ? Où êtes-vous ?

— Je suis à l'hôpital, avec mon mari…

— Il vous a battue, à l'hôpital ?

— Non, non, pas du tout. Il a été agressé à notre domicile, ce matin. Un cambrioleur l'a surpris dans l'appartement.

— Comment va-t-il ?

— Il doit rester à l'hôpital pour de nombreux examens. Le médecin dit que sa vie n'est plus en danger, mais que son squelette est en morceaux. Il en a pour des mois de plâtre, puis de rééducation…

Elle s'étrangla dans un sanglot avant de poursuivre :

— Il a des fractures aux côtes, aux jambes, aux bras, à la mâchoire… Il ne peut même pas parler !

Latour leva les yeux au ciel. Y avait-il un dieu de la vengeance ? Elle se surprit à sourire.

— Oh ! Je suis navrée d'entendre ça, mentit-elle. J'espère qu'il remarchera vite. Et qu'il pourra reparler rapidement…

Non. Elle en faisait trop.

— C'est pour cette raison que je vous appelle, lieutenant.

Latour fronça les sourcils.

— Je vous écoute.

— J'ai confiance en vous. Et je voudrais que ce soit vous qui meniez l'enquête.

— L'enquête ?

— Pour retrouver l'homme qui a sauvagement

agressé mon mari, un fou dangereux qui l'a laissé pour mort… pour quelques bijoux et un portable. L'inspecteur qui s'en occupe pour l'instant n'a… Il n'a pas l'air très malin, ni très motivé. Je sais que vous, vous ne lâcherez jamais !

Latour se rendit compte que sa mâchoire s'était lentement entrebâillée : Marie Demagny réclamait justice pour son mari, le type qui l'avait tabassée et envoyée aux urgences, la veille, le type violent contre lequel elle refusait de porter plainte ! Elle sentit la colère monter.

— Vous savez, des hommes violents, il y en a beaucoup ! Si on devait tous les arrêter…

La femme s'indigna.

— Mais mon mari…

— Oui, par exemple, votre mari ! Même vous, vous refusez de porter plainte contre lui ! Il vous envoie à l'hôpital mais il faut le laisser tranquille. Tandis que le type qui l'envoie *lui* à l'hôpital, il faudrait l'attraper dans le quart d'heure et le jeter en prison… On s'y perd, vous voyez ?

Au bout du fil, la femme se tut. Mais Latour était lancée :

— Alors il faut essayer d'être un peu cohérent… et juste. Je m'occuperai de la plainte de votre mari quand *vous* aurez porté plainte contre lui. On mettra les hommes violents devant un juge et le monde sera meilleur, vous comprenez ? En attendant, je suis sûre que l' « inspecteur » fera un excellent travail. Au revoir, Marie.

Latour raccrocha. Elle eut le sentiment d'être allée trop loin.

— Ça va ?

Dossantos venait d'arriver dans son dos.

— Non. C'était la femme de Demagny. Son mari a été tabassé, ce matin, chez lui.

— Ah ouais ?

— Et elle m'appelait pour que je reprenne l'enquête et retrouve l'agresseur de son mari, le crétin qui la cogne… Elle m'a sciée ! Mais j'y suis allée un peu fort, je crois. Après tout, elle a peur…

— Bah… Ça la fera réfléchir… Lui aussi ! Il a eu peur ! plaisanta Dossantos.

— Comment ça ? tiqua Latour.

— Non, j'imagine, j'imagine ! D'*agresseur* à *agressé,* il a dû avoir la trouille de sa vie. Non ?

— Si, bien sûr, agréa la jeune femme, dardant ses yeux bleus sur son collègue, fronçant malgré elle les sourcils.

Dossantos lui souriait.

— Bon ! On embarque notre Roumain, conclut Carrel en s'extirpant du corbillard.

Les flics se rapprochèrent. Carrel poursuivit :

— Enfin… La partie transportable. Pour la tête façon puzzle, je manque de colle.

— Moi, je prends le corbillard, expliqua Didier.

— Un juste partage des tâches ! Bon. L'IJ a raison : M. Elsinescu n'a pas choisi de mourir. On lui a imposé cette option. D'après mes premières observations, d'autres avaient déjà eu cette idée par le passé, même s'ils ont préféré le tuer à petit feu…

— Il a fait de la prison en Roumanie sous Ceaușescu.

— Eh bien… Je ne souhaite ça à personne…

Carrel regarda soudain son *bipper*.

— Ah j'ai un autre client ! Dans le XVIIIe, près de la porte de la Chapelle. Je vais demander qu'on envoie un collègue. Moins bon, évidemment.

Mehrlicht percuta le premier.

— Porte de la Chapelle, c'est *plein nord* par rapport au boulevard, non ?

— … où Dubois a perdu la trace de notre tireur blessé, comprit Latour.

— Il est mort de quoi, ton client ?

— Attends, je regarde…

Il fit défiler le texte sur le petit écran.

— Multiples blessures de perforation par arme blanche. Une blessure par balle… On ne l'a pas raté. Une arme à feu est restée sur place…

— On y va, crissa Mehrlicht. En fonçant, on peut y être avant 18 heures…

Les trois flics rejoignirent leur Mégane, mais Dossantos ralentit le pas.

— Je… Je reste, déclara-t-il.

Mehrlicht et Latour le dévisagèrent.

— Si vous trouvez de quoi incriminer Valak, il faut quelqu'un pour l'intercepter entre sa résidence et la zone internationale de l'aéroport.

Mehrlicht se racla la gorge.

— OK. Mais tu fais rien tant que je t'ai pas appelé, OK ? Rien du tout !

— Rien du tout. Il partira mais on aura tout tenté…

Le capitaine hésita. Mais c'était la seule chance de retenir Valak.

— OK.

Mehrlicht démarra la voiture et manœuvra dans la brume. Assise à côté de lui, Latour regardait son collègue qui s'estompait lentement, debout sur le trottoir, convaincue désormais que le lieutenant Dossantos cachait de nombreux secrets derrière de nombreux mensonges.

17h55

Latour et Mehrlicht passèrent le cordon de police. Plus haut, la rue était fermée à la circulation par un véhicule sérigraphié. Le fourgon de l'IJ était garé au milieu de la chaussée et Souillac était déjà à l'œuvre, accroupie près du corps. Ils s'approchèrent. Un homme d'une vingtaine d'années, aux vêtements et aux cheveux crasseux, portant des tennis éventrées, était recroquevillé sur le côté dans une mare de sang, son visage tourné vers l'écran de son téléphone. Près de lui gisaient un sac à dos, un autre portable et un pistolet automatique. Chaque item avait été affublé d'un petit panneau portant un numéro.

— Ah bonjour ! s'écria Souillac. Vous tombez à pic.

— Il a des papiers ? s'enquit Mehrlicht sans détour.

— On n'en a pas trouvé. Je doute qu'il en ait ; il y a un camp de migrants à deux cents mètres. Je pense qu'il dormait là-bas, et qu'il en venait lorsqu'il a été attaqué. Sauvagement. Il a reçu une bonne dizaine de coups de couteau dans le dos. Un massacre…

Mehrlicht s'agenouilla avec peine.

— Jacqueline, on essaye de faire le lien avec notre

enquête sur le Vampire. On cherche le tireur qui a abattu Karlov. On ne sait pas quel rapport il a avec cette affaire, mais on espère bien le retrouver vivant et le faire parler… Est-ce qu'il y a quelque chose qui…

— … qui puisse rattacher ce corps au docteur Valak ?

Mehrlicht soupira et sortit une cigarette qu'il alluma.

— Tout le monde est au parfum…

— Non, pas tout le monde. C'est Carrel qui m'a dit… Une histoire pareille, ça va faire du bruit !

— Dans une heure, Valak aura quitté Paris. Si on n'a pas un truc solide, évident, c'est-à-dire un témoin bien vivant et loquace à balancer au ministre de l'Intérieur, feu Karlov portera le chapeau dans sa tombe, et l'affaire s'arrêtera là…

— Je vois, je vois… lâcha Souillac en faisant la grimace. Mais pour l'instant, je ne peux rien vous donner, Daniel. Je vais analyser le sang de la victime et le comparer avec ce qu'on a sur les différentes scènes de crime de l'affaire Valak. Je vais prélever ses empreintes et voir ce que ça donne. Il faut aussi savoir si les balles qui ont tué Karlov ont été tirées par cette arme, là. Les portables nous diront où était cet homme au moment des meurtres de l'infirmier, de Karlov… On va creuser, Daniel ! Mais tout ça va prendre du temps ! Tout ce que je peux te dire à ce stade, c'est que la victime correspond en tout au signalement fait par la Crim' de l'homme qui a tiré sur Karlov. Mais une ressemblance ne fait pas un coupable.

— Excusez-moi. Je peux ? coupa Latour en montrant le sac à dos de sa main gantée.

— Je t'en prie, mon petit.

Latour attrapa le sac et le vida à côté du pistolet et du

téléphone. Quelques vêtements tombèrent en boule au sol, un petit sachet de tabac et un canif. Elle le ramassa et l'ouvrit.

— C'est le couteau d'Elsinescu. Il était dans son armoire à l'hôpital.

— T'es sûre ?

— Je le reconnais. D'après ce qu'il nous a raconté, c'est celui avec lequel il a poignardé Valak, un jour, en Roumanie.

— Tiens, mets ça en sachet, ma mignonne ! dit Souillac en tendant un petit sac en plastique. Si c'est le cas, vous aurez vos empreintes…

— Dans combien de temps ? grogna Mehrlicht.

— On peut essayer… Il faut que ça parte maintenant, répondit Souillac.

Elle émit un sifflement strident en direction du fourgon de l'IJ. L'un de ses deux sbires qui s'y affairaient accourut dans l'instant. Elle lui tendit le sachet, soulignant l'urgence. Il déguerpit. Elle reprit :

— Mais le temps de faire remonter les résultats… Je ne veux pas me montrer pessimiste, mais…

— Je sais, Jacqueline…

— Capitaine… !

Latour avait ramassé le portable et lisait quelque chose à l'écran.

— Ce n'est pas le sien, mais celui de José Takian. On en a parlé. C'est l'infirmier qui travaillait dans un dispensaire à Saint-Lazare, qui a été vu avec Karlov. Elsinescu le raconte dans son journal.

— Putain, Sophie ! On l'a, notre lien !

— Regardez ! Ce sont les derniers textos envoyés…

Mehrlicht souffla sa fumée dans la brume et lut. Son visage s'affaissa à mesure qu'il faisait défiler le texte.

— Putain…

— Des filles transitaient par le dispensaire et étaient vendues à un certain *Addams*… Certainement un pseudo.

— Un pseudo de Valak ?

— Ou de Karlov…

— Il faut apporter ça à Dubois, trancha Mehrlicht.

— Pour qu'il retrace son itinéraire ? Vous avez vu le temps qu'il lui faut pour lancer un bornage ? railla Latour avec amertume. Et celui-là ?

Délicatement, elle retira le téléphone de la main du mort et l'alluma. Une jeune femme apparut, qui lui sourit en portant un toast. Latour la reconnut.

— C'est une des filles repêchées dans la Seine. Son portrait tourne en boucle sur les chaînes d'info.

Elle tira son propre téléphone et tapota l'écran.

— Noura Adil.

— Tu ne m'avais pas parlé d'un frère, Jacqueline ? Une histoire d'aéroport, en Turquie ?

Souillac fit une grimace, siffla un de ses sbires pour qu'il vérifiât le dossier en ligne. La réponse tomba dans la minute.

— Taleb Adil, frère de Noura Adil, confirma-t-elle.

Mehrlicht tomba assis sur le sol, près du corps.

— Il a buté tous ceux qui de près ou de loin s'en sont pris à sa sœur. L'infirmier, Karlov… Putain… C'est donc bien lui, notre tireur… Le dernier type susceptible de nous raconter cette histoire, et d'incriminer Valak. Le dernier lien…

— Mais pourquoi il n'a pas tué Valak ?

— C'était peut-être son projet jusqu'à ce qu'il tombe sur la Crim'… Ou il n'est pas remonté jusqu'à la tête : le docteur Valak, le Monstru…

— Et pourquoi il est mort ? ajouta Latour.

Mehrlicht ne répondit pas, abattu par la défaite. Lukas Karlov, Yvan Elsinescu, Taleb Adil… Après avoir repêché des femmes mortes, aujourd'hui il ramassait des hommes qui mouraient à leur tour, dans le sillage des premières. Il avait échoué à retrouver le tireur vivant à temps pour confondre Valak avant son départ. L'ensemble des preuves finirait certainement par incriminer le médecin roumain comme l'un des assassins de ces femmes quand il serait déjà loin, intouchable et inexpugnable.

Le capitaine jeta sa cigarette dans le caniveau d'une pichenette et se releva en grinçant.

— C'est fini, alors ? interrogea Latour, affligée.

— C'était déjà fini, il y a quelques heures. Mais on a continué d'y croire…

Il se tourna vers elle.

— Oui, c'est fini. On rentre au bercail. Rappelle Mickael !

Latour sortit son portable, furieuse et écœurée. Ainsi, Valak repartait libre comme l'air, libre d'étancher sa soif de sang à travers le monde, semant des cadavres de femmes, encore et encore… Elle fouilla dans la poche de sa veste et en tira une petite carte, la détailla un temps, dubitative. « Jules Nodier, reporter free-lance ». Bien sûr, déontologie, devoir de réserve et obligation de neutralité montaient au créneau dans son esprit pour lui interdire cette trahison. Mais était-ce trahir que de prévenir la presse à un moment où la police était rendue impuissante ? Elle se mordit la joue. Elle imagina un Valak triomphant, toisant Paris dans la brume en dessous, goguenard derrière son hublot. Elle le vit s'installer dans son nouveau château au Laos, au Burkina, au Paraguay, où des polices moins regardantes le laisseraient s'ébattre dans le sang. Elle vit les corps, ceux de ses victimes à Gherla, ceux des femmes repêchées aujourd'hui, ceux des femmes qui mourraient demain… Des femmes mortes d'être femmes. Et celui de Lucie, nu, blanc et froid, abandonné dans la tombe d'une autre.

Elle fit quelques pas à l'écart et composa le numéro.

— Allô ? dit Nodier.

— Le Vampire de Paris est le docteur Viktor Valak, médecin de l'ambassade de Roumanie à Paris. Avec son fils adoptif, Lukas Karlov, aujourd'hui décédé, ils ont assassiné sept femmes.

— Qui êtes-vous ? Votre numéro est masqué.

— Écoutez ce que je vous dis ! Viktor Valak bénéficie de l'immunité diplomatique qui empêche la police de l'arrêter. Il quittera le pays dans la prochaine heure. Il est au 22, rue Edgar-Poe. Il est encore temps pour vous de faire de belles images et de lui poser quelques questions. N'hésitez pas à prévenir vos collègues…

— Qu'est-ce qui me…

Latour raccrocha. Elle regarda son téléphone, se demandant si elle avait fait le bon choix. Elle n'était sûre que d'une chose : pour tuer un vampire, il faut l'exposer à la lumière.

Elle secoua la tête et appela Dossantos.

17h30

Mickael Dossantos observa le véhicule banalisé qui s'éloignait, et vit clairement le regard accusateur de sa collègue.

— Quel con ! se dit-il. « Il a eu peur. »

Il s'était grillé tout seul, avait ramé comme il avait pu pour rattraper le coup. Mais Sophie Latour était fine, bien plus fine que lui. Et si elle creusait un peu, repensait à Lagnac, à son voisin rappeur qu'il avait rossé, et à d'autres petits *incidents* au cours d'enquêtes, ces deux dernières années, elle ne manquerait pas de découvrir les élans justiciers de son collègue, et les quelques dizaines de Demagny qu'il avait « rééduqués » à sa manière.

À travers le brouillard, il vit les feux de la Mégane virer dans le carrefour et disparaître. Alors il s'élança. Il devait être sur les lieux le premier pour mettre son plan à exécution. Il emprunta quelques allées et ruelles, traversa une résidence et descendit la rue Edgar-Poe. Il passa devant le portail du docteur Valak et continua sa route jusqu'au bas de la voie. Là, il bifurqua, ralentit, essayant de voir l'arrière de la propriété du Vampire. Par-dessus la grille d'une maison, il entraperçut enfin la haute tour du prieuré. C'est par ici certainement qu'il ressortirait tout à l'heure. Il revint sur ses pas, en petites foulées. De nouveau parvenu devant le portail de Valak, il chercha un bon poste d'observation. Dans l'immeuble d'en face, les fenêtres des escaliers donnaient sur la rue. Il s'approcha des boutons d'Interphone et pressa les six premiers. Quelques voix répondirent en même temps, alors il déclara :

— C'est la Poste, j'ai un colis.

Deux grésillements. Les gens faisaient confiance au facteur. Il poussa la porte et monta au premier. Une planque parfaite. Guettant par la fenêtre, il sortit de sa poche intérieure son brassard fluo de police. Il le déplia, y trouva sa cagoule, celle qui avait tant terrifié Demagny, et rangea le brassard. Il était prêt. Alors il attendit.

À 18 heures pétantes, il vit deux types remonter le trottoir jusqu'à la grille. Nonchalamment, ils s'approchèrent de l'Interphone, bidouillèrent un temps le boîtier à touches. Le haut portail claqua et s'ébranla. L'un d'eux entra, l'autre se plaça au milieu de la chaussée et fit un signe de la main. Une camionnette métallisée arriva assez vite, s'engouffra dans le parc, et Mickael vit ses feux arrière s'évanouir dans le brouillard. Dans la seconde, il quitta son poste d'observation, dévala l'escalier et traversa la rue. Au portail, il enfila sa cagoule et s'avança derrière la camionnette qui était stationnée près de l'abri de jardin. Une dizaine de gars cagoulés venaient d'en jaillir, s'ajoutant aux deux premiers. Trois d'entre eux entrèrent dans la petite maison et en ressortirent portant une fourche, une pioche et un manche de pelle. Les autres avaient des barres de fer et des pieds-de-biche, apportés pour l'occasion. Ils se dirigèrent soudain vers le château, vociférant et hurlant à la mort comme des hyènes, sous les injonctions de leur chef, un petit cube en bomber noir dont Dossantos, malgré les cagoules, reconnut la voix : Bruno. Il était donc bien au rendez-vous, comme Dossantos l'espérait. « Tu n'as qu'à l'envoyer chez le Vampire, ça le défoulera ! » avait-il soufflé à Sourans. Et il était là.

Deux des assaillants n'avaient aucune arme apparente mais tenaient haut un téléphone portable et une petite caméra ; l'opération se déroulait en *live* sur Internet. Dossantos hésita. Il risquait gros s'il était identifié. Pourtant, tout pouvait se résoudre ici et maintenant. Il s'avança à couvert des fourrés, évitant le gravier, et observa la troupe qui défonçait la porte et fracassait un volet. Pendant près de dix minutes, ils s'acharnèrent, redoublant d'efforts, se remplaçant. Dossantos en profita pour traverser le parc à toutes jambes et gagner l'abri. Sur un crochet au mur, il arracha une veste de treillis tachée, tenue de travail du jardinier, et la passa. Elle était un peu juste mais ferait l'affaire. Un craquement retentit à l'extérieur lorsque le volet céda, puis la fenêtre. Dossantos passa la tête au moment où l'un des types de la bande s'introduisait dans le prieuré. Il déverrouilla la porte pour les autres. Alors ils déferlèrent à l'intérieur.

Dossantos courut les rejoindre dans l'entrée. Quand il arriva, ils s'étaient déjà dispersés dans le grand hall et le salon, ravageaient tout sur leur passage. Une petite dizaine de valises patientaient près de la porte d'entrée, preuve de l'imminence du départ. Le lieutenant profita du chaos pour se mêler au groupe. Bruno aboya soudain :

— Tous les trois, vous prenez l'étage. Et vous cherchez un grenier ! Toi, tu fais le guet. Tous les autres avec moi ! On fouille le rez-de-chaussée, et la cave s'il y en a une.

Le groupe s'ébroua et se dispersa. Deux types grimpèrent l'escalier. Dossantos ignora les ordres et ne quittait plus Bruno de vue. Dans cette semi-obscurité, les rayons de soleil qui fusaient par le volet arraché versaient par endroits une lumière poussiéreuse. Les portes claquaient tout autour d'eux.

— C'est la cave, gueula soudain un des gars.

Bruno ouvrit le chemin, suivi d'un gars qui filmait, et Dossantos leur emboîta le pas. Ils dévalèrent les marches de pierre dans la pénombre ocre, enfilèrent le couloir jusqu'à une porte métallique qu'ils ouvrirent sans mal. Dans la lumière bleutée d'un grand bac en plastique, Valak parut, un reflet bleu dans ses verres noirs, effaré par cette intrusion, visiblement affairé à refermer une large caisse en bois. Isolé sous cette voûte sombre d'où ne s'échappait aucun cri, il n'avait rien perçu de ce qui se tramait en surface. Et il n'avait plus aucun serviteur pour le protéger.

— Il est là, hurla Bruno, appelant ses troupes à la rescousse.

Dossantos alluma la torche de son portable et balaya la salle, une grotte aménagée en laboratoire où crépitaient, ronflaient, soufflaient quantité d'appareils. Deux sbires arrivèrent et empoignèrent le Vampire de Paris qui protesta en roulant les *r*.

— Vous n'avez pas le droit, vous n'avez aucun droit d'être ici !

D'autres torches s'allumèrent et invitèrent la lumière

en ces lieux de ténèbres. Ils se penchèrent bientôt au-dessus de la caisse en bois qui renfermait un congélateur éclairé. Horrifiés, ils examinèrent le cadavre décharné en robe de soirée qui s'y trouvait. Dossantos se crut propulsé dans un épisode de *Preacher*.

— Bordel de merde, jura Bruno. Filmez ça !

— Je vous défends de l'approcher, rugit le Vampire. Je vous tuerai si vous lui faites du mal ! Oui ! Ne crains rien, mon amour ! sembla-t-il répondre au squelette.

Un des gars se détourna pour vomir.

— Bruno, viens voir ça ! le héla une voix, plus loin.

Ils le rejoignirent et découvrirent dans le halo de leurs portables une jeune femme inconsciente, étendue sur une table d'opération, vêtue d'une robe de bal noire déchirée. Une sorte de griffe ou de mâchoire mordait son cou et aspirait un sang brun qui courait dans un tube en plastique jusqu'à un jerrican.

— Bordel de fils de pute ! brailla Bruno.

Un type accourut, son téléphone tendu devant lui.

Dossantos se pencha sur Cathy et étudia le mécanisme qui enserrait sa jugulaire et lui suçait le sang.

— Si vous retirez cet instrument, elle se videra à gros jets sur le sol, commenta le docteur Valak que deux hommes venaient de pousser jusque-là.

Bruno lui décrocha un crochet dans le ventre. Le vieil homme se plia. Le skin à cagoule l'attrapa par le col et le secoua.

— Arrête ce truc, gueula-t-il. Parce que si elle y passe, je te bute juste après !

La méthode Bruno. Dossantos ne lui jeta pas la pierre. Ils avaient fait leurs armes ensemble.

Valak avait raison. Le lieutenant lâcha le mécanisme. Il extirpa le tube du jerrican et fit un nœud, puis un autre. Le sang cessa de couler.

— Il lui faut une ambulance. Vite.

— Thierry, appelle les pompiers. Dis-leur qu'il y a le feu. Vous deux, sortez-la d'ici.

Dossantos s'exécuta. Délicatement, il souleva le corps endormi de Cathy et se dirigea vers le rez-de-chaussée, passant devant une caméra.

— On y va ! commanda Bruno. Et toi, Vampire de mes deux, tu viens avec nous !

Valak baissait la tête, incommodé par les torches des portables qui lui brûlaient les yeux, incapable de résister aux bras qui l'emprisonnaient. Ils le tirèrent jusqu'en haut de l'escalier.

— Foutez-le dans le fourgon, ordonna Bruno.

Dossantos sortit le premier de la maison. Il allongea le corps de la jeune femme sur l'herbe du parc, à l'écart du château, puis revint à l'intérieur à l'instant où deux types toujours cagoulés entraînaient Valak à l'extérieur.

— On a fini ici ! On brûle tout ! Damien, va chercher l'essence…

Quelques-uns des gars se regardèrent.

— Attends… C'est pas ce…

— Ferme ta gueule ! Va chercher l'essence !

L'opération dérapait.

Le gars chargé de faire le guet s'éveilla soudain.

— Hé ! Il y a du mouvement au portail, couina-t-il.

— Des flics ?

— Non, je crois qu'ils ont des caméras et des micros.

— Des journalopes ! Tant mieux. Ils vont aimer le

bouquet final, ces fils de pute. Tout le monde au fourgon ! On dégage ! Direction commissariat du XIXe ! On est attendus, alors *go, go, go* !

Le groupe sortit comme un seul homme, abandonnant les fourches et les manches de pelle sur le sol de marbre. Un type arriva, portant deux bidons opaques.

— Allez, on en fout partout ! ordonna Bruno en attrapant un bidon et en commençant à asperger les meubles.

— Donne, dit Dossantos à Damien. Va vérifier que les… journalopes ne viennent pas faire chier. On termine…

Damien n'hésita pas. Il lui tendit son briquet et obéit.

— Surtout le bois, les meubles, l'escalier… brailla Bruno qui, euphorique, s'éclaboussait à moitié d'essence.

Debout au milieu de l'entrée, un bidon à moitié plein au bout de son bras, Dossantos regardait Bruno le skinhead fignoler l'incendie à venir. Ce type était une bête que rien n'arrêtait. Une bête de plus. Combien y avait-il de ces hommes prêts à embraser le monde ? Prêts à tuer sans sourciller ? Prêts à foncer en voiture sur un homme ? Prêts à s'en prendre à Sophie ? Un seul. Il était là, devant Dossantos qui déposa son bidon au sol, se baissa et ramassa un manche de pioche. Le film se lança tout seul dans sa tête. Un fantasme. Il s'y voyait : d'un revers du pied, il renversait le bidon. L'essence couleur de miel se répandait sur le marbre blanc, filant comme une vague folle vers Bruno. Dossantos y trempait l'extrémité du manche et puis en approchait le briquet. Il regardait la flamme danser à la pointe de sa torche, puis retirait sa cagoule.

« Il faut en finir, rugissait Bruno, quelques mètres devant lui.

— Oui », lâchait-il simplement, en réponse.

Bruno se retournait et le dévisageait, le reconnaissait, comprenait le piège qui se refermait sur lui.

« Fils de… » tentait-il de placer.

Ces fichues dernières paroles, toujours.

Dossantos lançait sa torche devant lui et une horde de flammes s'élevaient, affamées et furieuses, qui se ruaient vers le skinhead, griffaient ses jambes, se hissaient sur son corps, ignorant ses hurlements, se nourrissant de ses vêtements, mordaient ses chairs jusqu'à les amollir, puis les liquéfier. Bruno pirouettait sur lui-même, derviche grotesque empêtré dans ses flammes. Il faisait quelques pas, dévoré par un feu avide, et basculait en avant dans un hurlement à glacer le sang. Au sol, il se débattait encore un peu, presque sans conviction, roulait, puis s'immobilisait sous les yeux éteints de son assassin…

Non.

Le type qui avait tenté de tuer Jebril, qui menaçait de s'en prendre à Sophie, et qui, une nuit, en pleine forêt, l'avait ligoté à une chaise et tabassé, ne méritait pas la mort. Personne ne la méritait. « Il y a pas mort d'homme ! » grinça Mehrlicht. Non. C'était fini. Le type qui lui mettait ses idées dans la tête, qui lui souriait dans le miroir et dans l'écran de la télé éteinte, avait perdu. Mickael Dossantos, en dépit de la colère qui l'animait, de cette rage inextinguible qui le rongeait, ne deviendrait jamais un assassin.

Une vaguelette d'essence accourut sous ses pieds. Et

le type de la télé apparut sur le sol de marbre, un reflet qui lui sourit. Dossantos leva la tête. L'essence que le skinhead avait répandue sur les meubles et sur l'escalier refluait de toutes parts et glissait sur le marbre jusque sous leurs pieds. Et Bruno, aveuglé par sa folie, ne vit pas le danger et alluma son briquet.

— Bruno, non ! eut le temps de crier Dossantos.

Le skin baissa sa flamme.

Dossantos se rua vers la sortie et fusa à l'extérieur au moment de la déflagration. Il roula au sol à l'instant où un fouet de feu passa la porte et le manqua. Une fumée noire s'échappa aussitôt des ouvertures. Affalé sur le sol, médusé, Dossantos regardait le rouleau de flammes qui dévorait le rez-de-chaussée. Déjà, au loin, s'élevait la sirène des pompiers, appelés dès la découverte du corps de Cathy.

— Bruno ! Faut qu'on dégage ! brailla un type dans le fourgon invisible dont le moteur tournait depuis longtemps.

— Barrez-vous, cria Dossantos.

Et la camionnette vrombit, fit crisser ses pneus sur les graviers avant de quitter le parc, sous les caméras. À son bord, une bande déchaînée s'égosillait :

— On a arrêté le Vampire de Paris ! Justice !

Dossantos revint vers Cathy. La jeune femme tenait le coup. Les portières du camion de pompiers claquèrent puis des voix. Alors Mickael se releva et contourna le prieuré. Il ne pouvait être aperçu ici, maintenant. Au fond du parc, dans l'alignement de la tour, il retrouva la maison du voisin. Il sauta le mur mitoyen, traversa le jardin, retira sa cagoule et passa la grille. Sur le trottoir, il pressa le pas. Il tira de sa poche intérieure son brassard de police et le déplia. Il le détailla un instant avant de le serrer autour de son bras. Puis il rangea sa cagoule. Il fit le tour du pâté de maisons et accourut à l'endroit où ronflait un incendie. Une odeur de brûlé envahissait le quartier. Les pompiers s'affairaient déjà.

— Lieutenant Dossantos, se présenta-t-il. Il y a des victimes ?

— On a une femme blessée et inconsciente dans le camion. Le médecin est avec elle. Et on a sorti un corps de l'incendie. Un homme. On cherche d'autres occupants. L'incendie est criminel mais est circonscrit au rez-de-chaussée. Des types ont jeté de l'essence et se sont enfuis dans un fourgon. Les deux reporters là-bas ont tout vu.

— OK, merci !

Le lieutenant ouvrit la porte du camion et se présenta. Le médecin des pompiers consolait une jeune femme en larmes. Il fit un signe de la tête à l'officier de police pour lui dire qu'elle n'était plus en danger.

— Il a voulu me tuer, répétait-elle. Il m'a poursuivie dans tout le château. Tout était fermé. Je ne pouvais pas fuir. Il m'a droguée…

— Cathy. Pouvez-vous nommer celui qui a essayé de vous tuer ?

— Viktor ! Mon Dieu ! Viktor Valak. Et il m'a dit qu'il avait tué Lucie…

— Nous nous reparlerons bientôt, Cathy. Reposez-vous. Vous ne risquez plus rien. Valak sera bientôt arrêté.

Il fit à son tour un signe de tête au médecin et referma

la portière du camion. Il s'approcha ensuite des deux types, un petit gros barbu et un autre, tout maigre, qui rangeaient déjà une imposante caméra. Ils se présentèrent comme deux reporters free-lance.

— On a été prévenus par une source anonyme, alors on a tenté. Et on a bien fait ! Une dizaine d'hommes cagoulés ont enlevé le type qui vit ici, un certain Viktor Valak ! annonça le petit barbu. Ils l'ont chargé dans leur camionnette. On a tout enregistré. Toute une bande ! En partant, ils ont dit que c'était le Vampire de Paris… Ils criaient justice ! Ils ont disparu avant qu'on ait pu faire quoi que ce soit…

— Pourquoi ? Vous vouliez les suivre ? Les intercepter ? demanda Dossantos.

— Non… Non, bien sûr, souffla le petit barbu.

— Vous avez des papiers ?

— Oui. Voilà.

— Je les garde. Vous restez ici à disposition des enquêteurs, jusqu'à nouvel avis, ordonna-t-il avant de passer le portail. Et vous ne touchez pas aux enregistrements.

Il entra dans le parc et s'avança vers le manoir où les pompiers vociféraient, où une fumée noire épousait un brouillard blanc. Il distingua bientôt les lances à eau qui attaquaient l'intérieur de la demeure par la porte ouverte et les fenêtres défoncées. L'incendie était vaincu, n'avait pas duré. Il était temps de prévenir la cavalerie, l'IJ, le légiste… Le château du Vampire était maintenant une scène de crime.

Son téléphone sonna. Dossantos le sortit de sa poche arrière.

— Mickael ? C'est Sophie. J'ai essayé de t'appeler mais…

— Je n'ai pas entendu…

Elle enchaîna :

— Le type de la porte de la Chapelle est bien notre tireur. Il est mort, notre dernier témoin. Alors, on arrête là. Ordre de Mehrlicht. On se retrouve au bureau. Et on laisse Valak partir…

Dossantos sourit malgré lui.

— Non, Sophie… Valak ne part plus…

18 h 40

Depuis une quinzaine de minutes déjà, les images tournaient en boucle. Sur Internet, les vidéos étaient devenues virales et attisaient les commentaires les plus définitifs quant au sort que l'on devait réserver au Vampire de Paris, comme à tous les tueurs de femmes. Les chaînes d'information continue avaient repris ces images et les passaient à leur tour à satiété, les assortissant de commentaires d'experts en tout genre. On y voyait assez nettement un groupe d'hommes cagoulés – peut-être des femmes également – prendre d'assaut une maison médiévale pour y déloger le présumé Vampire de Paris. Les images et les propos étaient d'une rare violence dès le début de la vidéo, et viraient rapidement à l'insoutenable à mesure que l'on découvrait le vieil homme fou dans sa cave, penché au-dessus d'un cadavre de femme qu'il disait aimer. L'acmé de l'horreur était atteinte lorsque apparaissait dans les faisceaux des torches, le corps inerte d'une jeune femme que l'on était en train de vider de son sang. Le groupe d'hommes sauvait ensuite la jeune femme d'une mort certaine et la portait hors de la maison, tout en emmenant de force le Vampire jusqu'à leur véhicule. Ils quittaient alors les lieux et la vidéo se coupait. L'instant d'après, la porte du fourgon s'ouvrait et les mêmes hommes poussaient devant eux le vieil homme aux mains attachées, qu'ils appelaient Valak ou Vampire, jusqu'à la porte du commissariat du XIXe où un parterre nourri de cameramen, de reporters et de sympathisants identitaires les accueillait. Un élu frontiste à écharpe tricolore en profitait pour féliciter l'audace de ces jeunes Français avides de justice qui avaient pris tous les risques pour amener un coupable étranger jusqu'à la police, un coupable diplomate protégé en haut lieu. Les gardiens de la paix intervenaient ensuite, emmenaient l'homme entravé et dispersaient la foule.

Latour, Mehrlicht, Dossantos et une dizaine d'autres flics étaient debout dans la salle de réunion, devant les images qui se répétaient déjà. S'ils étaient nombreux à se réjouir de l'arrestation de Viktor Valak, la méthode faisait grincer des dents. Mehrlicht le premier s'affligeait des images qu'il voyait.

— Alors tout le monde peut faire la police… On y est.

— C'est le résultat qui compte, non ? répliqua Dossantos qui vivait un *happy end*.

— Bah non, Mickael. Pas toujours. Parce que si c'est la rue qui fait la loi, on y perd immanquablement en justice et en démocratie. Je me réjouis que ce fumier soit en cabane… Je sais pas s'il va y rester, mais je me réjouis… Mais c'est à nous de l'y amener, et à la justice de l'y condamner, pas à une bande de chiens fous radicalisés qui se font justice eux-mêmes. Jamais.

Dossantos approuva de la tête pour mettre fin à l'impossible débat qu'il avait depuis des années avec son capitaine, lui qui tabassait des Demagny quand la police et la justice fermaient les yeux, lui qui avait à sa manière réglé tant de problèmes, prenant sur lui de faire respecter la loi par ceux qui s'en croyaient affranchis et restaient impunis. Dossantos aimait à penser qu'ils étaient chacun un revers de la même médaille, et visait un même but. Cela lui permettait souvent de bien dormir.

— Quand je pense que c'est après ces gars qu'on va maintenant devoir courir… se lamenta Latour.

Une clameur d'horreur monta de nouveau des rangs des spectateurs quand on vit le squelette de femme dans son sarcophage. Saint-Croix arriva à ce moment-là dans la salle de réunion et les flics rassemblés s'éparpillèrent comme des moineaux à l'approche de l'épervier. Il se dirigea vers Mehrlicht et son groupe.

— Je viens d'avoir l'IJ au téléphone. Votre amie Souillac. Dans la cave de Valak, elle a trouvé des jerricans vides ayant contenu du sang. Elle peut pour l'instant établir qu'il s'agit de différents sangs de femmes de type O négatif. Elle voulait parier 10 euros que les ADN correspondent à ceux des femmes repêchées. Et à celui de Lucie Maturin.

Il marqua une pause avant de conclure :

— Je ne parie jamais, surtout parce que les jeux d'argent nous sont interdits. Mais je la crois.

— Ça prouve la culpabilité de Valak dans tous ces meurtres. Je veux bien la croire aussi, commenta Mehrlicht.

— Le procureur également. Valak reste en garde

à vue jusqu'aux résultats des tests. Si un seul d'entre eux est positif, cela nous permettra de l'inculper. Sans oublier le témoignage de la seule victime qui ait survécu au Vampire ; Catherine Gleich va beaucoup mieux et est intarissable en révélations-chocs sur le docteur…

— Et son immunité ? demanda Latour.

— Le gouvernement roumain tient à garder les mains propres et ne veut surtout pas s'embarrasser d'une crise internationale liée à un vieux tortionnaire de l'ancien régime. Ils le promènent de poste en poste à l'étranger depuis des années surtout parce qu'ils ne souhaitent pas qu'il rentre…

— Ils sont prêts à lâcher le Vampire de Gherla, reformula Latour.

— Si nous avons les preuves suffisantes. Et à chaque minute qui passe, le dossier contre Valak s'épaissit.

— On va pouvoir fêter tout ça, pat… commissaire, plaisanta Mehrlicht.

— Certainement, reprit Saint-Croix. Dès que nous aurons éclairé certaines zones encore obscures dans cette affaire.

Les trois flics se regardèrent. Le commissaire s'expliqua :

— Il y a fort à croire que la milice qui a enlevé Valak à son domicile a été renseignée par quelqu'un de la Crim'… ou de votre groupe, capitaine.

Il se tut pour ménager ses effets. Les trois flics se regardèrent. Mehrlicht allait s'indigner de l'accusation quand Saint-Croix poursuivit :

— Il en va de même pour la presse qui a été impliquée et qui était chez Valak au moment – pas après – au moment de l'enlèvement. Ces interférences dans une enquête de police d'une milice d'extrême droite et de la presse, même si j'en discerne les motivations, sont inacceptables.

Mehrlicht approuva de la tête avant de reprendre :

— Vous avez raison, commissaire. On peut pas faire confiance à la Crim' !

Latour et Dossantos dévisagèrent Saint-Croix qui ne rit pas. Alors, Mehrlicht conclut :

— De toute manière, vous nous l'avez dit vous-même : le Vampire de Paris, ça n'a jamais été notre enquête…

MERCREDI 18 AVRIL

9 h 00

La salle de l'hôtel était vaste et somptueuse. De larges lustres de cristal pendaient au-dessus d'un parquet en point de Hongrie rutilant. De grandes toiles aux murs dans des cadres ouvragés dorés représentaient des divinités au bain, des scènes de chasse, des paysans au champ. Le brouhaha ambiant ajoutait à l'anxiété, au stress. Les gens s'installaient dans le chaos, se cherchaient une place dans les rangées de chaises, s'asseyaient, se relevaient, cherchaient ailleurs, plus près, plus loin, retiraient un manteau… Si l'on remarquait quelques quadras et de plus rares trentenaires, la moyenne d'âge devait avoisiner les soixante ans. On notait aussi quelques têtes chenues. Certains étaient venus en groupes et s'apostrophaient pour réserver des rangées et rester ensemble. D'autres, solitaires, demeuraient silencieux, ne regardaient personne. Certains papillotaient des paupières, d'autres se passaient la langue sur les lèvres, la main dans les cheveux, se frottaient les paumes, grimaçaient, se lissaient la barbe. La tension était palpable ; chacun avait travaillé dur pour être là, aujourd'hui. On méritait sa place. Rares étaient ceux qui parvenaient à conserver leur calme.

Daniel Mehrlicht était de ceux-là, droit, imperturbable et serein en ce jour des sélections de « Questions pour un champion ».

Devant les rangées de chaises trônait une table déserte recouverte d'une nappe blanche. Un micro y était posé. De chaque côté, de puissantes enceintes noires allaient bientôt diffuser les règles, les instructions, les commandements. Lorsque les derniers candidats furent entrés, que les portes se furent refermées sur eux, scellant la solennité et la confidentialité de l'épreuve, une femme d'une quarantaine d'années vint s'asseoir à la table, encadrée de deux autres, plus jeunes. Elle saisit le micro, salua l'assemblée intimidée et se présenta comme leur hôtesse. Elle expliqua qu'on distribuerait à chacun une feuille sur laquelle devaient être notés nom, prénom, âge, adresse, numéro de téléphone et une adresse mail. En dessous, on trouvait en colonne des numéros de un à quarante. Quand l'épreuve commencerait, elle lirait la question numéro un à deux reprises. Les candidats devraient alors écrire la réponse à la question numéro un en face du un de leur feuille. Et ainsi de suite jusqu'à la fin. Elle eut l'insouciance, l'imprudence, de demander s'il y avait des questions. Des mains noueuses se levèrent et certains candidats assurèrent indignés n'avoir jamais eu ces fameuses feuilles. L'hôtesse confirma avec un sourire patient que la distribution n'avait pas encore eu lieu. Les deux jeunes femmes passèrent alors dans les rangs, donnant les documents espérés que l'on s'arracha sans pitié. Mehrlicht décida de faire le vide. Une clope aurait aidé. Et un café. Et un ballon de côte-rôtie. Il remplit son formulaire de réponse et patienta. Certains candidats levèrent la main, avaient oublié leur adresse mail, parfois leur adresse. L'hôtesse renvoya ses assistantes à la rescousse. Une demi-heure plus tard, chacun avait un stylo et se souvenait de ce qu'il faisait dans cette salle, alors l'épreuve commença. Quarante questions de culture générale. Les plus chevronnés d'entre eux, les plus aguerris et les mieux préparés savaient qu'il ne fallait surtout pas – mais était-ce seulement possible ? – répondre correctement aux quarante questions. C'était l'élimination quasi immédiate, en un mot comme en cent : la damnation. Les sélectionneurs ne voulaient pas d'un candidat omniscient, un cador savant qui allait balayer tous les autres, pérorer à l'antenne, et montrer aux spectateurs que le jeu était inaccessible au commun des mortels. Il fallait répondre à une vingtaine de questions, trente maximum, pour donner l'impression d'être faillible, fragile. Il fallait faire des erreurs, et il était admis dans les clubs locaux que vingt-cinq bonnes réponses était un chiffre idéal pour être élu.

L'hôtesse s'installa derrière la table et on lui apporta, sous pli cacheté, les questions du jour. Un silence religieux se fit. Elle ouvrit l'enveloppe et lut :

— Question numéro un : Quelle marionnette verte présentait le « Muppet Show » ?

Mehrlicht leva la tête et bougonna dans sa barbe :

— Non, mais vous rigolez, là…

— Chuuut ! le gronda sa voisine.

Le petit capitaine nota la réponse, attendit la deuxième, n'en crut pas ses oreilles.

— Question numéro deux : Dans quel film Francis Blanche s'écrie-t-il « Touche pas au Grisby ! » ?

Il nota la réponse, un sourire aux lèvres, qui ne le quitta pas pour les vingt-trois questions suivantes :

3 – Quel jeu inspiré du carré latin consiste à remplir intégralement une grille de chiffres ou de lettres ?

4 – Comment appelle-t-on un collectionneur de livres anciens ?

5 – Qui interprétait « Les Lacs du Connemara » ?

6 – Qu'est-ce qu'une SMP ?

7 – Dans quel recueil de poèmes de Charles Baudelaire peut-on trouver « Une Charogne » et « Les Métamorphoses du vampire » ?

8 – Quel homme politique français a été assassiné le 31 juillet 1914 à Paris ?

9 – Dans quel pays s'est déroulée l'opération « *Enduring Freedom* » ?

10 – Comment s'appelle le premier fusil français à chargement par la culasse, mis en circulation en 1866 ?

11 – Quel groupe irlandais a chanté « *Sunday Bloody Sunday* » ?

12 – Quel enquêteur américain a une femme que l'on ne voit jamais ?

13 – En 1961, qui Jacques Brel attend-il avec un bouquet de lilas ?

14 – Quel nom anglais signifiant foule éclair donne-t-on à un rassemblement de personnes dans un lieu public pour y effectuer des actions convenues d'avance, avant de se disperser rapidement ?

15 – Quel cru prestigieux est produit dans la vallée du Rhône sur les communes d'Ampuis, de Saint-Cyr-sur-le-Rhône et de Tupin-et-Semons ?

16 – Adopté pendant la Révolution, comment

s'appelle le recueil de textes juridiques qui organise le droit pénal ?

18 – Quel musée parisien, œuvre de Jean Nouvel, a ouvert ses portes en 2006 ?

19 – Sous Louis XIV, comment s'appelait la redoutable empoisonneuse de l'Affaire des poisons ?

20 – Dans *La Folie des grandeurs* de Gérard Oury, quel comédien français au faciès atypique s'est illustré dans le rôle du muet ?

21 – Dans la Bible, quelle jeune femme surprise au bain par deux vieillards est sauvée par Daniel ?

22 – Du grec voulant dire « cité des morts », comment nomme-t-on un vaste rassemblement de tombes et de sépultures monumentales ?

23 – Quel retable célèbre représente la tentation de saint Antoine ?

24 – Comment s'appelle la fameuse eau-de-vie de vin produite en Charente ?

25 – Quelles célèbres dernières paroles prête-t-on en général au dramaturge allemand Goethe ?

Vingt-cinq, pas plus.

Mais Mehrlicht n'en revenait pas. Chaque question semblait faire écho à un moment de sa vie, à un élément d'une de ses enquêtes, comme dans un film indien dont on lui avait parlé. Il fit son possible pour ne pas répondre à toutes les questions, malgré l'insoutenable pression de l'ego. Au terme d'une trentaine de minutes, on annonça la fin de l'épreuve. Les assistantes passèrent dans les rangs relever les bulletins-réponses. Le petit capitaine tendit le sien avec plaisir, confiant en l'avenir. Elles quittèrent la pièce en emportant les feuilles.

L'hôtesse pria les participants de rester assis et calmes pour la suite de la sélection. Mais un brouhaha agita de nouveau la salle. On braillait les questions, s'indignait de la difficulté ; d'autres se félicitaient, se moquaient d'une réponse délirante. Mehrlicht écouta, sans intervenir. À peine se racla-t-il la gorge une ou deux fois. Il fut saisi aussi d'une quinte de toux que tout le monde ignora.

On appela ensuite chacun des candidats par son nom. Quand son tour arriva, Daniel Mehrlicht quitta la somptueuse salle et fut promptement pris en charge par un jeune homme frisé qui portait un casque-micro.

— Monsieur Mehrlicht ? Par ici, je vous prie. Vous allez vous présenter devant la caméra. C'est la dernière phase des sélections.

— J'ai un physique de cinéma, on me le dit souvent, ces derniers temps…

Le jeune homme le regarda, émit un petit rire gêné. Était-ce la blague ou le timbre de sa voix ? La blague certainement : les jeunes ne comprennent pas tout…

— Oui… C'est ici.

Il ouvrit une porte et ils entrèrent dans une pièce transformée en studio d'enregistrement. On lui demanda de retirer son imperméable, puis on lui donna une ardoise. Il lut : « Paris – 469 – Daniel Mehrlicht ». On l'amena ensuite devant une grosse caméra. Des spots l'éblouirent.

— Ce sera très court, Daniel. Vous vous mettez là, vous regardez la caméra et quand ma collègue vous fait signe, vous vous présentez.

— Qu'est-ce que je dis ?

— Votre prénom, votre nom, votre profession, la ville où vous habitez… Pourquoi vous êtes là… Par exemple.

— OK.

Le jeune homme s'effaça. La collègue fit un signe du doigt. Mehrlicht se lança :

— Daniel Mehrlicht, officier de police. J'habite à Paris dans le XIIe. Et…

Il se racla la gorge.

— Et je suis là parce que mon copain Jacques, Jacques Morel, est mort. Un cancer… Et cette tête de veau m'a fait promettre de me représenter aux sélections de « Questions pour un champion ». Je suis déjà venu, mais… Ça n'avait pas marché, on va dire… Alors, cette fois, pu… naise, je…

Le jeune homme se rapprocha sur le côté. La femme à la caméra faisait un signe avec ses bras en croix, indiquant que c'était fini, qu'il devait conclure.

— … Je veux dire… Cette fois, je compte bien réussir !

Mehrlicht se tut et sourit de toutes ses dents orange. La femme coupa.

— Ça allait ? demanda le capitaine.

— Vous étiez parfait… Suivant ! répondit la femme, sans conviction.

Le jeune homme le raccompagna à la sortie, sans un mot.

9 h 56

La Gitane aux lèvres, Mehrlicht ouvrit la portière et Jean-Luc, captivé par son portable, sursauta.

— Alors ? Comment ça s'est passé ?

— Désolé. Ça a pris plus de temps que prévu. Ils m'ont filmé…

Mehrlicht s'installa au volant.

— Filmé ? Pour quoi faire ? s'étonna son fils.

— Une sorte de présentation. Mon nom… J'ai parlé de Jacques…

— Ah… T'as juré ?

— Non. J'ai failli ! Mais j'ai dit « punaise » !

— Cool !

— Ça m'a coûté assez cher comme entraînement…

Mehrlicht démarra et quitta le stationnement. Jean-Luc alluma une Marlboro. En quelques secondes, ils enfumèrent l'habitacle. On y voyait aussi peu dedans que dehors.

— Bon… Et les questions ?

— À croire que j'avais écrit le questionnaire moi-même ! Je me suis cru omniscient tout à coup !

— Cool ! T'as les résultats quand ?

— Tu sais juste s'ils te gardent pour l'émission ou pas… Un mail…

— T'es content ?

— Carrément. Je les ai atomisés !

Ils rirent ensemble et roulèrent en silence pendant quelques minutes, traversant le brouillard qui occultait Paris pour la cinquième journée consécutive.

— J'espère qu'on en sortira bientôt, grogna Mehrlicht.

Il trouva une place et gara la voiture. Jean-Luc en sortit le premier, emportant l'urne funéraire qu'il tenait sur ses genoux. Ils remontèrent le trottoir dans la fraîcheur d'avril et arrivèrent au lieu du rendez-vous. Pinson, le chef des gardiens du Père-Lachaise, les attendait déjà devant les grandes portes, sa lampe-tempête à la main. Ils se saluèrent, et sans un mot de plus, Pinson ouvrit la marche.

Ils traversèrent le cimetière du sud au nord, quittant l'allée principale goudronnée pour s'aventurer sur les voies pavées plus étroites qu'encadraient des rangées de tombes et de croix, que surplombaient des troncs dégarnis et des ramures amaigries. Les trois hommes regardaient le sol devant eux. Ils débouchèrent bientôt sur une petite place où s'étendait une pelouse verte. Un panneau à l'entrée indiquait « Jardin du souvenir ».

— Nous y sommes, dit simplement Pinson.

— Ah… répliqua Mehrlicht en sortant son paquet de Gitanes.

— Non, vous ne pouvez pas…

Le petit capitaine rengaina ses cigarettes, gêné.

— Non, bien sûr…

— Messieurs, je vous laisse. Je serai près du panneau. N'hésitez pas à m'appeler.

— Mais... paniqua Mehrlicht. On peut...

— Vous pouvez disperser les cendres de feu madame votre épouse dans cet espace, où bon vous semble. C'est un endroit paisible où vous pouvez revenir vous recueillir quand vous le souhaitez.

— Ah... Merci. Elle s'appelle Suzanne.

Pinson opina de la tête et s'éloigna. Jean-Luc s'avança vers la pelouse, tenant l'urne à deux mains devant lui, comme un objet sacré.

— Tu viens ?

— Ouais... Je... Ouais.

Mehrlicht le rejoignit. Ils s'arrêtèrent tous deux à la limite de la pelouse.

— Près de l'arbre, là ? demanda Jean-Luc.

— Ouais... J'en sais rien, dit Mehrlicht dont la voix s'envola soudain dans les aigus.

Jean-Luc se retourna pour lui passer un bras autour des épaules.

— Je sais bien que c'est pas elle, tenta d'expliquer Mehrlicht. Parce que Suzanne est toujours là, tu sais ? Là, c'est juste... Mais j'ai l'impression de l'abandonner... C'est dur.

Il passa la manche de son imper sur son visage. Jean-Luc le serra plus fort.

— Je sais, papa... Mais on ne l'abandonne pas ; on lui dit « au revoir ».

— Ouais. T'as raison. Près de l'arbre... Là.

Ils s'avancèrent sur la pelouse. Jean-Luc ouvrit l'urne et ils la saisirent à deux, épandant ensemble son contenu au pied d'un grand chêne. La cendre grisa l'herbe, fuma légèrement au-dessus du sol. Jean-Luc referma le récipient et ils restèrent quelques minutes silencieux, à lui parler. Après ce moment, Jean-Luc murmura à l'oreille de son père :

— Je t'attends au panneau. Prends ton temps.

Puis il s'éloigna.

Mehrlicht se trouvait bien en peine de dire « au revoir » à cette femme qui ne le quitterait jamais, qu'il voyait tous les jours dans les traits de leur fils, qui l'accompagnerait tout le reste de sa vie jusqu'à sa propre mort.

— Tu me manques, s'entendit-il confesser tout à coup, comme une larme coulait de nouveau sur sa joue.

Il l'essuya tout aussi rapidement que la première. Il était temps de partir. Il promit de venir la retrouver vite.

Il fut soudain pris d'une nouvelle quinte de toux qui abrasa ses poumons et lui brûla la gorge. Il tira son mouchoir de sa poche d'imper et s'essuya la bouche. Alors, il regarda le tissu blanc et vit le sang. Il grimaça et ferma les yeux.

— Putain…

REMERCIEMENTS

Merci à la Marabout Team pour cette nouvelle aventure éditoriale, notamment à Hélène Gédouin et à Hélène Amalric. Merci à Laurianne qui m'honore une fois de plus d'une couverture magnifique. Merci à Anne Bonvoisin et à Alizé qui travaillent dans l'ombre pour faire de moi le Michael Jackson du thriller, le Marlon Brando du noir, voire le Jul du polar.

J'en profite pour remercier également l'équipe du Livre de Poche, dont Véronique Cardi, Constance Trapenard et Dominique Laude, pour leur confiance.

À Isa, Lou, Estelle, Olivier et Jean-Michel, fidèles relecteurs et implacables correcteurs, ainsi qu'à Colette Malandain et Isabelle Macé qui ne laissent rien passer.

Merci à Mary Shelley, à Oscar Wilde et à Bram Stoker qui m'ont laissé faire libre usage de citations tirées de *Frankenstein ou le Prométhée moderne*, *Le Portrait de Dorian Gray* et *Dracula*.

Merci au film *Slumdog Millionnaire* dont je reprends l'idée dans ces improbables sélections de « Questions pour un champion ».

Pardon à Jean-Jacques Goldman et à Céline Dion dont j'ai honteusement parodié le titre « Pour que tu m'aimes encore ».

Je demande pardon surtout parce que je pense que ma version est bien meilleure !

Merci à Julien Lepers ; sans lui, rien n'est plus pareil.

Merci aux libraires et aux bibliothécaires, passionnés de bouquins, à tous les lecteurs et blogueurs qui suivent les aventures de Mehrlicht et me fouettent sur Facebook pour que j'écrive plus vite, me menaçant des pires supplices. À ceux-là, je voudrais rappeler que « ma personne est sacrée »…

À bientôt !

PAPIER À BASE DE
FIBRES CERTIFIÉES

Le Livre de Poche s'engage pour l'environnement en réduisant l'empreinte carbone de ses livres. Celle de cet exemplaire est de :
400 g éq. CO_2
Rendez-vous sur
www.livredepoche-durable.fr

Composition réalisée par Soft Office

Achevé d'imprimer en février 2021 en Espagne par
LIBERDUPLEX
Dépôt légal 1re publication : mars 2021
LIBRAIRIE GÉNÉRALE FRANÇAISE
21, rue du Montparnasse – 75298 Paris Cedex 06

10/9578/7